詭計

INTRIGO

HÅKAN NESSER

哈康・納塞

葉旻臻——譯

詭計

Contents

前言

「INRIGO」（註）是一間位於馬爾丹市中心凱瑪街上的咖啡館。

同時，它也是丹尼爾．艾弗瑞森執導的三部電影——《作者之死》、《撒馬利亞》與《親愛的艾格妮絲》——的總稱，此三部片拍攝於二〇一七年，國際首映時間分布於二〇一八至二〇一九年之間，改編自我筆下幾則以瑞典語出版的短篇小說，也就是這本書中收錄的末四個篇章。這本小說集的開場篇〈湯姆〉則是首次發表的新作。

書是書，電影歸電影，跨越不同的媒體平台時，故事往往需要重新設定方向，找到新的表現形式，甚至得到全新的結局。以《詭計》的例子而言，書和電影兩個版本間的差異，既是出於必要，也是高度刻意的安排。

但是，當然，每則故事的相似性、精髓與眞義，都妥善保存了。

註：此爲本書外文原名，臺灣書名爲《詭計》。

湯姆

一

馬爾丹，一九九五年

那通電話在週四清晨三點半過幾分鐘響起。來電者不明，顯然是外國號碼，通常她是不會接的。她當然不想接，但她剛從睡夢中驚醒。儘管室內全暗，被一棵大核桃樹輕輕摩娑著玻璃的窗外也一片漆黑，她仍感覺無比清醒。也許是黑暗和她稍早中斷的夢境達成神祕協議——她不管是當下或稍後都想不起夢境——使她拿起話筒，接聽那通來電。

「喂？」

「茱蒂絲．班德勒在嗎？」

「我就是。」

「我是湯姆。」

一片靜默，唯一聲響是電話線上輕微的干擾音，一種低沉連續的刮擦聲，細不可聞，猶如將歇的波浪打在鵝卵石海灘上。之後，當她掛回話筒，那是她腦中唯一描繪：波浪經過漫長的旅程，終於化爲沉靜的白色泡沫，安歇在有遮蔽但礫石磊磊的海灣。

挺奇怪的，她腦中不常出現這樣揮之不去的畫面。她不中意廉價的比喻，不管別人怎麼說。她沒有宗教信仰，而且對詩文詞藻也不屑一顧。

「湯姆？」她終於開口，「哪個湯姆？」

「你認識別的湯姆嗎？」

她想了想。不，她人生中只有一個湯姆。

只有過一個湯姆。

「我們或許可以見個面。好幾年沒見了。」

「是啊……」她感到一陣顫抖席捲全身，也許還有那麼一會兒失去了意識。要是她試圖起身，可能會昏倒撞到地板。

謝天謝地，還好她沒有。一片黑暗中，她躺在加大雙人床上習慣躺的那側，當這陣短暫的發作過去，她的手自動伸出，想觸碰勞勃。又過了一秒，她才想起他在倫敦，週一走的，週五晚上會回來，或最遲週六下午。他有個電影拍攝的計畫，他提了好幾個知名演員的名字，但她都忘了。他甚至問過她要不要一起去，但她拒絕了。倫敦不算是她最喜歡的城市。

「哈囉？」

「是？」她忍住突然一陣掛電話的衝動。

「那你意下如何？」

「什麼？」

「見面的事。」

「我……我不太懂。」

她聽見他喝了某種飲料。

「你看這樣吧？好好想想，我過幾天再找你。」

「其實我不覺得——」

一聲「喀噠」傳來，電話掛斷了。她把話筒放回去，動也不動地躺在床上，雙手在胸口交扣。她閉上眼睛，稍後又睁開。有些事情，她得弄個明白。黑暗中似乎仍在發散的那股緩慢浪潮，一定代表什麼意涵，她心想。不管浪潮要對她揭露什麼、意義爲何，都與距離有關。空間與時間上極其廣闊的距離。不只如此，他的聲音也縈繞不去，在這片迷霧的深處，感覺好遙遠，卻又非常靠近。帶著點粗獷，也帶著點……嗯，是什麼呢？她想著。是諷刺嗎？或是自信？

湯姆？

好好想想？

她數了數，最後算出已經過了二十二年。

精確來說，是二十二年又兩個月。

這位心理醫師名叫瑪莉亞．羅森柏。她的診間位於凱瑪街上一棟石造老屋的二樓，茱蒂絲．班德勒將近十年來都是她的病人。這不是那種漫長無盡、沉重難忍的療程，但她們每個月約診一兩次，通常是週四早上、茱蒂絲無論如何都得來馬爾丹市中心辦事的時候。會診後，她們會跟另一個朋友一起享用午餐，把握機會逛逛街，也許還會在德克史塔區的其中一間畫廊消磨時間，或是去庫賓斯基街上的克朗茲珍本書店，如果那裡剛好有開門的話。從霍騰納出發的火車只需半個多小時的車程，隨著一年又一年過去，她注意到自己愈來愈不情願離開他們美麗的屋子，還有河邊那座美不勝收的花園。當你已經在天堂樂園的中央建立一席之地，爲什麼要離開呢？

也許可以說，因爲小別勝新婚嘛？談起這個話題時，勞勃如此表示。當然，他說得有道理。他的話通常都有道理，她不得不承認，他有種本事，能在各種情況之下都直指問題的核心。

或許，再次見到瑪莉亞・羅森柏，也爲她帶來寧靜的喜悅。每次見面皆然。這個世界也許會狂亂失控，人類會燃起戰火，將城市夷爲平地、屠殺自己的子孫，但瑪莉亞・羅森柏仍會穩如泰山，坐在她的扶手椅上，房間裡有厚重的窗簾，和花色猶如血跡、產自撒馬爾罕的厚地毯。

而且她仍會傾聽。起初，茱蒂絲在和勞勃的那件事過後一兩週首度見到她時，她就已經老邁，而今天她看起來依舊是同樣的年紀。對於自己恆常不變，她的解釋是，在人生這條風起雲湧的道路上，她已經走到一個關口，年歲的流逝再也無法觸及她。可以想見，有一天她會死去，但在踏上最後的旅程前，她可沒打算再變老。她還是會變得更睿智、記取更多經驗，這總是難免的。

但當然，在這間安靜陰暗的診間裡的對話，主題不是關於瑪莉亞・羅森柏。

「茱蒂絲，歡迎你來。希望路上都順利。」

「謝謝。至少我在車上有座位坐。」

「好，那我們先來壺博士茶吧？」

「再好不過了。」

每次的開場白差不多。瑪莉亞・羅森柏在簾子後的小廚房泡茶，茱蒂絲脫下大衣和鞋子，舒服地窩在沙發一角，腿上蓋著披巾，背後靠著抱枕。等待的同時，焦慮在體內像秒針般滴滴答答，而焦慮來源無庸置疑。

「我感到不安。但我要是想錯了，你得跟我說一聲。」

她還沒有決定要不要提起那通電話，但當瑪莉亞越過茶杯的杯緣瞄著她，她便下定了決心。如果有人能用眼神擊破所有防禦，那就是瑪莉亞・羅森柏了。事情就是這樣，也許她在一個鐘頭前踏上火車時就知道了。

「有件事情。」

「你說？」
「我接到一通非常奇怪的電話。」
瑪莉亞．羅森柏點點頭，啜了口茶，然後放下茶杯。
「是昨晚。有人在半夜三點半打來。」
「三點半？而你接了？」
「對。出於某種原因，我當時剛醒來。大概就在電話響的三十秒前吧。很奇怪。然後，我就很難重新入睡。」
「電話另一頭是誰？」
「我不知道。」
「你不知道？」
她深呼吸一口，把披巾拉直，目光鎖定在兩座窄書架中間掛的畫作上。那是卡斯帕．大衛．弗雷德里希的《海邊的修道士》縮小複製畫。畫中的人影背過身掃視灰濛的汪洋。她經常猜想這位世故明智的心理醫師為什麼挑這幅畫掛在諮商室裡——整個房間裡就這麼一幅——但即使已經會診上百次，至今為止，她還是沒有問。
「他說他是湯姆。」
「湯姆？你是說……？」
她點頭，但視線沒有離開那幅畫。她的眼角餘光看見瑪莉亞．羅森柏又喝了一口茶，雙手交疊在膝上，等待著。
「他想約我見面。」
海岸上的修道士文風不動，瑪莉亞．羅森柏亦然。

「可是？」她說。

「我很難相信那就是他。」

她曾經談起湯姆，但很久以前了。這個話題曾在她們的頭幾次會面出現。起初，她們好幾次回頭說起這個悲傷的故事，但就茱蒂絲的記憶所及，已經有四五年不曾討論到他，也許有更久不曾提起他的名字。沒有理由要提。

湯姆已經是過往雲煙，她生命中一段灰暗、被遺忘的篇章，提出分析或解法都沒有意義。她也沒跟勞勃講起他，雖然這只是一種沉默的、不成文的協議，但兩人一心遵守。她想不起自從她們搬到霍騰納的房子後，哪次提起湯姆這個話題。

「我想，你最好跟我前情提要，如果你不介意的話。我只記得大概，但事情應該是好久以前發生的……」

「是二十二年前，」茱蒂絲回答。「二十二年又幾個月前。」

「當時他是……？」

「十七歲。」

「繼續吧。還是你不想在這裡談？由你決定。我只是個傾聽者，絕對尊重你的隱私。但我想不需要提醒你這點。」

茱蒂絲啜了一口茶，舉棋不定。但她的遲疑是種僞裝。她說起這第一件事，既然是出於她的選擇——不論有意或無意——這顯然代表她已經爲話題揭幕。我就是因此坐在這裡，她想。也說說第二件事吧。如果我現在不提起，它就會讓我左思右想直到永遠。

「對，事發當時，湯姆是十七歲，」她說。「他剛過生日，雖然那時沒有時間慶祝。我記得他收到勞勃送的一隻表，是頗爲貴重的腕表，但隔天他就把它賣了。」

「他把生日禮物給賣了？」

「恐怕是的。」

「因爲？」

「他需要錢買毒品。或是償還他已經打進去的毒品。我們不清楚他欠了多少債務、或是攪和進什麼犯罪。最初有點起疑，後來我們才看清一切。或是看清了大部分，可能吧。」

「是個身陷困境的年輕人呢？」

「不只如此。他從進入青春期開始就不太好。嗯，其實，還可以追溯到更早之前。他在學校一直不順利，跟同學和老師起衝突。他做過測試，也數不清接受過多少診斷。當然，一加上毒品的影響，狀況就整個急轉直下。我們跟社工談話時，他爸爸說他『用賽跑的速度衝向無底深淵』，相當貼切地描述了當時的情形。」

「他是勞勃上一段婚姻裡生下的孩子，對吧？」

「對。這男孩的媽媽在他兩歲時就過世了。我過了幾年才登場。勞勃和我在湯姆開始上學的前一年結婚。」

「你也收養了他？」

「對。我簽了一份文件，獲得完整的親權責任。這是勞勃想要的……當然，也是我想要的。」

「眞的？」

「是的。」

瑪莉亞．羅森柏揚起一邊眉毛，但沒說什麼。一臺摩托車在街上呼嘯而過時，她們停頓了一下。除此之外，很少有城市的喧鬧聲傳進房間裡，建築物本身年代古老、堅實牢固，窗戶有雙層玻璃，內側還垂著厚重的窗簾。心理醫師剛開始會診時提過這點：雖然人們通常希望會談在安靜中進行，但偶爾有聲音提醒他們外面世界的存在，無傷大雅。茱蒂絲清清喉嚨，試圖撫平房裡懸宕的含蓄問號。

「我沒半點懷疑，」她解釋。「一開始沒有。我想當湯姆的媽媽。他的親生媽媽過世了，我也不認為他對她有記憶。但自然而然地，他越長越大、變成那樣子的時候，我開始猶疑。」

「是過了好幾年之後嗎？」

「對。但那也沒什麼差別。我想，假使那個男孩子是我親生的，我對他還有其他感情。可是我沒跟勞勃討論過。當然不會了。這件事太……嗯，有點太敏感了，眞的。」

「不難理解。記得，有些話還是只適合傳進心理醫師的耳朵。你先生比你大幾歲？十歲嗎？還是我記錯了？」

「將近十一歲。他今年夏天就要七十了。他的健康不太好——我們談過——但要他停止工作是絕對不可能的。他覺得電影工作者的職涯高峰是在七十到八十歲之間。我不知道這話幾分眞。」

瑪莉亞．羅森柏笑了。「心理醫師正好也是這樣。我們達到成就的頂點，不久就要兩腳一伸了。但那位可憐又迷茫的十七歲少年發生了什麼事呢？如果我沒記錯，他無聲無息失蹤了？」

茱蒂絲嘆氣。「沒錯。他就這麼人間蒸發了。」

「嗯哼。當時有搜索吧？」

「到處都找了。不只是勞勃和我，警方也有不少理由要找到湯姆。不僅因為他的消失可能牽涉到犯罪，也因為他揹著好幾條嫌疑。如果他沒有失蹤，可能得在少管所蹲個幾年。他們給我們看了一張他涉嫌的案件清單，跟你說，那可是一點也不愉快。」

瑪莉亞再度點頭。「你們覺得湯姆發生了什麼事？我記得你上次說過，但人的觀點也會改變。」

「我的觀點沒有變。我相信湯姆已經死了。要嘛是有人謀殺了他……撞死他、用刀捅他，等等的，要嘛就是自殺。」

「卻沒有留下線索？」

「這種事所在多有。」

「肯定。那現在又是如何呢？他已經正式被法院宣告死亡了嗎？不是要在一個人失蹤十到十五年後才會啓動這個程序嗎？」

茱蒂絲搖了搖頭。「不，他沒有被宣告死亡。」

「爲什麼？」

「因爲勞勃反對。只要關係最近的親屬還在世，提出聲請的權利就在他們。」

「是的，我知道。但爲什麼你先生沒有跨出那一步呢？他還抱著希望嗎？」

「我想是。但我們不再談這件事了。就算法院宣告判定死亡，也只是個形式而已。湯姆沒有財產，勞勃和我是他唯一的繼承人……但這不是遲早嗎？即使是對於這種事，這個社會也有高效率的處理流程來應對。」

「姑且這麼說吧，」瑪莉亞．羅森柏表示贊同，向前傾身，露出溫柔但相當堅定的微笑。「但現在有人打了通電話來，自稱是你的兒子……還是在半夜打的。你失蹤超過十二年的兒子。我得要說，比起其他人遇到這種情況會有的反應，你表現得冷靜多了。」

茱蒂絲．班德勒凝視了畫中的修道士幾秒，才開口回應。

「我一點也不冷靜。我今天把早餐吐了出來，而且沒在凱瑪普萊站下車，反而在茨威爾站下錯了。所以我才遲到了五分鐘。」

心理醫師保持著謹慎的微笑。「我沒說你很冷靜。我說你『表現得』很冷靜。那麼，你怎麼想？」

「那通電話嗎？」
「是的。」
「我不只是用想的。我知道。」
「知道什麼？」
「知道那是別人假冒的。」
「那他的目的是呢？假冒者通常懷著企圖。」
茱蒂絲搖搖頭。「我不知道。我眞的不曉得。」
「他還會再打回來？」
「他是這麼說的。」
瑪莉亞．羅森柏往後靠向扶手椅椅背，沉吟片刻。
「請原諒我這麼問，但你有沒有考慮過一個可能：這整件事是你夢到的？」
她不只考慮過這個可能，她還預期到對方這麼問。
「噢，有的。但我今天早上出門前檢查了電話。我們有來電顯示，那個號碼還在。」
「了解。那你有把號碼抄下來嗎？」
「沒有，我本來要抄，但找不到筆。而正好在那個時候，勞勃從倫敦打來，我又忙著想別的事。
但我知道，那是個國外的號碼，而且……」
「是的？」
「這就解釋了他爲什麼在晚上那時間打來。」
「時區不同？」
「對。」

「也就是說，是個位在遠方的假冒者了？」

「嗯。」

茱蒂絲覺得很難判斷瑪莉亞．羅森柏是在表示同情，還是略帶嘲諷，也難以得知她是否能夠同時表現出這兩種情緒的融合。若是如此，這能力肯定來自她逐漸增長的智慧。

「勞勃對那通電話有什麼想法？你有告訴他？」

「不……不，我沒有說。」

「爲什麼呢？」

「他趕時間。正在開會的路上。他只是打來說聲早安。」

「我了解了。」

瑪莉亞．羅森柏站起身來，繞了房間一圈。這是她的例行公事之一，原因跟腿部的血液循環有關，但也用來中斷對話。至少茱蒂絲這麼認爲。暫停一下、換個氣，隱微地暗示該是改變談話策略的時候了。她等待心理醫師坐回扶手椅上。等待她改變策略。

「你想繼續討論電話的事嗎，還是我們要概略談談你的生活？」

大概沒有比這更徒具修辭性作用的問題了吧。片刻，茱蒂絲又想起鵝卵石海灘上的浪花。無窮遙遠的距離。

「討論到這裡就夠了，謝謝。」

「確定嗎？」

「對。如果他再打來，我們下次再說？」

「太棒了。一言爲定。你們的狗動完手術後還好嗎？」

勞勃週四早上來電時，她還是沒提起那通電話。他的聲音聽起來又累又喘，她猜想這場病對他造成的影響，恐怕比他願意承認的更嚴重。

但她也沒有提起他的病。那會激怒他。掛回話筒，她開始懷疑，他到底能不能活到她跟瑪莉亞·羅森柏談到的七十歲生日。也許能，也許不能。有一天，她會寡居在這間美麗的房裡，這個念頭已經在她腦海中徘徊一段時日，她不特別難過不安。若說她心懷期待是言過其實，但隨著她年紀愈長，孤獨——相對性的孤獨——顯得充滿魅力、令人滿足。或許是因為她沒有兄弟姊妹，除了母親和幾乎缺席的父親外，她的成長過程中沒有他人的打擾。她少有朋友，習慣自己照顧自己，樂於獨處；一定是這些因素。她在某個地方讀到，與孤獨為友的人從不會失望，她完完全全贊同這句至理真言。

所以，勞勃不得不在倫敦多待一天，這不成問題。真的。她整晚都睡得很好，雖然在深夜時分，她自然有些擔心電話再度響起，但它保持沉默、毫無動靜，和房裡其他部分一樣。廚房裡，狼哥一如往常睡在長椅下的狗床。如同她告訴瑪莉亞·羅森柏的，牠的手術很順利，但牠已經十一歲了，顯然這隻曾經元氣煥發的狗狗不久後也將面臨死亡。茱蒂絲知道，勞勃死後她不會再婚，也不會再締結任何種類的親密關係，但一定會再養一條新的狗。可能是像狼哥一樣的羅威那犬。在情感和現實層面上，人自給自足的能力都有極限。孤身一人住在大房的女人，可是大大不同於一個帶著忠實的看門狗、住在同一間房裡的女人。

早餐後，她帶狼哥出去散步，經過稀疏的樹林，往上走到水塔，然後沿河向下，過了老舊的木橋，回到河的另一邊。路程花了快要一個小時，從前，當這條狗還年輕力壯、女主人還不滿五十歲，走同樣的路線只需一半時間。樹木逐漸轉黃，但樹葉還沒有開始掉落，這天是美好晴朗的典型秋日，她努力將湯姆和那通電話遠遠屏除在思緒之外。

然而一旦煩心，就很難甩掉那些念頭。二十二年前的那日重新湧現，就像有人——不就是她嗎，還會有誰？——發現了一本遺忘已久的舊相簿，忍不住打開翻閱。

但那些相片是會動的，更像老舊的影片檔案，而不是相簿。她自己、湯姆、還有勞勃。

亞拉克的坎多巷裡那間公寓。

七月份。

最後的那夜。

暴力的場面。那股恐慌。那件事。

一個那麼年輕的人怎麼會崩壞得如此嚴重？如此自大，對每件事、每個人都如此痛恨，尤其恨自己的父母。

這是她當時對自己問的問題，直到今天還是在問。

她記得更久以前。有事不順他的心，他就咬了勞勃的小腿——緊咬不放，簡直就像一隻鬥犬，下巴卡得死緊。他那時五歲，勞勃得拿一本厚書打他，才讓他鬆口。

他體內的憤怒不受控制。她記得學校一位心理師說，跟湯姆同類的男孩——她用的詞確實是「同類的」——通常在青春期會安定下來。這種見解到底怎麼來的？不管如何，他後來的狀況確實是如此，至少一部分。湯姆十三歲時有了改變，但不算是改善。他變得更內向、拒人於千里之外，很難相處。雖然他的確交了些朋友，但那些人都是會把任何父母嚇壞的類型。她特別記得其中一位叫作鯊魚——總之他是如此自稱——的男孩，前臂上有個納粹卍字刺青。他比湯姆大三歲，爸爸和哥哥分別因爲謀殺和重傷害罪在坐牢。這種牛鬼蛇神朋友還不只鯊魚。

眞是一段邪惡的時期，她如今回想，這個詞彙躍上心頭。

她打開大門，放狼哥進花園。夠了，她心想，這都是塵封往事。不管那通電話是誰打的，總之不是湯姆。如果死人要復活，也會選在死後第三天，而不是過了二十二年突然重返人間。

整個週五下午，她都在書桌前工作。她的伊拉斯謨斯傳記預定明年秋天出版，她答應出版社聖誕節前交出全書初稿。這個寫作計畫已經花四年，她本來估計三年，但她後來才透徹理解到伊拉斯謨斯是怎麼樣的一位巨擘、關於他的文獻又是多麼汗牛充棟。他自己的著作同樣不少。但出版社通情達理、財務寬裕，而且她的名號、先前的著作可以保證達成他們希望的水準，畢竟該出版社也是以高品質聞名。五年出一本好書，勝過兩年出一本平庸之作。

勞勃七點左右打來。他的聲音聽起來比早上有精神，每個新片企畫都免不了的會議和疑難雜症總算解決，至少算暫時解決，她覺得是把事情告訴他的時候了。為了避免橫生枝節，她把事件發生的時間講晚二十四小時，這不會造成什麼影響。

「昨晚發生了一件事。本來早上要告訴你，但我知道你今天會很忙。」

「是嗎？」

「我接到一通電話。」

「嗯？」

「凌晨三點半打的。是個假裝成湯姆的人。」

「什麼？」

「對。電話響了，我想也沒想……就接了。他自稱湯姆，認為我們應該見個面。」

「到底是怎樣？」

「對啊。我完全無言以對。而且之前，我才剛作了個怪夢。」

「他……他說了什麼？」

「什麼也沒說。只說我們該見個面，還有他會再打來。然後就掛斷了。我們說話的時間可能不過一分鐘……甚至不到。」

電話中安靜無聲，但她聽得見勞勃的呼吸，聽起來突然變得吃力，跟早上一樣。我不該說的，她想，完全不該提起。

「他是從哪裡打電話的？」

「國外某個地方。我也不知道哪裡。」

「來電者沒有顯示號碼嗎？」

「有，但我看的時候，號碼已經消失了。」

「消失了？」

「也許我按錯了按鈕。我不知道，反正它就是不見了。」

這是眞的。她從心理醫師的診間回到家時，要查看那個號碼，但不見了。她一定是在跟勞勃通話時不小心刪掉了。

除非有別種可能……？

但她撇開了這個想法。

「他聽起來怎麼樣？」

「他聽起來……呃，沒有特別之處。就是普通的男人聲。不特別低，不特別高……有點沙啞。我們沒說什麼話。」

「他會再打來？」

「他是這麼說的。」

「你……你眞的完全不認得他的聲音嗎？」

「老天啊，勞勃，當然不認得。」

「對不起。我只是很驚訝。我們明顯遇到冒牌貨了，有人假冒湯姆？但爲什麼？這才是問題。」

「我也疑惑整天，還沒有想到答案。他一定有什麼目的……除非這就只是個惡作劇。」
「惡作劇？」
勞勃突然一陣咳嗽，她聽見他從話筒旁轉開，向旁人要一杯水。
「你旁邊有人？」
他灌了幾口水後回答。
「我在飯店樓下的酒吧打電話。別擔心，電話沒被竊聽。」
竊聽？爲什麼會被竊聽？
「我明天下午就會回家，我們到時候再談。」
「當然，好的。」
「如果他再打來，記得抄下號碼。還有立刻打給我，半夜也一樣。你說什麼時候接到電話的？」
「凌晨三點半後。」
「天啊。」
「是啊。但你說得對，我們明天再討論。也許只是個神經病，自以爲這種事很好玩。」
伴著沉重的呼吸聲，勞勃思考一下。
「是的，姑且這樣想吧。這世界上到處都有白癡。」
「親愛的，我知道你身在電影產業，對此深有體會。」
這是他們之間行之有年的玩笑。他笑出了聲，然後掛斷電話。
她回想起當時負責調查湯姆失蹤事件的一位警察。九點鐘新聞結束後、她關掉電視時，那人猛然躍入他的腦海。

他是頗年輕的警探，記得叫做迪薙或迪儂，或就只是儂恩。湯姆失蹤後的一個月裡，他來跟他們談過幾次話，其中一次有一位女性同事同行，其他都單獨來訪。他謹愼禮貌的語調讓她和勞勃印象深刻。他其實質問過他們，但她和勞勃都沒有惡意解讀他的意圖，不認爲他想抓到他們把柄。或者，確認他們倆沒有涉及湯姆的失蹤，他就滿足了：他們也許把那男孩的狀況處理妥當，在某片陌生的大陸上、一個陰森的地方給他安排了一個避風港，讓執法機關鞭長莫及；或說是讓馬爾丹警方鞭長莫及。

但他們當時還沒有發覺這是他的目的（或至少是部分目的），她記得他們倆事後爲了自己的天眞連連搖頭。

有一次，迪薙（或是迪儂、或是儂恩）問他們，如果湯姆從某個地方弄來一大筆錢，用來跑路、改變身分、躲藏一輩子，他們是否會驚訝。

「你暗示說他可能去搶銀行了嗎？」勞勃問。

「我沒有這麼說，」那位文靜的警探回答，「但既然你講到了，你對這個假設有何想法呢？」

「相當不可能，」勞勃思索片刻，「湯姆有毒癮，幹些小偷小搶的勾當，但不是天才罪犯。」

她當時覺得他這樣評價自己的兒子，實在不太客氣，但迪薙（或是迪儂、或是儂恩）點點頭，勉強露出拘謹的微笑。

她想著，不知道這位親切的警探是否還在警界任職，如果假冒者再度來電，不知道有沒有可能找他求助。

但他沒有再打來。

週六和週日，他都沒有打來，接下來一週、甚至一整個月都沒有。她和勞勃討論過這件事不只一次，她很快就意識到他的態度有所保留。他的意思是，也許這代表整件事都是她夢到的，根本沒有深夜電話。他並沒有非常強力主張這個論點，她也沒有費神反駁。但她想起瑪莉亞·羅森柏提出同樣看法，而隨著日子平安過去，她也開始懷疑起自己。

一通半夜響起的電話，三十秒內就掛斷。

來自失蹤二十二年的人。

號碼從來電顯示列表裡刪除了。

有什麼能證明這不是她的幻想，不是她的夢境？它看起來是真實的，卻不曾真正發生。

她後悔跟心理醫師提到電話。

她後悔告訴勞勃這件事。

時移事往，秋葉飄落，而她愈來愈沉浸在十六世紀伊拉斯謨斯的世界裡。

第二通電話在十一月的某週打來。

在一個灰暗多雨的的週二下午，她正進行到最難寫的其中一章——論及伊拉斯謨斯與馬丁·路德的複雜關係——本來沒有打算接電話。通常，她工作時會把電話關掉，但當天午餐時間她在跟出版社說話，忘記按掉開關。

掛斷電話以後，她尋思著自己是否預感這通電話的來臨，若是如此，是否正是那股預感驅使她拿起話筒。但恐怕不是，她心想，人總是很容易以後見之明幻想自己看見預警和凶兆。當未來顯得愈來愈無可預測，我們就有這種在後照鏡裡看清一切的需求，她記得她和勞勃不久前討論過相關現象，關於看見事物的規律、關於簡化的解答。

「喂？」

「茱蒂絲·班德勒在嗎？」

「我就是。」

「我是湯姆。」

一陣突然的顫抖從腳趾一路向上竄過她全身，就像七週前一樣——她不禁訝異——有那麼一秒，她的視野縮窄成隧道狀。一條狹長的隧道，帶著黃色調，牆壁搏動位移。但她隨即恢復過來，甚至有心思查看來電號碼。

未知的號碼。

「喂？」

「是，我還在。你想怎樣？」

他發出像喘氣般的短促笑聲。

「我想怎樣？當然是想跟你見面。跟我上次解釋的一樣。」

「你是誰？」

「湯姆。別跟我說忘記了。」

「哪個湯姆。」

「你的兒子湯姆。你是我媽媽。你在暗示什麼？」

「我……我沒有在暗示什麼。但我很難相信你說實話。」

「你又是如何達成這個結論的？」

她思考片刻。他語帶諷刺，幾乎嘲弄，彷彿覺得這樣講話很有趣。她吞吞口水，打起精神繼續。

「我的兒子湯姆二十多年前就失蹤了。我先生和我都認爲他死了。」

「我沒有死。」

「不，顯然沒有。但你也不是你僞裝的那個湯姆。」

「你眞可恥！」

「你說什麼？」

「我說你眞可恥！你不知道你這樣跟我說話多可恥嗎？」

「不。因爲你是個冒牌貨。」

「我不是冒牌貨。」

「我哪知道你是不是？」

「跟我見面，你就知道了。這就是我打電話來的原因。我上次保證過會再打，你忘了嗎？」

她又思考了一會兒。

「那你又爲什麼想要跟我見面？」

「做兒子的想見媽媽，很怪嗎？」

「是很怪，如果這個兒子已經避不見面二十二年。」

「你知道的，他有他的理由。」

「不，我不知道你說什麼理由。」

「等跟你見到面，我就會解釋所有事情。」

「我可能完全沒有意願跟你見面，或是繼續對話。」

幾秒鐘的時間，電話中一片沉默。沒有呼吸聲，沒有遙遠的海浪聲。上帝啊，拜託讓他放棄吧，她心想，讓他認輸，永遠不要再來聯絡。

他清清喉嚨。「如果你不肯見我，你會後悔的。」

恐嚇？她無法判斷，但他壓低了聲音，放慢語速。

「你在哪裡？」她問。

「這裡，」他立刻回答，「就在馬爾丹這裡。我們可以明天見面。」

「明天？」

「有何不可？」

「勞勃不在。他週日前都不會回來。」

「有你跟我在就可以了。你覺得呢？」

爲什麼？她心想，爲什麼我沒有早早掛了電話？

然後，她說，「去哪裡？你有想到要去哪裡嗎？」彷彿事到如今想要回頭已經太遲。

「隱奇格咖啡館。我建議明天三點在咖啡館見面。那裡下午通常空位都很多。」

「好，」她呑了呑口水。「但我四點在城裡有約，先告訴你一聲。」

「一個小時就夠了。很好，明天見。」

我四點有約。爲什麼她要編這個謊？這算是她憑空想出的某種保險措施吧，當她將所有關於伊拉斯謨斯和路德的文件推到一旁、雙手托住下巴坐著、往外看向雨景與枯樹，她認爲在如今的情況下，這是可以接受的謊言。

可是，那勞勃呢？她應該通知勞勃嗎？他當天早上就出發去日內瓦了，週日前都不會回來。就像她跟那個冒名者說的，在這件事上，她沒有扭曲事實。

她決定不要。勞勃慢慢等吧。反正，他覺得這都是我幻想出來的，就算設法說服他，他只會憂心忡忡，下一堆沒意義的指導棋。還是等他回家再告訴他發生了什麼事比較好。我得要……得要自己一個人參加這場遊戲。

至少現在是這樣。

這是一場遊戲嗎？

她大概十多年不曾踏進這家咖啡館，然而它的樣子和她記得的一模一樣。至少外觀：相當破敗，略帶哀戚，但某些程度上完好無缺。咖啡館有點寂寥，她心想，因爲通常擺在寬敞人行道上的桌椅這會兒都搬進室內。但現在畢竟是十一月，適合坐在外頭的季節已經結束。

是的，所有的事物都有走到終點的一天，她心想，但這句濫調套語一出現在她腦海，就被她撇開。她從霍騰納搭一點半的火車來，現在離約定會面的時間還有將近一個鐘頭。她原先的意圖是多留點時間，但如今她頂著毛毛雨站在街道對面，她實在看不來乾等有何意義。被迫漫無目的消磨掉五十分鐘，等待跟她已死的繼子面對面坐下來的時間……不，這絕對不是最好的選項。

我得想想別的辦法，她如此發覺到，我得整頓一下自己，不然情況會失控。

她起步而行，沿著狹窄的巷道走向朗恩運河路，然後繼續順著河道往北。突然間，她認出自己身在何處：四十年前，她剛到這座城市，在大學裡主修文學和哲學，當時她和另外兩個女孩子在盧文街這裡合租一間小公寓。她們只住三個學期，但那是她人生中一段充滿興奮之情與重要意義的時期。想來眞難相信，不到一年，勞勃出現了，而她的學生時期，儘管在當下體驗與事後追憶中都如此充實可期，但實際上無比短暫。

而不可避免的結果是，她跟勞勃共度的歲月相較之下如此漫長。三十七年了，她想，我跟同一個人在一起將近四十年，等於是我成年後整個人生。到底發生了什麼事？

當然，她的心頭不是第一次浮現這個疑問，但此時此刻，當她拖著腳步走過林納街和庫維街交叉口販賣起司和酒類的「巴赫特曼小鋪」，這個問題多了幾分許久未見的情緒重量。她尋思著，一個人的生涯中，究竟是什麼使得某些時刻格外充實、饒富意義，某些時刻卻又稀薄冰冷、拖沓遲緩？就像飛機進場降落在一條名爲死亡的跑道上。

又來了個奇怪的意象。打在卵石上的海浪？降落在墓園裡的飛機？

她搖搖頭，收起雨傘。雨勢暫歇，突然露臉的陽光流淌過威瑪斯運河路上枝葉光禿的樹木之間。這兒一定是威瑪斯運河路吧？她瞥見街角的小路標，證實她想的沒錯。

我知道自己身在何處，她想，至少在空間的層次上。

然後她看了時間。差十五分鐘就三點了，她發現自己可能會晚幾分鐘到咖啡館。好極了。這樣一來，就會是他先在那裡等她，而不是她等對方。

她拉開門進去，往狹長形的咖啡廳裡走了幾步，然後佇立原地。她的目光掠過一排排桌子，往前筆直望去又看向左方，等著有人發現她。

等著他發現她。就她記憶所及，咖啡館裡沒有別的座位，沒有提供較多隱私的隱蔽角落。所有客人都可從入口處一眼望盡，也就是她駐足的這個位置。

店裡挺空的，只有左側一組四人的老太太，以及室內主要座位區的三位男士——兩位分別坐在窗邊的桌旁，一位則在吧臺對面的牆邊。三個人都面對著入口，三個人都抬起眼睛看她——她感覺他們是一個接一個地做出這個動作。很快地，他們的注意力又回到各自手邊事務：一盤義大利麵、一本書、一杯啤酒，還有一張賽馬節目表（如果她沒看錯）。她看看手表。三點七分。

一名服務生出現了，對著她露出半抹笑容。

「我——我在等人。我想他還沒到。」

「您或許可以找個座位坐下來等呢？」

她坐在最靠近門口的桌旁，但沒有點餐。服務生消失了。三名男子都還在原本的位置，文風不動，而由於這三人都沒有注意她，她得以更仔細觀察他們。

她立刻驚覺到，這三人看起來年紀都沒錯，四十歲左右，最少三十五，最多不超過四十五。如果湯姆還在人世，他今年是三十九歲。這三個人其中之一就是他嗎？她心想。若是如此，那爲什麼……爲什麼他就只是坐在那裡？爲什麼我們沒有約定好某種相認的信號？就算他眞的是湯姆，他也不會期望我能認出他吧。而且，他又怎麼知道我是什麼樣子？

另一方面，他們約好三點見面，而整間店裡只有她一個獨行女子。也就是說，她心想，他還沒到。因爲某些緣故。

除非……？

她又更仔細地一一審視三名男子。他們的外表都十分相似。沒有人留鬍子，沒有人戴眼鏡，三人的頭髮看起來都很短，雖然坐最遠的那位稍稍轉頭時，她就看到他其實綁了馬尾。他們三個都是外型端正，普通身材，體重適中。一個穿炭灰色夾克和深色襯衫，一個穿白襯衫配針織外套，另一個穿深藍色馬球衫。沒有異常。就是三個正開始邁入中年的標準歐洲男人。

如果要她從這三個人裡面挑，他會是哪一個呢？她又想。

也許是坐離她最近的這個？他坐在靠窗的桌前，桌上有一杯咖啡，埋首閱讀一本又厚又重、滿是翻閱痕跡的平裝書。但他的臉和她記憶中湯姆十七歲時的模樣對不上。他兩眼間的距離有點近，下巴有點長。嘴唇也太薄了。

但是，看在上帝的份上，她想，那不可能是他。我爲什麼要坐在這裡東猜西想？湯姆死了。

當她投入這番徒勞無功的省思，服務生幫左側座位區的一行四人的女士們結了帳，現在到她的桌邊來。

「您確定不用點餐嗎？」

她又看了一次表。三點十五分。

「不用，謝謝，」她說，「我想恐怕是有些誤會。我朋友顯然不會來了。謝謝你讓我進來坐。」

他不置可否地點點頭，就退下了。她站起來，把椅子推回桌下，離開咖啡館。

「可眞奇怪，不是嗎？」

瑪莉亞．羅森柏看起來發自內心擔憂，彷彿她終於面對超乎認知範圍的人類行爲。她這個人的認知範圍，可是非常廣闊。

「我也這麼覺得，」茱蒂絲．班德勒說著，調整一下背後靠枕。「我眞的不懂這怎麼一回事。」

「你要是能懂，我才會訝異呢，」心理醫師說。「我得要說，我挺爲你擔心的。」

這會兒是週四早晨，雖然離排定約診還有一段時間，但茱蒂絲覺得她不管如何還是該來接受諮商。各方面來說，她白跑咖啡館後的那日傍晚和夜間，都很不好過。搭火車回霍騰納的途中、還有到家之後的頭幾個小時，她勉強維持鎭靜。但傍晚帶狼哥散步後，當狗兒在廚房裡的寵物床安頓下來，她的內心似乎有些什麼突然繃斷。一道裂隙綻開，無以名狀的恐懼如潮水般一湧而出。勞勃九點左右打來，她已經喝了三杯紅酒。他一定從她的聲音中聽得出來她喝了酒，而她用上了極大的自制力才沒有透露背後理由。

是的，她喝了幾杯熱托迪酒（註），她解釋，因爲覺得有點不舒服。但有醉嗎？當然沒有。要是她告訴他，她跟他們死去的兒子安排了一場失敗的會面，他會怎麼說？她實在不願意想。

「但是，爲什麼呢？」瑪莉亞．羅森柏想要知道，「爲什麼避免勞勃的參與是一件這麼重要的事？能請你跟我解釋看看嗎？」

註：Toddies，一種以威士忌或其他烈酒加上蜂蜜、檸檬、香料混成的調酒，在歐美常作爲著涼感冒時喝的熱飲。

她想了想，但找不出比較圓融無害的說法。

「他覺得這都是我的想像。而那個該死的人沒有出現在咖啡館，這項事實又正好證明了他的看法。別忘了……」

「是的？」

「別忘了我以前也有過幾次這種插曲。」

「你是指瑪猶那的事嗎？」

「對，我當然指瑪猶那。當過精神病患的人，總是很容易重蹈覆轍。你比一般人了解得多。」

瑪莉亞．羅森柏點點頭，抿著嘴唇，喃喃抱怨著世事如此、愚者之愚，又喝了一口茶。「這是一種妄想。」

「妄想？」

「我指的是勞勃。我一點也不相信這是你想像出來的。你住院的那次也不是。我記得那是十年前吧。如果我記錯了，請指正我。」

她說的兩件事都是真的。茱蒂絲是從瑪猶那出院後開始接受心理治療，而不論她當時出了什麼毛病，十二年前和接下來十年間的她都不再出現過幻覺。不管勞勃有何看法。而且她每次住院的時間都不超過兩週。

「總之，這不要緊，」心理醫師繼續道。「目前，我們先別把勞勃扯進來。但我們至少要試著理智一點。哪些事是我們可以確定的呢？」

茱蒂絲聳聳肩，「繼續說吧。」

「樂意之至。這個嘛，我們可以確定，外頭有個傢伙想要嚇你。他打了兩次電話，冒充成你失蹤二十二年、可能已經過世的兒子。你同意跟這個傢伙約在咖啡館見面，但他沒有現身。問題在於……

當然，問題在於，他到底想從這一切中得到什麼？這樣總結正確嗎？」

「完全正確。」茱蒂絲說。

「另一個問題是，我們應不應該採取預警手段。」

茱蒂絲注意到，她開始用「我們」這個代名詞，她爲此猛然升起一股感激。這不盡然是因爲這讓她感覺被照顧，但至少她有可以傾訴信任的對象，了解她、關心她的人，準備好陪她一起解決浮現的問題。

但是，手段？預警手段？

「你是什麼意思？」她問。

瑪莉亞．羅森柏拿下眼鏡，開始苦思。

「就是下次他再來聯絡時，你該做的事。我認爲是我們需要討論的問題。」

「昨晚，我清醒地在床上躺了四個小時，想著這件事，」茱蒂絲說，「很不幸，我想不出來。」

心理醫師擔憂地搖頭。「他第一次接近你，跟第二次隔了很長一段時間。這會讓你猜不透同樣的事情會不會再度發生。中間隔了兩個月，是吧？」

「幾乎，」茱蒂絲說，「我記得七週。」

「嗯。你覺得聯絡警方如何呢？」

「不，」茱蒂絲立刻回答。「當然，我昨晚醒著時想過這個可能，但決定不要。他們能做什麼？他們連一條可以追蹤的線索都沒有。沒有電話號碼。什麼也沒有。而且他……」

「是的？」

「他其實沒有做出任何威脅。只有說想要跟我見面。就我所知，這不違法。」

「是不違法，」瑪莉亞．羅森柏嘆了口氣。「不，我們得專心設法擺平這件事，不求助於執法機關。至少目前如此。你還能夠照常生活和工作嗎？」

茱蒂絲思考了一下。「我想跟你保持比較密切的聯繫。比方說，我可以打電話來嗎？」

「當然可以，」心理醫師驚呼，大大張開雙手，彷彿要擁抱她的案主——要不是她們坐得如此舒適，要不是她們之間只有一公尺半。「你一天二十四小時隨時都可以打給我。而且，就算沒有事發生，我建議我們還是一週約見一次。如果你覺得有需要，也可以更頻繁。聽起來如何？」

「聽起來很棒，」茱蒂絲說。

「那勞勃怎樣了呢？你打算告訴你先生事情進展嗎？」

「我不知道。」

「他現在人在哪？」

「日內瓦。」

「拍片嗎？」

「對，他週日會回家。」

瑪莉亞．羅森柏思考了片刻。「這樣還有幾天可以考慮。但也許這可以等到……」

「等到我接到另一通電話，」茱蒂絲說。「是的，我比較喜歡這個選項。」

「好吧，一言爲定。」心理醫師下了結論。

但是，一個鐘頭過後，她出門走到凱瑪街上時心裡想著，勞勃必須要知道。

不管如何，終究要的，他們畢竟是唯二知道那天晚上發生了什麼事的人。她可以和瑪莉亞．羅森柏討論各式各樣的事情，但還是有一條不可跨越的界線。爲了安全起見最好根本不要靠近的界線。

她發覺她把雨傘忘在樓上的接待處了，但雨勢已歇，離車站的路只有兩百公尺。

這次不是相隔七週。

距離她那次徒勞的咖啡館之旅，只有三天。

週六下午，兩點半過後幾分鐘，這次她有明確的預感。來電再度出現未知號碼，如果她拿起話筒時，電話另一頭是其他人，她反而會驚訝。

「喂？」

「是茱蒂絲．班德勒嗎？」

就像前兩通電話一樣，他一開頭先問是不是她。她的腦中掠過突發念頭：如果她自稱別人呢？例如，自稱協助偵辦騷擾案件和組織犯罪的女警，在適當的時候插手。那麼會怎樣？

但她否決了這個想法。

「你想幹麼？我沒時間。」

「我覺得你有。畢竟，你還有時間到咖啡館。」

「你怎麼知道？你又不在場。」

「我在。」

「胡說。我等了十五分鐘，你沒有來。」

「我在。我當然在。」

他在說什麼？她想著，回憶三名坐在桌前的男子形象。書、義大利麵、賽馬卡、馬球衫、夾克、針織外套。她坐在那裡等候時，他們對她的存在毫無興趣。現在她有時間好好回想，她覺得那是無感。但即使如此，他們其中一人有沒有可能……？

「你穿了一件淺米色大衣，圍一條藍色圍巾。你把大衣掛在椅背上，坐在一張很靠近門口的桌子。你真的不記得我了嗎？」

她沒有回應。她無話可說，霎時感覺自己的心失去平衡。或是裂成碎片。或兩者皆是。沒有任何想法浮上腦海，她不禁納悶自己是不是眞的陷入精神崩潰。

幾秒鐘在沉默中過去。

「你爲什麼不記得我？」

把話筒放下，她告訴自己，你必須把話筒放下。打電話給你的是個死人。你的神智不正常了。但她無法那樣做，她反而緊緊抓著話筒，低身坐到前廳裡的椅子上。她就是在那裡接起電話的，當時正在帶狼哥出門的途中，現在狗兒站在門邊，對她投以責難的眼光，哀哀搖著尾巴。

他已經死了，她心想，湯姆已經死了。所以我才看不到他。

沉默持續著。沒有海浪聲。沒有呼吸聲。

死人是不需要呼吸的。

他回來懲罰我了。

「你怎麼不說話了？你在咖啡館有跟我說話呀。」

她擠出力氣進行虛弱的反抗。

「我沒有在咖啡館跟你說話。你不在……」

但就在他開口以前，她明白了。

「你這個社會階級的成員，通常不會注意到服侍他們的人。」

那個服務生。

她掛回話筒，站起身來，拿起狗鍊。

一個問題要是不能在一趟很長的蹓狗散步途中解決，最好避而遠之。

這是她在文法學校的哲學科兼宗教科老師克林可先生說的，他曾在某堂課把這句箴言寫在黑板上。他接著解釋，這句話實際回答了另一個經典問題：一個人如何選擇戰場。

那個週六，她帶著狼哥緩慢散步，花了將近兩個小時，如果遵照她昔日恩師的教誨，這個戰場就是她應該撤守的。她想不到解答，到頭來她應該放棄這整件事，不再理會那個假冒者，那人爲了神祕難解且可能怪異的理由，一心一意造成她的不愉快。

麻煩的是，她不可能退出這個戰場。也許在理論上可以，實際上卻不行。

發現那個服務生就是這個故事的大反派，至少代表一件好事：她可以讓自己脫離怪力亂神之說。一切的解答與超自然無關。她面對的不是復仇的死者或鬼魂。不管那個煩人的白癡是誰、不管他的意圖多變態扭曲，他都是有血有肉的凡人。

至少有了這點進展，茱蒂絲·班德勒心中一面想，一面在舒適、安全又溫馨的前廳裡跪著幫狼哥擦乾爪子，這就是她第三次跟假冒者說話的位置。有進展了。明天我會打電話給咖啡館，問他的名字。他的長相我可是記得非常清楚。

她實在不太能夠解釋，爲什麼她要拖延到隔天。

也許是因爲那個服務生，跟其他三位男性顧客一樣，都是四十歲左右。

也許是因爲他的臉看起來——至少在回想時——有模糊的熟悉感。

一個年輕女子接起電話。

她爲自己不尋常的請求致歉，但表示想要聯絡一位在咖啡館工作的服務生，因爲前幾天她造訪咖啡館時，他幫忙她處理了一個小問題，她很希望能私下傳達謝意。

那天週三下午，精確來說是三點左右。他是四十歲左右的男性，蓄短黑髮，體貼有禮，而且樂於助人，就像她剛才說的。

年輕女子遲疑了，不久就請她稍等，她要看看班表。三十秒後，她回來了。

「我想我最好還是先問一下您的大名。」

「當然。我叫茱蒂絲・西默林。」

她對這個問題有所準備，拿出她的娘家姓氏備答。

「謝謝。您問的這位服務生應該是湯姆・班德勒。他週三那天有值班。」

班德勒。她吞下一股想掛電話的衝動。

「謝謝你。請問你有沒有他的聯絡方式呢？或是知不知道他下次什麼時候值班？」

「他不會回來了。他週五就做完了。」

「週五就做完了？怎麼……怎麼回事？」

「他是受雇一個月的短期員工，暫時代班。原本的服務生現在回來了。」

「了解。但你會不會有他的電話號碼呢？或是地址？」

「其實只有地址。亞瑪斯登街二十五號B座。我要回頭忙了，祝你找到他。」

「謝謝。非常感謝你的幫忙。」

「不客氣。期待您下次光臨。」

雇用私家偵探這個點子突然在她腦海裡冒出來，這其實非常顯而易見。恰恰是正確的手段，在這種……怎麼說的？……眼前的狀況下。她不能求助於警察，又不想將勞勃牽扯進來，目前還不想。瑪莉亞・羅森柏這個人選被排除了，她是一位七十二歲的心理醫師，不是偵探。而自己一人前往亞瑪斯登街、嘗試某些行動，在她看來是最不具吸引力的選項。

忘了這整件事吧？不要選擇這個戰場？

絕不可能。頭都洗了，非剃不可。她在咖啡館咬了餌，牽涉進來，到底是牽涉進什麼還不明朗，但不管如何，現在是主動的好時機。至今爲止，在整件事開始的兩個月後，一直都是假冒者握有大權，耍著她玩，控制局面。現在是改變雙方地位的時機。大好時機。

趁著懷疑的種子還沒播下，她趕緊行動，翻開電話簿厚重的黃頁部分，找到八家列在「私家偵探、偵探事務所」分類下的公司。出於她無法解釋的理由，她選了第七家。也許只是因爲她喜歡這個名字。她的初戀男友正是叫做赫伯特。

赫伯特．諾爾，私家偵探，謹慎保密，榮譽至上。馬爾丹500221。

她撥了那個號碼，雖然當時是週日上午，還是有人接電話。她猜測，他是個跟她年紀相仿的男子，雖然聲音有點空乏無力，但他保證很樂意聽她簡述想求助的事件。如果她能撥個五分鐘解釋一下具體情況，他就可以答覆他能否接下這份工作。

她的確解釋了。也許比原本估計的五分鐘久了點，但赫伯特．諾爾嗯哼附和、仔細傾聽，而且從他簡短的補充問題和插口打斷聽來，他愈來愈有興趣。她說了那天上午跟咖啡館女服務生的對話，講完的時候，他宣告這個案子正落在他的專業領域。他提議他們儘早碰面，安排隔天在他辦公室見。十一點鐘在盧伊德巷六號。她方便嗎？

茱蒂絲．班德勒說再方便不過。

電話掛斷，留給她一種勝利的感覺，近似於她終於跟牙醫約診時的成功感。接下來四個小時，她全心全意投入伊拉斯謨斯的工作。

她沒有事先答應到機場接勞勃，但決定這麼做。做點關愛的善意動作，也許是因爲對他有所虧欠，她選擇不告訴他關於湯姆的最新進展。

由於他永遠不會領會這樣的小動作不是很合理，但她不以爲忤。瑪莉亞．羅森柏曾說，婚姻就像一座天秤，努力維持平衡總不會錯，哪怕你的努力沒有立刻得到重視或鼓勵。

這是她在入境大廳等待時，腦中揮之不去的念頭，但一見到丈夫身影，這些念頭溶逝而去。

他看起來糟透了。

他像瘦了十公斤、縮水了十公分。她知道勞勃不喜歡搭飛機，雖然她有時候覺得他飛在空中的時間比待在地面上還多。這跟稀薄的氧氣吸入量有關——機艙內乾燥空氣惹的禍——經年累月，問題還是沒有改善。

但在這個週日傍晚，她意識到其他的東西：這個佝僂老人，身爲她的丈夫，穿的西裝顯然大了兩號，極有可能已經時日無多了。

基於他的意願，他們從來不曾詳細談論他的病況，但這幾年來，他的病仍然在他們的關係中扮演角色。一種隱形的存在，她從前這麼想，一種你知其在場卻諱莫如深的事物。她和瑪莉亞．羅森柏針對這種應對方式討論過幾次，她們都頗有意見，但因爲生病的是勞勃本人，他有他的切入點。

但他現在不只是生病，他快要死了。

他一如往常迅速給她一吻，同時他的呼吸傳達另一番深意。

在他們從賽斯黑文機場開車回家途中，事態更明顯了。

「我得向你坦白，」他開口，「日內瓦那邊沒有電影拍攝計畫。好吧，也許有。只是跟我無關。我是去那裡見一位專家。」

「專家？」

「是醫生。我住院接受四天觀察。他們做了上千種測試，最後……最後得到一個診斷結果。」

她沒有回答。我知道，她心想，我就知道。

「六個月，」他說，「在外面醫院的話是一年。有些辦法可以稍微延長受苦時光，但我不想走那條路。」

他將左手放在她的膝蓋上。

「你得要原諒我，茱蒂絲。我要離開你了。」

「勞勃，我不知道該說什麼。我很遺憾。」她一面輕撫他的手一面啜泣。

「你什麼也不用說。我們至少可以一起慶祝最後一個像樣的聖誕節。然後迎接新年。賽蘭醫生估計我在接下來兩三個月都還不會感到痛苦……相對來說不感痛苦。這之後……」

「之後？」

「之後可能會惡化。你的伊拉斯謨斯進行得如何？我很期待找時間讀你的稿子、跟你討論。」

眞是勞勃的典型行事風格啊，她想。他想在三分鐘內就解決掉他即將面臨死亡的話題，也無疑能夠花好幾天坐下來解讀她厚達六百頁的文稿。就是這麼回事，接著她發現，自己其實很感謝他是這樣的人。

但他準備好要討論湯姆了嗎？

好問題，茱蒂絲轉向霍騰納想著。但考慮當下，我會把這個話題往後拖個幾天。

諾爾的私家偵探事務所占地不到十二平方公尺。

一張配旋轉椅的的書桌，一個檔案櫃、一張給訪客坐的扶手椅。僅此而已。

還有，書桌右方的牆壁上掛了兩張蒙塵難辨的裝框證書，以及一扇窄小髒污的窗戶，面對著一堵磚牆，只透進最微弱一抹暗沉天光。

她猜他的年齡猜得很準：跟她差不多。他的體重約是她兩倍，以相當令人印象深刻的方式填滿室內。鏡片略帶底色的眼鏡推高到額頭上，獅子鼻又圓又胖，頭髮理光，但頰邊和下巴鬍子沒刮。

「歡迎來到諾爾博士的研究小組，」他開口，「不管我這寒酸的辦公環境給你怎麼樣的第一印象，我想告訴你，我接下的案子裡有百分之九十我都解決了。這破案率高過這城市裡其他同行，我敢保證還高了不少。請坐吧。」

茱蒂絲坐在毫無裝飾的皮面椅子。博士？她想著，她突然聯想到勞勃某部電影裡的一幕，彷彿在她面前的男人其實是知名演員，而非真正的私家偵探。

但這無關緊要，她迷惑地想。就像他總是說的，電影是人生的濃縮，就這麼簡單。

「我們再來回顧一下所有的事吧，確保我沒有漏掉重要細節，」赫伯特．諾爾繼續道，把筆記本翻到新的一頁。他按了原子筆的尾端好幾次，斜眼看著她。「請說吧。我寧願多記十條多餘的資訊，也不願記得太少。」

她開始敘述，那三通電話，那次前往咖啡館，那三名男子和那個服務生。

據說那個人已經不在咖啡館工作了，他冒用湯姆．班德勒這個名字，他的地址是亞瑪斯登街二十五號B座。

還有，背景介紹。湯姆在一九七三年的失蹤；當然沒有講得很詳盡，她不曾對任何人透露細節。她說的是官方版本，也是警方據以調查的版本，經過這麼多年、在不同場合重複過這麼多次，她依然牢記於心。

「好的，」他在她講完時說，提問釐清幾個重點：假冒者的確切相貌、湯姆失蹤時的外觀、她認爲眞正的問題所在、她丈夫的想法、她希望偵探追蹤到假冒者時做何處置（持續監視，還是她考慮採取其他手段？）、她想要如何接收調查報告、她是否準備好當場支付頭幾天工作的薪酬，金額跟關稅一樣，可能產生預期外的增減項目。

茱蒂絲盡其所能地回答問題，要求一有新進展就提交報告，如果能每天提交最好，並且預付三天費用。

赫伯特．諾爾隔著書桌對她伸出手，保證二十四小時內就會致電，不論情況。

「他是誰？」茱蒂絲說，「這是最重要的問題。還有，他想要什麼？」

「我了解了，」赫伯特．諾爾在她離開時說，「你可以放心交給我。」

在返回霍騰納的火車上，她毫無預警地痛哭落淚。

若是看在瑪莉亞．羅森柏眼裡，這或許不算毫無預警，但對她而言就是。她從不哭的；她想不起來上一次哭，但一定很多年前了。可能是她第二次在瑪猶那住院時，雖然她沒有將憂鬱症發作與眼淚做出任何連結。

為什麼會坐在通勤列車上哭泣呢？所幸，下午時段這麼早，乘客非常少，沒有人發現她的狀況，她也無意隱藏。令她訝異的是，她感覺好一點了，某種耗竭且緊繃的事物釋放了，她猜想這就是哭泣的意義。這就是人之所以哭泣的原因。

她不真的知道自己對那個私家偵探有何期待。他也許沒辦法有多少成果，但至少可以寄望他找到假湯姆、查出對方。如果他能設法拼湊出他的真實身分，她就大有機會早點擺脫這一切。對吧？

但是，她的落淚和赫伯特．諾爾或是假冒者，事實上都沒有關係。她很快就發覺，這個亟需鬆解的結，中間綁著的其實是勞勃。未來一年內，他就會不在了。他們一起生活的時光久得驚人；的確，他們沒有生兒育女，兩人的關係在這幾年不是特別親近。他們的性生活在她停經時一同休止，但兩人都不太覺得可惜。有時候她覺得他就像跟她同住一個屋簷下的友善表親。比上不足，比下有餘。他們不會吵架，不會惹對方發脾氣，相處方式總是和善體貼，而且他們一起守護著一個陰暗的祕密。

差不多就是這樣，當最後一個句子在她腦海裡成形，她著實懷疑自己這幾天來與假冒者交手之後，能否繼續沉默保密。麻煩精、假惺惺湯姆，不管人家給他多少綽號標籤，到頭來，勞勃難道沒有權利知道他的事嗎？

或者應該保護他免於知情？

她在霍騰納下火車時，還是舉棋不定，但已經擦乾眼淚、擤掉鼻涕。

打破平衡的是一杯香檳。

也許不是第一杯或第二杯，可能是第三杯。那個下午，勞勃在地下室裡取樣，發現幾瓶好酒，他堅持她不應該在他撒手人寰、長眠地底或魂歸天國時獨自享用。

於是有了一頓配著香檳和蠟燭的海鮮晚餐，儘管那天只是十一月裡平凡無奇的灰暗週一。勞勃的想法是，天殺的，我又不會死於肝硬化，哪怕其實很希望。

他也說，電影工作邀約他一概推拒掉了，一件也不接，就等著大日子到來。剩餘的時日，他想要平靜安寧地待在家，不管他是剩三個月或十個月。他要看書、聽音樂、享用美酒，能多久就多久，待在他善良、美麗、聰慧的妻子身邊。

最重要的是，他想要全心投入她那份厚重的伊拉斯謨斯傳記書稿。在他的生命最後，她一定不會拒絕讓他享受這份簡樸但超凡的喜悅吧？

她當然不會。

蝦子很美味。龍蝦更是極品。

她知道自己撐得過兩杯酒，但如果她想維持自制，就一點也不能再喝。

爲什麼我要維持自制？她心想，同時對著勞勃點頭，他從冰桶裡拿出酒瓶，替她斟滿。我這輩子都過得太小心翼翼了。於是，就這麼發生了，喝了半杯，當勞勃問起他在日內瓦時她有沒有遇到特別的事，她就告訴他了。

她講得完整詳細，唯一沒說的是私家偵探諾爾。

「看在老天的份上！」他在她講完時驚呼道，「你之前怎麼都沒說呢？」

「因爲你帶著這麼悲傷的消息回家。我現在就說了。」

「這聽起來眞是太瘋狂了。」

「你認爲我在憑空想像。認爲第一通電話是我夢到的……然後，我不知道，九月你不在的時候，電話再度打來，接著這週又有。總之，我知道這不是想像。有個人假裝湯姆，而且他在圖謀什麼。」

勞勃皺起眉頭，沉默地坐了片刻。然後，他將杯中剩餘的酒一飲而盡，站起來離開桌邊，走到法式落地窗旁。他背對著她站著，雙拳緊握，她猜想他正在承受著過去幾天幾夜以來同樣困擾她的挫折情緒。

她任他站在原地，等他回到桌邊，擬定計畫。但他重新坐下，只說了：

「天殺的，我想我們再開一瓶酒吧。」

她點點頭。如果她都能喝三杯香檳了，她大可再喝到五、六杯。

「你眞的一點也想不到他想要什麼嗎？」

過了一會兒，他們已經移動到壁爐邊的扶手椅上。勞勃點了火，她覺得自己好久沒有這麼醉了。但她身邊坐著只剩至多一年壽命的丈夫，伊拉斯謨斯傳記的書稿也完成了大半，所以她喝醉又有什麼關係呢？

「什麼？你說什麼？」

「我問你是不是想不到他要什麼。」

「是嗎？不……我想過，但是……遺產。」

「什麼遺產？」

問出問題的當下，她就明白自己多愚蠢。勞勃看著她，擔憂地搖頭。該死的香檳，她心想，就算坐著，我的頭也在暈。

頭暈又恐慌至極？

總之，黑暗邪惡的事物攫住她，錯不了的。該死。

「我死後要留給你的遺產，」勞勃講白了。「我去泡咖啡。你有點……」

「謝謝。好主意。」

他到廚房去之後，她凝視著火堆裡微亮的餘燼。遺產？她雙手交握，嘗試冷靜，阻擋住像胡蜂群般朝她湧來的思緒。這棟房子嗎？這棟房子。她不知道銀行裡還存了多少錢，但他們的全部財產都是共有的——無庸置疑，這棟他們一起居住了九年、讓她視若至寶的完美房子，是其中價值最高的財產。毫無疑問。他們購屋時花了一百萬元，現在的價格一定已經翻了二或三倍。房貸全都付清了……從他們搬進來的那天起，她就認定這裡會是她度過餘生的家，直到大限來臨。而現在呢……現在呢？要命的！她酣醉的腦袋裡擠滿咒罵。那麼，那個假冒者、那個打電話的死傢伙、那個天殺的服務生，想要從勞勃手上奪走一半遺產嗎？這就是他的計畫嗎？他就是圖謀這個嗎？

但是……但是他不是湯姆。他怎麼會幻想自己能夠執行如此不知羞恥的把戲？這簡直可笑……但其實不然。

勞勃用托盤端著吭噹響的咖啡壺和杯子進來。

「他別想了，」她說，「不可能跟你討遺產。湯姆已經死了，我們都知道。不是嗎？」

他略顯困難地將托盤放在玻璃小桌上，然後陷進扶手椅。她望著他的時候，發現他多麼疲憊憔悴。整個人好像縮小，就像她在機場觀察到的。彷彿他漸漸萎縮，離開人世。眞是個奇怪的念頭。又是該死的香檳。

「我們知道湯姆已經死了，」當他什麼也沒說，她重複道，「我們知道，因爲我們殺了他。」

他點頭，並深深嘆了一口氣。

「但有個問題。」

二

亞拉赫，一九七三年

來了一場大雷雨。

她站在客廳的窗邊，看著狂怒的天空，覺得天候將她內心反映得恰到好處。現在是晚上十一點十五分，他們都還沒回家。

勞勃和湯姆都還沒回家。事實上，湯姆已經兩三天沒深夜回家，她數不清。但白天偶爾能瞥見他，兩次警察打來找他。幾個小時前，勞勃跟他們接上線，說他跟那男孩有聯繫：他要進來一趟。進來？像誤點的火車或飛機。勞勃在辛根周圍的湖區拍片，保證十點左右到家，最晚十點半。現在已經遲了四十五分鐘；她並不意外。

一走了之這個念頭，已經在她內心深處盤桓數週，或許更久。是的，一定更久；現在的情況並不是一夜產生。相反地，這是一個進行數年的過程，緩慢殘酷地將她磨耗至此，使她就算只是一夜能連續睡上三個鐘頭都覺得感激。

我三十七歲，卻感覺像五十七歲。如果我殺掉湯姆之後能逍遙法外，我就會這麼做。

這不是新奇事。如果他是她親生骨肉，她還會有這樣的感受嗎？好問題。但在下一道閃電把附近整個區域照得亮晃晃以前，她還沒有時間組織出答案。幾秒之後才響起的雷鳴使整間房子隨之震動。原本正在廚房裡倒酒的她走了出去，喝了一口酒，讓一連串的牢騷抱怨像文字的旋轉木馬般啓動。

湯姆是個瑕疵品，壞到骨子裡的白癡。

他在兩週內就要上法庭了。

他不是我的兒子。他嗑藥，他是罪犯，他讓我們煩心得要命。

我永遠無法擁有自己的孩子。

我和勞勃的婚姻會被他毀掉。

正在被他毀掉。

如果湯姆不存在，一切都會好端端的。

我值得更好的。勞勃也是。

酒喝起來酸酸澀澀。她把酒倒進水槽，改調了一杯琴湯尼。她試了一小口，然後決定要加一片檸檬。她拿了水果碗裡最後一顆檸檬，切一片下來，用的是唯一沒放在洗碗機裡的大切肉刀。當她再次嘗試味道時，前門打開了，有個人跌跌撞撞進到前廳。

那個人一把將門甩上，踢掉鞋子，對著某樣東西笑出聲，然後打了個嗝。

湯姆。她看看時鐘。再過二十分鐘就十二點了。

爲什麼他的父親沒有在場迎接他呢？她想。爲什麼我必須在這裡，跟這個不知感恩、爛醉如泥又令我厭煩到不忍直視的廢物獨處。

「哈囉，茱蒂絲！」

他從來不喊她「媽媽」，也不稱她爲母親。他在嗅來嗅去，眼神有點詭異。他嗑藥了，她心想。

肯定是用偷來的錢在克萊恩商場買了些便宜貨，嗑得渾然忘我……還有他怎麼這樣看著她？他出了什麼毛病？

她很快就發現了。

「茱蒂絲，你這件洋裝眞好看啊。也挺短的。你裡面沒穿內褲……對吧？」

她在震驚之中摔落了手上拿的玻璃杯；不知爲何，它落地時沒有摔碎。她絕望地拉著洋裝下襬，想拉長一點，至少蓋住大腿一半。

什麼都好，就是別這樣，她心想。別這樣！

「湯姆，去睡覺吧。」

他靠近了些，臉上帶著大大的獰笑。他的雙眼散發著狂亂的光芒。他伸長了手。他的頭髮黏在前額。他比我壯，她想，比我重二十公斤，力氣大了兩倍……

「轉過去，把內褲脫了……如果你有穿的話。我該跟你來一砲了，茱蒂絲！」

她動身想要繞到他後面，但他抓住她，把她往工作臺推，從她背後用力推擠，讓她的髖部撞上臺面邊角。他們這樣站了一秒，然後他拉起她的洋裝，撕開她纖薄的內褲，強行將手伸進她雙腿之間。她試圖掙脫，但他抓住她的頭髮，把她的臉往水果碗裡推，就是她剛才拿出最後一顆檸檬的碗；他設法從褲子裡掏出勃起的陰莖，嘗試插入她。她肌肉緊繃，就要尖叫出來，卻辦不到，因爲他碩大的手肘壓在她的頸部，將她的臉按向那些水果，她一時之間覺得難以呼吸。他不能插入，她想著，他不能。不管如何都不能……從眼角餘光，她看到剛才切檸檬的切肉刀。它躺在被她擱在砧板上的位置，在她右方僅僅半公尺處。電光石火之間，她抓起刀子，接著用更快的動作胡亂一捅。這是一記笨拙的出擊，拐了個角度往後方刺去，但彷彿有不知名的守護天使保佑，這一擊正達到她想要的效果。

她感覺正中紅心，湯姆的陰莖沒有插入她，反而是那把大刀插入他柔軟的血肉。她聽見他呻吟，抓著她的手也放鬆了，最後隨著一聲巨大的悶響和另一聲哀鳴，他完全鬆手，跌落地面。她原本裝著琴湯尼的空杯開始滾動，一片檸檬還插在杯緣。她轉過身、試圖將洋裝撫平時，聽見前門開了又關。

過了三秒，勞勃就站在廚房裡。他們兩人都還還來不及開口，天邊就亮起了另一道閃電，雷鳴幾乎立刻隨後劈下。整間房子都在搖晃。

整個世界正在分崩離析，她心想。

「他想強暴我。」

「我看得出來。」

「你應該提早五分鐘回家的。」

「我真的很抱歉。」

抱住我，她心想。而他也這麼做了。他將她擁入懷中，這個擁抱持續了許久，於此同時，他們想著他們的兒子湯姆，強暴犯湯姆。他仰躺在地板上，長褲和內褲褪到膝蓋處，如今癱軟無害的性器暴露在外，切肉刀還插在他肋骨右下方的腰部。一條細細的血跡滴到廚房的地上，他的嘴巴像癡呆般張開著，下巴往下掉，隔著半睜的眼瞼只看得見眼白。

但他的胸膛仍在上下起伏。

「他還活著，」她說，「但如果我們把他放著不管，他就會死。」

勞勃放開手，直視著她。

他沒有在他垂死的兒子身邊跪下。他沒有把刀子從他的身側拔出。他一直望著妻子，她同樣直直回望，眼睛眨也沒眨；在這場無聲的對話中，他們的餘生命運就此註定。他明白了，她也是。他們都看出對方明白了。沒有任何事物能改變這一切。

他回家時開電影公司的廂型車。這樣的好運很方便地幫了他們一把。

他們住在一樓，也是好運。勞勃可以把廂型車倒車到小露台旁邊，把包在四張床單裡的屍體搬運出來、從後門送上車，用不到一分鐘。時間已過午夜，鄰居們的燈都暗了。雷雨仍未停歇。

「拿掉床單，把他留在森林裡。我會等你。」

勞勃點點頭。他關上門之前，她還看得見那男孩的胸膛起伏，但生命跡象變得更微弱了。

這一晚，我們是在拯救我們的婚姻，她想著。

她親吻了她的丈夫。

他也回吻，然後駕車駛入黑暗之中。

幾個小時過去了。她又調了新的一杯琴湯尼，坐在桌前等待。她的面前擺新的電動打字機，紙張到處散落，窗臺成了臨時的書架，上面放了好幾疊參考書。

這是她至今最重要的作品：凱薩琳．梅迪奇的傳記。她得到一筆豐厚的預付版稅，讓她得以請假暫離她任職六年的文法學校。她希望再也不用回去。這並不是個不切實際的希望，她前兩本書都得到很好的評價，只是銷量尚未達到預期水準；這次就不同了。她轉到一間規模更大、名聲更好的出版社，對方或多或少向她承諾更多的合作提案。她的人生正在朝她希望的方向前進。

在這個夜晚，她不可能有心思專注於凱薩琳．梅迪奇。她的丈夫在外面，處理重大到近乎難以想像的事情。他要把他們只剩一口氣的兒子遺棄在森林裡，而稍早這個兒子試圖強暴她，被她回捅一刀。如果這是齣電視劇，她就要關電視了。但如果她繼續看下去，她會理解這對父母的舉動嗎，或是會對那個兒子感到同情？

當然，這取決於導演想要如何呈現。但如果他的企圖是盡量貼近眞相、忠於具體實證——包括湯姆多年來如何威脅他的父母，他這個野蠻的毒蟲多麼自私、放縱、高傲，他爲雙親帶來多少麻煩——觀眾肯定會把同情心投注在正確的人身上。拿刀捅他是出於自我防衛和走投無路的舉動，就算上了法庭，她也大可能獲判無罪釋放。但不管湯姆的命有沒有救回來，他們是不可能捱過審判程序的——想想隨之而來的公眾關注、侮蔑和羞辱。這是幾個小時前，她和勞勃在廚房裡從彼此眼中讀到的眞相，也是他們新締結的盟約基石。如果他們的婚姻還想繼續，這是唯一出路。

四點過後，當她聽到他回來，她到前廳迎接他，給他一個擁抱。他全身又濕又髒，令人不敢想像，而且立刻哭了出來。劇烈持續的啜泣搖撼著他整個身體，沒有平息的跡象，她於是牽引他進到浴室。她脫下他的衣服放進洗衣機，將他扶進浴缸。過了一會兒，她跟他一起進去，在溫水與愛妻提供的暖和懷抱中，他終於開口。

「我把他埋了，」他說，「我到辛根的時候，他已經死了。我不想讓任何人發現他。」

「辛根？」

「不在我們現在拍攝的地方，當然，但是那裡有很多森林。廂型車上放了一把鏟子，但地很難挖。還有天氣的關係，我簡直……」

「怎麼了？」

「……我簡直要崩潰了。我們到底做了什麼事？」

「他想強暴我，」她提醒他，「湯姆就要毀掉我們的人生了，勞勃。」

他點點頭，試圖壓抑啜泣聲，「我知道，他已經毀掉了自己的人生。」

他們在浴室裡待了好幾個小時。早上，勞勃打給他的副導說他突然腸胃不舒服，得待在家休息。

他們一整天都在刷洗廚房、清理廂型車。他們等了兩天，才聯絡警方通報兒子失蹤。他在大雷雨那天出門，情緒很糟，可能受了毒品影響，然後他們再也沒收到他的音訊。考慮到可能有目擊證人，他們決定採取這個說法。也許有某個鄰居在十一點半之後看到湯姆返家。

他們必須假定，沒有人在四十五分鐘後發現一輛FFF電影公司名下的廂型車駛入夜色。

接下來幾個月裡，警方不甚用心地協尋這名十七歲少年，但沒有找到蹤跡。勞勃的第八部電影《林中女子》殺青了，茱蒂絲也寫成了她的凱薩琳．梅迪奇傳記。

三

馬爾丹，一九九五年

茱蒂絲靜靜坐著等待。

這裡面一定別有文章。你不能丟出「問題」這個字，然後放著不澄清這個問題到底是什麼。就算是勞勃也不能。就算是現在這個情形的勞勃也不能。

她喝了一大口又濃又甜的濃縮咖啡，再次看向他。她突然發現，他有點讓她聯想到亨佛萊．鮑嘉，但更矮，更像嚙齒動物。也許是一隻屬於瀕危物種、即將面臨死亡的嚙齒類。不是老鼠，他比較可愛，也比較憂愁。如果她有任何母性可言的話，眼前景象或許會激起她的本能。

「如何？」她終於說。

勞勃在扶手椅上坐直，彎身向前並丟了一截柴薪到火堆裡。

「關於遺產……」

「遺產？」

「對，如果那就是他要的。不管如何，這是我們必須考慮的可能。」

她思考片刻。應該說是嘗試思考，但香檳的酒力還未消退。

「我還沒有好好想過。但也許你說得對……但就算眞是這樣，爲什麼會有問題？」

勞勃清一清喉嚨。「呃，這個嘛，如果這是關於身分認定的問題，我是要說，他其實從來不是我的……湯姆，就是這樣。」

陷於困惑的她喝乾了剩下的咖啡。

「你在說什麼？我不太懂。」

「湯姆的父親另有其人。」

「什麼？」

「米娜和我爲了生小孩嘗試了幾年。當我們還是一無所獲，就去看了醫生。我很抱歉，茱蒂絲，我從來沒告訴過你，但我……」

她突然暈眩，彷彿房間翻倒，她頭下腳上，頭暈欲嘔。她呑了呑口水，雙手握拳，恢復鎭定。

「繼續吧。你在說什麼，勞勃？」

他筋疲力盡地重重嘆了一口氣。

「我——我擔心你要是知道了就不會接受我。你當時還那麼年輕，我猜你會想要生小孩。」

「我的確想。」

「但我們已經有湯姆了，米娜又過世了。」

「你的精子是空包彈，你是想說這個嗎？」

他點頭。「對不起……」

中間經過的五秒感覺猶如五年那麼漫長。

「你幹麼現在告訴我？」

「因爲……因爲要做親子鑑定的話。如果假設基礎是湯姆跟我有相同基因……但並非如此。我的意思是，我們的基因不同。」

「等一下，你可不可以安靜個一秒。我需要思考。」

如她所說，她思考了一下。她往後靠在扶手椅上，目光望進火堆。爲什麼所有的事都在同一時間發生？她如此自問。爲什麼？

現在的狀況就是這樣。有個冒牌貨僞稱湯姆，開始騷擾她。勞勃從日內瓦回來，跟她說他死期已近。然後又告訴她，他根本不是湯姆的父親，所以根本不能做親子鑑定……可是等等，這到底是什麼意思？在最糟的狀況之下？這代表的不就是……？

「有誰知道這件事？」她問。

勞勃聳聳肩，「沒有人知道。」

「所以全世界都以爲湯姆是你的親生兒子，是用你優秀精子製造出來的？」

對不起，她想，這太過分了。但她沒有說出口。

「我接下了父親的責任，」勞勃說，「就像你過了幾年接下母親的責任一樣。這代表他原本應該繼承我們兩人的財產。」

「如果他還活著的話。」

「如果他還活著的話。」

她試圖集中精神。在咖啡和香檳的戰爭中，前者贏得了微小的勝利。

「我了解。如果那個假冒者想要分一份這棟房子的產權……也分一份其他的財產……證明血緣關係就是個絕無可能的選項，因爲湯姆身上沒有我們的遺傳物質。我理解得沒錯吧？」

勞勃再度點頭。

「但如果沒有任何人知道，這應該是件好事？所有人都認爲你是湯姆的父親，所以在實務上，我們可以要求做親子鑑定。是嗎？」

「並不是這麼簡單。有一份文件？」

「一份文件？」

「對。有授權效力的……法院核發的，我想是吧。文件上載明我不是他的生父。」

「那麼……那麼文件上寫了什麼？」

「父不詳。」

「父不詳？」

「是的。」

「但是爲什麼？爲什麼你要那樣做？如果沒有人知道的話？」

「因爲……因爲我當時希望如此。米娜也是。這很愚蠢，但我們當時都年輕。」

「白癡透頂。」

「是的。」

「而這代表隨便哪個路人甲都可以跑來自稱是湯姆．班德勒？」

「總之，基因不能證明他是錯的。」

「那麼生父是誰？」

「我不知道。」

「不知道？」

「不。米娜從來沒有告訴我，我也不想知道。」

「而且現在……她也不在了？」

「只剩灰燼。在海裡。已經是三十七年前了。」

翌日，帶狼哥進行短暫的晨間散步後，她再全盤考慮了一次。她就著一杯茶，坐在書桌前，太陽穴隱隱作痛，試圖理解目前的事。

還有理解勞勃告訴她的事。

以及，理解這對那個……那個自稱是湯姆的人代表了什麼。湯姆，他們的兒子，他們已不在世的兒子，死了超過二十年。

她感覺睏乏不堪，當然更是備受打擊，過往和現在進行的事情都造就後果。為什麼勞勃以前不告訴她，他不是湯姆的生父？為什麼現在才說？是因爲他相信這會有影響……會讓情況有所不同嗎？也就是說，他過世後眞的有可能發生遺產之爭？如果她不小心行事，就會被迫賣掉房子。她得小心，採取適當的步驟。

這很荒謬。實在太荒謬了，簡直是荒謬透頂。

或者……或者這只是因爲他行將就木，想要趁還來得及把這個祕密一吐爲快？所以他才選擇打破沉默嗎？

她瞥向時鐘。九點十五分。勞勃還在床上睡覺。這不像平常的他，但也許他昨晚喝得有點多了。也許他現在放鬆下來、面對自己死期將至的事實，病魔就更將他緊攫在股掌間。他前一天大半時間都在打電話，跟人解釋他的情況，取消所有電影工作排程，不管是目前的或未來的，立刻取消。

他的理由是：死亡的等候室。他很喜歡用這個說法。

我很抱歉，法蘭茲，但我人坐在死亡的等候室裡，所以我得放掉這個案子。

你知道嗎，克萊麗絲，要是進了死亡的等候室，你就會對輕重緩急有不同的判斷。從另一個方面看來，她想，從另一個方面看，所有需要說的事，我們昨晚都說了。我就讓他睡吧。她很想再跟假冒者談談。今天是週二，在她去過咖啡館後打來的上一通電話，是上週六的事。三天了。他不慌不忙，她也不覺得自己可能單方面加速局勢。就算她眞的想局勢，說到這個，到底是什麼局勢？

她嘆了口氣，拿起電話，撥了赫伯特．諾爾的號碼。

四個小時後，她再度坐在他的辦公室裡。

辦公室還是一樣小，偵探本人還是一樣大隻。但他看起來沾沾自喜，儘管他試圖用職業性的粗獷外表來掩藏。也許這樣她才不會覺得自己委託他的任務不夠分量，覺得他的酬勞當然可以少收一點。

「還有很多細節湊不上，」他開口，「雖然如此，我們還是可以替目標抓出粗略的樣貌。」

她好奇著我們這個字的背後意涵。過度膨脹的自我？一個搭檔？不只一個搭檔？但她沒有問。問了也想必不會有結果。

「看樣子，他是眞的名叫湯姆．班德勒。至少這是他慣用的名字，也是他護照上的姓名。他才到國內兩個月，十月一日起在亞瑪斯騰街上租了一間單房公寓。」

「有護照？這不可能。」

「或許是僞造的。我們還沒有時間查這個。」

「我了解。」

但她其實不了解。相反地，她難以招架這股一切都超越理解範圍的感覺。她以爲雇用赫伯特．諾爾可以解決掉一個麻煩，可是現在這個麻煩卻齜牙咧嘴地跑了回來。

「他曾經在咖啡館工作一個月，這點也沒錯，」偵探繼續說，「他以前當過服務生，而他們需要一個短期代班。他們對他履行職責的方式沒有抱怨，也會考慮再次雇用他，如果他有意願的話。但可能不會在冬季月份，因爲生意差了一點。」

「他以前是在哪裡當服務生？」

「待過好幾個地方。但都是在紐西蘭。」

「紐西蘭？」

「對。顯然，他在那裡住了至少二十年。但我們也要查一查這個部分。」

「你……你是怎麼發現的？」

赫伯特．諾爾把眼鏡推高到額頭，把他充滿存在感的食指放在同樣有存在感的嘴唇前。

「這不是你該問的問題。在情報界，我們都不透露消息來源，這是職業道德的一部分。但如果你思考看看，也許可以自己猜出個幾成。這個案子沒什麼稀奇的。」

照著他的話，她想了想。

「咖啡館，當然了。可能還有鄰居？我想他並不知道……知道自己遭到調查吧？」

赫伯特．諾爾聳聳肩。「我們只能希望他不知道了。但如果不跟人講話，就不可能找到證據。我相信你了解吧？」

「算是了解。但他爲什麼安排要見我，又不出面？說到底，我就在那等著啊。」

「你自己怎麼想呢？」

「我不知道。這太奇怪也太不符合邏輯了……他到底想不想跟我有接觸？」

「這是個嚴肅的問題。我們現在暫且無法回答，但有一個可能性，也許你本來沒有考慮到。」

「什麼可能性？」

「也許他本來不知道你的長相。他現在就知道了。」

「爲什麼他……」

但她詞窮了。她腦中的混亂阻斷了文字的出路，讓她完全不可能組織出合理的提問，甚至無法消化諾爾偵探傳達的資訊：那個服務生似乎眞的名叫湯姆・班德勒；姓名有護照爲證；他曾經住在紐西蘭。他安排那場會面，可能只是想清楚地看一看她。這個舉動精心算計，讓她想到就驚恐。

她自己也確定了他的年紀沒錯，而且他們要怎麼證明他不是他自稱的那個身分？

「等一等，」她突然想到一件事，於是說，「他的護照是在哪一國核發的？」

「紐西蘭。我們的駐當地大使館……在威靈頓，如果我沒記錯的話。」

「所以他是我國的公民了？」

「顯然是。如果護照不是僞造的話。但就像我說過的，這個細節還需要查證。」

「需要多久時間？」

赫伯特・諾爾再度聳肩。「給我幾天。」

她沉默地坐一會，然後站起來道謝。在離開途中，雖然門都已經開了，但她又想到一個問題。

「對了，他對於聯絡我這件事是怎麼說的？他對他現在做的事有什麼說法？」

赫伯特・諾爾也站了起來，姿態略顯困難，因爲書桌、椅子和牆壁之間沒有多少空間給他。

「班德勒太太，我們還沒有跟他交談。我們辦這個案子還不過二十四個小時。但你眞的希望知道這個問題的答案嗎？你眞的希望我們跟他正面交鋒嗎？」

她來回考慮了幾秒，然後回答，「是的，我希望，麻煩你。」

她發現自己正在往運河區和亞瑪斯騰街走去，儘管她沒有刻意地決定方向。那裡離赫伯特・諾爾位於盧伊德街的辦公事並不遠，只有兩、三公里，而且天氣終於放晴，雖然現在是十一月，是一年中最嚴寒鬱悶的月分。她眞希望她有把狼哥帶在身邊，但牠處在市區的噪音和紛亂中會很不愉快。她已經好幾年沒有在去市中心辦事的時候帶上牠了。

但如果牠在，她會感激牠冷靜可靠的陪伴。她也想起，最後兩次在馬猶那住院時，她的院區裡養著一條狗。那在進行某種實驗，他們想要觀察動物對病人的影響，而就她所了解，這個實驗的效果完全是正面的。她也記得，她和勞勃看過一齣舞臺劇，是關於馬的眼睛，劇中也傳達了相同的意涵。當我們陷於黑暗和情緒波動中，將心神專注在某隻動物上，是很好的選擇。

當然是在你身邊有這樣一隻動物的狀況下。狗或馬，又或是驢子。

我是個討厭鬼嗎？她自問。我的行爲很討厭嗎？

不眞的算是。說眞的，比較像是無頭蒼蠅。當她的自我分析進行到這個點，她也發現自己抵達亞瑪斯騰街了。她停下腳步，眼神順著一排樓房尋找門牌號碼。她駐足的那扇門上方寫的數字是8A，奇數號在街對面，她往號碼越來越大的方向走。

結果，25A和25B是在一棟五層樓高、興建於二十世紀初的公共集合寓所裡，也有可能是十九世紀末就蓋的，如同亞瑪斯騰街上其他許多建築物。紅磚牆面相當古舊，有點斑駁；上面不少塗鴉顯然已經在那裡很久了。她知道，更往葛羅特運河的方向、九月四日公園的西邊，就完全沒有了住宅房屋的蹤影，被工廠和倉庫取代，人家都說那裡不是天黑後女性適合獨行的區域。然而這裡是漫長街道的起點，仍有幾家店舖、一間郵局和一些快餐店，而且，還要再過幾個小時，秋天的夜幕才會降臨在城市之上。

她抬頭看著25B上方的一排窗戶。她數了總共二十扇窗，但很難明確辨認出25A和25B之間的分界。總之，他就生活在其中一個沉寂的方框後——或兩三扇窗後。但可能還是只有一扇吧，她心想；

赫伯特．諾爾說他租一間單房公寓。25Ｂ上方的窗戶裡全都沒有燈光，但她已經注意到，現在還有適量的日光，人都不會想要多付高額的電費。

我可以走進那道門，她想著，看看這位班德勒先生住的地方……並且跟他對質。

爲什麼要假手於私家偵探呢？如果他在家，不到一分鐘後，我就能直接看著他的眼睛，她如此告訴自己。

他人在公寓裡的機率不曉得有多大，但至少他不需要去上班。除非他已經找到新工作了？爲何不呢？爲何不正面迎敵、放手一試？

但她知道這只是假設。那需要決斷，她現在偏偏做不到。帶領她來到運河區的那一點點能量正在耗盡，在絕望感累積到令她無法招架前，她轉過身，循著來時路走起她疲憊的回程。

回家，她想。回到那座花園，回到伊拉斯謨斯，安全地和狼哥待在一起。

經過兩三個街區，她站在路口等紅綠燈，她發現自己最先想到的期待事物中，不包含勞勃。

這是巧合還是天意？大哉此問。

＊

「爲什麼他沒有來聯絡？不是過了四天了嗎？」

「三天。我也不知道。我怎麼會知道呢？」

他們去「鮮紅寶石」吃晚餐，那是附近的餐廳，座落於霍特商場的一角。據勞勃自己的說法，他睡掉大半天，現在看起來比前一晚有精神多了。由於他的建議，他們坐在習慣的桌位，在皮拉奈奇的版畫下，等待燉飯上桌。一份是海鮮、一份是蕈菇口味。「鮮紅寶石」恰好在他們搬進那棟房子時開張，他們肯定光顧過這間簡樸但可喜的小餐館至少上百次了。等勞勃離開以後，她不知道自己還會不會再踏進這裡。

「但這很奇怪，對吧？」他堅持。「你覺得他在監視我們……或是監視你嗎？比如說，他會不會就坐在這裡。」

她忍不住環顧四周。「不，他不在這裡。」

「你確定？他長得什麼樣子？」

「長得就像普通的四十歲人。」

「膚色偏黑還是偏白？」

「介於中間。」

「很高大嗎？」

「不特別高大？」

「你不想談這個？」

「不太想。」

「爲什麼？」

「我不知道。也許是我希望這件事結束。希望他不要再來聯絡。」

「你認爲會是這樣嗎？」

「我說了是希望。」

「好吧。我懂了。你很生氣，因爲我沒有告訴過你湯姆的事，沒有告訴你他不是我親生兒子……他現在也死了。」

她凝視了他一會才回應，懷疑他是否眞的相信自己只要說出這個祕密，就能爲整件事畫上句點，不需要再想。

「不，」她說，「我覺得你不懂。你聽起來不懂。湯姆不是我的孩子，也不是你的。他是另外兩個完全無關的人生下來的，而且他已經死了超過二十年。現在有個喪心病狂的人跑出來，自稱是你的兒子兼繼承人。也許他的目標是要奪走我最後一點安全保障，就像你昨天說的。接下來一年內，我就會沒了丈夫、沒了狗……可能還沒了房子。你說我幹麼生氣呢？」

「可是……」

「我當初要是知道湯姆不是你的兒子，我絕對不會收養他，就這麼簡單。但我還是會選擇跟你一起生活。我想讓你知道這點。」

他很明顯地失去了力氣，沒有回答。他拒絕迎視她的目光，眼神在一對剛進門的情侶、和自己擱在桌邊的雙手間飄移。他一臉失落，她突然眞心爲他感到難過。

「對不起。這不見得會影響遺產繼承的問題，但要我接受你竟能守著這樣的祕密，眞的很爲難。我怎麼知道你有沒有更多祕密瞞著我？」

「我……」

但他沉默了。

他爲什麼住口了？她想著。他本來想說什麼？

他清清喉嚨，挺直背脊。「好吧，」他說，「該對不起的是我。我們就照你說的做吧，我們不要再討論這個假冒者了……至少在事情有新進展前。現在要上菜啦。」

她點頭，意識到自己的確相當地餓。

第四通電話在隔天九點剛過時打來，這次她準備好了。第一聲鈴響還沒結束，她就知道那是湯姆。一如往常是未知號碼。她深呼吸一口，讓電話再響了一聲，然後接聽。

「你好。」

「是茱蒂絲・班德勒嗎？」

「我是。」

「我是湯姆。」

「我聽到你說的話了。但你不是湯姆。」

「我當然是湯姆。是什麼事讓你懷疑我？」

「所有的事。例如，你的行爲。」

他笑了一聲，笑聲短促沙啞。

「我的行爲。我不知道你想說什麼。我想要的就只是再見見我的母親……和我的父親……都過了這麼久了。你不但不認我，還派了個偵探跟蹤我。如果有人該爲自己的行爲做解釋，那也是你，親愛的母親，而不是我。」

「親愛的母親」這個詞讓她的心跳漏了一拍。我根本不是你的母親，她心想，我也不是眞正的湯姆母親，就算在以前那段日子也不是。而且眞正的湯姆已經死了。

「你想幹麼？」

他停頓了幾秒才回答。「首先，我想向你證明，我眞的就是我說的那個人。所以我提議來見個面。這次我不打算當你的服務生了。」

「好，」她說，「我不覺得你適合那個角色。反正這也沒什麼意義。」

「你會改觀的。」

「廢話少說。時間跟地點？僅此一次。」

「我可不這麼想。但我建議還是約在同間咖啡館，如果你不反對的話。週五三點鐘如何？」

還要再等三天，她想。

「為什麼不約今天或明天。」

「我有事要辦。但週六我也方便。」

「那就週五三點鐘吧，」她決斷地說。「在咖啡館，好的。雖然對我來說沒差，但那裡好像是你的老巢呢。」

他又發出短促的笑聲，「好極了。但我覺得你應該把那位大偵探甩一邊去。你和我的事跟他沒有半點關係。」

「我再想想。」她如此答應，然後掛斷電話。

然而，赫伯特・諾爾卻不肯輕易打發退場。

「請三思，班德勒太太，」他打電話解釋目前狀況時，他稍後便如此建議，「你的敵人不容小覷。如果你要再度跟他會面的話，我們需要採取一些安全措施。」

安全措施，茱蒂絲想著，瑪莉亞・羅森柏也提過預警措施。有時候，偵探和心理醫師之間的差別，比你想像得少。

「那麼，要採取什麼措施呢？」她問，「具體來說？」

「我們要派一個人手在咖啡館裡。」

她不盡了解，「為什麼？」

「比如說，為了旁聽，」他耐心解釋，「或許也把對話內容錄音。這也許會派上用場，在……」

「在什麼時候？」

「在未來。」

她匆忙考慮了一下。「我看不出這樣做的意義。再說，我可以自己錄音。不了，我不希望我跟他見面時旁邊有個間諜。請你包含。」

「決定權在你，」偵探用一種經過仔細估量的語氣說，「那麼我是否也可以推定，您之後不會再需要我們的服務了？」

「我還是想知道你們跟他……正面交鋒的時候發生了什麼事。」

「當然。沒發生什麼事。我其中一位同事在他昨天傍晚離開公寓時攔下他，跟他說自己是空手道藍帶，而且跟你是好友，要求他停止騷擾你。用大西洋對岸的說法，這叫作標準程序。」

老天爺，她想著，我是在演黑幫電影嗎。「那他作何反應？」

「據我的同事說，他抬高了一邊眉毛，就這樣。所以我才判斷你需要小心行事。他也許不是個好惹的人物。」

「我從不覺得他是，」茱蒂絲宣告，「週五的會面後，我會跟你聯絡。我不希望你採取任何……任何手段，先等我的進一步通知。」

「如您所願，」私家偵探諾爾回答，「同時，我會準備您的請款單。」

通話結束，她尋思著自己跟假冒者與偵探分別對話後得到的新力量。不論如何，那股力量維持得不久，很快就棄她而去……就像老鼠逃離沉沒中的船隻。

又是恐怖的幻想畫面，她如此想，上樓去臥室，看她命不久長的丈夫醒了沒有。

他還沒醒。但前一晚從「鮮紅寶石」餐廳回家，他就拿了一瓶白蘭地配著幾捲電影，所以她也不意外他還在呼呼大睡。她回到樓下，幫狼哥戴上狗鏈，開始一段長長的散步。

終於到了週五，也總算到了下午。

等待很冗長。伊拉斯謨斯傳記的進度緩慢，她擠不出額外的專注力，那可是第一版書稿截稿日前的幾週裡不可或缺的。經過幾次徒勞無功的嘗試，她決定放下書稿休息幾天。跟那個假冒者見面之後，還有將近一個月的時間，那樣應該夠了。

勞勃整天都在家——坐在電視前面看老電影，精確點說是他執導和監製的電影，總共有五十部左右——造成了干擾。如果狼哥還處於盛年，她就會跟牠在戶外待上大半天，但說到底，這條可憐的狗可能就跟主人一樣行將就木了。而且外面天氣毫不意外是這個時節常見的樣子：多雨、風強、陰沉。

她和勞勃幾乎沒有對話，當然，湯姆就是他們心知肚明卻避而不談的話題。如此欠缺交談和互動，理應會激怒她，但不知怎麼地她卻不感惱怒。他突如其來地揭露了血緣關係和精子問題，在根本上造成改變，挪移了他們的關係基柱。但她不想要跟他討論這件事，不是現在，不是在等待的期間。也許之後吧，等她確確實實跟那個自稱湯姆．班德勒的男人面對面。雖然她甚至也不確定到時是否真能討論，也許這陣沉默會揮之不去。

她考慮要致電瑪莉亞．羅森柏，要求週四約診，但最後決定不這麼做。也許這件事也該推遲一點。她在書架上發現兩三本還沒讀過的犯罪小說，是一位名叫小亨利．莫爾的作家寫的，她花了好幾個小時，躺在沙發上蓋著毯子，試圖對書中愈讀愈模糊的故事線產生興趣。

難道是因爲她再也無法理解人的動機和企圖了。若是如此，她心想，這點跟她所處的世界是完全一致的。

不論如何，週五來臨了。

咖啡館比上一次擁擠得多。兩大群顧客塞滿大半空間，一群是日本人，另一群人族裔不明。但在遠處一個角落，假的湯姆．班德勒單獨坐在一張桌子前。她想不太起來他到底長什麼樣子，因爲她上次太專注於另外那三名男子，但她瞥見他的時候，立刻就不再懷疑。

他站起來走向她。他們一言不發地握了手，坐在桌旁兩端。

他的身形相當纖細，身高是一般水準，留著略長的深棕色頭髮，眼睛是灰綠色，五官平凡。他在藍色V領套頭上衣下穿了一件白襯衫。也許有點累、姿勢有點不端正，但看起來挺好的，她不由自主地注意到這點，她無法不去想現在的湯姆可能就是這副模樣。

可能就是。如果他沒有在二十二年前死亡的話。二十二年又四個月前。

「眞高興見到你，茱蒂絲．班德勒，」他開口。

「我倒沒辦法這麼說，」她回應。

他微笑道，「你要點些什麼嗎？」

她搖頭。桌上有兩個玻璃杯和一個水罐。他沒有再問，就自己倒了水，同時向一個端著日本客人一疊盤子的服務生打招呼。是了，當然，她心想，他跟這裡的所有員工都曾是同事。這是他的老巢，就像她說的。

「你看起來比我預期得年輕。」

是個讚美。她不予理會，反而鄙夷地嘆了口氣，直視著他，她希望自己的眼神傳達出不冷不熱的漠然。她將雙手在面前的桌上交疊。

「我不是來客套的。我不知道你是誰，但有一件事我是知道的。你不是你自稱的那個人。我一開始就知道了，從你在半夜打電話給我的時候開始。」

他沒有回應，只是喝了點水，並且再度微笑。

「有好幾次我考慮要報警，但最後沒有。我希望你清醒一點，停止你現在的行爲。你的行爲讓我先生和我都不太愉快，而且坦白說，我不知道你在打什麼主意。你在電話裡講得不算明白，所以我現在要你一個誠實的解釋。還要你保證會停止這些蠢事。要不然，嗯，你就得面對後果了。」
她往後一靠。就是這樣。這就是她要跟他說的話，她一口氣就講完了。
他動也不動地凝視著她。他的笑容莫名消退，但還是一臉饒富興味。或者至少沒有感到冒犯。
「你爲什麼這麼負面？」他說，「我記得的你不是這樣的。」
「你不會記得我。夠了。」
「當然會。就像你記得我一樣。」
「你知道我要證明你說謊有多簡單嗎？」
「請便。歡迎。」
他怎麼能如此有信心？她心想，就像他手中有一張王牌，時機到了就可以打出來。
「我會問你一個你答不出來的問題，但眞正的湯姆就能夠回答。你眞的還不懂嗎？」
「請便，」他又說了一次，「我沒有要阻止你。對了，你還記得我們最後一次見面的時候嗎？」
「最後一次……？」她不禁語塞。
「在廚房裡的那晚。我嗑嗨了，但你眞的是令人難以抗拒。你站在那裡，手上拿著酒，穿著那件性感得要命的短洋裝。黑色的，上面有紅色小圓點。你還留著嗎？」

四

紐西蘭皇后鎮，一九九四—九五年

這座農場叫作「應許之地」，丹尼爾．弗列蒙跑到這裡來，完全是出於巧合。
或者是因爲命運。他眞的很想要相信命運，但目前爲止，他的人生中沒有什麼能夠證明如此宏大的概念存在。至少沒有什麼好事。多半都是一場糊塗，尤其是過去二十五年。再者，考慮到他都還沒滿四十歲，這足以證明他的人生從一開始就爛透了。

但九月初在奧克蘭發生的事更是完全爛到了底。丹尼爾跟一個從東加來的白癡結夥搶劫運鈔車。他們拿到了一小袋鈔票，但一打開袋子，裡面的錢就飛了，因爲他們觸發了墨水標記。而且那個白癡東加人開槍打死了運鈔車司機。丹尼爾根本不知道他有帶槍。那個司機四十歲，是五個小孩的爸爸，幾個小時後在醫院裡死了，他們兩個人成了謀殺通緝犯。丹尼爾只知道，那個東加人後來想辦法上了一艘該死的貨船，開回他那該死的島國去，他可以躲在多達一百八十人的大家族裡，全家每個人都長得一樣，沒人有任何身分證明文件。而且警察也不知道當初拿槍的是哪一個搶匪。

像人家說的，丹尼爾躲起來避風頭，只不過沒躲去東加。他用了許多不同的管道，通常藉助夜色掩護，一路往南走。南下到威靈頓，最後到了南島。他放任頭髮留長，偷了幾副眼鏡，並且不再刮鬍子。十一月中旬，他抵達皇后鎮的時候，已經跟護照上的照片一點也不像了。反正，奧克蘭那場惡名昭彰的搶案過後一週，他的護照也在某天晚上被他拿去營地邊燒掉了。

他在皇后鎮待了兩個月，待到新年，在酒吧、背包客棧和洗衣店工作，還存了些錢。但有一天晚上，他跟一個德國觀光客爭吵起來，對方指控他偷了皮夾，這完全是子虛烏有。丹尼爾決定自己該離開這座城鎮了。某天清早，一個從北邊格萊諾基來的羊農讓他搭了趟便車，沿著瓦卡蒂波湖周圍的蜿蜒小路往北開了幾個小時，車子爆胎了。當駕駛用熟練但緩慢的雙手換輪胎時，丹尼爾利用這次休息的機會看看周圍，發現了他的新家園。

他向那位羊農告別，背起背包，踏上狹窄的步道，朝著老舊路標指示的方向走。

應許之地

丹尼爾對這地方的第一印象很慘，就連看在他這種人眼裡都覺得慘。要不是他已經從大路上爬了將近兩公里的上坡路，他可能就調頭了。

主屋是間像穀倉的大型棚屋，漆了十幾種不同的顏色，但大部分的漆都斑剝了。周圍廣袤的空地是沼澤化的草地，大約三十頂篷車和營帳駁雜地分布其上。有幾間用零碎木板和金屬浪板搭成的小木屋聚集在一處林木稀疏的區域附近。在這些寒酸的建築物內外，有一群髒兮兮的年、幾匹瘦馬、一大群偏胖的美麗諾綿羊，還有一小群孩童。孩童的年紀看起來介於五到十歲之間，身上跟那些牛一樣髒，可能是因為他們試圖在比較適合當車道、種馬鈴薯的地上踢足球。彩色穀倉塌陷的露臺上有個坐搖椅的大個子，應該是男的，穿戴草帽、長衫和夾腳拖，他拿著像超大雪茄的東西，吸了一口。

也許我總算來對地方了，丹尼爾心想。

兩個小時後，他被安排到一臺沒有輪子的篷車裡，但頭上有屋頂遮蔽，四面牆算是完整，腳下的地板也沒有塌陷。有三組上下鋪，一組是空的，一組堆滿髒衣服、空瓶和垃圾，第三組上面躺了個蓋著毯子打著鼾的傢伙。大約下午三點時，那傢伙醒了，咳痰咳了好一會兒，然後問說能不能給他一杯咖啡和一瓶水。

丹尼爾原本在想，他已經很久沒有看過比這位室友更慘的人了，這時另外一個念頭冒了出來：這傢伙就是我幾年之後會變成的樣子。如果我不小心一點，就會落得跟他一樣。

他設法完成對方的請求，五分鐘後，他們各拿了一杯咖啡，坐著彼此對望。

「如果你要留下來，最好告訴我你的名字，」那傢伙說，「如果你沒要留，就沒差。」

「丹尼爾．利肯斯。」

那是他跟七年級一位漂亮的老師借來的姓氏，自從奧克蘭的慘案發生，他就一直用這個姓。

「湯姆・班德勒。」

他們握了手。

「你口袋裡不會剛好有什麼可以抽的東西吧？」

湯姆・班德勒如此問。丹尼爾搖頭。

「現在沒有。我在嘗試要戒。」

「你來錯地方了。」

「我沒有很堅持。」

「那你來對地方了。你是打哪來的？我感覺我認得你的腔調，如果你不介意我這麼說。」

「生在馬爾丹。已經十年沒有回家鄉了。」

湯姆・班德勒爆出一聲大笑，很快地又變成一長串咳嗽。「誰曉得呢！」咳嗽平息之後，他說，「我在亞拉赫出生。幹，我們是同胞咧。」

「應該是囉，」丹尼爾說。

「現在我們一起坐在世界另一端同一臺豪華篷車裡。上天一定很眷顧我們。」

「你在這裡待多久了？」丹尼爾問。

湯姆・班德勒針對這個問題皺起眉頭思考了一下。「超過二十年了吧。我的灰色腦細胞大都給我嗑壞了，但我想估計得還準。對，至少二十年了。但我要失陪一下，去外頭撇個尿。」

「請自便，」丹尼爾說，「需要什麼再跟我說。」

他的回應又引來一陣笑聲和隨之而來的咳嗽。可憐的傢伙，丹尼爾心想，但我就待個幾天，看事情怎樣發展吧。

事情發展得算是不錯。「應許之地」名不符實，但夠好了。這裡住了大約六十人，五十個大人、十個小孩。這個小規模公社——他們是這樣稱呼的——是在七十年代末由一個腦袋秀逗的牧師和他兩個妻子成立。牧師和其中一個妻子已經死了，但二太太還在，她是個神祕的女人，五十幾歲，稱號是「聖潔夫人」。她快快樂樂地改嫁給應許之地現在的領導人，布魯特斯．霍奇斯博士，就是丹尼爾抵達那天在露台上看到那個坐搖椅的人。這位博士先前是藥師，大穀倉裡有個特別的房間，他和幾個助手在裡面煉製毒品，拿去皇后鎮販賣的利潤很豐厚，那裡需求量很大，特別是在夏季。應許之地還有其他可供選擇的職業活動。有些人在靠近格萊諾奇附近的兩三座牧場幫忙照顧馬匹，但大部分人在公社裡面從事不同的工作。煮飯、照顧綿羊、種馬鈴薯和蔬菜和大麻，還有替面臨倒塌的住屋進行修繕，等等。某些日子的早晨，學齡孩童會被送上校車，前往格萊諾奇的學校，不過丹尼爾抵達的那天是假日，何況他們在所謂的文明世界能不能學到什麼有價值的東西，還很難說。

每週，或至少一個月幾次，會舉辦集體會議，地點在「彩虹倉」裡（那是穀倉的名字），由霍奇斯博士和聖潔夫人主持。首先，大家會合唱〈我們將戰勝一切〉，然後博士發表布道，接著討論公共事務。會議的高潮是一頓大餐和源源不絕的私釀酒。會議通常延續到黎明時分，而隔天是安息日，嚴格禁止工作。

然而，並不是所有人都參加集體會議，大約三分之一的人通常不出席——不一定是同樣那三分之一的成員，也不一定是出於同樣理由，但原因通常和疾病與毒品有關。缺席者可以得到無條件的接納。應許之地是一個自由的共和國，每個人不一定都盡其所能，但只要有足夠的人發揮所長，就能讓公社順利運作。它已經維持了將近十五年，而且就丹尼爾所見，政府已經不再插手來管了。在這荒郊野外，不知道他們有沒有真的管過。他們不干擾任何人，過著自己平靜的日子。

他繼續跟湯姆．班德勒住在那臺小篷車裡。他們很快就發現，兩人不僅來自同一個國家，年紀也一樣，生日只差了七個月。他們都不特別熱中社交，有時候可以好幾天不說話，這是對兩人都非常合適的安排。總的來說，世界上已經有太多廢話了。

儘管如此，在某天傍晚的日落時分，他們背靠著篷車而坐，手裡各拿了瓶啤酒，丹尼爾問了一個問題：「你是幹了什麼事被警察通緝了嗎？」

「不是，」湯姆回答，「我跑來這個國家之前有，但已經過了追朔……追書……那個該死的詞是怎麼說的？」

「追訴期？」丹尼爾提示道。

「正是。已經是超久以前的事了，所以一定過了……追……什麼的。」

「我懂。」丹尼爾說。

他們靜靜坐了半個小時，或許更久，喝著啤酒抽著菸，眺望日落。

「關於我是怎麼來這裡的，我有個瘋狂的故事，」湯姆說，「還有啤酒嗎？」

「我去看看，」丹尼爾說，幾分鐘又拿了一手回來，「哪種故事？」

湯姆．班德勒嘆了口氣，「我沒辦法談那件爛事。也許改天再說吧。」

「好吧，」丹尼爾．弗列蒙說。

他們又各喝了三瓶啤酒，然後爬回篷車裡睡覺了。

＊

但過了一週、或可能是兩週，丹尼爾又提起了這個話題。

「你說的是什麼故事？」

「狗屁，」湯姆．班德勒回答。「但你還眞的這麼有興趣。」

於是他講起了自己的故事，的確就像他說的，很瘋狂；其實，丹尼爾聽了三個晚上（或可能是四個），才聽完他講古。如果湯姆．班德勒不是這麼個無可救藥、嗜麻如命的廢人，他可能根本不會相信自己聽到的事，但他這位兄弟實在不太可能有精力或心神去編造出如此病態的故事。

「那是二十年前了？」他問。

「今年是幾年？」

「一九九五。」

湯姆安靜下來進行心算，「那就是二十二年了。」

「要命，我只能這麼說了，」丹尼爾驚嘆道，「你沒打算要回去？」

「沒打算。」湯姆．班德勒說著打了個嗝。

過了幾週，丹尼爾在篷車裡水槽底下的雜物堆找東西，他發現了那個帆布袋。袋口用藍尼龍繩交叉打結綁起，他跟自己的良心奮戰了幾秒之後，決定打開袋子看看裡面的東西。

裡面是一本護照和一張身分證。護照是亞拉赫的警察機關在一九七二年核發的，身分證則是十三年後在紐西蘭基督城的一間郵局開立。護照上的照片是時年十六歲的湯姆．李納德．班德勒，把他嚇得不輕。

那簡直像是他自己學生時期的照片。

同樣的髮型。同樣的細窄鼻子，同樣的嘴巴。同樣纖弱的下巴，和距離太近的淡色眼睛中相同的陰鬱神情。

天殺的，丹尼爾．弗列蒙／利肯斯想，在同一個剎那，他想到另一件事。跟命運有關。也許不是單純的機率把他帶來這個鳥不生蛋的農場。也許這安排有其目的。

一個更深遠的目的，和未來歲月的方向。

有何不可？他拿了護照和身分證，把尼龍繩綁回去，將帆布袋歸位到水槽下面。在那一晚，他開始構思一個計畫。

第一步是讓湯姆．班德勒告訴他更多資訊。從他口中套出更多細節，特別是關於他待在亞拉赫的最後一晚；當然，這計畫不簡單，但智慧和耐心能夠讓人在世上無往不利。在過往生涯中，他大概都沒了解到這條真理，但現在正是擁抱利用它的大好時機。

第二步是往北邊去。如果你剛好身在紐西蘭南島的南端，你也沒多少方向好選。

他在八月中旬離開應許之地和皇后鎮。他丟棄在後的東西之中，包括幾公斤的舊內衣，還有他的名字。嚴格來說，不只一個名字，弗列蒙和利肯斯他都丟下了。當然，還有丹尼爾。從此之後，他就叫作湯姆．李納德．班德勒，他頸上用皮繩掛著的小袋子裡裝的護照和身分證足以證明。

五天之後，他抵達位於威靈頓的大使館，辦事人員解釋說他們無法在這麼短的時間內核發正式護照，只能發給他一種叫臨時護照的東西，效期是三個月。但他回到祖國，就可以拿到更完整的文件，不會有問題。

他們只能幫到這裡，而既然他的母親命危，這當然是一個完全可接受的處理方式。

五

馬爾丹，一九九五年

「可以請你跟我解釋一下，這到底是怎麼回事嗎？」

「嗯。」

「你的答案就是這個？嗯？」

她瞪著她的丈夫，試圖保持冷靜。勞勃看起來一點也不冷靜；她感覺他心裡希望自己已經死了。她對他懷抱同情，但她無法分享這份感受。在他撒手人寰以前，有些事得要說清楚。

瞧，又是關於死亡的恐怖畫面，不請自來。她想起海浪和泡沫。名爲死亡的跑道。愼選你的戰場。今晚就有一場戰爭。狼哥站在他們倆中間，像故障的電暖器一樣呻吟。勞勃沉默不語，知道自己將會戰敗，或是已經戰敗了。關鍵的一役其實在二十二年前就已經發生，只是硝煙直到現在才消散，讓他們得以看清。

讓她得以看清。

但這偏偏是她現在做不到的事。她只看得見通紅的怒火，正是因此，他們的狗才會夾著尾巴逃出房間，放棄自居的調停角色——因爲她正在用一種前所未見的方式對她的丈夫說話。就像……就像一隻非常巨大饑餓的貓科動物對上一隻毫無防衛能力的老鼠。他一點也不像亨佛萊．鮑嘉了，或許從來沒有像過。

「勞勃，看在老天的份上，告訴我，那個假冒者爲什麼知道我那天晚上穿了什麼？」

勞勃沒有回答。

「他爲什麼記得湯姆被我刺那一刀前想做什麼？我現在就要答案，不要給我再『嗯』了！」

「冷靜一點！」

「不，我不要冷靜。這些事只有兩個人知道。就是坐在這個房間裡的兩個人，這兩個人有一份維持二十二年的約定。其中一個人沒能守密，不是我。」

勞勃的臉上一陣猙獰扭曲，彷彿他的病在他孱弱軀體的某個部位造成一股痛楚，或者是他想要假裝挨痛——她無法判斷。

「我一直都在守密。」

她沉默了。牆上的擺鐘開始敲出七點的鐘響，她任那聲音消逝。看起來，他還有別的話要說。他現在又要說有個別的問題了，她想著，心中充滿一股不請自來的、壓倒性的既視感。她緊握雙手、閉上眼睛，試圖擊退那股感覺，但不成功。

「這件事有個……我該怎麼說？」

她給他時間搜尋字句。

「有另一面。」

「另一面。」

「但是？」

「是的，」他清清喉嚨，「恐怕我一直瞞著你，茱蒂絲，但是我……」

「但是我相信我做的事是對的。對兩方來說都是。」

「什麼該死的兩方？」

「對湯姆，還有對你。」

她等著。她深層的潛意識中有些什麼在攪動，微渺飄乎的遐思。

「那天晚上。事情不是我說得那樣。我沒有把湯姆埋在森林裡。他……」在幾分之一秒間，那股遐思變成了確知。「……他沒有死在車上。他還在呼吸，還活著。我不能就這麼……你能了解嗎？我不能就這麼……了結他。」

他沉默下來。她伸手拿水罐，幫自己倒水時發現雙手顫抖不已。她拿起玻璃杯喝了兩大口，毫不在乎流到桌上的水漬。

你能了解嗎？

「繼續說。」

勞勃凝視著她，眼神空洞。

「你記得艾瑞克．夏比洛嗎？」

「你的老同學？那個醫生？」

「對，我去了他家，我們談了個……這個嘛，我們做了個約定。」

「你們做了個約定？」

「對。我們帶湯姆去艾瑞克的診所，他把他救了回來。我沒辦法多說細節，但一個月後，湯姆搭上一班去紐西蘭的飛機。往奧克蘭的單程票。他同意了所有的條件；他身上有點錢，答應永遠不再回來。我很抱歉，但當時發生的事就是這樣。我不求你的原諒，因爲我知道你不會原諒我。」

她停下來想了想，然後說：「因爲你不配。」

「因爲我不配。我累了，我要去躺一躺。如果你想要我搬出去，你可以早上告訴我。」

「那一定花了你不少錢。」

「是不少。」

「你把湯姆送走之後，他沒有來聯絡過你嗎？」

「從來沒有。」

「你都沒有考慮過讓我參與你們的計畫？你跟夏比洛醫師？」

「對。但他跟這件事無關。是我決定將你排除在外。如同我說的——我當時認爲這是對的。」

「你天殺的怎麼會認爲這是對的？」

勞勃以將死之人的姿態搖了搖頭。「我不知道。我錯了，而且很快地，我就來不及修正了。我已經妥協，跟你說了來龍去脈。我很抱歉……我告訴你我埋葬了他。」

「我他媽的才不在乎你抱不抱歉。我晚上要好好想一想。我只想說，你造成的破壞太嚴重了。」

「我知道，」勞勃說著站起來，雙腿顫抖，「相信我，我知道。」

「還有一件事。第一通電話打來之後，你說那是我的想像。你不是眞的這麼相信吧？」

「不，不是。」

「你眞是個高明的騙子。」

「我一輩子都在跟演員打交道。」

說完，他踏著艱困的腳步踉蹌走出房間，遠離他們婚姻焚毀後留下的灰燼。

她在客房就寢時，已經過了十二點。她整晚都坐在凸窗邊，面向十一月天水氣濕潤的花園。她沒有開燈，黑暗籠罩著她，一股確切明晰的感受從這片黑暗中油然而生，出人意表。她應該發怒咒罵；近來發生的一切都威脅著她的生存。不，太輕描淡寫了——是像一把長槍刺穿她的生活。

但長槍刺出的傷口會痊癒，人類最大的特點，就是能夠適應新的情境，如果換成一隻驢子、或一隻母雞，就沒辦法做到。往事已經過去了；勞勃死期不遠，但天曉得她還有幾年可以活。她不能浪擲歲月，或是讓任何人偷走屬於她的時光。

對吧？她如此自問。

對，她回答。說得太對了。我是我自己人生的主角。

至於勞勃的問題——你能了解嗎？——她當然了解。換成是她，那一晚也會無法活埋自己的兒子，這是完全可以想像的。但令人無法想像——也無法原諒——的是，他對她說了謊。謊言不會隨著時間消逝，反而會成長茁壯。一個人坦承自己幾天前、一個月前或甚至六個月前做錯的事，你或許都能視而不見。但如果是二十二年前的事？那就不可能。

對吧？她又問了自己一次。

當然，她再度給予肯定的答案。

但是，面對眼前的未來，背後的往事，她該怎麼辦？

然後，宛如十一月的第一個霜夜裡凝結於運河上的冰層、如同深夜與黎明交會之際變幻的曙光，有一個計畫開始成形了——她終於在客房裡拉過毯子蓋好，沒有關燈，因爲燈根本沒開，此時她已經堅定地踏上了尋找解答的路。唯一的解答。

*

跟他冒充對象的父親勞勃．班德勒在車上待了十分鐘，丹尼爾．弗列蒙開始調整他的計畫。

他本來想提個金額數字——也許十萬美元——並保證永遠不再上門找他們。但這個老人已經被宣判死期——誰都看得出來，他的時間不多了——丹尼爾發現這一點的時候，也突然想到，可能還有更多錢等著他弄到手。多得很。

如果他好好利用手上的牌。勞勃和茱蒂絲．班德勒很富裕，這點毫無疑問。也許他們不是大富大貴，但如果湯姆在「應許之地」的篷車裡跟他講的沒有錯——又怎麼會有錯呢？——他們膝下沒有其他子女。而如果丹尼爾沒有弄錯，這代表眼前有一筆遺產。一筆豐厚的遺產，只等勞勃．班德勒嚥氣的那天，那天想必不會太遠。他太太顯然會分到一半，但剩下那一半肯定就是留給兒子吧？剛好，在海外待了許多年的兒子就在這時候回到家鄉。他們在篷車裡說他是出國了多少年？二十年？應該是再稍微多幾年，如果丹尼爾沒記錯的話。

這個瘦小如鼠、頹坐在方向盤後的男人到底有多少身家，還很難說。但應該有幾十萬元不止吧，這可不是小數目。

審慎出牌，就是這樣。他頗相信自己已經說服了茱蒂絲．班德勒，他就是她的兒子，雖然是收養的兒子。接下來只要讓這個快進棺材的老傢伙買帳就行了。

這應該不成問題。

「我很久沒有去亞拉赫了。」他說。

「二十二年了吧，我想。」勞勃回答。

「哈哈，沒錯。總之，回來的感覺也不錯。」

「等著瞧囉，」勞勃咕噥道，「亞拉赫眞是個垃圾堆。」

「可能是吧，」丹尼表示同意，「但如果你在那裡長大，那裡就是特別的。」

「但你長大的那段時期也不太值得吹噓，對吧？」

「的確，」丹尼爾說，「所以某些程度上，還好你搞定了。我是說，把我送去紐西蘭。」

「當時只能如此。」

他似乎不太有興趣聊天，丹尼爾想著。我只希望他不會握著方向盤睡著。或是嚥下最後一口氣。他們上了高速公路，接下來兩個小時車程。他應該自願接手開車嗎？他考慮了一下，但還是維持現狀比較保險。他沒有駕照；當然，他在南邊會偷車也會開車，但如果遇到警察臨檢，可能就有麻煩了。雖然他的計畫還遠遠不到定案階段，但麻煩總是該避免，這道理連隻綿羊都懂。

他把座椅往後倒，心裡想這老傢伙如果不想聊天，他自己最好閉嘴。他要躺下來，考慮策略，包括今天和未來的。還有，他要拿這一大筆即將到手的錢做什麼。等這老人一死，錢就來。

或許去環遊世界？在西印度群島買間房子？或是在拉斯維加斯。眞是誘人的念頭。在腦子裡想想挺不錯，閉上眼睛想就更棒了，他發現。乾脆打個盹吧，如果這位老兄想講話了，他就得叫我起來。

拉斯維加斯，他想著。綠色的輪盤桌，周圍美女簇擁。他的亞曼尼西裝口袋裡滿是籌碼和現金。他手裡拿著酒，嘴裡叼著細雪茄。嗯，我會……

那個老人說了些什麼，喚醒了他。

「嗯，對，」他說著把椅背打直，「你剛說什麼？」

「沒說什麼。你一定是在作夢吧。都打鼾了。」

「噢。我很抱歉。我們在哪？」

他四下環顧。他們在一條穿越貧瘠田野的窄路上。周圍沒有建築物，只有難看的矮松林。這應該不可能是通往亞拉赫的路吧？

「我想我們小繞了一下路，」勞勃．班德勒說，「你不反對吧？」

「繞路？」丹尼爾說，「爲什麼？要去哪？」

「凱朗的那個礦場。上次來的時候，你很喜歡。」

「喔……是嗎？」他應不應該記得這件事？這老人是看穿了他的把戲嗎？這是在測試他嗎？最安全的對策就是完全不要回應。

「對，你那時還不到七、八歲。你可能不記得。我們來了趟小旅行，你和我，還有你媽媽。」

「啊？我不太曉得。我們到的時候再看看吧。那裡有多遠？」

「幾分鐘而已。你知道，那裡現在沒在使用了。當時也是。就只是地上一個大得要命的洞……有點像大峽谷，你知道嗎？」

「當然知道，」丹尼爾說，「在拉斯維加斯附近。」

勞勃．班得勒沒有回答。他繼續開車，在方向盤上方微微駝著背，突然之間他們面前的地貌變得開闊。正前方就是一個大坑，直徑有數百公尺，深度令人屏息。的確就跟他說得一模一樣：一個大得要命的洞。

「老天，」丹尼爾說，「這邊有些鑿開過的石頭。」

「沒錯。這個礦場開採了一百年，最後不再有經濟價值。」

丹尼爾點頭。他們正在快速接近礦場，他感覺老人沒有煞車漸停，反而催快了速度。

「別靠太近。我們要下車看看嗎？」

「不。我們要來小小冒個險。你就是這樣打算的，不是嗎？」

那一瞬間，丹尼爾還沒有時間理解接下來要發生什麼事，他們離礦場的邊緣只有十五或二十公尺遠。勞勃．班德勒將油門踩到底，疾轉的輪胎下飛出一陣碎石和砂礫，他車上的乘客徒勞地試圖搶奪方向盤；然後，他們就像從加農砲的砲口射出，直直往前飛，飛進空無之中。

「我不是湯姆．班德勒，」丹尼爾尖叫道，「我是別的人。」

「別的人？你現在才告訴我？」勞勃．班德勒還有時間說出這句話，但接下來他們就在一陣岩石、碎玻璃、金屬、起火汽油和屍塊殘肢的爆炸中墜落觸地。一條名爲死亡的跑道。

海邊的修道士還是站在同一個地方。

他轉開身，也許是因爲如此就不必去看。也許他凝望著的大海也淹沒了這陰暗診間裡說出的所有話語。瑪莉亞．羅森柏挑選這幅畫的時候，是這樣想的嗎？並非完全不可能。

她們一如往常喝著茶。心理醫師的手受傷了，於是茱蒂絲幫忙倒茶。這一天是十二月十五日，是她們在葬禮後第一次晤談。

「你一定感覺糟透了。你的丈夫，和你失蹤的兒子……同時走了。發生了什麼事？」

「我認爲他們做了個商量。一定是像那樣的事。」

「商量？什麼樣的商量？」

茱蒂絲看著修士。「我不知道。我甚至不知道他們會開著車子衝出去。」

「但開車的是你丈夫？」

「對。車子和他們的遺體，都所剩無幾……但沒錯，至少這一點可以確定。」

「而且沒有煞車的痕跡？對不起……但我看了報紙上寫的。」

茱蒂絲喝了些茶。「不，他一定是刻意這麼做的。」

「他同時結束了自己的和你們兒子的生命？」

「顯然如此。」

「你要談談這件事嗎？如果你想，我們可以等到晚一點談。」

她搖頭。「不，我不想等。我想要……我覺得我想要了結這件事，重新出發。」

「那樣很好。對你來說，能夠往前看，是很重要的。」

「謝謝。我會至少試試看。」

「你晚上睡得著嗎？」

「還過得去。」

「飲食正常嗎？」

「吃得不多，但還足夠。」

「那就夠好了。你這陣子經歷了太多，現在要緊的是，你要能夠專注在簡單日常的事物上。還有好好休息。你希望由我來提一兩個問題，還是給你自己握著指揮棒呢？」

心理醫師對她露出慈祥的微笑。

「歡迎你問。」

「好的。哪一件事讓你比較難以承受，是勞勃的離開，還是你的兒子出現又消失？如果你可以將這兩件事區分開來的話？」

茱蒂絲思量了一下這個問題。

「說到底，是勞勃的離開。」

「你確定嗎？」

「對，即使我本來就知道他快死了。當我試著思考湯姆的事，我只覺得疑惑……他來的時候，我以爲他是個冒充者。我本來很確定他死了。而現在他突然……眞的死了。有時候這一切感覺都像是我作的夢。而後來……」

「是的？」

「而後來，我無法理解發生了什麼事……太困難了。爲什麼勞勃做了那樣的事。我永遠不會得到答案了。」

瑪莉亞・羅森柏點了點頭。

「也許不會。但你一直在問自己？」

「或多或少。」

「現在離事發還不到一個月。處理這種沒有答案的問題，有個老方法。」

「有個方法？」

「有。就是不要再問……那些問題。」

她再度微笑。茱蒂絲陷入深思，又再喝了些茶。

「你在想什麼？」

「我在想勞勃一直不同意讓他宣告死亡。在這點上他是對的。然後湯姆在二十二年後回家來了，然後……」

「……被宣告了死亡，」心理醫師接完她停頓的話，「你知道的，茱蒂絲，我跟人在這個診間裡討論過許多事——四十年來我都在這裡坐著聽人說話——但幾乎沒有其他人的故事能和你相提並論。不論如何，我很高興看到你調適得這麼好。」

「有你這麼棒的心理醫師，就容易多了。」

「謝謝。但你打算繼續住在那間房子嗎？」

「我是這麼想的。」

「別衝動行事。狗狗還好嗎？」

「他老了，但我希望他還能再撐個一兩年。」

「太好了。那聖誕節有何規畫？」

「有收到幾份邀請，但我想我會留在家。」

「不會怕寂寞嗎？」

「不會。我有一份很重的校訂工程要做。」

「當然了。這本寫的是什麼？伊拉斯謨斯？」

「對。」

「好吧。我呢，要出遠門去度假，但是新年就會回來了。我們一月初要再約一次診嗎？」

茱蒂絲再度凝視著修士，看著他如謎的身影和全然正直的姿態。

「不用了，謝謝。我們也許該休息一下。請別誤會，但我想看看靠自己能不能應付。」

瑪莉亞．羅森柏的眉頭起了皺紋，但立刻又舒展開來。

「我親愛的朋友，這個建議聽起來再好不過了。但是你要答應一件事，不管何時你覺得需要喝杯茶，都要來找我。」

「我答應你。」茱蒂絲．班德勒說。

六

紐西蘭，瓦納卡，一九九六年

這間治療中心位於一座山丘的側坡，俯瞰著羅伊灣。這是他待的第三間。

他前兩間都在北島，一間在奧克蘭市郊，另一間在海斯汀。那兩間治療中心都沒有效果；一間讓他逃跑了，另一間把他掃地出門。但那已經很久以前，至少是他在昆士蘭落腳前十年的事。

第三間治療中心叫作「弟兄姊妹守望者」，這名字帶著點《聖經》的意涵，而他能在這裡待到最後，是因爲他遇見了一位天使。她叫作諾拉，有一天早上，當他在昆士蘭的醫院睜開眼睛，她就坐在他的床邊。一開始，他還以爲他已經死了，並且因爲某種程序錯誤而上了天堂，但接著他突然感到一陣火燒心的刺痛，便發現自己還活著。不管你在上帝身邊會發生什麼事，絕對不包括火燒心。

他不太清楚自己是怎麼被送進醫院的。他什麼也不記得，但應該是有人在「應許之地」附近的某條水溝裡發現了他。他終於恢復意識時，有一位蓄著鬍子的醫生告訴他，如果他不立刻戒掉所有的毒癮、還有酒癮，他六個月之內就會沒命了。

等他沒命了，他可不會被天使環繞簇擁；鬍子醫生沒提到這點，但他自己想通了。

然後有一天——他當時入院至少一個星期了，受到無微不至的治療和照顧，即將獲准出院——她就坐在那裡。天使諾拉．伯金斯。她大約二十五歲，金髮微鬈，皮膚彷彿是翻糖和搪瓷製成的。眼睛藍得發紫，猶如薰衣草。

她張開那雙玫瑰紅的嫩唇時，說的第一句話是：「我來幫你找到你的窄門。你在大路上走得太遠了。」（註）

他試圖回應，但只能發出可悲的呼咻聲。她遞給他一杯水，手指拂過他的手，他幾乎要昏倒了，但努力恢復過來。

「我們在瓦納卡有一間中途之家。我是來接你去的。」

他吞了一大口水，然後說：「我是個壞人。」

她微笑道，「透過信仰，你會變成一個更好的人。但要不要跟我走，由你自己決定。」

他考慮了一秒。

「我要去。」

那是二月的事。現在是十一月了；他已經在「弟兄姊妹守望者」待了超過六個月，說他成為了一個新人並不誇張。他成為了一個更好的人。一個謙卑的信徒。

二十五年來，他第一次擺脫毒品。是諾拉．伯金斯救了他的命，就像她的承諾。他知道，如果她是個又胖又跛的六十三歲老人、臉頰上生了一顆長毛的疣，他可能永遠不會來到瓦納卡。但上帝有祂神祕莫測的行事方式，就算他當時對她一見鍾情，現在已經超脫俗欲。她是上帝的使者，你可不能對天使起邪念。

這間治療中心眞的是個家。他覺得，在某種程度上，這裡是他的第一個家。在每週三次的面談中，他敘述了他的人生故事。他以誠實懺悔的態度，將他記憶所及都盡量道出。治療中心其他的成員也都交代了他們的故事，一個比一個悲慘，但這是他們重新出發的方式。窄門不是捷徑；想要尋求寬恕和重生，唯有敞開自己的心。

他眞想一輩子都留在俯瞰羅伊灣的翠綠山丘上，但事與願違。他知道他必須走向外界，也許成爲福音的見證人。有一天晚上，他和諾拉本人談論了他未來應該做什麼、如何做。

也談了他應該去哪裡。她對他的背景知之甚詳——除了那次導致他身中一刀的事件，爲了所有相關人等著想，他將這件事保密——她給了一個試探性的建議。

「如果回家去的話呢？」

「我不知道，」這是他誠心的回答，「但我想也只有一個方法能曉得了。」

「你的心帶你往哪去，你就跟著，」諾拉．伯金斯指引他，「神在你的心裡，祂不會背棄你。」

他點點頭，就這麼決定了。

「你得先聯絡看看，了解一下那邊的情形。」諾拉說；有時候她的話聽起來比較不像天使。

「你可以幫我查到電話號碼嗎？」他問，「如果我可以借用電話？」

她點頭。沒問題。通常，在「弟兄姊妹守望者」治療中心，什麼問題都沒有。

他在九月中旬一個早上打了電話，沒考慮時差。線路上有些微干擾聲。像海浪拍打著卵石海灘。

「喂？」

註：譯註：典出《新約》馬太福音7：13，「『你們要進窄門。因爲引到滅亡，那門是寬的，路是大的，進去的人也多。』

「是茱蒂絲・班德勒嗎？」
「我是。」
「我是湯姆。」

瑞恩（註）

一

我前往A市，有兩個理由，或許該說三個。因爲我的目的是儘可能精確敘述每一件事，我選擇以此作爲起始點。前往A市的旅程。

如同我在這一串尚未落筆的思緒中所見，這當然有風險，不同的事件會混合匯流、模糊不清。或許我無法成功將所有事件與關係清楚分隔。當然，用已知的時間順序來整理，是個很好的原則。即使我還沒有——至少我如此希望——屈服於內心的誘惑，沿著時間長線回溯到太久遠前的地方。

誰能說得清一件事到底在哪個時候眞正開始？

誰能？

第一個理由來自那段演奏會錄音。貝多芬的小提琴協奏曲；眾所皆知是D小調，約莫創作於一八〇六年，原本是寫給小提琴家法蘭茲．克雷曼。據說貝多芬本人視這首曲子爲至高傑作，以至於他再也沒有譜寫過屬於這個類型的其他樂曲。換句話說，它無與倫比。

習慣使然，我窩在巴恩斯戴爾的沙發上，腿上蓋著幾條毯子。桌上放了一杯波特酒，我可以舒適

註：曾改編爲電影《作者之死》（Death of an Author）。

地伸手就拿到，還有一碗堅果和一根蠟燭。我記得，我詫異於那一盞微微搖曳的松果形光芒似乎具體象徵著我自身與音樂之間的距離；一片無法穿越的地域，幽微但明確的界線。外頭的雨無休無止打在窗戶上。我們十一月中旬抵達，這個季節的天氣照舊是這樣。晦暗、潮濕、陰鬱。一陣陣風掃過街道和巷弄，過去幾週來，氣溫都在零度和個位數之間擺盪。最高溫不過如此。

廣播節目在八點過後幾分鐘開始，我很快就發現自己同時既高度專注卻又悠閒放鬆，這是美好的音樂聆賞經驗所造成的典型狀態，或甚至可以說是獨有的狀態。也許我也打了幾分鐘的瞌睡，但我仍舊確定，我沒有錯過柯拉多·布蘭切蒂精湛演奏中的任何一個音符。

那聲咳嗽是在最後出現的，當時輪旋曲式進行到一個非常安靜微弱的部分，所以那聲響嚇了我一跳。針對那個聲音、和我的反應，我思索了良久，毫無疑問。簡單來說，那就像一陣電擊。情感的電擊。我立刻陷入了創傷狀態，持續了一段時間，我同時聽著協奏曲的最後一個合弦，還有接下來的鼓掌聲，以及主持人解說：我們剛才欣賞的是貝多芬的小提琴協奏曲，由A市廣播交響樂團演奏錄音。擔綱獨奏的是柯拉多·布蘭切蒂，音樂會日期是今年五月四日。

我不會否認，在起初那一刻，某些客觀上的疑點仍然存在。我絕對不是沒有想過，我可能聽錯了。我誤認了。我認真地推敲、反駁、拆解那段短暫的聽覺記憶；我並不盡然是個喜歡輕率做出決定的人，但是在內心深處——在我保護嚴密的情感空間裡——我當然完全沒有搞錯。

那就是她。那就是伊娃的咳嗽聲。在這段超過六個月前的現場錄音裡，我失蹤的妻子，坐在觀眾席的某處，而經由她無法壓抑的、一陣輕微的喉部不適，我三年來第一次得到了她仍在人世的證明。

從A市傳來的一聲咳嗽。在貝多芬D小調小提琴協奏曲的倒數一分半鐘。當然，這種事乍看怪異，但考慮到其他許多脈絡，例如先前和日後對我造成影響的事件，此事就不會顯得特別令人震驚。

我花了超過一週——精確來說，是九天——跟古典音樂電臺拿到那份錄音（放送當時，我的錄音機很不幸沒有啓動，因爲我忘記買帶子了），但等待期間伸出魔爪攫住我的疑心，在我坐下來重聽錄音時就煙消雲散。我在關鍵段落倒帶又快轉了四、五次，每一次我都試圖保持平常心，卻又努力在那聲音出現前加強專注。

當然，我無法描述那聲音。世界上有什麼字彙是用來形容咳嗽這種聲音嗎？我驚覺到，我們所處的現實和我們對之產生的印象，只有多麼小一部分能夠確實被納入語言的範疇。所以，儘管我完全可能透過一瞬間的聽覺印象，辨認出一個人的咳嗽聲中的特色——異於其他數百萬人的特色——我卻無法找到適切的字詞來描述那聲音。我猜想，音波頻率圖比對和類似的技術能夠做出精確的辨識，但是在我看來，從一開始，這種作爲就是多餘無趣。

發出咳嗽聲的人就是伊娃。五月四日那天，她就在A市，坐在那兒聆聽貝多芬的小提琴協奏曲。我一聽到就曉得了，重聽一次，我同樣確知無疑。

她還活著。活著待在某個地方。至少六個月前是如此。

而如我所說，這讓我嚇了一跳。

另一個讓我前往A市的理由，出現在廣播音樂會的兩週後。一天清早，我的編輯阿諾德·柯爾打電話叫醒我，向我報告說瑞恩死了，而他剛收到他的新手稿。這聽起來自然是既令人疑惑、又有點自相矛盾，當天我們約午餐時間在「修道院酒窖」見面，討論那個故事。

應該說討論目前可以著手的少許內容。沒錯，瑞恩死了，柯爾一面說，一面略顯反感地用叉子戳弄著義大利寬麵。實際狀況不清楚，但他近年來都健康欠佳，某個角度來說，這或許也不意外。我嘗試追問細節，但柯爾多半只是坐在那裡、防衛性地聳著肩，很快我就發現，他也不太了解事態。他只是接到電話傳來的訊息：紀默曼前一晚從A市打的電話，跟他報告，而柯爾以爲細節會在新聞稿交代，的確新聞拖了這麼久還沒發布不太尋常，但也許傍晚前就會出來了。瑞恩畢竟是知名人物，不管在他的故鄉、或文明世界的任何一個角落都家喻戶曉。

他或許個性嚴肅、在別人眼裡有點難搞，但作品無疑廣受歡迎，有十幾國語言的譯本。這就是我上場的時候了；或說是我當初登場的契機。瑞恩的早期著作——《首陀羅組曲》及其他雜文——在本國是由亨利．達克翻譯，但在《克若爾的寂靜》後由我接手。達克因病停止翻譯工作，而透過幾次對話，我也了解到，他始終對自己的完稿、以及他與瑞恩的關係不盡滿意。最後其中一次會面——就在達克過世前一個月左右——他竟然表示，瑞恩在他心中激起一股厭惡；當時我還沒有直接認識瑞恩，自然覺得這話聽起來有點極端，但經年累月，我逐漸了解達克的觀點。確實，我和瑞恩見面不過四、五次，但他個性中令人難以消受的特質衝擊了我。我無法明確指出特質，但仍舊產生那樣的感受。

是的，我無法指出，直到那一天，我和柯爾坐在「修道院酒窖」裡，思索爲什麼報紙、廣播和電視上都對他的死訊隻字未提。差不多都過半天了。

「手稿是怎麼回事？」我問。

柯爾彎下身，伸手到他靠在桌腳的公事包裡撈。他拿出一個黃色的文件夾，上面隨意綁了幾條橡皮筋固定。「就是這點奇怪得要命。」他說，有點緊張地用餐巾擦擦嘴角。

他拿掉橡皮筋，打開文件夾，取出紙堆最上面的一張紙，然後交給我。是手寫的；黑色墨水，筆跡相當潦草。我認得。

A. 17.XI.199–

寄上我的最終版手稿以供翻譯出版。勿與我的出版社或其他人聯絡。本書絕對不能以我的母語發表。必須採取最高層級保密。

誠摯的葛蒙．瑞恩

附註：手稿僅此一份。我想我可以信賴你。

我看著柯爾。「這到底是什麼意思？」

他兩手一攤。「不知道。」

他解釋說，手稿前一天跟著下午的郵件寄達的，他好幾次嘗試要打電話聯絡瑞恩。據他所說，他的嘗試隨著紀默曼來電告知瑞恩的死訊而結束。

經過這番釐清，我們靜靜坐著，注意力轉到我們的餐點上幾分鐘。我很難把目光從黃色文件夾上移開，科爾放在他右手邊的桌上。很自然地，我感受到無比強烈的好奇，但也有反感。我上一次跟瑞恩見面，是在六個月前，他最新的作品由我翻譯，當時剛出版。

那本書叫作《紅色姊妹》。我們在出版社見了非常短暫的一面，他一如往常地神祕兮兮，有點自閉，儘管我們鉅細靡遺地遵照他對記者會的要求。我們用香檳和雪利酒舉杯慶祝，亞蒙森表示他希望這本書大獲成功，而瑞恩就只是穿著他格格不入的舊燈芯絨西裝坐在那裡，看他的樣子，彷彿唯一的情感就是輕蔑。一種灰暗、冷漠、興致缺缺的輕蔑，他完全沒有掩飾。

如果說我對葛蒙．瑞恩抱有任何親切友善的情感，那就是說謊。

「然後？」我最後說。

柯爾嚼完嘴裡的東西，刻意地吞嚥了一下，然後抬起頭用他淺色的雙眼、編輯專屬的眼光看著我。於此同時，他將餐具放到一邊，手指開始像打鼓般地輕敲著文件夾。

「我跟亞蒙森談過了。」

我點頭。當然了。亞蒙森是那家出版社的主管，也是最高層的負責人。

「我們意見完全一致。」

我等待著。他的手指不再打鼓了。他改而將雙手交疊，看著窗外的卡爾廣場、還有街車和成群的鴿子。從他簡單的小動作，我理解到他想賦予這個時刻應有的重量。柯爾可不會忽略這種戲劇性。

「你可以接下。我們希望你立刻開工。」

我沒有回答。

「如果這本需要參考的資料跟上一本樣多，你最好能在A市待一陣子。就我所知，你現在手邊沒有別的工作吧？」

這是個正確假設。這三年來，除了我時有時無的工作和本身既存的慣性，已經沒有什麼事物能讓我留在這裡的家。柯爾對此再明白不過。當然，我不能就這麼下決定；也許讓他們提心弔膽幾個鐘頭，所以我要求一點時間給我考慮。至少兩三天——或等到瑞恩死亡的細節得到詳盡解釋的時候。柯爾對我的要求從善如流，但在餐廳外道別時，我清楚看見他心中壓抑的興奮之情正在高漲。

這不令人意外。在寒風中漫步回家時，我思考著這件事，試圖將情況再梳理得清楚一些。如果瑞恩在信裡寫的是眞話，那這牽涉到的就是一份完全沒有人讀過的手稿。沒人讀過、無人知曉。不難想像這部作品若是推出，在出版圈和大眾讀者間會引起多大的轟動。葛蒙·瑞恩的遺作。初版譯本！何不乾脆選在作者的忌日出版呢？

不論內容如何，這本書一定會迅速爬上暢銷榜的冠軍寶座，爲出版社賺進他們亟需的大筆現金，他們過去幾年來遭遇好幾段艱困時期——這稱不上祕密了。

但當然，有一項前提，是瑞恩提出的保密條件必須得到尊重。在這麼初期，難以得知這項特殊要求所爲何來，但如果事情一如柯爾的期望，那麼世上只有四個人知道這份手稿。科爾和亞蒙森。我本人和瑞恩。

而顯然，瑞恩已經死了。

我們坐在「修道院酒窖」裡時，我從未請求要仔細看文件夾，柯爾也沒有主動提議。在我肯定答覆前，我必須接受自己對手稿內容一無所知。柯爾把橡皮筋綁回去、將手稿塞回公事包裡，帶著近乎儀式性的精準度。我們在衣帽間穿上大衣時，他也將公事包把手用鍊子安全地固定在手腕上，他眞的用最嚴謹認眞的態度來處理整件事。他和亞蒙森想必遵照瑞恩的要求，沒有將手稿另外複印。

我現在敘述的事件發生在週四，是將臨期（註）的第一個週日前的那週。我還沒有拿定主意，事情就在隔天我到所屬部門上班時塵埃落定了。

辛克勒和威瑪曼以陰沉的臉色迎接我，我立刻明白發生了什麼事。我們申請的企劃追加預算被否決了。

我開口問了，得到威瑪曼以一長串咒罵作爲回覆。辛克勒揮舞著半個小時前來自教育部長的信函，一臉絕望。

對我們三個人而言，情況很清楚了。雖然我們沒花什麼時間討論，但知道這代表什麼意思。我們得縮減人力。我們有三個人，但企劃預算只雇得起兩個。

一人全職、兩人兼職。或是兩人全職、一人遣散。

辛克勒是資歷最老的。威瑪曼有太太和小孩要養。如今回想，我仍然覺得沒有多少選擇。

「我想我可以拿到一項翻譯補助。」我說。

威瑪曼低頭看著地板，不自在地抓抓手腕。

「拿多久？」辛克勒問。

我聳聳肩。「六個月吧，我想。」

「那就這麼辦吧，」辛克勒說，「明年秋天我們也許就能挖到點錢。」

於是，決定了。那個早上，我清空辦公桌，威瑪曼下樓去對街的店裡買了一瓶威士忌，我理所當

註：Advent，天主教節日，是聖誕節前的準備期，始自聖誕節前四週。

然喝了一份，到家之後，我打電話給柯爾，問他有沒有聽說關於瑞恩去世的消息。

沒有。我解釋說，我決定要接下這份譯案了。

「太棒了，」柯爾說，「值得讚賞。」

「條件是，你們要支付我在A市暫住六個月的費用。」我補上這句。

「我們正打算如此提議，」柯爾表示，「你或許可以住在譯者之家？」

「應該可以。」我回答，感覺到威士忌的酒意衝上太陽穴，我結束了通話，睡個午覺。那天是十一月二十三號，在入睡以前，我躺了一會兒，想著生活竟然能夠那麼迅速切換到截然不同的新軌道。這不是全新的想法，但沉眠兩、三年沒有出現。我不知道它是否跟著我進入了夢鄉。不論如何，我不記得了。通常我都無法記起夢境，少數記得的幾場夢，都對我的精神狀態產生複雜影響。

而且，肯定地，比起記憶，遺忘是個更可靠的盟友；這是我經過若干事件後學得的教訓。

一月三日那天的天氣嚴寒懾人。氣溫維持在零下十五度，機場外頭吹著暴烈強勁的北風，也就代表大部分的起飛班機都要因此延誤幾個鐘頭。我個人則是被迫在餐廳裡耗掉整個下午等飛機，給了我充分時間思考到底陷進什麼狀況。

彷彿一切都可互相替換取代的熟悉感受突然席捲而來，這是很自然的。我有一股強烈的感覺，這些在我身邊坐著、等待著、不耐地踱步於各家免稅店之間的人們——全都脫離了他們日常的脈絡——實際上能夠易如反掌地跟彼此交換位置和身分。只要把我們的護照和旅行證件在地板上放成一堆，讓機運——以百無聊賴、姑隱其名的保全人員作爲代表——爲我們打造全新的人生。專斷而公正，毫無偏袒。

我也嘗試要看書。不是看瑞恩的手稿，那份由亞蒙森和柯爾在前一晚以典禮般的愼重規格送來的手稿——我決定等更好的時機再開始——我瀏覽著、試圖專注閱讀的是兩三本品質可疑的犯罪小說，我在聖誕節後的出清買的，但沒有任何一本足以捕捉住我的興趣、讓我能夠跟上劇情。

於是，我多半是坐著思考當前的情況，就像我剛才說的。也想著伊娃，當然，想著我要如何在A市展開搜索：我要自己設法，或是該跟某種形式的私家偵探聯絡看看比較明智。在當時，我傾向單獨，等到需要的時候再尋求援助。

我不認爲我大膽地幻想過自己不會需要幫助。

大多數時候，我還是在納悶瑞恩的事。很難不想到他，儘管我眞的沒興趣每天、每小時在腦中複習他的死亡。我有一段時間就是那樣；有幾個疑點，在找到他的屍體下落以前肯定都無法消弭。

如果屍體能找到的話。柯爾接到紀默曼的電話將近四天之後，瑞恩的死訊才公開傳出。就我們的了解，這位作家的遺孀拒絕爲遺言字條的眞實性背書，要求諸多分析與調查，最後才接受這個噩耗、讓它公諸於世。直到那艘被棄置的汽艇被發現、其他所有跡象也都指向這個毫無歧異的方向，她才認輸，而這條新聞廣發到全世界。

從拖行汽艇這一點來考慮，他所選擇的地點——或者應該說可能的地點——在這個季節，不管是風勢或海流都不理想，所以有不少跡象顯示，屍體已經漂向大海。如果他身上還綁了額外的重物，葛蒙．瑞恩這位新紀元神祕偉人的遺骸，很可能就沉在三百至四百公尺深、二十至三十公里遠的外海了。此乃《郵報》的C．G．高提恩與哈洛．維斯沃格做出的謹愼評估，他們是最努力判斷瑞恩陳屍地點的一家報社。

某種程度上，這一切都屬於葛蒙．瑞恩典型的行事風格，我完全能夠想像他躺在深深的海底，唇上掛著輕蔑的微笑，同時有魚兒啃咬著他鬆弛衰老的人肉。

他太超凡出塵，不能被平凡人用普通的禮俗埋進地下。直到生命終點都要讓自己遙不可及。

當然，我也意識到，這樣的想法並不能爲我在A市要進行的工作提供適當的基礎。如果說有什麼事物能夠滿足打亂一項翻譯工作的前置條件，那就是對於作者的敵意和厭憎。

但我還沒有開始，如我所說，我應該在開工前擺脫這股暴戾之氣。

至少我試著如此說服自己。

我的班機在十點鐘起飛，整整延誤了六個小時，經過一段頗爲顛簸的飛行，我們降落在A市外的S機場時，已經超過午夜。航空公司招待所有乘客在機場旅館住宿一晚，而我——跟大部分人一樣——接受了，於是，直到四號上午，我才在A市的中央車站步下火車。我不太曉得爲何要用這些基本上無關宏旨的時間點描述來占用篇幅，也許是控制權。是的，掌握控制權的感受：林黎將之稱爲「行動所需的時間與空間」，或是類似這樣的濫調套語。我不知道，身爲讀者的您，對林黎是否熟悉，但我在A市度過一陣子之後，很快就發現日期和時間這樣的概念對我來說已經沒有關注的必要。當我坐在圖書館裡工作，晚上要閉館時，人家常常得要技巧性地用「噓」聲趕我出去，還有兩三次——應該是在三月或四月吧——我在打烊之後或週日一大早去拉附近商店的門把，渾然不覺有異。

但總之，我在一月四日抵達了。當天的早晨。這裡的空氣中也沒有春天的氛圍。

我帶著兩個沉重的行李箱、飽經風霜的公事包（裡面有那個黃色文件夾、幾本字典，和一個裝著伊娃無數張照片的大信封），搭計程車前往譯者之家。出租的四個房間中，四間已經有人住了：顯然兩個房客是非州人、一個是芬蘭人，還有一個臉圓體胖的愛爾蘭男人，我在樓梯上跟他打了照面——他聞起來有廉價威士忌的味道，用像是德語的語言跟我說話。我婉拒了他找我去對街酒吧喝一杯的邀約，進駐我的房間，然後立刻決定尋覓儘可能好一點的住處。我和柯爾與亞蒙森討論了住宿問題，我們毫無異議，譯者之家可能不是最好的選擇。我若待在這樣的地方，可能很快就會被瑞恩的出版社得知，而我們已經決定不要違背這位巨擘的遺願。小心爲上。

我在A市不應該引起任何人注意到我的工作；瑞恩死後，整個十二月都有悼詞和紀念專文接續刊出，將他的舊作重發再版肯定也能賺進不少錢。他的最後一部遺作會引起多大的迴響，更是不在話下。以譯本初版的遺作。不可否認，十分荒謬。

那部作品還夾在黃色的硬紙隔層之間。我被迫在柯爾和亞蒙森面前立誓，要用我的榮譽和生命守護它。即使如此，他們還是複印了一份，放在出版社最神聖安全的保管箱深處——還是需要一點保險措施，亞蒙森如此主張。我堅持不在離開家以前開始讀這份手稿，看起來可能有點極端，但這是起因我翻譯時的工作方法。就像其他的本事一樣，這門方法我是從亨利．達克那裡承襲而來的，後來我也發現如此方法在這個行業裡並不常見；核心概念是，轉譯、翻譯的行爲必須在譯者和文本的第一次接觸中開始。爲了加倍保證這一點，我千方百計讓自己在事前儘可能少讀文本內容。最好只讀一句或是一行；至多半頁。我知道其他譯者是以完全相反的方向工作；他們開始產出自己的譯文之前，偏好先翻閱過整部作品兩次、甚或三次，但亨利．達克向我推薦了他的工作模式，我很快就發現那樣比較適合我。尤其是遇到像葛蒙．瑞恩這樣的作者時，你常常會覺得他在落筆的當下，自己也不完全清楚兩頁之後會有什麼發展。

除了出租的客房，譯者之家還有一個共用廚房，內附爐具、冰箱和冷凍櫃，以及一間藏書頗豐（特別是字典類，這也是理所當然）的圖書室，其中有若干個各自獨立、尙稱理想的工作空間。不過，在第一天，這些地方乏人問津。我在冰箱裡發現兩罐啤酒、半條奶油，和一塊遠在聖誕節前就放在那裡的起司。圖書室滿布灰塵，不具吸引力；三個工作間的檯燈壞了。我完全不考慮坐在這寒酸的環境裡讀瑞恩的手稿。接待區的咖啡機壞了，而每天坐在接待區值班四個小時的法蘭克小姐告訴我，他們十月的時候就訂購了一臺新的，但送貨顯然延誤。她也開始跟我詳細說明洗衣和打掃的流程，但我打斷她的話，解釋說我以前就在這裡住過，都很熟悉，而且這次只待一週。

看起來我用這項單純的資訊冒犯了她，因爲她誇張地擤擤鼻子，一語不發地回頭織毛線去了。

我拋下她，兀自往城市裡走。雖然這天只是個普通的週二，但有很多來往移動的行人，至少在市中心和觀光客專用道是如此。寒意觸手可及，有幾條運河結了冰，一道刺骨冷風從海上吹來。我溜進幾家書店和唱片行，大部分只是爲了稍微暖暖身子。我也進去過幾家咖啡廳，喝啤酒、抽菸、盯著旁人看，我很快就發現，我是在搜尋伊娃的身影。所有留著深色直髮的女性都會立即吸引我的目光，想到我眞的可能跟她再度四目交會，我既感到激動，又有些警戒。

我想到我們在那座小山村共度的最後一個早晨，在她出發踏上最終旅程以前。我想著我在她上車駛離、去和她的愛人相會時，心中對她如何懷著無限柔情。我記得自己站在陽臺上，當她越過院子、搖下車窗向我揮手，我抗拒著一股想要呼喚她回頭的強烈衝動。警告她。叫她留下來，不要開始那趟致命的旅行。當她消失在石牆後方，我已無法忍住哭聲，但那當然無濟於事，徒然表現出我內心搏動拉扯的雙向張力。就連在山下的花床上耙掃落葉的老管理員，似乎都聽到了我的哭聲，看到他開始沿著蜿蜒小路爬上山坡，我回到房間，洗了個很久、很清爽的澡。

不，我是先爬到床上窩了一會兒，試圖閱讀……但當然，這些努力完全徒勞無功。

我就這樣——進進出出各家商店、坐在咖啡店裡想著伊娃——緩緩地在A市的中央區域移動：朝著方德公園和凡—貝爾街上的公共圖書館。根據上次來訪的經驗，他們通常在下午前都不會開門，但夜間開放到很晚，正合我意。我從來不是早起的鳥兒。從少年時期開始，在中午之前處理重要事務就是我的致命弱點。夜間和傍晚就是我的一日之計，我的精力在那時達到頂點，心理與生理皆然，如果你剛好處在能夠自主決定日常作息的狀態，你當然沒理由不讓自己把早晨和上午的時段花在床上。

沒錯。週一至週五，兩點到八點，週六十二點到四點，門上的告示如此寫著。這樣的話，挺棒的。我第一天沒有進去圖書館，決定隔天再來。由於我不急著回去譯者之家，我打算在城裡消磨掉下午剩餘的時間。漫無目的地散步了一兩個小時，我在佛克街和瑞格列運河路的交叉口發現一間小型的房屋仲介門市。我走進去，向他們解釋我的需求：一間大致靠近市中心的套房，最好在方德公園附近。要附衛浴和廚房。租期大約六個月。不要太貴。

那個深色皮膚的女孩瀏覽了幾個資料夾，打了兩通電話。可能有合適的物件，她解說道，如果我過兩天有機會再過來一趟，這段期間她會找找看。

我向她道謝，保證週五前會回來。

第一天晚上，我很晚才回到譯者之家。我想在開始辦正事前多輕鬆一下，放任自己在普蘭納餐廳享用了一頓豐盛的晚餐，並且在努威商場周圍的酒吧廝混了幾個小時。多半時間都在思考該如何開始搜索伊娃，但沒有可靠的計畫。不論如何，事後我也記不得了，當我終於在接近午夜時跌跌撞撞躺上床，我仍未替導致我來到A市的兩起可疑事件揭開神祕面紗。

但我已經來到現場。我已經打下了基礎，夜晚過去之後，新的一天必定是開始行動的好時機。我喜歡在腦中想像嶄新無瑕的未來。空無一物的白紙、一片雪白的空地，我還尚未涉足，各式各樣的可能性仍然一一擺在眼前。

我帶著這些念頭沉入夢鄉。

「我知道這樣會傷害你，但是我要走自己的路。」

她這句話脫口而出，就像從隨便一部時下通俗劇摘錄出的台詞，而我小心翼翼地將她的一綹頭髮從臉頰上拂開。這是第一次，但也不是。我們分別躺在舒適的雙人床上屬於自己的一側，彼此面對面，我想著，人的眼睛有種鬼祟飄忽的特質。當你靠得太近，眼神就突然變得空洞。俗稱的靈魂之窗中的表情，就像變魔術般在約莫十到十五公分的距離消失了，在那個範圍之內，什麼也沒有。沒有方向、沒有承諾。連貓眼裡蟄伏著的敵意都沒有。

當我們靠近另一個人的時候，彼此之間只剩下這股苦澀。這當然令人難受，有時不太容易找回適當的距離。也許這是人隨著年歲增長才會學到的事情。我相信讀者您一定知道我所指為何。

以我們的處境而言，我當然知道，她無法靠自己生活太久，但就這麼讓她離開的念頭仍舊誘人，我必須承認。

那是個八月天。接近午時的晨間，像曬熟的李子般溫暖又令人滿心期盼。我們眼前還有三週的假期，下一刻，她就宣告她另有情人。我的記憶歷歷如昨，當時壓抑住一陣大笑的衝動，而我不認為她有發現。她整個夏天都在接受心理治療，離開療養院還不到六個月，要開始計劃未來還嫌太早。

實在太早了。

「你要我把早餐準備好嗎？」我問。

她稍稍遲疑了。

「好，謝謝，」然後她這麼說，我們心照不宣地互看一眼。

「明天離開？」

她沒有回答。表情毫無改變，而我起身去到廚房，準備托盤。

在A市的第一晚，我夢見了伊娃，顯然是一場激情的春夢，因為我醒來的時候強烈地勃起了。很快就消退，取而代之的是頭痛和噁心；我坐在馬桶上，雙手抱頭，試著估測我前一晚喝了多少酒，面臨許多無法釐清的不確定因素。在譯者之家提供的少得可憐的水流量中，我沖澡沖了很久，然後在午餐時間左右邁進冷風中。公事包穩妥地夾在我脅下，我奮力搭上電車，希望駛往正確的方向。結果正如我所願，抵達森圖爾班時便跳下車。我溜進一間酒吧，給自己點了兩個三明治和一杯黑咖啡。然後漫步走過跟圖書館之間剩下幾個街區的距離；吹過街道和運河水面的風冷得要人命，我至少得買一條像樣的圍巾，如果想要在這酷寒的城市裡保持健康的話。

我到圖書館時，櫃臺後方只有一位身材細瘦、年約六旬的女性，我等待她服務完一位穿戴長大衣與頭巾的黑皮膚紳士。他把書蓋完借閱章之後，我起步向前，做了自我介紹。我表明我正在進行一項翻譯工作，需要有個地方能讓我每天安靜地坐上幾個鐘頭。

她露出親切而略帶害羞的微笑，不嫌麻煩地立刻繞出櫃臺，帶我走向參考工具書區的工作座位，桌子每四張排成一排。她問我需不需要保留一張桌位——這裡的空位一直都足夠，她說，如果我想要把書或資料留下，或單純想在這裡放些紙張，這會是個簡單的辦法。

我向她道謝，選了最左一端的座位，距離鉛框大窗約莫一公尺遠，透過窗戶，你可以看見莫爾克街和方德公園的其中一個入口。有那麼一刻，除了那名女子和我，室內僅有另外兩人，這裡常常都是這麼人煙稀少。她點點頭，祝我好運，然後回到櫃臺。我坐下來，將黃色文件夾放在桌上左側。在右手邊，我放了一本線圈筆記簿，和六枝新買的筆。然後，我解開橡皮筋，準備開始拜讀葛蒙·瑞恩的最後一本書。

我離開圖書館時，天已經黑了。我一定已經工作了好幾個小時，但進度卻沒超過手稿三頁。這部文本沉重晦澀，和過去瑞恩筆下的作品毫不相似。如果我不知道他就是作者，我也許用猜的永遠也猜不到。但現在要辨認出設定或情節，還言之過早。唯一可以確定的似乎是，開頭的幾頁發生在一個叫做R的人的意識裡，以類似內在獨白的方式表現，同時一個叫做M的女人、和另一個叫作G的男人，也擔綱了某種角色。我感覺得到，這整個故事可能會發展成三角關係，但也可能筆鋒突然一轉。我當天收工的時候，覺得自己對作品的全貌沒有多少掌握。

光是第一段就花了我將近一個小時，我稍後（坐在德尼普餐廳裡等上菜時）重讀，感覺自己還是捉摸不到瑞恩作品的核心。或者該說是語氣：當然，節奏是重點，單獨的字詞和片語也許還有自由處理的空間，這是我經年累月學到的一個竅門。

「R在這世界上的時間總和已經開始不再增長，仍然存在，但僅僅日漸稀薄，是的，僅此而已，嘴一張、尖叫一聲，索求立足點和玫瑰，總是這些玫瑰，露水一滴接一滴，生如朝露，如燒灼、如喘息、如同M。M現在棲身在何處？即使在她扭頭離開房間，她的身影總是會多駐留片刻，是個彷彿帶有魔力的女人。身影也駐留在R心中，影像上疊加著影像，邊緣與邊緣互相交疊，所有這些片刻總是平行排列，現在亦然。他打過她，他當然動過手，但就像一棵樹仰賴雨水和風暴而生，她也屬於他，痛苦和憤怒和火焰將他們淨化、治癒、熔焊在一起，而當初正是R他本人介紹他們，M和G，認識對方，他們也是邊緣疊著邊緣，緊緊相依，水滴終於蝕穿了岩石，這件事也終究走到這裡，就是這麼回事。現在，已經有一段時間，一切似乎都改變了。」

我的餐點送來了，我闔上筆記簿。我進食的同時，感覺到內在一股空虛，專注地工作幾個鐘頭後，似乎總是會出現這種感覺。彷彿外界再也觸碰不到我；這個擁擠處所裡的人群、低語和沉默的動態都像屬於別的地方——透過別的介質，發生在別的時間點；我像坐在沉寂無聲的水族館裡，往外看一個無法理解的世界。

喝個兩、三杯通常有幫助，現在的狀況正是如此。當我踏上外面的街道，又像個正常人了，同時想著要不要在返回譯者之家前去一趟電影院。除了睡覺的時間之外，我實在沒有多待在那裡的欲望，我決定隔天去拜訪仲介公司的那個女孩，看看他們有何推薦。

我找不出獨具吸引力的電影，而且時間也有點晚了，所以改而在一間播放南美洲音樂的咖啡廳度過夜晚時光，同時思考著我該如何處理伊娃的問題。

我希望在城市裡散步途中，瞥見她置身人群，不可否認，這種希望顯得荒誕無用，但難以掌握眼前有哪些選項。至少我憑自己的力量找不到方向。說到底，這個城市裡也許只有一種場合，是她必然早晚會現身的。

音樂會。古典音樂。據我所知，A市有兩座音樂廳固定演奏古典樂。音樂會館和新禮堂。兩個場館我都沒有去過，但當我坐在那裡，喝著啤酒、聽著來自安地斯山的模糊笛聲，也許是時候去了解一下他們的節目了。

當晚沒有其他點子。顯然，瑞恩的作品已經讓我差不多精疲力竭，而我也多喝了一兩杯。我在午夜前後離開酒吧，覺得沒有醉到無法徒步走回譯者之家。那個芬蘭人——留著茂密鬍鬚、聲線好似低音管的大塊頭，讓我想起前基督教時代的雷神——和愛爾蘭人坐在廚房裡。他們唱著飲酒歌、講著下流的故事娛樂彼此，一整夜我都聽得見他們的陣陣笑聲和響亮的髒話傳過地板。

從海上吹來的風。徘徊在冰點的氣溫。偶然的小雪或是飄成冰霰的雨。一月延續著月初的天氣。抵達後第一週的週六，我換了住處；透過那間房屋仲介，我找到費迪南—波爾街上一間兩房的小公寓，離圖書館只有十分鐘腳程。屋主是一位年輕攝影師，剛接到《國家地理雜誌》為期六個月的委託去了南美洲，我們的租約內容包含維護屋況、照顧植栽和一隻貓。

那是一隻已結紮的慵懶母貓，名叫碧翠絲，她除了去俯瞰庭院的陽臺上待著半小時（她在那裡只是被動而不感興趣地坐著看鴿子），還有走去使用廚房裡的食盆和貓砂盒幾次，就幾乎什麼都不做，躺在瓦斯暖器前面睡覺。

較小的那間房設置成暗房，我從沒用到；房子隔溫效果不佳，我在家多半都在床上、或是跟碧翠絲享用同一處熱源的扶手椅上。那是屋裡唯一的暖器，但我想強調，我當時對居住狀況完全滿意。

我最滿意周圍環境。樓下的街上有各種商店：一家ＡＨ超市（註）、幾間酒吧，甚至還有一家洗衣店。我很快就發現，我找不到更好的地點了，一整天大多數時段中，附近的交通和街上活動繁忙而豐富，我可以站在窗邊、從三樓的制高點觀察外面的動靜。不可否認，這給了我一種掌握控制權的錯覺：站在這裡、與世隔絕，卻有沒有和這個時空動態失去聯繫。

至於房租，金額合理；因爲花草和碧翠絲的緣故，租金調降了一些，我跟柯爾通電話時，發現出版社對這處理想住所比譯者之家稍微略貴的費用並無異議。

搬家之後，我的日子也過得比較規律。我通常睡得晚，最好睡到十點或十一點半。沖了澡、換了衣服之後，下樓買份報紙和新鮮的麵包。我會坐在扶手椅上，悠閒地吃頓早餐，腳上趴著碧翠絲，同時閱讀世界各地的新聞和自己前一天的譯稿，做必要的修正。到了一點四十五分，先走過幾條擋住寒風的小巷弄，然後走進魯斯戴爾運河路的微風中，沿著庫伯大街和凡—貝爾街，在圖書館開門後幾分鐘抵達。

通常是莫溫羅斯太太——第一天時接待我的那位女士——坐在圖書館裡，但有時候是另兩名年紀較輕的女子，一個膚色黝深，有著略具魅力、含羞帶怯的美；另一個臉色紅潤、有點過胖。她們兩人都不曾跟我說話，只會心照不宣地對我點一點頭；我和莫溫羅斯太太不常交談，但第三天，我總是會在四點半拿到一杯茶和幾片餅乾，顯然那是她們讓自己放鬆休息的時間。

如今回顧，我發現，在這起初的幾週裡，我還能夠掌握每一天的時間。這當然也是出於必要。瀏覽過兩間音樂廳的節目表之後，我安排了行程，每週都去聽四、五場表演，也就代表我必須及早離開圖書館去吃晚餐，好趕上音樂會館或新禮堂的時間。

我很快就發覺，我的財務狀況不允許我一週參加好幾次票價昂貴的音樂會，於是我改變計畫，只站在前廳觀察抵達的聽眾，有時候則是旁觀人潮離場。但不管用什麼方法，在那些個寒冷的一月天夜晚，我連伊娃的影子都不曾看到，雖然我不至於眞正陷入絕望，但需要更好的對策。

除此之外，我愉快地在咖啡館流連了幾個晚上，特別是位於我日常步行返家路線上、風格駁雜的兩家店——店名分別叫作馬特和杜薩。我坐在角落，時不時跟人搭話，通常是跟上了年紀、略顯滄桑的紳士，他們的人生已經活得差不多，養成了富於懷疑的精神，這是一種我深深欣賞、樂於與他們共享的特質。我在那幾晚也遇上了幾個女人，但儘管其中一兩位肯定不介意和我共度春宵，我仍不曾採取主動。總之，我就寢的時間鮮少早於半夜一點鐘。

雖然在這頭一個月，我的思緒大半是繞著伊娃打轉，想著她六個月前坐在A市這裡的貝多芬錄音演奏會現場（我查證過了，那場演奏會確實是在音樂會館舉行），可能代表什麼意思，但瑞恩作品的翻譯工作愈來愈獨占我的注意力。

這部作品沉重拖沓，一如開頭的幾頁，但即使如此，其中仍然有些成分很快就吸引住我。幾乎可以說是隱藏元素：彷彿手稿中含有他不遺餘力地掩蓋的一則訊息、或是一道隱流。我並不眞的知道，但早先就感應到其中必定有些堂奧。文句密度很高、繁複糾結，有時根本令人無法理解，但愈往下讀，愈是篤定感覺到表面之下有簡單、純粹、清晰的東西。

這份手稿的篇幅不是特別長。只有一百六十頁多一點，如果我維持每週十五頁的步調，我應該三月底或四月初就能夠全部完工。這是指初稿。接著自然需要一段時間修潤校正，但我絕對能在六月份如期完稿，毫無疑問。

但那道隱流攫獲了我，使我著迷，使我困惑。瑞恩先前的作品都沒有這種程度的複雜性，當然，

註：Albert Heijn，荷蘭最著名的連鎖超市，常簡稱爲AH。

同時有關這部作品發表方式的特殊和限制。一定有理由，使他堅決以譯本而非原文版本推出這部作品；柯爾和亞蒙森上窮碧落下黃泉地找，都沒能找到類似案例——當然，有些書從極權政府的掌握之下被偷渡出國，例如索忍尼辛等人的著作，但是沒有像這樣風格的作品。我知道，我試圖儘可能避免這些臆測，但隨著時間經過愈久、我在這本書裡鑽研愈深，我就愈深信，這些緣由在文本內的某處會得到解答。爲什麼葛蒙．瑞恩的書必須以譯本形式發表，這個問題的答案就在書裡，不在他方。

不過，撇開我逐漸成形的見解，我還是努力抗拒衝動，不提前往下讀。我堅定不移地秉持工作法，一行接一行、一段接一段、一頁接一頁地往前推進。誘惑固然存在，但不特別費力就克服了。

瑞恩的文風難以形容。無庸置疑，他最具標誌性的手法是內在獨白，觀點似乎在主角R和作者本人之間切換，有時也換成M那名女子。此外唯一的角色——至少在書的開頭——是一位G先生。在晦澀如夢囈的段落裡，瑞恩描繪了這三個角色之間的關係。如我先前提過的，我早已推測這是一段兩男一女的三角戀情；某些事件——或說是狀況——不時重現，以各種迥異的風格和語彙重新演繹。R和G之間的關係並不和睦，同時，我無法不注意到，R似乎和偶爾現蹤的第一人稱敘事者相當親近。

整個一月份，我眞正能夠摸清楚的內容也就是這些了。當然如果我沒有分心想著伊娃、而是全神貫注地工作，我就會更早理解角色之間眞正的關係，但這純屬猜測。也許我需要同時進行的兩項企劃作爲彼此喘息的空間；當我回想起那段期間，我常常訝異於自己是多麼全心投入於這兩項任務。我要不是深深沉浸在葛蒙．瑞恩的書中世界，就是到處苦尋我失蹤的妻子。我從來不會混淆兩者。我讓兩項任務彼此分離，像油和水，這是正確的處理方式。

在一月的最後一天，我已經對自己一廂情願、毫無成果的音樂會監控行動感到精疲力竭，我決定另闢蹊徑。在電話簿裡「私家偵探」的這個分類下，我找到超過時六個不同的人名和行號，某天晚上在圖書館工作完畢之後，我和一位艾德加．L．馬丁斯在他位於博哈斯卡廣場的辦公室約了見面。

「先生，您可以描述一下您的問題嗎？」開場的寒暄結束、我們各自就著香菸和一杯啤酒坐下，他如此開口。他的年紀比想像中大，近六十歲，有削短的灰髮和溫和的藍眼，能激起他人的信心。

「你已經做這一行很久了嗎？」我問。

他露出微弱的笑容。

「三十年了。」

「這麼久？」

「堪稱世界紀錄。你可以放心相信我。請說？」

我從內層口袋拿出照片，在他面前的桌上攤開。他迅速看了看。

「是個女人。」

這不是個問題，只是一句語帶倦怠的陳述。他呼出一口煙，然後看向我。我選擇保持沉默。

「首先，我必須問，你是否確定自己眞的想要進行調查。」

他的話中帶著無可奈何的語氣，苦澀而缺乏野心。我點點頭。

「是要監視或是尋人？」

「尋人。」我說。

「很好，」他說，「我偏好失蹤案。」

「爲什麼？」

他沒有答覆。

「她是什麼時候失蹤的？」

「三年前。三年前多一點。」

他記了筆記。

「名字是?」

我回答了，並且補充她現在不太可能仍用這個名字。

「你查過了?」

「對。A市裡沒有叫這個名字的人。」

「而你有理由相信她在這裡?」

我點頭。

「能否請你簡短地講述一下原委。」

我照辦了。當然略去幾個重要部分，但是努力將所有關鍵細節都包含進來。我說完之後，他沒有立刻回應，傾身越過桌面，用更仔細一點的眼光研究伊娃的照片。

「好吧，」他說，「這個案子我接了。」

我從未想過他可能會拒絕，但我現在意識到，我請他做的可算不上是夢幻工作。

「當然，我無法保證結果，」他解釋，「我建議我們先試一個月，如果到時候還沒有追蹤到她，恐怕我們就得放棄了。我猜想你會希望保密。」

「全程保密。」我說。

他點點頭。

「關於費用，」他開始打起精神，「如果任務失敗的話，我只收半價。」

他在面前的簿子上寫了兩個數字，轉過來讓我看。我了解到，過了我們協議的一個月之後，我應該不太會想繼續他的服務了。

「你覺得有多少機會?」我問。

他聳肩，「如果她眞的在這個城市裡，我們可能就會看到她。我有一小組員工。」

「貝克街游擊隊？」

「算是。她有什麼理由要躲起來避風頭嗎？除了你提到的部分。」

我想了想。「沒有……」

「你有所遲疑。」

「不論如何，至少沒有我知道的理由。」

「而你已經三年沒有見到她了。」

「幾乎三年半了。」

他按熄香菸，站了起來。

「你眞的確定想找到她的下落嗎？」

他在這一點上的窮追不捨開始讓我有點煩躁。

「你爲什麼要問這個？」

「因爲大部分人都能在三年內把一個女人拋諸腦後。但你不能，對吧？」

我也站了起來。

「對，我不能。」

他再度聳肩。

「你可以先給我兩百元的頭款。你會希望不時過來聽聽有何進展吧？」

我點頭。

「我建議我們約週一和週四。如果有要事發生，我們當然可以立刻聯絡。」

我們握了握手，然後我就離開了。回到街上，雨又開始下了，我迅速跑進第一家開門的酒吧。

後來發現，那家酒吧叫作「死敵」，當我坐在裡面灌著黑啤酒，不太曉得自己該將這個店名解讀爲吉兆或凶兆。不管如何，經過前幾週無望的原地踏步，終於有開始行動的感覺。目前我姑且將希望寄託在這股模糊的感受上。

由於雨勢未停，我留在「死敵」裡坐了好幾個小時才踩著半乾的鞋子回家去。我爬上床的時候，完全不知道已經幾點了，不久後醒來，二月已經來臨，而我身旁躺著一個紅髮的女人。

我始終不知道她的名字，她看起來也不特別想自報身家。她不動聲色地沖了澡，然後走了。她留下的只有枕頭上的幾根頭髮，和一股淡淡的香奈兒五號香水氣味。

我在床上待到曙光翩然降臨。然後，我起床，逐步啓程前往圖書館，但是魯斯戴爾碼頭的風勢太強，吹得我決意回家，泡了肉桂咖啡，和碧翠絲一起坐在扶手椅上，將暖器開到最強，用那位攝影師留下的錄音機聽巴哈的布蘭登堡協奏曲。

聆聽巴哈作品的同時，我想著伊娃。

我們出發的日子是八月十五日。完全按照計畫，我們安排了幾天時間穿越德國，我感覺自己眞心愛著她。我們當時已經結婚將近八年，之前不曾感受到如此強烈的愛意。我們之間的情愫成熟了，世上任何兩個人之間都無法有媲美這段旅程的時光。很難指明這股感覺從何萌生；我似乎在妻子身上發現了前所未見的特質，但眞正改變的究竟是她還是我，我無法參透，當時和事後都無法。

由於我的態度轉變，她不斷說著她有了新的愛人、說我們必須分開，對我造成了莫大的折磨。我也試了好幾次，用不同的方式勸她脫離自己的幻覺，最後我問她那個愛人是誰。

「莫瑞茲。」她簡短地回答。

高速公路上有個休息站。我們在那裡吃著雞蛋三明治、喝著咖啡，天色美好。我記得向水邊傾斜的苜蓿草坡上有黑色和白色的牛群在吃草。整體來說是個美得不尋常的休憩區。

「莫瑞茲．溫克勒？」

「是的。」

「你瘋了，」我說，「全天下的女人都會愛上自己的心理醫師。你得把這些胡說八道給忘了。」

她嚴肅地看著我。

「我知道我會傷害你，」她重複道，「但除了誠實之外我一無所有。他會在山下跟我碰頭。我們談好了。」

我打了她，接下來好幾天我們都沒再說話。

在二月的第一週，我開始注意到瑞恩的作品裡隱藏的訊息。或者至少是其中一方面的。某天深夜，再幾分鐘就閉館了，我還坐在慣用的桌子前，研究我一天以來的進度。最後一句是：

「R對這個完整的時刻、這個所有缺陷和失敗都得到翻轉的瞬間，所抱持的所有執迷，也許無論如何將永遠不見天日，這是M心中早已形成的洞見。與他並肩、平行或是毗鄰度日，這個女人的心中從未存在懷疑，對任何事都沒有疑問；在海岸上的時候她就單純只是在海岸上，單純只是在那裡，僅此而已。石頭般死沉而安穩的大海裡面一個笨重的物體，陰影，還有尖嘯的海鷗。噢，潔淨虛榮的母親！死魚、死魚群；海草、腐爛的海草，風沒有掙扎、沒有說話、沒有邀請，經過一段漫常的旅程以後無事稟報。M就是這樣。」

「裡面」這個詞。我盯著它看。重複讀了這個短短的段落幾次，我還是怎麼也想不透，有什麼理由要將無關宏旨的介係詞加上斜體，然後我想起了另外幾個加斜體的單字或是詞句，在我看來也毫無道理。

我往前回溯。只有兩個地方。第四頁的「像」。第十六頁的「那個詩人」。

像裡面的那個詩人

就在那一刻，莫溫羅斯太太走進參考書區，發出含蓄的咳嗽聲。我收拾好紙張，離開圖書館。一回到費迪南—波爾街上的家裡，我就重新拿出文稿，往後瀏覽。過了大約十分鐘，我已經翻閱完整本。整份手稿裡，只有另外兩個詞加上斜體：

第六十三頁的「地球的」。

第一百五十八頁的「灰燼」。

「像地球的灰燼裡的那個詩人」。

我過了幾秒才弄懂這層連結，但一旦看出來，意義便昭然若揭。〈地球的灰燼〉是《夢的穹頂》這本選集中其中一則短篇。這是一則篇幅頗短、悲喜劇式的故事，講述一個作者在文學成就的高峰期，突然產生強迫性的妄想，覺得他的妻子想要謀殺他。我將紙張推開。然後，兩種矛盾感出現了。

第一種是憤怒。或即將轉爲憤怒的煩躁，針對一件如此愚蠢到不可思議的事。爲什麼要把這種東西藏在一份令人望而生畏、有些地方甚至難以卒讀的文稿裡？如此廉價的東西。我對瑞恩幾乎不加掩飾的反感一湧而上，我知道有幾秒鐘，我考慮把手稿寄回去給柯爾和亞蒙森，叫他們燒了。或是另請一位比較不挑剔的譯者。

另一種感覺比較難以形容。也許類似於恐懼，而且我意識到，我的惱怒可能是來自於這股具有威脅性的刺激所引起的防衛反應。猶如心靈自癒機制，但不分青紅皂白。

像〈地球的灰燼〉裡的那個詩人？

距離他寫下那個短篇，應該有十年了。離我翻譯它則有五年。這到底是什麼意思？我試著回想那個故事怎麼結束，但怎麼也想不清楚。

我走到窗邊關燈，觀察外面的現實世界。此刻，外界有一片鉛灰色的天空，一幢外觀陰暗的建築物，和一樓的一排亮燈的店舖窗戶——穆斯肯旅館、齊歡同樂沙威瑪餐廳、AH超市。幾個騎著腳踏車的人。停靠的汽車。一臺街車喀喀開過的聲音。來往的車流，與風中搖曳的街燈光源。

佇立靜止的物體和消溶的物體。我記得我想到了什麼，我也記得那些思緒無法以言語形容，不論是當時或現在。

那晚我站在窗邊，瑞恩文中的斜體字在我腦袋深處千迴百轉，我相信我對語言的蔑視從不曾如此強烈。過了一會，我坐回扶手椅，把碧翠絲抱到腿上，跟她一起在黑暗中坐了頗長一段時間。

然後我出門。故意在最近的幾家店喝到醉；其間，我的憂慮都潛伏在皮膚底下，像刺人的火花，像搔不到的癢，直到後來，那天深夜，我跌跌撞撞地跑去吐在馬桶，那份憂慮才稍微紓緩。

隔天，陽光閃亮。我沒有去圖書館，而是繼續走到方德公園，在那裡閒晃到天暗。關於眼前的未來，我做了幾個決定，當晚我便打電話給柯爾。

「還好嗎？」他熱切地問，但聲音中不無一絲擔憂。

「好極了，」我向他說明，「我只是需要一點資訊。」

「好的？」

「瑞恩的太太叫什麼名字？」

「瑪麗安。瑪麗安．凱赫。爲什麼要問？」

我沒有回答。

「你可以寄給我一份他的死亡報告嗎？」

「誰的？瑞恩的？」

「當然。我需要一份詳盡摘要，我不想自己捲進去。可能會引人注意。」

「我了解。」

我可以聽得出來，他並沒有了解。

「你可以仔細檢查一下報紙嗎？」

「這跟手稿有任何關係嗎？」

「不無可能。」

「眞要命。」

「那就請你儘快辦了？」

「當然。」

我們結束通話。我離開電話亭，然後我理解到，這當然是違背初衷地激起了柯爾和亞蒙森對瑞恩作品更熱切的興趣。在我心中可以看見他們摩拳擦掌。他們怎能不興奮？一間出版社推出了新世代神祕大師的遺作，該書將爲他的死亡提供嶄新線索。夫復何求？如果你連這項優勢都不懂得好好利用，那眞是乾脆改行算了。

我個人並不特別渴望再回到圖書館裡淘淘揀揀，我必須更深入這部作品。它同時使我既受吸引又覺得反感，我必須克服我對瑞恩的死亡所萌生的不情願好奇心。我突然想到，下次和柯爾講電話時，我應該問問瑞恩身邊有沒有名字是G開頭的人，但我決定以後再說。說到底，我在這個階段的疑心，不過是天馬行空、缺乏根據的幻想。不久，這個案子就出現了更多線索，但在那個時間點——甚至在我繼續和手稿中難解的文句奮鬥的接下來幾天——我已經打算將疑心斥爲妄想。我在特殊情況下做出過度解讀，僅此而已。

我和私家偵探馬丁斯維持著規律聯絡，如同先前協議。週一和週四，在圖書館工作完一天，我會路過他位於博哈斯卡廣場的辦公室，每一次他都是略帶歉意地聳聳肩，解釋沒有發現新的線索。

經過一連串拜訪，不可否認，我開始洩氣了。馬丁斯從來不曾對於查不出結果表現出哪怕一點點的汗顏，而我可是花了不少錢。最後，我直白地問他是否認爲有任何成功的可能，但他只回答說他不可能預測。

那晚，當我離開偵探的辦公室——應該是二月中旬的某一天——我感到揮之不去的喪氣。我專心緩慢地譯到了瑞恩手稿的第九十頁，也就是說超過一半了，但這幾天以來的進度都寸步難行。許多語彙完全難以參透，即使現在已經能頗輕鬆地找出正確的說法和句型，我還是時常覺得文句並沒有傳達意義。至少沒有任何能夠發掘的意義。只是一段無望的、不受控制的內在獨白，通常是經由主角R的觀點，不時宛如夢囈，由堆砌的文字團塊而非意象組成。我對隱藏訊息的懷疑愈來愈像是一場空，而唯一能夠期待的，就是再七十頁同樣的有字天書。同樣無可否認，我開始疑惑如此主觀、冷硬的文風究竟能吸引到什麼讀者，以及柯爾和亞蒙森是否興奮得太早，最後是白忙一場。

「像那個詩人」的那一句當然還值得思考，但這僅僅十一個字似乎不太可能建構出這整部遺作的主旨，至少我看來不可能。

那晚，當我踏入「死敵」酒吧——是的，我挺確定那天是二月十五日——我有一股凌駕一切的欲望想叫瑞恩滾下地獄去。然而，經過一番反思，我發現他恰恰已經這麼做了。

我站著喝了兩杯啤酒，直接回家。我的郵件放在階梯上，這天就只有單單一封相當厚重的信，我看到寄件地址時，明白柯爾終於把要求的瑞恩的死亡報告寄來了。（許久之後我才知道他女兒出了意外，那就是他耽擱那麼久的原因）

稍後，我坐在扶手椅上，端著一杯茶，碧翠絲窩在我腳上，我讀著柯爾的報告。總共長達六頁，他一定是使出了渾身解數，我讀完之後，又回頭重讀一次。

並沒有特別值得注意的消息，沒有先前不知道的資訊，但現在所有脈絡都濃縮整理起來了，我察覺其中有一兩個共通點，跟我在翻譯過程中所發現的雷同。無法立刻指出，但明天我需要審愼地重新檢查目前寫下的內容，看看是否能有所斬獲。

從局外人第一眼看來，瑞恩的死沒有什麼神祕色彩。十一月十九日週五晚上，他和他的妻子及編輯前往夫婦倆位於貝倫西的房子。傍晚和夜間一路酒酣耳熱之後，他的妻子在隔天午餐時間左右醒來，過了一會就發現一封告別信，還夾在打字機裡。信的內容很簡短，不無曖昧之處（但確切的字句沒有被洩露給媒體），然而，一天後的晚上，當瑞恩的汽艇被人發現棄置在沿海岸往北十幾公里遠的一處海灣、撞到岩岸上時，兩者關連開始顯而易見。有人報了警，但據稱直到一個星期後，瑪麗安·凱赫才接受事實：她的名人丈夫在那天晚上或隔日清晨出海，投入海水的懷抱，結束生命。告別信唯一被披露的一段是：「我把我們古老的青銅女子一起帶走了，我至少會避免自己浮出水面害你們丟臉……」

那尊幾乎重達十五公斤的古老青銅雕像確實不翼而飛了，一般認爲瑞恩是在跳進水中前綁在自己身上。

根據船被發現時的位置、風向和海流、以及他的體重加上女子銅像的重量，有人嘗試計算葛蒙·瑞恩的遺骸最終抵達的位置。當然，誤差範圍很大，把他拖出海裡的成功機率，就跟想找到沉沒的亞特蘭提斯差不多。於是，他們並未試圖打撈——除了一點點展現誠意的動作。

至於瑞恩自殺緣由，有好幾種不同的反應和猜測，但在這個時間點，沒有一個說法偏離類似事件常見的走向。

他爲什麼這麼做？有人了解他的苦衷嗎？他有透露出任何訊號嗎？諸如此類。

但對於身邊最親近的人內心最深處的動機，我們究竟有多少了解？《法蘭克福匯報》上由貝傑曼執筆的一行副標足以化約普遍的看法：一無所知。

柯爾的報告就到此爲止。他也有些問題：當然，他尤其要問我想拿這些東西做什麼。我自己也不太清楚，我並不想如他所願地回答並寄給他紙本的回覆。我反而把那幾頁信紙放回信封裡，起身站到窗邊，再一次觀望著費迪南—波爾街上逐漸沉寂的活動。萬物如此空虛無用，這種感覺籠罩了我好幾分鐘，我抽了一根菸，思考著人是否眞有可能單純以頭下腳上跳到人行道上的方式自殺。我不太相信。我大概只會在自己身上造成悲慘的永久殘疾，這實在沒有意義。

隨著感覺逐漸消退，它們留下的空間補進了一波微弱的精力，我決定要謹愼地和瑪莉安·凱赫取得聯繫。這究竟有無效果未知，但在我們做出尙無法預見結果的抉擇時，我們硬化的血管裡才會像冒泡般生出一點點動力。

我知道我引用別人的話，但不記得是誰了。

當我們抵達灰村，我們度假的山中小村莊，時値清晨，我們已經開了一整夜的車。更精確地說，是我開了一整夜的車，而伊娃從比亞里茨出發時就躺在後座，蓋著藍色格紋毯子睡覺。至少過去這幾個小時她都在睡，我則用車上的收音機聽普朗克和薩提的音樂，同時看著黑暗自山谷中升起。

無疑地，那是美麗的早晨。一幢幢房屋、狹小的巷弄、群山和整個世界，都被洗刷得潔淨無瑕。我把車停在有坡度而凹凸不平的石板地廣場，下了車，用靜靜湧流的噴泉洗去臉上的疲態。太陽剛爬上東方的山脊，在沉睡的屋宇表面上投下一抹溫柔的微光。我站著欣賞這一切，頭髮滴著水珠，心裡想著，在清晨時分，世界上任何一個地方都能讓你有回家的感覺。然後我喚醒伊娃，我記得我失望於她無法擺脫倦意、像我一樣強烈體驗這永恆又稍縱即逝的吉光片羽。

我們找到往旅館的路，它位於村落外稍遠處，攀附在一座相當陡峭的山坡中央，可以望見山谷另一側無邊無際的峰巒。我們辦理入住，伊娃回去補眠，我過了一會兒也跟著睡了。

當然，這是觀光村，旺季主要是冬天。時間進入下午之後幾個鐘頭，我們走了一趟初來乍到的探路行程，發現這裡很幸運地只有少少幾個德國人和吵鬧的美國人。我們在三家客棧中選了一家吃晚餐，吃完後，伊娃說我們不能繼續在一起眞的令她痛苦至極。我有點挖苦地問她的愛人什麼時候現身，她答說他已經到了。精確來說，是在隔壁山谷的一個小村子裡，她已經答應了當天晚上要打電話給他。

我們付了帳，回到旅館，在陽臺上共飲一瓶酒，我們坐在那裡，她離開我幾分鐘，去樓下櫃臺打了一通電話。她很快就回來了，我這時發現她渾身圍繞著一種煥然光采，是我在剛跟她在一起時偶爾見過的。我在玻璃杯裡多斟了些酒，並且暗自發誓，我絕對、絕對不能讓其他男人擁有她。

稍晚時分，我們做了愛，如同我們之間不時會有的那樣猛力而暴烈，事後，她從浴室裡出來時說，「這是最後一次了。我會傷害你，這就是我們最後一次做愛。」

突然，我疲憊煩躁，特別是她毫無意義地叨念著她會傷害我。

「你是屬於我的，伊娃，」我說，「不要做別的幻想了。」

她沒有回答，我們沉默地在那裡躺了一段時間才入睡。也許我已經感應到，她說的話眞心誠意，而我已經成了輸家。我現在當然知道這一點，但選擇怎麼輸，不可謂不關鍵。

大約九十五頁之後，瑞恩的文詞突然清晰起來。二月二十日左右一個下著傾盆大雨的陰天裡，我譯出了如下的段落：

「R執迷於用文字和思想剝解出每個情境的內涵、事實性和本質，不僅僅這麼簡單。它還意在戰勝並征服現實。將之透露、將之化爲筆墨的能力，就是征服。M和G。一路寫到最後一個字母，將發生的事件描述、揭露，就是使它們化爲無物的能力。他是如此相信的，他在日以繼夜的狂亂中寫下的筆記，是他物化他們、殺戮他們的武器；殺了又殺，但他們還是站在原地屹立不搖。M和G。站在那裡，自成一物，兩個物體，合而爲一，就是一切，而這股可恨的執迷反過來將矛頭和刀鋒刺向他凹陷的胸口。他們和他。他和他們。他知道。她知道。G知道。他必須脫離自己的腦內世界。脫離自己的內心。必須找一處視野廣闊的高崖，把事情弄懂搞清楚。他們打算做什麼？他們懷著這份永遠戒備的謹愼，是想要打造出什麼計畫、什麼樣的未來？突然之間，在達戈村的某一晚，他的恐懼有了個新的名字。一個如地獄般恐怖的名字。他爲自己的性命感到恐懼。R害怕了。他拿起筆開始寫，現在他才眞正開始，這一夜和後來的許多個夜晚，這份恐懼都像錨一樣綁住他。」

我往後一靠，四下環顧室內。其他桌子中只有兩張亮著檯燈；是個熟悉的常客——一個猶太老人，留著白鬍子，頭戴小圓帽，每週四和週五總是坐在這裡，看似忙於研究卡巴拉神祕主義文本；以及一個四十餘歲的女人，時不時進到圖書館來，對著厚重的解剖學書籍發出陰鬱的嘆息，一坐就是幾個鐘頭。

窗外的雨穩定地下著，對街維里辛根咖啡館的黃燈籠亮了起來。在這個城市裡多不勝數的咖啡館中，不知道爲什麼，我覺得維里辛根成了我的最愛。也許不過就是一連串非關鍵因素之間形成的微妙平衡，但如果在A市定居，必然會成爲那家店的常客。我收拾好書本，離開工作桌。我腦中的思緒需要一杯啤酒和一根菸，現在回想，我那一整天除了四片每日佐茶的餅乾之外，什麼也沒吃下肚。

R害怕了？我越過莫爾克街時心裡想著，他們和他？他和他們？

我突然體驗到一種如履薄冰的感覺。

瑪莉安・卡赫是個老菸槍。

她是個身材纖瘦、皮膚黝黑的嬌小女子，五官帶有黎凡特地區的特徵，散發出的感官性在空氣中充滿存在感。也許她努力在克制，但徒勞無功：不管她願不願意，她給人的印象就是那種跟你見面二十秒前還全身赤裸的女人，等你離開二十秒後又恢復到一絲不掛。我向她自我介紹。

「你就是打電話來的那個人？」

「沒錯，如我說過的，我希望沒有打擾到你。」

「我們見過面嗎？」

「我相信沒有。如果有的話我是不會忘記的。」

她眨也不眨眼地聽進了這句話，領我走進屋內更深處。在一間想必是瑞恩生前的圖書室房間裡，她在一張煙灰色的玻璃小桌上擺了一個托盤，盛著波特酒、堅果和果乾。牆面從地面到天花板都被書櫃滿滿覆蓋，透過一扇大型的廣角窗，可以看見外面綠意盎然的庭園，坡面斜向一條運河。我嘗試讓自己辨清方向，判斷那條應該是普林森運河。

我們坐了下來，突然之間，我但願置身別處。或者希望我雖然坐在這裡，但變成了別人。那股感受相當強烈，我用力閉上眼睛試圖甩掉它，但此舉不太成功。

「你翻譯過我丈夫的書？」

「是的。」

「哪些？」

我列舉出書名。她微微點頭了幾次，好像隨著我提起，她一一想起了這幾本書。我突然感覺，彷彿這每一本書也都是她人生的一部分。若真要這樣設想，也並非不合理。

「你們結婚很久了嗎？」

「十五年。」

我清清喉嚨。

「呃，我說過，我剛好在這附近。想來致上慰問。我很欣賞他……該說是欣賞他的書。我們只見過一兩次……」

我在瞎扯。她再次頷首，又點了一根菸。我們斟了波特酒，無言地舉杯相碰。

「他有時候會談到你，」她說，「我覺得他很認可你的譯筆。」

「眞的嗎？這很令我開心……您一定很難過吧。」

她遲疑了一會。

「是的，」她接著說，「我想是很難過。但可能還沒有習慣吧……雖然已經過了幾個月。也不知道希不希望自己習慣。而且，你也必須有能力在黑暗中生活。」

「談到他會讓您痛苦嗎？」

「一點也不會。這是我讓他繼續活著的方式。我也重讀了幾本他的書。感覺就……就好像那些書有了新的涵義，我不知道這是否只是個人觀感……我的意思是說，因爲我跟他曾經那麼親近。」

我再也不會有更適當的發話時機了。

「請原諒我這麼問，但他過世前在忙什麼工作？我是說，他當時在寫什麼作品？」

「你爲什麼這樣問？」

我聳肩，嘗試擺出抱歉的表情。

「我不知道。只是覺得他作品裡好像有一句話意有所指……他沒有在寫別的東西嗎？」

「有，他當然有在寫。」

「有嗎？」

「我們只是不知道他寫的東西到哪裡去了。」
「您的意思是？」
她再度遲疑，快速地吸了幾口煙。我剛好想到，吸菸吸得這麼猛的人，精神狀況必定不太好。也許這段對話爲她帶來的折磨，其實大過於我。這個念頭帶著一種刺激，但我還能控制。模糊又晃眼即逝，我如此想。
「他整個秋天都全心投入於那份手稿，一直到……嗯，一直到他過世。手稿不見了。也許他銷毀了它。燒了它，或是……帶它一起走了。」
「內容寫什麼呢？」
她嘆氣。「我不知道。他神祕兮兮的，一直都是這樣，但我想他很滿意那作品，因爲他全心投入。從他身上看得出來。」
「他是一位偉大的作家。」
她速速一笑。「我知道。」
我喝了點波特酒。但願我有立場繼續提問。問他爲什麼要尋短。問她爲什麼拒絕接受。問她會不會有個名字縮寫是G的愛人。
當然不可能。我們又聊了聊他的幾本書，主要是最新的兩本，我兩年前在八個月的時間內密集地譯完，記憶猶新，我們也都對他帶著遺作離開人世表示惋惜。過了大約二十分鐘，我感覺到自己煩擾了她，該留她獨處了。
她在門口攔住了我一下。
「我還是不懂爲什麼想見我。眞的沒有別的事了嗎？」
「我打擾你了。」

「不，才不會。只是你讓我有種印象……」

「什麼樣的印象？」

「你心裡有些更重要的事。」

我試圖微笑。

「抱歉。沒有的事。我非常仰慕您先生的文采，就是這樣。」

她抬頭看著我。她一定比我矮了有二十五公分，我們站在門口，彼此離得很近，我突然可以明白把她的頭挨在我胸膛上會是什麼感覺。她又多和我對視了一秒；然後後退半步，我們互道再見，沒有接觸。

外頭的街上，空氣中飄著雪。大而沉重的雪片在陰暗的房屋之間緩緩飄浮，我記得我伸出了手想要抓住幾片，但它們似乎無法忍受靠近我的肌膚。

我也無法與它們有任何接觸。

很自然地，不管天氣如何，我滿腦子都是瑪麗安．凱赫，但是那些雪花的確表達出她的特質。遠非言語所能形容，我告訴自己，這之間有這麼多隱藏的連結。用瑞恩的風格來說——是的，在這片言語和符號和其他靈光都無法形容的、巨大而清新的寂靜中。

如果我記得沒錯，在我拜訪瑪麗安．凱赫之後僅僅兩天，我發現有人在監視我。

第一次是在某個格外早起的早晨——我散步去滑鐵盧市場的雜貨舖——我還沒有察覺，我的腦子就先辨認出那股印象。直到那天下午，跟蹤者進了圖書館，坐在我待的參考書區後方一張桌子，我腦中才有了畫面，我知道了，就是我買菸時在烏特勒支街的菸草店外面等我的人。一個高䠷而有點駝背的男人，約莫和我年紀相仿，頭髮是深色的，髮量逐漸稀薄，戴著褐色鏡片的眼鏡。在圖書館裡，他將大衣披掛到椅子上，我注意到他時，他正在瀏覽一本架上任意拿下的書。我不能回頭看他，但是我稍後用手臂夾著檔案夾出去上廁所時，跟他以僅僅一公尺的距離擦身而過，有時間仔細看看他的外表。總之，我看得夠清楚了，如果他再度出現，我一定能認得出他。

我仍無法百分之百地確定，情況如我懷疑——他眞的在跟蹤我。但是，當天晚上我就確定了；我停下當天的工作，走到博哈斯卡廣場上的馬丁斯辦公室，因爲當天是週四，才走了大約一百公尺，我就感覺好像有人在沿著我的足跡移動。我加快腳步，抄捷徑穿過梅瑟廣場和維丹公園，在公園北側的同一個街區繞了一兩圈，然後溜進一條窄巷，蹲在幾臺腳踏車後面等待。只過了十秒，他就從街上經過。

我在巷子裡又待了幾分鐘，才繼續走過兩個街區，到馬丁斯的辦公室。整件事在我看來都很奇怪。不管是誰尾隨我、監視我，不管背後目的，整體都給我粗糙業餘的印象。我也不太看得出這有何意義；最有可能的原因——總之這是我腦海裡第一個跳出的答案——這跟我拜訪瑪麗安・凱赫有關。或是有關於瑞恩的手稿，不知怎麼地走漏了風聲。

在這一步，我還沒有想到其他可能。

一踏進馬丁斯的辦公室，我就想到，如果要爲跟蹤者的笨拙行動找到最簡單的解釋，那就是他是刻意的。對方的想法是，我會察覺到有人在監視我，但沒有時間細想背後計畫。

至少我當下沒有時間細想。看哪，打從我第一次和馬丁斯商談以來，他終於有些成果要報告了。的確，他強調說這線索很可能錯了，並且警告我不要期望太高。

然後他將一個褐色的小信封推過桌面。我打開來，看到一個我不認識的地址。

「在市郊，」馬丁斯解釋，「你搭火車半個小時就會到。」

「所以你在那裡看到她了嗎？」

他又表演了一次他慣常的聳肩動作。

「不是我本人。只是我的其中一位員工。」

「什麼時候？」

「昨天。看到她走進一棟大樓，但她搭了電梯，他看不到她是在哪一層樓出去的。他腿有點瘸，爬樓梯不方便……嗯，當然，我們今天都在監視前門，但還沒有看到她。」

「你確定那就是她嗎？」

「沒辦法，」他帶著一抹微笑，「胎記吻合，但誰能說得準一個女人過了三年會有什麼不同？」

我把信封塞進內層口袋離開了。我出門走到街上時，凱瑪教堂剛開始響起九點的鐘聲，我得要等到明天再造訪市郊了。

第二天，我們在旅館吃了晚餐，餐後喝咖啡和抽菸的時候，她說她隔天早上要離開、去和莫瑞茲・溫克勒會面。

事情也的確這麼發生了。我站在外面陽臺，目送她駕車在蜿蜒的道路上愈開愈遠，越過山頭，到了另一邊的山谷和村落。我可以隨著她的身影爬上兩塊陰暗山體之間的通道，那輛白色奧迪突然之間溶解消逝，就像雪花在水裡消失得一樣迅速。

那一天還是維持著一樣的調性；氣象報告說山頂上方有危險的雲層正在成形。我決定就往那個方向爬山。我沒有待在人群和建築物中的欲望，事實上我對除了我妻子以外的任何事物都沒有欲望，但在這種情境下我必須出去走走。當靈魂中的不安太過強烈，需要以實際具體的行動來轉化、稀釋，我一直都會這樣做，剛過十二點鐘，我帶著幾瓶啤酒、一包樓下廚房爲我準備的三明治出發了。

一個小時後，雨淋了我滿身。但我不久就找到一處岩洞，整個下午我都待在那裡，坐在一塊石頭上，隔著水幕凝望外面的風景，那一天，一切景物的輪廓全然消失，它們的美麗樣貌也黯然失色。

我坐在那裡喝完幾瓶啤酒，細嚼慢嚥著三明治，否決掉一個接一個的計畫。我也稍微想起了妻子大腿內側異常柔滑的皮膚；當然也有想到其他女人的，但主要還是想到伊娃。當時在我看來，那片柔軟的肌膚，是如此矛盾地純潔，我也揣想著，是否可能只靠感覺、只靠指尖的輕觸，就判斷出某一塊肌膚位於人體的哪一個部位。

這些思緒當然分散了我的注意力，起步下山前，最終的解答都沒有出現，但即便如此，當我再度踏入旅館大廳，我就想清楚了。每個步驟的細節還沒有底定，但是整體已經明朗，我帶著一種陰險的滿足感進了淋浴間，讓熱水取代了在一整個小時的返程中浸透我全身的冷雨。

我想這個點子是取材自我年輕時看的一部老電影，也許是在電視上看的，但我不管當時或之後我都不記得片名。又或者，我的計畫只是脫胎於許多種犯罪事件的典型之一，它的起源就像旅館主人在我當晚孤獨一人時送來的湯，混濁不明。

一種強烈的孤獨，一碗無可救藥的湯。

伊娃回來的時候，已經過了凌晨三點，我假裝睡著。我挺確定她明白我只是裝睡，但她也演好了自己的角色，在黑暗的房間裡躡腳走動，和我自己六個月後所做的事完全一模一樣。

我已經忘了那個女人的名字。

那處郊區叫作瓦辛仁，由二十四棟大樓和一間購物中心組成。我沒有看到任何年代更久的建築，猜想全都是六十年代末期或七十年代初期的產物。

我從車站跟著一條蜿蜒的人龍，經由一條氣味惡臭、布滿塗鴉的地下道，在灰暗而毫無溫度的廣場冒出地面，迎向聊勝於無的日光。廣場四周有三面是商店和各種服務設施，第四面則從海上吹來毒烈的冷風。我記得我當時心想，如果要在我們這個時代打造地獄，這種建築方式應該用得上。

我找到路前往目標的那棟大樓。它是一座灰棕色、染有水漬的混凝土材質物體，總共十六層樓。我迅速估計一下，算出這棟樓可以容納的人口大約落在一千到一千兩百之間。在私家偵太馬丁斯的手下看到我妻子走進的前門裡，有一份通訊錄，上面有七十二個名字。我離開大樓，在購物中心的一間咖啡館裡坐著。我設想了好幾種不同的策略，眼睛同時留意著從各個方向經過的每一個女人。

我的腦中沒有出現可接受的行動計畫，只有一種逐漸強烈的絕望和徒勞感，但接著我的視線落到咖啡店對面的書報攤上。我喝完咖啡，走過去瀏覽了一下陳列刊物，最後買了六份刊名叫作《覺醒》的基督教週刊。然後走回那棟大樓，開始行動。

才過了一個鐘頭，我已經按了六十四戶的門鈴。因爲當時是週五晚間，我按的大部分門鈴都有人回應，有四十六戶；我賣出兩份《覺醒》雜誌，但連伊娃的影子都沒瞄見。

我把剩下的雜誌扔進垃圾堆，循地下道走回車站。現在暮色已經落下；一股陌異疏離的感受狠狠攫住了我，等火車的時候，我在酒吧裡喝了三杯威士忌。酒保是個幾乎形同巨人的健身狂，身上到處都有刺青，我也試圖跟他搭話，但他敷衍幾句，眼光不曾離開他面前放在吧檯上的電玩。我注意到他讀字的時候嘴唇會微微移動。

我回到費迪南－波爾街上的家，從樓下的咖啡店打電話給馬丁斯，但如我說過的，當時是週五晚上，無人回應。這樣一來，就得等到週一再跟他算清帳目，拒絕他的繼續服務。

那一整晚，我持續喝著威士忌。我記得我差點在雷德斯廣場附近的酒吧跟一個挪威大老粗打起來，回家的路上則在人行道上被一輛腳踏車絆倒，指節上跌出兩道不小的擦傷。

然而，這個晚上最長久的負面結果，是我竟然弄丟了我在瓦辛仁打探時劃掉的公寓名單，如今回想，我了解到單單這一點就是讓我隔了那麼久才進行下一次拜訪的原因。

總之，那時我知道，我沒有放棄找到伊娃的念頭；我那天下午和晚上顯著的抑鬱只是任務前暫時的退縮。

是暫時的，而且在我看來，某些程度上也是可以理解的。

週一，我跟馬丁斯結清了帳。我去圖書館之前造訪了他；關於瓦辛仁這條線索能不能算是具體的結果，我們起了點爭議，但最後他讓步了，算了我比較低的價錢。

我們握手時，他沒有祝我好運，意見仍然是我最好忘了這一切，找些有意義的事情。我有幾個關於缺乏興趣與動力的反駁論點已經要脫口而出，但我忍住，沒多說別的話就走了。

自從瓦辛仁的線索浮上檯面，整個週末，我都將有人在跟蹤我的這個問題暫時壓下，但一穿過圖書館的大門，我就又想起了那個人。他在我的意識中像鬼火一樣，就像我在參考閱覽室召喚出了他的存在。

因此，當我發現眼前空無一人時，我的感覺幾乎是失望了。整個下午，我繼續翻譯瑞恩的手稿，只有其中半個鐘頭室內來了其他人，兩個學生坐在最後面一張桌子，悄悄討論著共同作業。

我沒有看到任何跟蹤者的影子。

一切都是徒勞無功，那個週一，我如此想了好幾遍。一切都會消逝，就像這被詛咒的生命裡的意念和目標。

但不管如何，我知道事實不是如此。不管如何，一切或早或晚都有轉寰，唯一的問題在需要表現出一點耐心和堅持。這裡有徵兆，有徵兆。

瑞恩的文字也不特別讓人起勁，至少那個星期的頭幾天皆然。如果我記得沒錯，直到週四，我才遇上一些迫使我重新猜想的東西：經過幾頁關於某人——也許是R自己的——童年的模糊閃回之後，突然雲開見日，當我的茶在黃色塑膠杯裡冷卻，我翻譯著以下的段落：

「記錄。在那些倏然飛逝的片刻，當那股痛苦消退，R開始想到了記錄。當一切結束，傷口不可能像踏過水中的腳步那麼簡單地彌合起來，在無知的統治和持續的存在之下。有一天她在廣場上買菜，她總是買那種不能多放一天的蔬菜，作爲她的預知死亡記事。他在她的物品裡翻找搜尋，她知道他絕不會做這種事，根本連藏都沒有藏。找到了信，四封信，三封算是夠清楚，第四封寫的是個陰謀。他們在陰謀策劃，他們眞的在這麼做，他明白過來的時候感覺自己的額頭滲出幾滴汗，他們在陰謀策劃要殺他。R出門到海灘上，讓肺吸滿無污染的海濱空氣，繼續走到水裡，到了水深及腰還是繼續走，站在慵懶的波浪裡，看見他的人生倏忽即逝、是一場無意義的掙扎，就像黏滑的藍色水母，漂離得太遠，完全無法逃脫。回到家裡，她還是在廣場買菜，要點時間，也或許她在床上跟G搞，他把信放進一個文件夾，開車到城裡影印，他回來的時候，她還是不在。影印以供後世留存？他走到半途，把兩封信放回櫃子裡的內褲之間，將另兩封正本和兩份影本裝進塑膠袋，用帆布包裹，非常刻意、非常審愼地爲後世做好這些保險措施。他去到外面的遮蔭處，拿了把鏟子，四下環顧，精挑細選。在土質柔軟、挖了土坑的草坪中央，矗立著這座醜怪的日晷，在它北面的鬆軟土壤中，他埋下了他的寶藏和遺囑，喝了幾杯威士忌。M還沒有回來，她就是在床上跟G搞，現在他知道了，她狂野地張開的大腿中間接受了G惡毒的精子，兩頭汗涔涔的野獸，在市區的旅館裡。大概是在貝維德爾，或是在更遠的隔壁市的克勞斯，因爲他們就是天殺的這麼小心，M和G；但R喝了更多威士忌，他還是可以想像出他們的樣子。他們如何在他的人生周圍廝混胡搞，現在毫無疑問了，他坐下來寫，他的反應總是化爲文字，透過這些薄弱而毫無血色的抽象化手法，他向那兩具汗水淋漓、陰險奪命的肉體示威，用一層強韌的、逐漸增長的文字之繭包住惡臭的血肉。R恐懼著，R也知道，但R還是在寫。」

第一百二十二到二十三頁。那一晚，我違反了達克的規則。我沒有翻譯，單純把手稿讀完。

是的，在笨重的鍛鐵落地燈投下的光芒中，碧翠絲窩在我的腳上，我讀了葛蒙．瑞恩作品的末四十頁。最後幾行是出自他的第一本書《眞理的傳奇》的一段引言：

「有一天，當我們不再了解自己的人生，我們仍然必須繼續，彷彿它是一本書或一部電影。沒有別的指示。」

我把紙張放到一旁。時間是十一點零幾分，我發現身體像彈簧一樣緊繃。我站起來嘗試放鬆，在公寓裡來回踱步一會兒，最後拿著一根菸站在窗旁。燈也關了，像許多個夜裡，我觀察著窗外黑暗中稀落的動態。思緒卡在腦海，在內外滑進又滑出，在一段安全距離以外拿走了原有的文字。儘管如此，我得做些什麼。已經到無從抗辯的地步。我不懂他爲什麼把稿子交給我，但現在想要放棄行動，已經太遲了。躊躇懷疑不是何瑞修該做的事。

片刻，那股緊繃感紓緩。我下樓去咖啡店，但只喝了兩杯啤酒，我以清醒的腦袋決定了策略。當然，那些策略沒有什麼特別的。我現在看不到別條出路，之後亦然。

我已經兩年半沒有見過詹尼斯．胡尼，但電話簿裡有他的資料，當我打去找他時，他毫不費力地就想起我們上一次的會面。

那是在齊爾的一場小書展，我們一起在酒吧裡混了幾晚。原來他跟我是同一型的獨行俠，我們很多話題，儘管他攝取的大量酒精很自然地造成了一些談話上的障礙。

對一些也許原本會說出來的話造成了障礙。我從其他地方得知，他時不時就會在幾家診所住院一段期間，但他現在接電話時——這天是三月的第一個週日，約莫午餐時間——聽起來健談而活力充沛。他目前正忙於一個關於諸多極右翼運動的電視節目企畫，他如此解釋道；他處在工作密集的時期，但即使如此，我的來電還是令他雀躍。

我只想從他身上取得一項簡單資訊——我無法透過公開管道找到瑞恩的避暑小屋，而因爲我知道胡尼去過那裡——我們在齊爾的那個星期，他有說過——這就成爲我想到的第一個可行辦法。

總之，他堅持要聚一聚，我們便決定週一晚上在蘇爾雅加碰頭，那是葛雷普路附近的一間印尼小餐廳。

那是一場漫長的聚會，有餐有酒，還有關於存在概念的對話，用的是我記憶中兩年半前那幾個夜晚略帶嘲諷的獨特語氣。對於我計畫前往瑞恩的海邊小屋，胡尼並不表示訝異——我的藉口是我要去做一點私人的研究，也許哪天有機會寫成傳記——我們在深夜分開時，我已經拿到地址，還有一份精心繪製的路線圖放在內層口袋。他也告訴我，那間房子經常被人叫作「櫻桃園」，但他不知道爲什麼。顯然是跟契訶夫有關，但我們兩個都看不出確切關連，只能做出幾個猜測。我也小心翼翼地向他打聽瑞恩及其婚姻狀況——畢竟胡尼和他算是有點認識——但我沒有透露任何顯示我對他的死亡起疑的資訊。相反地，胡尼對這樁自殺事件一點也不意外。他認爲，瑞恩當時正好就在那種處境——處於人生的低潮點，問題只在於鐘擺能不能盪回原位。

那是再自然不過了。

我也沒有追問他。我不知道他加入了哪個圈子、跟哪些人打交道——甚至不知道他有沒有跟任何人打交道。在這個時間點，我採取單純的控管方式，不要特別仰賴臆測。對於我懷疑瑞恩與瑪麗安·凱赫的婚姻是否幸福，他僅是敷衍地聳聳肩，反問我有沒有聽過一種東西叫作女人的本性。顯然他認爲這是個機智又精闢的回應，我便擱置了這個話題。

如我先前所說，我們很晚才分別。因爲我總歸還要在A市待幾個月，我們也說好過兩週要再聯絡。他想的是，我們也許可以在莫納的海邊——離瑞恩的屋子只有一兩哩遠——度個週末，顯然他繼承了他父親，名氣不小的軍事史學家彼得·胡尼，在那裡的一間小農舍。

我很期待行程，但同時我有一種感覺，也許就在幾週之內，事態就會有所轉折、從而讓這趟旅程不太可能成眞。

和詹尼斯．胡尼會面的隔天，我花了一個小時研究貝倫西的火車和巴士路線，那是離瑞恩的屋子最近的城鎭。研究過後我放棄了。如果我要搭乘大眾交通公具前往，需要經過好幾次複雜的轉車，還要沿著海岸步行四公里。最後我決定還是租一天的車。

我在布吉斯運河路上的赫茲租車公司打烊前預定了一輛小雷諾，租週三一整天，就在我走出租車公司時，我再度撞見了我的跟蹤者。

他站在狹窄的運河另一邊，顯然試圖表現得像是在觀察黑暗靜止的河水中的某種東西。他的長大衣換成了毛領的皮衣夾克，頭戴一頂羊毛帽，但即使如此，我還是立刻看出那就是他。同樣的長馬臉、同樣拱縮的肩膀和難看的姿勢。同樣的眼鏡。

片刻之間，我對該怎麼做感到遲疑，也許那已經足以讓他知道我發現他了。我開始慢慢朝著市中心走，而他盡職地跟著我，但是在考佛街上的某處，他轉進一條巷子消失不見了。

雖然我還到處繞了好一會兒，但我沒有再看到他，最後我放棄，搭電車回費迪南—波爾街。我站在車上抓著吊環的同時，也對自己發誓，下次絕不會讓他跑了，但最好的方案到底是直接跟他對質、或是嘗試反客爲主，我還無法確定。

總體來說，三月初的這幾天，我很難掌握到底是發生了什麼事。天氣突然切換成純粹的暖春，從某些角度看來，好像許多不同的層面都起了變化。在我身邊的這場遊戲裡（我知道我正是這樣應對它的），我的地位似乎不停在不同的步數和棋子之間轉換，如果那段期間裡有什麼顯著的感覺，那就是我覺得自己受人操縱。我的決定與行動都是眞正由自己的自由意制所管控，這毫無疑問地是一個很難維繫的錯覺。我不只一次認定這可能就是整件事的眞貌。

一場錯覺。

「但你不明白這是一場幻覺嗎？」我說。

「這不是幻覺，」伊娃說話時甚至沒有看我。

我們坐在第二間客棧的餐廳時，談話沒有進展。我們沉默用餐，語言和文字突然變得沉重如鉛，我們都無法從自己掉進的泥坑裡把那些重物拉起來。就像面對著一場近在眼前的戰爭，我們發現自己接近了協商全都破裂的臨界點，只剩不假掩飾的行動。

之後，我們在村子裡散了一段很長的步。然後沿著暑期關閉的校舍旁邊種的其中一顆栗子樹下，坐了很長一段時間，看著較遠處的河邊一位黑衣老紳士玩滾球。

「我也有過其他女人。」我說。

伊娃什麼也沒說。一隻松鼠從栗子樹上跳下來，在我們的腳前停了片刻、看著我們，然後才繼續動作。我不太曉得爲什麼我還記得那隻小動物，還記得牠在那短短一秒間靜靜站著、相隔僅僅一公尺看著我們，但我就是記得，而且我也知道我永遠不會忘記。也許是那隻小動物的眼神，也許是始終存在但未曾成形、讓我無法面對的問題，我想就是這樣。

「那都不是認眞的。」我解釋。

她深呼吸一口。

「這正是不同之處。」她說。

「是什麼？」我問。

「我只有過一個，而且非常認眞。」

我沒有回答，過了一會兒，我們起身，啓程回旅館。

隔天是我們在灰村的第四天，我向伊娃說明，我那天想要自己一個人把事情想清楚。我說我也需要用車，那輛我們租來度暑假的白色奧迪，她沒有抗議。我猛然想到莫瑞茲．溫克勒在山隘另一頭的村裡有自己的車，所以如果他們有意再度會面，彼此之間並無阻礙。

吃過早餐之後，我立刻出發，我的注意力密切地投注於通往山隘的車道上的細節。那是個晴朗的日子，空中只有幾片輕絲般的雲朵，當我抵達山隘，那裡確實和我估計一樣。唯一的關卡似乎就在旅館的出口，但如果你不需要停下來等路上開出的車輛通過，在這裡也沒有理由要踩煞車。上山的十分鐘車程中有幾個髮夾彎，但爬升的坡度陡峭得讓我從來沒有想要將腳移開油門。

我開過山頂，停在另一側一個能夠全景觀覽地貌的小停車處。一面觀光標示牌寫著這裡海拔一千八百二十公尺，周圍的山鋒則逼近三千公尺。我坐在護欄上抽菸，嘗試跟著蜿蜒的水泥彩帶一路通往遠遠在我腳下的城鎮，我感覺到它的程度多過於看到它。道路在石塊和岩床之間忽隱忽現，下坡路和我上山的路程一樣漫長，這不可避免地造成了問題。在我下方某處，大約只隔一兩公里的地方，我可以瞥見勞恩水庫的人工湖水面，我在觀光手冊裡看到過那座巨大的水壩。水體的顏色是一種無法穿透的綠，如果我沒有記錯，手冊裡說這座水庫可以蓄存十億立方公尺的水量。

我把菸給熄了，閉上眼睛，想像整個計畫。這不難。

一點也不難。

我沒有繼續朝水壩和鎮上往下走，而是決定先把上山的路再檢查一次。我開車回灰村，在廣場上的咖啡店喝了杯啤酒，然後再度出發上山。於是，我剛好經過了我們的旅館兩次，但我克制自己不要停車檢視出口處的關卡——我當然不知道伊娃是還待在我們的房間裡，或是已經躺在莫瑞茲．溫克勒的懷中。

也沒有任何論點反駁兩者同時成立。

亦即她在我們的房間裡躺在他懷中。

我的第二次嘗試證實了我第一趟路的結論。從旅館上到山體之間的山隘只需要不到十一分鐘，途中我一次也沒有接近過煞車踏板。

目前爲止一切都很順利，但當然最關鍵的部分還沒來。

下山。

我花了將近三個小時想出最有可能的情境，在此期間，我在同一條路線上下來回開了不下八次，一面抽菸和思考。爲了想像出這一切儘可能寫實的畫面，我試圖在不踩煞車的狀況下往下山的路盡力開到最遠，最後的兩次嘗試顯然造成了我自己生命的危險，我將車子的排檔打到最低、衝過彎路。我也檢查過，沿路沒有緩衝車道或是牢靠的安全島，我帶著陰險的滿足感排除掉這些可能。

我在下山的路上最遠只能開到略略超過一公里，但我隨即帶著極爲充分的準備打到一檔，從頭再來一次。最開頭的四處彎路並非無法駕馭；我認爲就算是陷入震驚的駕駛人都能夠繞得過去，但無疑地，任何一個髮夾彎都可能讓車衝向其中一面石壁的脆弱點。更危險的在後頭——幾乎長達一百公尺、坡度陡降的路段，右邊是垂直的岩壁，左邊則是同樣垂直的山崖。不管我怎麼做，要在路段終點後的右彎以前充分減速、但又不踩煞車，是不可能的。當我開進彎路，車子便無法抵擋地被往外拉向左邊的山崖；唯一的保護只有一道將近三十公分高、多處缺蝕的石製護欄，我逐漸做出了結論，正是這裡，這裡就是事情要發生的地點。

山崖近乎垂直，約末五十公尺深。崖下是一道斜坡的起點，有銳利的峭壁和巨石，但沒有植被——接著是最棒的：勞恩水庫平靜而混濁的水面。

從山路下衝總共大約一百公尺。

在山側偶然一撞，然後「砰」地一聲，墜入十億立方公尺的綠色溶冰湖水。

這一點也不難想像。

我到烏姆林根，水壩下山谷裡的第一個村子，吃了晚餐。我寫了幾張明信片給熟人、朋友，告訴他們這趟度假有多麼美好。我對L和S透露，我和伊娃把這趟旅行當成二度蜜月，我們順利地在山間找到與世隔絕的愛巢。

最後一次開車通過山隘時，我已經開始思考這個計畫中的技術層面，不過我對於處理機械和車輛一向相當拿手，我知道這部分不需要太擔心。唯一稍微需要多加注意和安排的，是我要在哪裡進行這項工作。畢竟，我需要有一到兩小時不受打擾，但我確定能解決。

之後那天的下午，伊娃說她隔天早上想要把車開走，理所當然地，在那時我早已解決了剩下的小問題。「當然好，」我回答，目光沒有離開我正在掃讀的書，「我跟你說，你就開去吧。我昨天加了油，你只要上車啓動就行。」

我記得她還到我身邊，短暫地將手放在我的肩膀上，但晃眼即逝，我還是沒有抬起視線。

開車去瑞恩的屋子前那一晚，我應該是睡得不太好，因爲儘管只有一百公里的路程，我在約末半途處還是必須停車休息、喝黑咖啡。

爲了讓自己保持清醒。

除此之外，晴朗開闊的天空和春季的微風都和過去幾天一樣——氣溫一定快要十五度了，土地在腳下鼓脹。天氣對我的情緒和精神肯定也有正面的影響；下定決心要啓程去櫻桃園挖出那些不得體的信，或其他未知的物品，這並不是一件簡單的事，我需要儘量利用支援。當然，我也在尋找——有意識或無意識地——能讓我做出正面解讀的徵兆，表示我在朝正確的路走。這是我待在A市期間一直在做的事——只是在那一天格外明顯。溫暖的太陽。路邊長出的白色和黃色野花。我付錢買咖啡時櫃檯後的女孩親切微笑。任何徵兆都好。

也許相反的狀況——壞預兆和不客氣的收銀員——就會讓我完全打消計畫；現在回頭看，當然很難判斷。已經發生的事就是這麼發生了，但若是假想三月第二週的天氣如果普通一點，事情就會有不同的走向，這也不是個不合理的想法。

貝倫西的廣場上有市集日。我停車在教堂外面，手中拿著胡恩畫的地圖，走出車外加入人群，定位了方向。我還是沒有看到海，但鼻孔裡可以感覺到海的氣息。或許我也聽見了海的聲音：一陣被掩蓋的、遙遠的低語，藏在廣場上的人聲和喧鬧之下。總之，一個鏽得半毀的路標表示此處距離海灘只有一點五公里。

基於某種理由，我感到難以抵擋的欲望，想要在繼續上路之前逛逛那些攤子，半個小時後——牆面刷白的低矮市政廳外的時鐘剛指到一點鐘——我出發前往海灘，旁邊乘客座上放著一個裝得頗滿的袋子。水果、麵包、自製的柑橘醬和乳酪。還有一瓶蘋果酒，我知道這種東西得小心點喝。

堤岸上長著高聳的草叢和風聲颼颼的灌木，離那裡還有一百公尺左右時，路分岔成兩條，我往南轉向。據詹尼斯．胡恩所說，現在就剩下三公里多的路，只要留意左手邊一座荒廢的磨坊——在那裡你就會瞥見櫻桃園，位於堤岸正下方一圈松樹的圍繞之中。我小心地沿著狹窄的水泥路開，路面上大半蓋著飄揚的海沙，果然，過了幾分鐘我就到了那座搖搖欲墜的磨坊。我停下來環顧四周。

是的，那裡有一幢符合描述的屋子，就在右邊的樹林中。還有一個藍漆斑駁的信箱，和一條巷子，通往樹木之間自然形成的另類車庫，停得下四、五輛車。這也是個問題。枝葉交錯的篷蓋下停了一輛紅色賓士，我發現溫暖怡人的天氣並不是我的盟友，這與我想像不同。顯然，其他人也被吸引到海邊來，由於我實在不太想撞見瑪麗安·凱赫或任何人，我鬆開煞車，緩緩往更南邊滑行。

當我離開了屋子的可見範圍，我開到路外，停在另一座糾結的松樹叢裡；我想這些樹是種在沿岸防風沙的，肯定也爲夏季週日出來郊遊的家庭提供了遮蔭良好的中午用餐地點。至少這幾塊長形空地算是，它們隔在幾幢位置分散、彼此留有安全距離的海灘小屋之間。我對瑞恩的屋子外觀並沒有清晰的印象，但還是足以斷定它屬於非常高價位的物件。

他又爲什麼不能允許自己如此享受？

我的手裡拿著袋子，走進了風中，往海岸的方向去。我漫步著回頭往北方走了好一段路；我緊沿著堅實潮濕的沙地走，帶著泡沫的海浪時不時舔舐到地面上，我以輕鬆的步調行走，臉爲了迎向燦爛的太陽，幾乎轉到了背後。水面上有海鷗盤旋，牢騷似的尖鳴聲充斥在空中。我碰見一個穿紅色運動服的獨行慢跑者，和一個帶著狗的女人，但除此之外，海灘上空無一人；從地勢開始隆起的貝倫西鎮外、到視線範圍的最南端皆然。

過了約莫二十分鐘，我再度爬上堤岸，開始從沙丘之間穿過，逐漸與櫻桃園的高度齊平，我爬到一處有掩護的凹洞，準備在那裡等待。

暖陽照遍四周。我吃了點乳酪和麵包，喝了幾口又烈又甜的蘋果酒，在十分鐘之內就睡著了。

醒來的時候，我不知道自己置身何處。

就像許多人會有的狀況——我跟醫生和一般人都討論過這件事——我在早上偶爾會猛然出現幾秒的意識空白。在那完全動彈不得的片刻，你被逐出夢鄉、來到現實世界的沉寂表面，可能是任何一個人，處於任何一個時空，在任何一個房間裡。自從伊娃消失之後，我學會利用那些無意識的時刻所帶給我的自由感——由此觀之，在過去的這三年來，可以說也累積了兩分鐘我仍以爲她還在我身邊的時間。我認爲這別具意義，但這一次——在貝倫西的海邊——並不是那麼簡單而撫慰人心的經驗。它強烈得多；也許從根本上就是不同的。

我仰躺著。我上方有海鷗在廣闊碧藍的蒼穹盤旋，陽光溫暖。我可以聽見大海的聲音，和岸邊草叢中沙沙作響的風。

幾秒鐘過去了。

伊娃呢？我想著。這第一個念頭通常能將我重設回正常狀態。我想起了灰村。

想起了我三年半前返家的回程。

想起了警方的訊問。莫特警探綠色襯衫腋下處的兩圈汗漬。

跟好友與社工們的談話。

在醫院度過的幾個月，以及搬出公寓。我的新工作，還有翻譯進度的恢復。與茉琳失敗的戀情。與B失敗的旅行。

我在哪裡？

一隻螞蟻爬過我的脖子。海鷗正在尖鳴。在哪裡？

過了一分鐘，或是更久一點，我才重拾了意識，幫助我恢復的是那聲咳嗽。

我再一次聽見伊娃在貝多芬小提琴協奏曲演奏會上發出的咳嗽聲，清晰得宛如她就躺在我身旁的沙灘，那股感覺……是的，我想那一定就像你中槍而死時會有的感覺。或是坐在電椅上、電流開關被打開時的感覺。

我活下來了。我閉上眼，從塑膠袋裡拿出蘋果酒瓶，喝很大一口，點根菸，眼睛仍沒睜開。

抽菸的同時，我一動也不動地躺著。慢慢讓自己冷靜下來，爲了讓我的腦子專注在一些無害的東西上，我試圖思考記憶的任意性機制。或者並沒有任意性可言？記憶——或是遺忘，我是說，當然了——是唯一能眞正與生命對抗的特效藥？

我想是的。至少躺在我的洞穴裡時是這麼相信的，而之後沒有任何事可以改變我的認知。遺忘。

總而言之，過了幾分鐘後，我復原了。我前往洞穴邊緣，窺伺櫻桃園的方向。屋子大半被松樹隱蔽，但那輛紅色賓士還在那裡，從群樹之中突出的煙囪冒起一縷輕煙，隨即被風吹散。

我看了看表。兩點三十分。我倒回沙地上。兩個問題出現了：

他們打算在屋裡過夜嗎？

要到什麼時候，天色才黑到足以讓我潛行過去？

我又多消耗了一點補給品，同時判斷這行動有很大成分取決於那座日晷本身的位置，不論如何我都得在白天上去那裡找到它的位置。在黑暗中偷偷摸摸搜尋，只是自找麻煩。

過了一個小時左右，我知道了所需的資訊。那座日晷十分可疑，跟瑞恩作品中描述的一模一樣——一座體積過大、張牙舞爪的青銅雕塑品，孤獨而尊貴地矗立在大草坪的正中央。它和屋子足足有二十公尺，據我估計，在夜色掩護下偷溜過去挖掘，應該是個不太有風險的計畫。那輛賓士還在；我匆匆瞥見了兩個人，但他們顯然比較喜歡待在室內，儘管天氣這麼好。或者是爲了避免被人看到。我自己則是趴在地上，頭從兩叢草中間探出來，有很好的視野可以看到櫻桃園裡發生什麼事。

並沒有發生多少事。更沒有特別令人打起精神的事。我趴在那裡等待夜色降臨時，我有大把時間，抽掉了二十根菸，比正常整天的消耗量更多，補給品早在日暮時分前就沒了。

但我得到逐漸增長的平靜。在海岸上無所事事的那幾個小時裡，有一股休息和治癒的感受，我認爲那正是我需要的，我可以儲存在體內，之後有助益。我在失憶的那一分鐘和猝然的驚醒之後緊繃的神經平復了，身體的不適感消退，當我在剛過八點半時開始朝屋子接近，我並不感到特別擔心。一樓的窗戶有燈光透出，但光線在草坪上照不到太遠，我知道對於屋內的觀察者而言，日晷在海岸線和四周的陰暗樹林前，應該連輪廓都看不見。

我俯低身子，溜過草地，來到安放在一公尺高的磚造底座上的日晷旁。我用手耙挖基座周圍鬆軟的泥土。我沒有費事帶鏟子來；我知道瑞恩沒有理由要把洞挖深，才找了一分鐘左右，我就發現了我所尋找的東西。

那是一個小而扁平的包裹。正如他所寫的，它裹在一塊帆布裡，尺寸大約是五十乘二十公分，兩公分厚。我將它擦淨，稍微把基座周圍的土填平，然後溜回樹林裡，往下走到海邊。我正爬上堤岸時，月光穿透了雲朵，在整片海灣鋪了一張銀閃閃的地毯。

我知道這是又一個預兆。

返回A市的路程花了一個半小時。我的心境專注穩定。瑞恩的包裹放在我身旁的副駕座上，我時不時地望向它，它沒有引起任何刺激或思緒。

稍後——在我按規矩歸還車子和鑰匙給租車公司之後——我到維里辛根咖啡館喝了幾杯，我記得我去吧臺或是洗手間時，有一兩次將包裹毫無防備地放在桌上。

也許終歸來說，當時這個問題——如果不稱之爲挑戰的話——是關乎於要不要給命運一個機會。我的意思是，在一切太遲之前讓命運有機會插手。

但那樣的事並沒有發生。那一天晚上，命運沒有值班。我在午夜左右回到公寓，清理完碧翠絲的貓砂盆、餵了牠貓食之後，我將那份頗爲髒污的文件放在書架最頂端的一排書後方。我決定讓它在那裡待個幾天，讓我至少在假想的層面上有機會抽手不管這些事。

很明顯，我在海邊睡的午覺還不夠，因爲幾乎還來不及脫掉衣服，我就倒在床上了。

有些日子會讓你覺得，上床睡覺時的你和當天起床時的你並不是同一個人。我記得我還想著——就在那個疲憊的晚上，我入睡以前——今天就是這樣的日子。

她開車走後，我回到床上待了一會兒，嘗試繼續讀我已經起了頭的兩本書，但是很難發揮適當程度的專注力。我於是起床，洗了個很久的熱水澡，同時思考著我要如何打發這一天……我想到我已經提過這些小事了，但現在說到的才是它們實際的脈絡。

我很快就決定要去沿河健行；我明確地感覺到自己需要動一動，而且天氣也比我前幾天上山去岩洞那裡時好得多了。我這次沒有麻煩廚房員工準備補給品；河川沿岸都很繁華，我一定能找到有營業的商店和咖啡店。

那是個美好的日子。我沿著奔流的河漫步了超過四個小時，偶爾穿插短暫的休息，坐在石頭上欣賞壯麗的自然景觀、還有拿著釣竿各自站在湍急水流中的漁夫。我總共往上游走了約莫五公里，發現了一間附設紀念品店的小咖啡館。我吃了個三明治，喝了兩瓶啤酒，步行運動和暖熱天氣讓我口乾舌燥。我也買了兩張明信片，和矮胖活潑的提洛爾人店主聊了幾句，對方有些旅遊經驗，甚至曾在八十年代初期造訪過我的家鄉幾個小時。

我回到灰村，在第三間客棧吃了晚餐，四處走走、逛逛商店，等我踏進旅館大門，已經晚上七點了。H太太如往常地在接待櫃檯向我打招呼，問我是否過了愉快的一天，我答說今天有不少收穫。

「我太太回來了嗎？」我問道。

「還沒有。」

她搖搖頭，笑容中出現一絲破綻。也許她不由自主地注意到我們，我和我的妻子，分開的時間長得不尋常。然而，我完全不受驚擾地點了點頭，拿走了她從發亮大理石檯面上向我推來的鑰匙。

但當我上樓到房間的時候，還是有些什麼東西爆發了。我的肚子出現一陣毫無預警的巨痛，腹部感覺有如刀割，最痛的是肚臍正下方的部位，接著我又感到暈眩欲嘔。我進浴室去，雙膝一沉跪在馬桶前，很快就把我一整天吃下的食物都清空了。

然後，我蹣跚地回到房間，疲憊地癱倒在床上。透過陽臺上半開的門，我聽見下方山坡的小教堂敲了七點半的鐘聲。兩聲微弱的鐘響似乎在山谷上盤桓了很長一段時間，幾乎久得不尋常。

我閉上雙眼，試著什麼也不要想。

*

隔天——也就是週六——我告訴H太太，我的妻子失蹤了，在週日的彌撒後，警察登場了。

警方的代表是安靜客氣的亞倫梅爾先生，一位六十多歲的削瘦男子，擔任灰村的警長。冬天遊客人潮達到高峰時，他會有兩個幫手，但一年其他時候，這裡的犯罪率低到根本讓警察制服派不上用場——至少H太太是這樣說的。她和亞倫梅爾有種無言的默契，但我從來不清楚背後緣由。也許是失敗的戀情；他們看起來年紀相仿。

我們坐在外面陽臺，他在黑色布面筆記本上做筆記，同時抽著菸斗，並偶爾表達他的遺憾之意和溫暖的同情。毫無疑問，他最大的擔憂就是伊娃消失的地點不在別處、而在他的轄區，但他的心胸足夠溫厚開闊，能夠了解我難受的程度更甚於他。

但他完全沒有問及伊娃或那輛奧迪的外觀，或是她離開的時間，僅僅二十分鐘後他就離開了，他承諾會立刻發出失蹤人口通告。他也承諾，我出借的照片，等影印完就會歸還。

過了三天，莫特警探才出現，我不知道是亞倫梅爾請他來的，或是受到警方更高層級的長官派遣。他在這個案件裡絕對具有更重要的地位。他身材矮壯，逐漸稀疏的黑髮上抹了髮油，眼睛是冰冷的灰色。我當時心想，如果你生來就有這樣一雙眼睛，你也許註定早晚要當警察。

這次的訪談地點在灰村的警察局內，錄音機搖晃著辦公桌。我記得很輕楚。

「告訴我你是怎麼想的！」他起了個頭。

我沒有時間回答。

「你知道她在哪裡，之類的嗎？」

「不……」

「你太太就這麼一走了之，一定有個理由。你想否認嗎？」

「對，她一定遇到了什麼事……」

「是什麼事？」

我聳聳肩。他指著錄音機。

「我不知道。」我說。

「你有任何想法嗎？」

「沒有。」

他朝我靠過來，我聞到了他的口臭。出於某種原因，他也流了滿身大汗，儘管他的外套掛在椅背上，他只穿著襯衫。

「你們吵架了，是吧？」

「沒有。」

「你在說謊。」

「沒有。我們爲什麼要吵架？」

他笑了一聲，但聽起來比較像吠叫。

「旅館的漢斯卡夫人報告說你們幾乎是分開行動。」

沉默。

「嗯？」

「我們有些不同的興趣。」

「聽你在放屁。」

我們停頓了一下，各自點了菸。

「你有任何理由要除掉你太太嗎？」

我記得煙霧就在那一刻竄進了我的喉嚨，應該是隨著第一口吸進去的才對。我接下來的一陣咳嗽劇烈到他站了起來，繞過桌子，開始拍打我的背。

我發現這突然的失態並沒怎麼爲我加分，但同時感覺體內有怒氣正在醞釀成形。

「謝謝。你在暗示什麼？」

「暗示？」

他回到他的椅子坐下來。

「你在暗示我和我太太的失蹤有關。」

「你是什麼意思，這位先生？」

有那麼短短的一刻，我無法判斷究竟是他白癡，還是他認爲我是個白癡。或者這純粹只是標準策略。我什麼也沒說。

「告訴我發生了什麼事，」他在半分鐘的沉默後如此要求。

「我當時打算沿河健行，而伊娃寧願開車出門，」我說，「當你跟我們一樣結婚了那麼久，你就會給對方這種自由。」

「眞的嗎？」

「如果你這個人還有點常識的話。」

「而你認爲你有？」

「是的。」

「你不知道她打算去哪裡？」

「不知道。」

「確定？」

「對。」

問話就這樣繼續進行。我們坐在油菜黃色的拘留室裡，開著錄音機爭吵了超過一個小時。他突然毫無預警地將錄音機關掉、塞進外套口袋，說目前這樣就夠了。

當然，過了幾天他又回來，就在我要離開灰村、從日內瓦搭飛機回家的那天早上。我有點趕時間，我們的對話只能局限在十五分鐘，但他的策略並沒有變得友善。他還是同樣笨拙地嘗試用含沙射影的粗魯問題讓我吃驚得措手不及……同樣的冰冷目光，同樣一件汗濕的襯衫——或總之是很相似的一件——等到他終於走人，我眞是非常開心能擺脫他。

我待在旅館裡的那幾天，沒有關於我失蹤妻子的線索。我沒有再上山，也沒有再聽到莫瑞茲·溫克勒的消息。當時沒有，事後亦然。

搭了兩個半小時的計程車，我在八月三十日下午抵達日內瓦的機場，再過一會，我就登上固定班次的晚間班機。整趟旅費都是由領事館支付——就我了解，這是類似狀況的標準處理程序。

我剛回到家的那段期間平靜無波地度過了。伊娃和我的社交圈僅有四、五個熟人，他們現身的時機如此規律，我都要懷疑他們有排好時間表。直到九月底，他們來訪的頻率才變得比較正常，我也終於能開始習慣——以及讓自己適應——獨自一人的生活。

至於我們自己國內的警方，持續地向我更新搜索伊娃下落的進度。有一段時間，甚至還有一位警探專職負責這起案件；我每週會到警察局一次——每週五傍晚下班後——聽取最新消息，但每一次的消息都僅止臆測和推想。十月初，那位警探接下了其他任務，我們決定，警方只要在有明確事項必須報告的時候聯絡我就可以了。

從來沒有。

在同一個月份——十月——的中旬，我也第一次嘗試尋找莫瑞茲・溫克勒的行蹤。當然是極為隱密地進行。

打了幾通電話之後，我得知他已經永久遷居、如今住在歐洲其他某個國家。沒有人知道是哪裡，我也不特別想要一探究竟。

十一月來臨了，大多數人應該已經開始認眞覺得伊娃不會回來了。有個新來的女孩受雇接管她原本的職位，而羅威太太——伊娃的母親，跟我們夫妻倆的關係都極度惡劣——也聯絡上我，考慮我們是否應該舉辦喪禮。我答說為失蹤人口下葬並不太合常理，我也沒有興趣。

這段對話過後快要滿一週時，我精神崩潰了。事情沒有什麼前兆地發生在週二前的凌晨三到四點之間。也就是所謂的巫時。

就我的了解，我先起了床，經過幾秒的空白斷片之後，發現自己正在墜落，或者說被吸入一個黑洞。我下墜再下墜，速度快得令人暈眩，感覺恐怖至極；我後來有幾次試著描述那種感受，但每一次都找不出適當的言語。最後我明白了，根本沒有適用的詞彙。

我被人發現的時候，全身血淋淋又到處是刮傷，躺在我臥室窗戶下方的人行道上，但還保有某種程度的清醒意識，過了大約十週，我才有辦法再度爬回那張床上。

我想要強調，在那時，我是個和現在不同的人。

出門去海邊之後的十到十二天左右，我維持著嚴格的作息規律。莫溫羅斯太太幫圖書館開門時，我總是準時到；我還常常早到幾分鐘，在外面的人行道上等。我們還是不常交談——最多就是偶爾對天氣評論幾句；早春的溫暖持續著，下午時分，我從工作桌旁的窗戶可以看見外面的行人身穿襯衫和輕薄的夏季洋裝，走在莫爾克街上，儘管當時只是三月中。不過，在參考書區的塵埃之中，室內的溫度一整年都相同，我對自然氣候的略微反常並不甚在意。

我抬頭看向戶外的次數寥寥無幾。我充滿抱負，有時甚至帶著一股占有欲，翻到了瑞恩手稿的最後四十頁。我苦心維持一貫的精確和專注，每天的平均產量介於四到五頁之間。我一開始工作，就不再離開座位。我會在四點三十分拿到茶和餅乾，一直工作到莫溫羅斯太太或其他兩位女員工在打烊時間進來叫我。我看得出紅髮的那位曾想問我一兩個問題，但我技巧性地迴避她的目光，讓她從來沒有機會問。

回家的途中，我會在凡－貝爾街上選一家餐廳——通常是凱瑟或拉法洛特——吃晚餐，然後在維里辛根咖啡館待上幾個小時，配上兩杯啤酒和威士忌瀏覽報紙，或只是坐著觀察人群。大部分都是熟客，我和其中幾個人已經開始會互相點頭招呼。

當然，我也針對未來思考。雖然那個用帆布包起的包裹還原封不動地放在我的書架上，但我已迅速逼近不得不打開的臨界點。如果裡面的東西跟我想的一樣，必然就代表劇烈的變化將發生。

新的一頁。更是新的篇章。很明顯，這也是我希望完成翻譯後再踏出那一步的原因；的確，柯爾和亞蒙森拿到的不會是修潤完成的稿子——只是我手寫的初稿——但我從第一頁開始就努力不懈地工作，如果他們眞的想要再等一個月左右讓我修整，我當然也可以配合這個選項。不過，根據我想像中的發展，我相信他們會毫不遲疑地將譯稿出版。他們會放下手邊所有的工作，直接飛奔去排版送印，竭盡所能讓書儘速上架。

這整件事——如果猜測沒錯——也開始有一種明顯的聳動成分。簡單地說，就是一則文壇八卦；只是層級遠比我的雇主所能想像的更高。

這些當然都是猜想。但在那幾個夜晚裡，我坐在維里辛根煙霧瀰漫的角落，我知道接下來的事就會是如此。

眼前沒有指向相反方向的預兆。

當然，有個問題時不時會跳出來，就是瑞恩本人跟這一切究竟有什麼樣的關係？畢竟他就是關鍵人物，是發想者也是執行人，這個問題無從逃避。

那麼，他是否正在寬敞的墓穴裡輾轉反側？

或者是在放聲大笑？

如果記憶沒有出錯，我終於完成翻譯的那天是週三。總之是剛過下午茶的時間。我收起稿紙、書籍和筆記本，一股腦塞進公事包，最後一次離開工作桌。走到外面街上時，我去找一直在方德公園入口擺攤的花販，買了一大束花。我回到圖書館，將花束交給莫溫羅斯太太，熱情感謝她妥善的照顧。我的工作完成了，我解釋道，但我可能會再找時間過來，因爲我計劃在A市再多待兩個月。我看得出莫溫羅斯太太備受感動，但她一向不擅言詞，幾句普普通通的道別，我們便分道揚鑣了。

當天晚上，我重看了整份譯稿，花了六個小時多一點；當然，我做了幾處校正，但整體而言，最後的成果比我埋頭工作時所預期的更令我滿意。儘管作品本身沉重複雜，我似乎還是找到了大致上正確的口吻和語調，我找不出有哪個部分是我一看就不滿意的。

看完之後，時間已經是凌晨兩點十五分。我去廚房，在一個普通的水杯裡倒了一指高的威士忌。然後我回到房裡，從書架上撈出那個包裹。

我坐在扶手椅，小心翼翼拆開包裹。就像瑞恩描述，裡面還有用黃色塑膠袋裝起的包裹。裡面是四張對摺兩次的白紙。沒有信封。開始閱讀以前，我發現那似乎是兩張正本和兩張影本。用打字機打的。根據我的判斷，用的是同一臺機器。

我啜了一口威士忌，開始讀紙上的內容。

只花了不到五分鐘。我將杯中剩下的酒一飲而盡，從頭再讀一遍。

我仰靠在椅子上，思考了一會兒，試圖想出新的方法與解答，但總是不成功。我試圖質疑自己的感官。同樣沒有成功。

情況很清楚了。瑞恩是被謀殺的。

謀殺。

我知道這件事已經有一段時間了；只是一直缺少這最終的確認。但現在證據就擺在眼前，我還是無法擺脫強烈的不真實感。

葛蒙．瑞恩是被謀殺的。

凶手是M。瑪麗安．凱赫。還有G。

我仍舊不知道G是什麼人。四封信署名都是O，在我看來有那麼點奇怪。我沉浸在這幾封信帶來的疑惑中好一會，拿起電話——並未封鎖A市內的通話權限——撥了詹尼斯．胡尼的電話號碼。

響了十幾聲之後，他昏昏欲睡地接起電話，我問他：「G是誰？」他過了片刻才接上正確的頻率，但在那之後，他沒有任何遲疑。

「當然就是傑拉克。」

這名字聽來耳熟，但我不得不跟他問得清楚點。

「奧圖．傑拉克。他的編輯，當然了。你沒見過他嗎？」

我記得我幾乎要大笑出聲。突然之間所有的碎片都歸位了。O和G。隱藏的遊戲。關於翻譯的問題。保密的要求。一切。

我謝過胡尼，然後掛斷電話。我把碧翠絲抱起來，放在我膝上，關了燈，在那裡坐了幾分鐘，望向黑暗之中。

我完蛋了，我心想。

我難道不該早點想通這一點嗎？我也想著。

我逐漸斷定，我沒有什麼好責備自己的。我也看不出即使我的眼光更敏銳一點，能造成什麼重要的影響。

不，其實毫無影響。

過了十分鐘，我將信放回書堆後。入睡之前，我努力回想奧圖．傑拉克長什麼樣——我沒有見過他，但他在出版界是個大人物，我很肯定我看過他的照片至少一兩次。我唯一召喚出的影像是是一張粗獷的臉，一雙黑眼中間距離很近，嘴唇富有肉感。爲什麼一個像瑪麗安．凱赫這樣的女子會傾心於這種人，在我看來實在無法理解。但我接著想起胡尼說的女人天性，順帶一提，我的記憶力也不是特別牢靠。

我睡著的時候，感覺自己其實並沒有時間睡覺。

不意外，才過幾個小時，我就起來了。我很快走了一小段路去梅得柏格巷的郵電局，打電話給柯爾。結果他不在，但我很快就讓電話轉接給亞蒙森。

我解釋了目前的狀況，說話的時候幾乎可以聽見他的心跳加速，聽見他興奮地將辦公椅搖來搖去、發出嘎吱聲。說完之後，我又得把整件事幾乎從頭再講一遍，然後我提出了我的建議。

他沒有遲疑多久，就接受了建議，當然我不曾想過別種可能。出版社會繼續支付費用，讓我在A市待到六月中。我會立刻寄出我的譯稿——在我先影印備份、找到安全的地方存放影本之後。

然後，我會去報警。

＊

我依照這個順序逐一處理我的任務。我在梅德柏格巷裡再遠一點的影印店花了一個小時影印。然後，我將譯稿正本從我打電話的郵電局寄出，回到家將影本放在書架上。

前往烏特列支街上的警察局途中，我先在同一個街區裡的咖啡店停了一下，喝了杯威士忌。的確，最近喝得有點多了，但我知道我有所需求。我站在吧臺旁喝酒，其間都在回想瑪麗安．凱赫那強烈的官能魅力。她纖細的肩膀，還有我想像中她衣服底下的裸體。我記得那間店裡很安靜，安靜到我一閉上眼睛，就能毫無困難地想像出她的身影坐在我身旁的空椅上。

過了幾分鐘，我踏進警察局半透明的玻璃門，和接待櫃檯的一位女性警員說明來意，折騰一陣之後，我將整個故事告訴一位外表粗魯但很有氣勢的警探。我記得他叫作德布里斯，他的外套領子上別著一枚阿賈克斯足球俱樂部的徽章。

我也將瑞恩的手稿以及那四封信交給這位老練的警探——並且拿了證物收據，這是亞蒙森特別留心強調過的。許久之後，當我再度踏上外面的烏特列支街，我希望我來到A市的其中一個理由現在已經圓滿完結，接下來可以投入更多時間和精力處理另一個。

我也必須承認，這份希望將會在很大程度上得到實現。

二

我連續三天早起，站在陽臺上迎著黎明晨光，目送卡桑薩奇先生的兩個大塊頭兒子在玻璃般的水面上出航捕魚。

這不過就是一種儀式，就像這個地區其他人從事的許多工作。他們通常出海三、四個小時，在接近中午時回來，又是抱怨又是聳肩地將當天的漁穫展示給觀光客看。多半是十幾條體型小、帶紅色的鯡魚，你可以在餐廳裡吃到牠們做成的午餐——如果你堅持要吃、運氣又夠好。魚雖然油炸過，但鱗片和鰭都還在，沒有加鹽或香料，也沒有什麼想像空間。

大海啊，我一面想著，一面回到陰暗的房間，拿出筆記本和筆，還有香菸與水瓶。我再度去到外面，在編織椅上安頓下來，開始寫作。時間還不到六點二十分。夜晚的涼意仍縈繞在空氣中，還會延續一個半小時。陰影籠罩著陽臺；這是白天唯一可堪利用的時段。

這座島嶼眞是美得要命。爲了這一點，我希望我能信得過韓德森，也希望我眞的來對了地方。總之我希望在這裡待到這個月結束，不要把任何事交給運氣決定。

這天早上，我也有一會兒想到韓德森和他模糊的照片。想到大海、山峰和橄欖樹叢。然後我點了根菸，開始寫作。

＊

瑪麗安．凱赫和奧圖．傑拉克被逮捕的那一天是四月三日。我在廣播新聞聽到的；我站在擁擠的廚房裡準備早晨的咖啡時，剛好打開收音機。

我當然已經知情，但是像這樣從新聞播報員的口中聽見，還是讓我吃驚詫異。彷彿在此刻這則訊息才成為現實；某些程度上的確是這樣沒錯。直至今早為止，都沒有任何消息走漏給媒體——警方進行了超過兩週高度保密的作業；我不知道這只是巧合，或是他們著實努力要把風聲壓住。

然而，現在一切突然都攤在陽光下了。一個小時之後，當我置身於中央車站，要搭火車出城去瓦辛仁，我感覺一切事物都在隨著這則新聞而振動。那三個人的照片——瑞恩、瑪麗安．凱赫和奧圖．傑拉克——登上了宣傳看板和早報頭版，我記得我當時覺得，這種氛圍令我想起一部電影，導演冷不防地捅了觀眾一刀，在決定性的那一幕，一切突然加速，所有老舊、模糊的暗喻都清晰起來，將你拋進一段新的節奏。

往往就是在那樣的時刻，你會決定自己要離開戲院，或是判定這部電影還是值得你留下來看到故事結局。

當我上了火車，列車啓動，離開這個城市令我鬆了一口氣。

於是，在M和G公開受辱的這一天，我第一次回訪瓦辛仁，離上一次來已經超過一個月。將瑞恩的稿子脫手，我興趣缺缺地在晚上去了新禮堂和音樂會館幾次，但還是連伊娃的影子都沒看到。事後，我坐在維里辛根咖啡館抽菸喝啤酒時，也沒有成功整理出特別具吸引力的計畫。也許我試想過是否要公開尋人，但在早晨清醒的光線下，我自然就將這些想法拋諸腦後。

於是，我逐漸下定決心要在瓦辛仁做一次新嘗試。回想起來，很難看出我是不是眞的認爲嘗試會有結果。坦白說，我甚至沒多想二月底時馬丁斯的手下在大樓外看見的人，到底是不是伊娃。我想過，根本沒有蹲點監視的觀察者，整件事可能只是馬丁斯虛構的，讓他的調察至少有些成果。總而言之，我很清楚瓦辛根的這條線索只是小小一根救命稻草，但因爲沒有其他出路，我也只能依靠它。

在時間從三月邁入四月的那陣子，我也開始將搜索伊娃的計畫本身視爲我的目標。神智特別清明的時刻裡，我感覺到我再也不可能擁有她，但我不可能繼續活在世上、卻不竭盡所能去尋找她。

至少當時的我看來不可能。

而且，我有的是時間。我的生計直到六月中都有保障。我沒有工作、沒有需要我完成的任務。每一天都像一張空白頁。

我又爲什麼不該去找她？

吧臺後方還是同一位矮矮壯壯的健身狂酒保，帶著東歐人的頑強魅力，爲我送上一杯威士忌。我一口乾杯，然後走向外面的廣場。風勢和上次差不多，但溫暖了許不少。義大利風味的冰淇淋舖前面已經擺出白色的塑膠椅和幾張桌子，雖然可能還要再過至少一個月，才會有人想要坐在那裡。

大致上看來，附近人煙稀少；下午時間還早，儘管這樣的環境裡一定有一群規模頗大的失業者和仰賴殘障津貼的人口，但我知道商店再過幾個小時才會眞正出現人潮。

我穿過短短的拱廊，來到三十六號。伊娃住的大樓。

伊娃住的大樓？我點了根菸，站在那裡看了一會兒。十六層樓高。灰棕色略帶水漬的外觀。無窮無盡的冰冷窗戶和窄小的內縮陽臺。

我吐出一聲嘆息，吸了兩口菸。一股絕望的無意義感——也許還參雜幾許荒謬——開始占據我的腦海，但陽光突然照破雲層，刺得我目眩，片刻之間，我幾乎要失去平衡。我閉上眼睛讓視力恢復。我開始回想貝多芬的小提琴協奏曲，回想那聲咳嗽，還有將我帶到A市郊區的這棟公寓大樓的一連串事件，而我很快就發現，這正是我應該極力避免去想的事，如果我還希望有所進展的話。

最後，我把菸給熄了，踏進大樓入口。我站在住戶名錄前，將七十二個人名全都寫進筆記本。這當然花了幾分鐘，路過的兩個女人——都是移民，拖著髒兮兮的小孩——對我投以懷疑的眼神。

我回到購物中心，腳步轉向我上次久坐的那間咖啡店。我給櫃檯的女孩子看了兩張照片；她非常認眞，對著照片仔細研究了很久，但最後還是只能抱歉地搖搖頭。

我謝過她，買了一杯咖啡。接下來的幾個小時內，我將照片給另外二十幾個人看過——包括購物中心裡的、還有伊娃住的大樓入口外的人，但正如我合理擔憂的，結果仍然一樣令我洩氣。

一無所獲。

我打算在瓦辛仁一共調查十天，不多也不少，所以爲了不在第一天就用盡所有的可能管道，我姑且讓自己滿足於此，搭上四點二十八分離站的火車，回到A市。

我在中央車站買了三份報紙，帶著這些裝備，我稍後坐在普蘭納餐廳一面吃晚餐，一面閱讀葛蒙·瑞恩謀殺案的報導。

這是一則爆炸性的新聞，顯然沒有人知道該如何應對。的確，警方開了一場速戰速決的記者會，但內容非常空洞，而且事後也沒有其他聲明。新聞圈只知道瑪麗安·凱赫和奧圖·傑拉克因爲殺害葛蒙·瑞恩的嫌疑而被逮捕。僅此而已。

其餘的都是猜測。

關於那場情事。有人說那是一場三角戀。關於十一月那宿命的一天在櫻桃園發生的事。關於那張遺言字條。

關於警方是怎麼開始調查的。

最後一個問題的答案還是空白。警方連一點提示都沒有洩露，我在報紙上瞄到的說法和實情沾不太上邊。

他們——M和G——有私情，這是公認的，當然也是事件的核心。兩人各自的照片多不勝數，但我找不到任何一張他們的合照。這讓我覺得有點不尋常，這代表他們一定不遺餘力地隱瞞這段關係，不讓他人發現。

他們算是成功。出面受訪的作家之中，沒有人提到關於他們的謠言，不管是在瑞恩生前或死後。如我所說，這是一則爆炸性的新聞，而引信燃燒的氣味完全沒有人聞到。

我一面啜飲咖啡，仔細研究奧圖．傑拉克的許多照片。跟我記憶中相比，我必須說他在報上的照片更表現出了他的優點。我知道他和瑪麗安．凱赫一樣，一定比瑞恩年輕得多，但即便如此，我還是很難接受，像她這樣的女人竟然會需要這麼個男人。我更難理解她的丈夫對她有什麼用處。我再度想到她纖細的肩膀，想像她長著一雙黑眼和小巧鼻孔的臉龐。突然之間我也明白，如果易地而處，我也可能會熱烈地愛上她。

我說的是，如果易地而處。我要強調這一點。

從普蘭納餐廳回家的路上，我去佛克街上的郵電局，索取了A市的兩本電話簿，然後花了大半個晚上的時間查詢瓦辛仁的七十二位住戶的號碼。

有超過五十九人的資料登錄在電話簿裡，不可否認，這個比例大大超出我的預期。綜觀所有層面，也許這是個好預兆。就算不考慮別的，這件事夠我忙上一陣子，考慮到當時狀況，我記得自己抱持著感激。

簡單來說，那陣子，我很難爲生活找到浮標，我知道自己必須好好利用我的資源。也是在那天晚上，碧翠絲跑掉了。睡前，我到面對院子的陽臺上要把她帶進來，但牠不見了。牠是怎麼跑出去的，牠對自己的行動有何計畫，這是我往後幾天偶爾思考的問題，但不到一週，牠就又坐在原處盯著鴿子瞧，我了解到牠只是躲進了現實的摺縫，一個我和其他人類都無法觸及的地方。

我也有點羨慕牠。至少，我知道我對牠有著一股相當強烈的尊敬。

*

是加利斯・卡桑薩奇讓我發現了那間家族禮拜堂，位在東南方的山頂上。據說，整座島嶼上有三百六十間類似這樣小小的、刷上白漆的聖堂，每個自視甚高的家族都有一間，理想的位置是離天空愈近愈好，要爬上去並不容易。

我在日出時出發，經過一段愈來愈暖的登山路程，一個小時又十五分鐘後抵達了。我踏進禮拜堂，在迷你祭壇上點了蠟燭，然後坐在西側一道狹長的陰影中。我將整座島盡收眼底；南方和西方陡峭的斜崖、東方和北方稍較平緩的海岸線。我注意到，村莊外有幾處遮蔽住的小沙灘，是我先前沒有看過的；也有一幢遺世獨立的屋子，必須乘船才能到達，因爲路在海岸東角的法索斯旅館就沒了。我打算去看看那些——還有其他幢屋子——私人房屋是誰的；島上到處都有很多這樣的屋子。也許在這些與世隔絕的其中一個地點，我會找到把我帶來這裡的目標。

我也思考著時間。時間的概念。A市的事件發生後已經過了三年，但是在這片壯闊的風景中、在這清晨的時刻，三年的時間突然顯得微不足道。遙遠的、過去的事物似乎愈來愈逼近脆弱的現時，在這一刻，現時就只是由我裝著補給品的背包和我汗濕的、倚著白牆的身體所組成。天空、山峰和大海——在這片迷離之中，它們之間的地平線已經開始消失——全都是永恆不變的。

時間和空間中的節點，就像從山下村莊爬過橄欖叢坡的驢群發出的鳴聲，任意地出現、迅速地消逝。如同辛喬諾維奇寫過的，時間的洪流中所有平行的存在，這對我而言並不是特別突如其來的刺激，也許它是另一種完全不同的感受。一如往常，我難以用言語形容，當下一頭驢子發出哀鳴，我只覺得疲憊又滿頭大汗，然後繼續吃掉我的存糧。我明智地留了一瓶水在下山的路上喝，然後點了一根菸，打開我的筆記本，讀起我前一晚在油燈閃爍的光芒中寫下的內容。

時間繼續壓縮。

*

開始一一撥打名單上的電話時，我心中最深處的希望，當然是在線路另一頭突然聽見伊娃的聲音。驅使我前進的是虛榮心，那週餘下的幾天，我撥出的五十九通電話中，有五十七通得到回應。其中三十九通是由女性接聽的，只有十八位接聽者是男性；至少這證明了女人比男人更常講電話。我的策略很簡單——我直接表示要找伊娃，說我是她的舊識，然後從對方的答覆和遲疑中推斷有無可疑之處。

爲了更有系統地進行，我也設定了一個評估量表，打完電話之後，如果此人已經被排除在可能範圍之外，我就會在對方的名字旁畫上減號；如果我認爲還無法排除，就畫上加號；如果對方的語氣聽起來異於常人或倍感壓力，則畫上兩個加號。

接聽電話的女性之中，兩人眞的叫伊娃，我和她們分別進行了一段困惑的對話，才把狀況解釋清楚。類似的情形也發生在一位韋佛司先生經過一番遲疑，叫他十幾歲的女兒來接電話的時候。打完最後一通電話，我檢查自己的筆記，發現我至少畫了四十二個減號、十三個加號，雙加號則只有兩個。

我當然了解，這個方法的錯誤率高得不成比例，但我繼續專注在那兩個雙加號上——一位羅里斯．瑞辛和N．喬莫斯卡——以及那十三位我還沒聯絡到的住戶。這個方法——忠於系統——正如林黎在他討論存在與意識的書中所說，是身處這個廣大世界時之必須，我知道我得遵守這個原則。

我在筆記本裡新的一頁上寫下那十五個名字。在瑪麗安．凱赫與奧圖．傑拉克被捕之後的那個週一，我再度坐上前往瓦辛仁的火車，依然信心滿滿。那是我專注調查瓦辛仁線索的第六天，因爲我決定要投入十天，無論如何已經走到半路。我也下定決心要將整週都花在郊區——每天從早到晚——如果這樣還是沒有任何結果，至少我可以滿足於做到能力範圍內的一切，良心舒坦地利用接下來的週末尋找新方向。

我第一項行動是挨家挨戶敲門。雖然當時正値中午，但十五間公寓中，十戶有人在家；毫無疑問，我關於失業的理論站得住腳。有人應門時，我就直接說要找伊娃，對於他們反射性的搖頭和當著我的面嘗試關上門，我的反應是強行進屋，拿她一張照片給他們看。我自稱是私家偵探，在找照片裡的那名女子。自然是爲了她的安全著想。當然，有個風險是，馬丁斯所謂的手下已經在六、七週前嘗試過這種侵入性的行爲，但我很快就從遇到的反應判斷，並不是那樣的。我對馬丁斯的信心在那天可能降到了最低點。

在某些狀況下，我也試圖暗示——儘量不說得太直白——可能有賞金報酬會提供給他們，但這個誘餌只在考尼斯先生——一名上了年紀、體臭明顯的男子——身上稍微奏效。然而不幸的是，他顯然只把這整件事當成撈錢的機會，拿來買他每日攝取的興奮劑。他那間公寓的本體和住戶都處在嚴重的衰敗狀態。我給他五荷蘭盾，帶著一股強烈的抑鬱感離開了。

任務完成，一切如常不變。回到原點。沒有人對伊娃的照片有反應。沒有人知道她是誰，也沒有人在那棟大樓裡或是附近區域見過她。

我記得，勞恩水庫那不見底的綠色水面在我腦海一閃而過。那是好一陣子以來第一次，但那幅畫面的力量還是無庸置疑強烈。

我進了那家咖啡館，喝了兩杯啤酒，劃掉名單上的名字。我很迅速地再度失去了信心，從西邊吹來的暴風雨也於事無補。我一面抽著菸，前後翻閱我那可悲的筆記本。我感到一股詭譎的脆弱感開始伸出魔爪攫住了我。獨處的需求、逃避目光和言詞的需求，正在心中逐漸增長，考慮到我爲自己指派的任務，這當然不是理想情緒。

同時，我已經到了無法忍受繼續和人正面交鋒的地步。從純粹邏輯性的角度來看，大樓裡的人也漸漸開始認得我了。我和所有住戶都接觸過——儘管大部分人只是在電話中聽到我的聲音——若要假設這些人起了疑心，也絕非不合理。如果伊娃眞的在那棟大樓裡——我不敢去想這個可能性有多微渺——很有可能她也發現了我的打聽刺探；也許，實際上，我愈是努力嘗試，找到她的機會就愈小。

總之，這是我在咖啡館裡想出的結論；很快地，我就開始反省，我笨拙莽撞的電話和敲門拜訪，究竟毀了多少機會。現在該謹慎行事。

我判定，理想的選項是找個地方，讓我能不受打擾、安靜平和地久坐，看著前門進出的人流。過不了多久，我就想出最佳解方。

我需要一輛車。除了一輛停靠的汽車，沒有其他看似自然的地點能將入口盡收眼底。淋著雨坐在長椅上、或是拿著報紙或書一天坐上八個小時，對我來說都相當不可行。

我喝完啤酒，又去向吧臺後的女孩問幾句話。她也許對我抱有母性的同情心，當我問她知不知道有哪裡可以租一臺便宜的車用個幾天，她立刻提議要幫忙。她從圍裙口袋拿出一本記事簿，寫下距離購物中心五分鐘腳程的一間加油站的地址。同時，她也提醒我，如果告訴店家我是克莉絲塔介紹去的，可以省下一百塊。

我謝過她，便出發了。過了半個小時，我預先付清四天的租車費用，拿到一臺鏽得令驚心動魄的寶獅；租金並不貴，但我仍然懷疑那金額跟整臺車的價值不成比例。

無論如何，這個方法行得通。當天下午四點，我將車停在費迪南－波爾街的公寓外，隔天我就在鳥不生蛋的瓦辛仁鎮中心，對36D入口展開了監視工作。

在那裡，我度過了平靜無波的三天，才等到有事發生。我的僞裝只是聊勝於無，面前擋著一份報紙，聽著雜音不斷的車內收音機，只有香菸和大量的威士忌作爲我的夥伴。這無疑是個絕佳的位置：距離入口十五到二十公尺，永遠不愁找不到停車位，我可以清楚看見每個出入大門的人。我也有寫筆記，當然主要是爲了降低我的疑心、提振精神，這個方法幫助我注意到一些先前沒有估計到的細節。

一切都透過一位在我的筆記中化名爲M6的人士得到了解答。簡而言之：第六號男性（我還有一段粗略的外觀描述：年約六十，相貌醜陋，戴軟呢帽，是個怕老婆的男人，這是個十分清楚、能夠與其他人區別的特徵）。當天——週四傍晚——發生的事情是，M6經過我、走進前門兩次。的確，兩次中間有一個小時的間隔，但其間他完全沒有走出門。

由於大樓只有一個出入口，我也不太相信這位老紳士是從對側的陽臺上垂降下來的，這個現象便成了個不可能的謎團——在我解開困惑、想出答案之前的一分鐘左右。

然後我懂了。地下室一定有車庫。

我開車繞過大樓，找了一會才發現出入口，然後無可否認地感覺自己愚不可及。我決定隔天要轉移陣地。

就算不爲別的原因，換換地方也好。

拜這個機緣——在瓦辛仁鎮中央三十六號大樓外小小地換一下停車位——我的線索沒斷絕。

尋找我失蹤妻子的行動，終於得到了我從抵達A市開始便一直期待的突破。如今回顧，當時很難判斷，但無論如何有種感覺，就是如果那週仍然一無所獲，我的努力將會難以持續。

當時是五點過後。一場灰濛濛、源源不絕的大雨暫時停了，我坐在車內，搖下車窗，新點一根菸。通往車庫的門打開了，一輛深藍色的馬自達緩緩爬上狹窄的坡道。那輛車經過我時——相隔僅僅一公尺——駕駛轉頭朝向我，檢查出口是否暢通。我們的眼神沒有接觸，但即使如此，我仍毫無阻礙地幾乎從全正面看到他的臉。是那個跟蹤我的人。

那麼一秒，我還認不出他，但接著他在我腦中的影像就浮現了。他在德克史塔區鬼祟地尾隨我。他在圖書館坐在我後方。他站著俯瞰瑞格列運河的水面。我啓動車子，調頭往他消失的方向開去。

我的太陽穴重重搏動，無從否認的預兆。

在電影中，我一向不太能欣賞所謂飛車追逐的戲碼，而在灰暗下午時分的瓦辛仁，我追蹤那輛藍色馬自達的嘗試，只能證明現實並不勝於虛構。

不到一分鐘內，我就跟丟了他，看著他消失在通往A市的快速道路上，我則被擠在一臺大卡車和一輛昂貴的賓士中間等綠燈。我發出咒罵，怒敲方向盤，同時狂抽菸，但這沒有什麼幫助。燈號終於變了，我當然往同一個方向開去，但我的寶獅當天車況不佳，此舉毫無意義。

但無論如何，路是對的，我在快速道路上前進，過了一個鐘頭就可以坐在維里辛根咖啡館裡，這帶給我一股微微的喜悅。

過了更久——時間肯定接近午夜了——我回到公寓裡。我在樓梯口發現一封信，先前應該是被忽略了。一進門我便迅速把信拆開；是檢察官辦公室寄來的，信上說我明天必須應證人傳喚出庭，回答一些問題。

顯然，針對瑪麗安·凱赫與奧圖·傑拉克的控訴在前一天正式提出了，根據了解，法庭審判會在一個月內展開。

雖然陽穴已經感覺到那股熟悉的天旋地轉，但我喝了點威士忌。我站在黑暗的窗前，看著樓下晃蕩的行人。街車喀喀地駛過，大樓的輪廓冷漠而恆常地矗立著。回憶起那一天，我腦中出現模糊思緒，關於時間變化多端的密度……某些漫長的時段在我們渾然不覺下逝去，不具意涵、平靜無事，然後我們卻突然掉進一連串擁擠的事件中。這是意義的純粹結構，也許就像磁性的原理一樣，事件之間肯定互相吸引。

這些時間濃縮的虛空和堆積，就像太空茫然無望的旅程，穿越於殞石和天體之間。黑暗的航程。如我所說的，就像這些模糊的思緒。

這晚後的早晨，我再度聽見碧翠絲在外面陽臺喵喵叫著。

柯爾有了一套新西裝，從它低調但不容置疑的優秀品質，可以推測得出整間出版社的人都發了一筆財。他搭早班飛機過來，甚至沒有要留下過夜的意思。只是討論個兩小時——這是他來訪前一天晚上在電話中說明來意的方式。

我們在博許餐廳用餐，這是全市最高檔的餐廳之一，柯爾隨興地點了伊甘堡葡萄酒和前菜。我要好好品味魚子醬和常溫鴨胸，但此時才一點鐘，在這麼早的時間，一向很難有胃口。

當然，這次要討論那本書。經過破紀錄的快速排版流程，此書現在已經準備付印——他帶了書稿，但我不需要花時間讀，因爲有人校對過了，他是這麼說的。萬事俱備，只缺了一樣東西。書名。

瑞恩的手稿少了書名；我在翻譯過程的一開始就注意到，但當時尚未聯想到重要性。從過去經驗中，我曉得瑞恩時常在取書名時舉棋不定，往往要改個兩次、甚至三次，他才終於滿意。

當然，現在的情況不同了。出版社不得不自行決定，而有鑑於我仍然是最熟悉這部作品的人，他們覺得我可以給個建議。柯爾大器地說，這樣再適合不過了。

我讓伊甘堡葡萄酒流過我的舌頭。

「瑞恩。」我說。

柯爾鼓勵地點點頭。

「書名應該叫做《瑞恩》。」我進一步說明。

「就叫做《瑞恩》？」

「對。」

他想了一下。

「對，可能就是這樣沒錯，」他說。

「版權處理得怎麼樣？」我問。「版稅之類的？」

「這會是個問題，」他承認。「但我們手上有他的信，也讓我們的律師看過了。書一出版，我們就會聯絡他的遺孀。我們可以主張對原始手稿的權利。你知道審判什麼時候開始嗎？」

「五月第一個星期。」

「你會出庭作證嗎？」

我點頭。他用厚實的亞麻餐巾擦了擦嘴，沉吟了一會兒。

「你怎麼想？」

「你是什麼意思？」

「是他們幹的嗎？這個，顯然一定是，但他們有什麼反應？」

「他們兩個人我都沒見到。」

「不，不……但他們會認罪，還是會否認？」

我聳聳肩。

「不知道。」

「你都沒有……聽說些什麼？」

「沒有。」

「嗯哼。瑪麗安．凱赫眞是個大美人，對吧？」

我沒有回答。

「當然，我只見過她兩次……在沃克家，還有去年在尼斯，但是你絕對沒辦法不注意到，她就像純種馬似的。」

柯爾會用的比喻就是這樣。

「也許吧。」我說。

他又遲疑了一下。

「你知道重點是什麼嗎？就是那本書。在我看來有點晦澀……但這不必然是個缺點。」

「不是什麼東西都得輕鬆好入口。」

「是啊，感謝老天。我在想，書裡有沒有可能隱藏了其它訊息，除了那些……簡單的以外。畢竟，要在文句裡藏東藏西是有可能的……比方說，波赫士和雷柯勒克的寓言。其實應該說是密碼……我不知道你有沒有想過？」

我搖頭。

「我不認爲，」我說，「他沒有時間搞得那麼複雜。整部作品是在兩個月內寫完的……而且他對外發出的負面訊號其實滿明顯的，你不覺得嗎？」

柯爾點頭。「是，你說得可能沒錯。總之，我們明天會發布新聞。亞蒙森安排了一場小型記者會……你想怎麼做？」

「我想怎麼做？」

「是的，你應該知道，你是這個事件的主角。你就像蛛網裡的蜘蛛，該死，是你翻譯了這本書，讓他們兩個被捕。你會變成記者眼中的大紅人，我們以爲你很清楚這點……」

當然，我應該有準備，但我在費迪南—波爾街上隱姓埋名的存在顯然給了我虛假的安全感。過去幾週，我的精力完全放在瓦辛仁的線索上，專注尋找伊娃，我生活在現實的角落，而非主流之中。

是可以這麼說。我靜靜坐著，心裡如此想。

「也許來場小訪問也不誇張吧？」柯爾繼續說，又多倒了點酒。「當然是獨家訪問，而且只刊在合適的雜誌上。你可以自己選，但如果我們派出兩個人……可能瑞特瑪和一個攝影師吧，這樣就可以把訪談引導到我們想要的方向。保有控制權，就像亞蒙森常說的。」

我必須承認，我快讚賞起柯爾的輕鬆態度，還有他和亞蒙森堅定的現實考量。問題在於，一份關於我的暢銷報導——在目前的狀況、審判開始之際刊出——能否帶來足夠收入，讓我在A市能夠自給自足。針對瑞恩的案子，已經有不少矚目揣測，在未來幾週，肯定有增無減。但在法庭角力開始前，眞正的新聞付之闕如。我的確掌握好些內情。我又多喝了點酒。

「不了，謝謝，」我說。「我可能還是比較喜歡保持低調。」

柯爾沉默地觀察了我幾秒，然後我想他發現到這條路行不通。

「你爲什麼還在這裡？」他問。

「我有我的理由。」

「了解。嗯，你就從心所欲吧，當然。有誰知道你在這裡？」

「沒有人，」我回答。「我是個獨行俠，我以爲你也知道。」

「沒有人？」

我想了想。

「警察和檢察官，」我糾正自己的說法，「還有詹尼斯．胡尼。」

「胡尼？」

「對。」

「他可靠嗎？」

「如果我交代他的話。」

他點點頭。「好吧。那就這麼辦。但你知道吧，審判一開始，你就會像獵物一樣被追著跑？」

是的，我知道這點。但還有三週，我的希望是，只要有可能，就儘量避開公眾注目的鎂光燈。

柯爾和我還有時間喝個兩杯咖啡，當我在林布蘭廣場送他坐上計程車，他醉得暈陶陶，心情正開朗。他答應我的最後一件事，是他會寄一小筆分紅來感謝我的努力，我姑且假設這是用來爲我們的君子協定蓋上緘印。

如果我決定不讓自己任由出版社訪問和剝削，我肯定也不會屈服於其他誘惑。

當然，這再妥當不過了。

我第二次飛車追逐的嘗試，結果比第一次好得多了。週一早上六點鐘，我已經開著另一輛租來的車子，來到36D現場——這次開的是一臺嶄新的、馬力強了不少的小型雷諾。等不到四十五分鐘，他就從車庫爬了上來。

這次我裝備了眼鏡，還有一副傻氣的紅棕色假鬍鬚，是我在亞伯特–庫普街上的小禮品店買的。

我立刻移動，緊跟在他後面。如同上一次，他轉往購物中心的方向，切入右側車道，開上通往A市的快速道路。當我們在一個大交叉路口等待綠燈，我注意到了他的車牌——我不知道是否能夠藉此查出車主姓名，但還是模糊地想到了這個可能性。

我們繼續以高速開往A市，但我還是毫不費力地跟住車。路況還不太擁擠，我可以讓他領先一百公尺左右，也不至於跟丟。在路環後接著的四號出口處，他轉向中央，循著亞歷山大巷、然後是普林森運河路，一路駛向佛樂林公園，他在那裡右轉到克魯澤街，最後停車在一條叫作帕里澤街的窄路上。我在大約三十公尺以外等待，看著他下車鎖門，過馬路走進對面一棟辦公大樓。

我等了兩分鐘。在轉角就找到了停車位，然後我走回入口。我發現門是開的，便踏進樓梯井。牆上右邊的住戶名錄列出了每一層的公司行號名稱。

就我所見，最低的兩個樓層都是保險公司，三樓有兩間業種不明的企業，可能是某種進口公司，四樓——也就是頂樓——是《赫密斯》雜誌，我覺得我有聽過，但想不起來是什麼類型的刊物。我記下名單，思考了一會，其間有三、四個人經過我身邊。然後我再度出門回到街上，在我停車的轉角找了間咖啡廳，進去就著一杯咖啡坐在靠窗的座位。

當時是八點十五分。我的視野中看不到那臺藍色馬自達，也看不到那棟大樓，但這點已經不那麼重要了。

事實上一點都不重要。我知道在哪裡遇到他的。他住在瓦辛仁的三十六號大樓，並且在帕利澤街這裡工作。後者當然還不完全清楚，但我還是認為這幾乎可以確定。就算要確保萬無一失，我也只需要每隔幾分鐘檢查他的車是否還在原處。也許週間再追蹤檢查，如果事後發現他只是碰巧暫停在這裡，我也只需要再跑一趟市郊和那座車庫。再困難也不過如此。

不，我的跟蹤者不會再逃掉了，我很確定。我還能不費工夫地查出他的姓名。他一定是我列在名單上的其中一人。我敲門突襲的時候沒有遇到他，但我很可能跟他講過電話。

我啜飲著咖啡，假裝在讀面前桌上攤開的一份早報，心裡下了結論：這樣的跟蹤者不再引起特別興趣了。另一方面，需要釐清的當然就是他和伊娃的關係。我有很充足的時間思考這件事。先前的那個週末，我否決了好多種怪異的點子和可能選項，逐漸判定答案其實只有一個。

馬丁斯說的沒錯。伊娃的確在那一天走出瓦辛仁大樓，被他的手下看到。她是有進去三十六號大樓沒錯，但她是爲了找那位跟蹤者。不是因爲她住在那裡。同樣明顯的是，他二月份和三月初那陣子對我的監視，一定是她的主意。因此，那和瑞恩與瑪莉安・凱赫都毫無關係。伊娃要他留意我，唯一的理由恐怕就是她碰巧看到了我。

或許就是單純的巧合。

在A市的某處。在某些咖啡館。在街上。在我進去購物的商店裡。也許不過就是如此。我在尋找我失蹤的妻子，但她在我看到她以前就先看到了我。如果你要這麼說的話，就是客體變成了主體。獵物變成了獵人。

她發現我之後，一定有不少事情讓她好好思考，照理說最重要的就是摸清楚我在A市做什麼。我的出現和她有關嗎？或者我是爲了完全不同的原因來到此地？

三年半前試圖謀殺她——而且至今都以爲計畫成功——的丈夫，來到她新定居的城市做什麼？

簡單來說就是這樣。

要找出這個問題的答案，她的第一個行動就是請人來跟監。

是她的好朋友嗎？同事？信得過的熟人？

我坐在空盪的咖啡館裡，再度思考一次這個邏輯性的推論，我看不出盲點或缺陷。伊娃和那位跟蹤者之間的關係確立了，排除所有合理懷疑，我知道突破點來臨了。他就是引導我找到她的人。

或早或晚。或出於他自己的意志，或不然。但總之此事已成必然。

當然，這幾項結論中含有很大的信心成分；我知道這也代表我要妥當地出牌，而且這個問題慢慢地乘虛而入，占據了我的關切和專注。

我該如何表現？怎麼樣的行動才是對的？

老是在做這些該死的選擇。要命的濃縮時間！我記得自己這樣想著。

就我所知，我有許多機會失足犯錯，但是在當下，最正確的選擇無疑是不要揭露自己的身分。保持低調，別讓那個人影知道我發現他了。如果稍後情況證明我有必要把他壓在牆上，這個動作一定得要意義明確、充滿權威——由我主導，而非他或她。

也許手中也不能沒有一件適合的武器。

但正是因此，我目前應該暫且埋伏，融入周遭背景。我離開餐廳，在沉思中想得這麼遠。我設法在對街找到停車位，就在辦公大樓正對面，從那個位置可以毫無阻礙地看到進出的人流。

我就這麼度過整天。人潮來來去去，男女比例大約相等，在十二點到兩點之間的午餐時段密度特別高；大部分人就只是去我後方轉角的的一間小餐廳吃，但有些人跑到更遠去。少數人開了車。那個人影在十二點十五分跟另一名男子、以及一位年紀小上一截的女性一起出現，消失在咖啡廳旁的轉角。三個人都在一點半過後幾分鐘回來，直到將近五點三十分，他才再度走出來。他直接走向他的馬自達，往瓦辛仁的方向開。我跟他一會，但一明白他的去向，我就任他去，自己改而回到租車公司。

待在帕利澤街上的整日裡，我一眼也沒看到伊娃，我初步排除她和那個人影是同事關係的可能。下午，我相當洩氣，我不認為原因是單調的活動。我第一次針對未來和伊娃可能發生的會面感到一絲懷疑與不確定。目前為止——直到四月中旬的那一天——我都完全不曾擔心過這個問題，現在一旦開始憂慮，整件事就讓我感覺無比困難艱鉅。

就像一道你已經成功掩藏多年的創傷，但現在不再安於被掃到暗處。就像一隻生病的寵物。那一晚我喝得很醉。離開最後一間酒吧，我跟一位深膚色且深具魅力的女性回家，但是站在她的家門外時，我突然怯場了，一言不發就拋下了她。我沿著被雨打濕的街道趕回家，我還聽到她打開窗戶，對我吼了些不太得體的話。

我不得不認爲她情有可原。

*

近來這幾天，我都沒有這麼早起床，非常一大部分是因爲我伏案寫作直到凌晨。連續三天，海灣上空都懸掛著一輪滿月，在水面上散射出一道銀徑。這景象幾乎讓人看得抑鬱，就像一個酩酊大醉、隨意塗鴉的神明，照著刺眼又缺乏品味的青少年雜誌繪出祂的造物。

毫不含蓄。

但在那幾個夜晚，海灘上也偶然點起一堆火，我想是有些年輕人圍著火唱歌，喝著希臘松脂酒，感覺也同樣遠離現實。他們大部分人都是赤身裸體，而且昨晚，就在我睡覺前，我遠觀到其中兩人就在我的陽臺下方苟合了起來。

他們的動作發生得安靜而熱烈，女孩坐在男孩身上，在月光下騎坐著他的身體，我稍後躺下試圖入睡時，仍然難以將那幅影像從我的視網膜上抹去。或許是因爲我一點也不排斥在沙灘上就著月光和女人做愛。

去他的含蓄，我發現自己這樣想著。

＊

有一次，就那麼一次，我回到了灰村。

但不是眞的到灰村去，因爲我住在烏姆林根，我在那一天去過的山隘另一側的村莊，我在那裡寫了明信片，那裡可能也是我妻子的愛人當時留宿的地點。

我在漢斯酒店住了一整週，直到倒數第二天我才再度開上山側那條蜿蜒道路。當時是五月中旬，下方的山谷裡，果樹結實累累；更高處的山稜仍然積著厚雪。通過山隘的路大約一週前才開放。

已經過了一年又九個月。我停也不停地駛過波光粼粼的水庫，一路往上開到那個小停車場。我走出車外眺望景色。毫無改變。良久，我才有辦法將視線轉向下方懸崖，凝視綠色的水面。水庫就在我腳下，水面平靜；當天天氣清朗，但我記得太陽並沒有帶來任何閃爍的光線，細弱的微風也絲毫沒有吹起漣漪。

我把車子留在原處，徒步走在路上。過了一會，我抵達那處向右的險彎。我放慢腳步，沿著路的左側走。

隔著一段距離，我看見了。經過兩個冬天以來冰雪的侵蝕和磨耗，低處的岩石與混凝土牆上仍露著一個洞。洞不大，也沒有碰到路面的高度，只是一道裂口——一個邊緣參差的V字形，我試圖回憶卻想不起來。反而有疲憊和強烈反胃一湧而上；我在朝向山側的路邊嘔吐，起步走回停車處。

然後我開車下山，車速很慢，途中帶著一股強烈的絕望感，隔天我就永遠告別了那個地方。

也許我原本計劃要調查一下漢斯卡夫人，或和亞倫梅爾警長說幾句話，但就像我說的，我再也不曾踏足那座山脈。

阿波羅巷裡的那間辦公室，顯然是從新藝術大樓的大公寓裡分設出來的。我按了門鈴，一個蒼白的年輕男子打開了門，他身穿黑西裝和馬球衫。他的臉龐輪廓線條銳利，雙眼深邃，反射著光芒。我做了自我介紹。

「您就是打電話來的那位先生嗎？」

「對。」

室內有的不過就是一張書桌和兩把椅子，因爲最靠近的隔間牆看起來幾乎是斜的。我坐下來，省略其他開場白，開始解釋。

「……有一個女人，在先前的生涯中名叫伊娃，是這樣的……」我拿出三、四張照片。我唯一須追蹤的是一個開藍色馬自達的男人，車牌是H124MC，住在瓦辛仁三十六號大樓，Ｄ出口……長著一張馬臉，戴棕色鏡片的眼鏡，在帕利澤街十五號工作，是我跟我在尋找的那個女人之間的連結……

他看向我，警戒地指著照片。

「你爲什麼不自己處理？」

「沒有時間，」我解釋道，「因爲這是十分簡單的任務，如果你不想接下，我會找到其他人來辦。我也不想花太多錢。」

我在當天早上收到柯爾寄來承諾的分紅，無疑一陣及時雨，但即便如此，我手頭還是不寬裕。

「我想簽合約，」我說，「你要保證在一週之內查到這個女人的姓名和地址。」

他露出微笑。

「這種合約，連下了地獄都沒有人在簽的，」他如此解說，將照片越過桌面推回來，「但我可以給你開個好價錢，保證盡我所能。說穿了，這任務看起來不是不可能完成。你確定他認識她嗎？」

我點頭。

「而且她就在這個城市裡？」

「對。」

「現在付我三百荷蘭盾，如果一週內沒有進展，整件事就一筆勾消。」

我聳聳肩，拿出皮夾。

「我要怎麼跟你聯絡？」

我把我的電話號碼和地址寫在他面前的簿子上。他收了錢，站起身來。

「我要是有任何進展，就立刻打給你。什麼時段確定可以聯絡到您，先生？」

我想了想。

「早上，」我說，「我晚上通常工作到很晚，但早上都在家。」

「我了解了。」

我們握手，我踏向戶外阿波羅巷裡的刺眼陽光。離費迪南—波爾街只有五分鐘的歸程，但我發現沒有理由也沒有欲望回去那裡。

我反而開始向南沿著一條不知名的運河走，途中的路口一個標示也沒有。如果我沒有搞錯，我是朝著巴德利斯公園的方向前進，但如果我最後跑到別的地方去，對我而言也沒差。就是爲了移動而移動。我得打發打發時間，就是這樣；前一天我就像這樣漫無目的的走了六、七個小時，思考著我該怎麼做，但直到晚上，我在梅菲斯托吃完晚餐之後，才決定要再雇一次私家偵探。我立刻否決了再次求助於馬丁斯的想法。於是我慢慢決定找上這位哈曼，雖然第一眼看來他一臉貧血，但經過簡短的對話，我必須承認，我現在對他抱有篤定的信心。

我第一次和馬丁斯會面後是否有相同感受，我已經想不起來了。

大約二十分鐘，我來到一座綠色大門前，我猜這就是巴德利斯公園了；我穿過門走進去，在灌木叢、開花的樹木和鳥兒的合唱之間繼續前行。四處散布著帶著野餐籃和野餐墊躺在地上的人，當然大部分是情侶，和成群的學生，但時不時也有跟我同齡的單身女性，換成在其他的狀況下，我也有可能——事實上是大有可能——接近其中一位出來尋找機會的女子。

但是，現在我乖乖走著自己的路。我來來回回穿越植被茂密的公園，就這麼度過了一整個下午。我再度轉彎走上費迪南—波爾街時，污濁的暮色已經降下，我發現距離瑪莉安·凱赫與奧圖·傑拉克的審判開庭，僅僅剩下六天。

開庭日五月四日。我壓抑著不面對這個日子，拒絕接受它正在迅速逼近，因爲屆時一切——再一次——又將被新徵兆與不可預測的情況圍繞。那些事物只會影響到我，我卻完全無法保護自己。

就像是手術的日子。或是分居。

隔天早上，哈曼就打電話來，揭露了跟蹤者的名字。

艾爾摩·凡·德·盧威。

單身，但前一段婚姻有兩個孩子。過去八年來都受雇於克魯格與克魯格保險公司，辦公室位於帕利澤街。

僅僅兩天後，他說明調查工作最好先暫停十四天。凡·德·盧威才剛與一位好友出發前往克里特島包機旅遊，在本月十六日前都不會回來。在這個時間點，哈曼還無法查出他與伊娃的關連，而且——尤其如果我有意控制花費——這兩週維持高密度的監視，實在沒有什麼意義。

我同意。掛斷電話時，我感到恐怖的疲憊感攫住我。有好幾個小時，我就只是躺在床上，一根又一根抽著菸。碧翠絲在我周圍徘徊，似乎爲了什麼事而憂心忡忡；最後不得不將她鎖在外面陽臺。稍後，詹尼斯·胡尼打來，報告他短期內無法跟我見面，因爲拍攝還有些問題。

所以能做的就只剩下等待。

能做的就只剩下去酒吧喝酒，控制我的思緒。

*

夜晚。

坐著寫作，愈來愈看清生命是一齣多麼可悲拙劣的舞臺劇。沒有臺詞。沒有啓示。演員不忠於角色，戲劇意涵本身被一下往這拋、一下往那甩，像大浪中一艘弱不禁風的船。

或是像一個喝醉酒的妓女，穿著過大的高跟鞋。隨便吧。

今晚，月光在水面上鋪成的街道縮小得只剩一條窄窄的人行道。夏蟬嗡嗡鳴唱，音量在黑暗中稍微細弱了點。下面的沙灘傳來一把走音的吉他聲，氣溫和你的皮膚感覺毫無溫差。

這裡沒有奮鬥。沒有焦慮和痛苦。還有這房間的裝飾啊！我喝了一口活像驢子尿的常溫松脂酒，點了今天的第四十根菸。油燈一如以往地冒著煙。這裡沒有電源。只有月光和火光。還有燈油。

我寫著字。

我頑固地把關於這些事件的文字吐出體外。整段期間我都處於絕望之中，卻還是毫不遲疑地繼續。這是一座監獄，一座名副其實的監獄，搭建著淫穢的舞臺，連魔鬼也能迷惑。從我抵達之後已經過了十二天。我不知道我會不會找到我來這裡尋覓的目標，但或許我也不在乎了。管韓德森的照片去死！是這條路讓我的努力意義全失；我仍舊只是這齣要命的戲裡其中一個不具靈魂的演員，而戲早已沒有人要看了。

這齣戲沒人編，沒人導；加利斯說，將酒做松脂化處理的好處，是這樣能讓任何種類的酒都入得了口。我相信他的話。我面前的酒瓶和酒杯，裝的無疑就是純正的驢子尿，但我還是痛快豪飲。

老天，我可眞是醉了。我無法忍受繼續寫我一個小時前開始思考的內容。明天早上，我要把這幾頁給撕了。我的文字見到明亮的日光，就會鑽進地下，像一隻隻自慚形穢的灰白蛆蟲。

如果我還是開始寫了，我肯定只能這樣下筆：

……最右端坐的是M。

其實這就是我唯一記得的事。

＊

奧圖·傑拉克坐在最左端，新剪了無懈可擊的髮型，也刮過鬍子，身穿白襯衫和雙排釦西裝，繫著領帶。他的雙手擱在面前的桌上，象徵了他努力獲致的成功。

他的右邊坐著兩位律師。第一位是他的律師，第二位是瑪莉安·凱赫的。也就是說他們各自聘了一位律師，我不知道其中是否有什麼更重大的意義，或者是單純只是爲了讓他們在出庭日座位相隔較遠的設計。

……最右端坐的是M。

她一身黑衣。是那種樣式簡單的露肩布袋裝，只有某種類型的女人會穿，而且一件就價值一般人一個月的薪水。我是這麼聽說的。

我起立宣誓時，她抬起目光，朝我看了兩秒。然後她觀察了一下檢察官的鞋子；他斜站在她面前的深色木頭地板上，他們兩人的凝視之中，神情沒有差異。

毫無差異。

庭上要求我坐下，我照辦了。檢察官審愼地靠近。他是個高挑的男子，年約五十，相貌出眾，側影帶有半人半神的古典風格，他顯然很喜歡炫耀這一點。他在證人席旁繞行，然後站定，我只能看到他的左側，而陪審團和大部分的旁聽民眾會看到他的右側。他全然靜止不動地站了幾秒。

「大衛・莫爾克。」他開口。

我點頭。

「您的姓名是大衛・莫爾克嗎？」他延長了問句。

「是的。」我據實以告。

「請告訴庭上您爲什麼待在A市。」

我以概述的方式交代了我的理由。講了好幾分鐘，但他一次也沒有打斷我。奧圖・傑拉克一動也不動地坐著，雙手平靜地擱在面前，眼神鎖定在我身上，片刻不離。我想我看到了他的下巴稍微移動，然後我發覺到，儘管他表面冷靜，內心還是受制於矛盾衝突的情緒。瑪莉安・凱赫則是低著頭，看起來明顯比她的情人輕鬆多了。

「謝謝，」我講完時，檢察官說，「請跟我們說說你的翻譯工作。關於你的工作如何進展，以及你是如何起疑的。」

我繼續說。說話的同時，我開始環視法庭，目光在陪審團身上略作停留。四男三女，全都坐得直挺，臉上帶著些許憂慮的表情。我繼而看向一排排的旁聽民眾，包括坐在木地板上的人，還有從走道上前幾排露臉的人。無庸置疑，法庭擠得很滿。這是庭審的第二天，但其實可以算是首日。昨天──根據我在報紙上讀到的消息──到部分是在處理技術問題，以及確立起訴罪名。

謀殺。一級謀殺。

兩人都否認罪名。審前的前哨戰就這麼結束了。

根據報紙所寫，案情中還有無數的問號。這是自卡茲與維蒙斯坦一案之後最引人注目的官司，《電訊報》下的副標中還用了「勞孔」（註）作爲比擬。庭審首日的前一天晚上，一檔犯罪電視節目整集都在針對案情進行辯論，或者應該說是提問。我在維里辛根咖啡館時瞥了一眼。

這兩個人會被定罪嗎？

會有其中一個人擔起所有罪名嗎？會是誰呢？

檢察官有確切鐵證可以提出？這樁三角戀是怎麼一回事？他們會主張這是衝動犯罪嗎？

諸如此類。

「您爲什麼相信瑞恩希望他的書以這種方式出版？」檢察官問道。

傑拉克的律師提出抗議，他站起來，傲慢地解釋說檢方在鼓勵證人憑空揣測。我保持沉默。

「抗議無效，」法官決定，「然而，陪審團的諸位請注意，我們在此准許證人自行推想評估。」

律師重新入座。

「那麼是如何？」檢察官說。

「請重複一次問題好嗎？」

「爲什麼瑞恩希望這本書以譯本形式出版？」

「我想原因很明顯。」

「請說明！」

我看向瑪莉安·凱赫。陽光透過坐席上方的高窗灑進來，讓她的鎖骨沐浴在大理石白的光芒中。

我又想起了她赤裸的肉感。

「手稿中提到他們企圖謀殺他。」我解釋。

這番答覆在旁聽席裡激起了某種關切，法官拿著大法槌在桌上敲了幾下。

「請說明。」檢察官又說了一次。

我跟他說了那些斜體的段落，以及瑞恩寫到櫻桃園裡的信件和日晷。旁聽群眾再度活躍起來，法官又祭出法槌。

「您能否告訴庭上，您發現這些之後，採取了什麼行動？」

我略微反胃。室內溫度很暖，而且迴盪著一股昂貴鬍後水的味道。我想那是從奧圖・傑拉克身上散發出來的。沒錯，如今回想，我知道一定是他。

「我做了調查。」

「怎麼樣的調查？」

「我去了貝倫西，探查情況是不是跟他聲稱的一樣。」

「您去找那些信？」

「是的。」

「您在他所說的地方找到了信？」

「是的。」

「您讀了信的內容嗎？」

「過了一陣子之後。」

「您當時下了什麼樣的結論？」

再度有人抗議，這次是瑪莉安・凱赫的律師。法官再次駁回。我喝了點水。水溫跟室溫差不多，我的反胃不見好轉。

「您下了什麼樣的結論？」檢察官重複道。

「您自己又會下什麼結論呢？」我反問。

法官介入，解釋說我有義務要回答問題，不能提問。我點頭，又啜了點水。

註：Laocoön，希臘悲劇中的特洛伊祭司，被海神派出的巨蟒勒殺而死。

「我的結論是，奧圖・傑拉克和瑪莉安・凱赫殺了瑞恩。」
群情激動如大壩潰堤，但法官沒有要求大家肅靜。檢察官向我道謝，回去坐在檢方桌。
騷動慢慢平息了，法官將證人交給瑪莉安・凱赫的律師，他扣好西裝外套站起來，用如同稍早檢察官般審慎的態度走近證人席。他的側影和檢察官毫不相似，但站的位置基本上還是一樣，他等待最後幾聲耳語平息，才開始說話。
「將瑞恩的手稿委託您翻譯的出版社，叫什麼名字？」
我回答了。
「您知道這本書什麼時候要推出嗎？」
我聳聳肩，「再過幾天吧，我想。」
「據說是今天，」他指明。
「也有可能。」
「印刷數量是多少冊呢？」
「不知道。」
他從內層口袋拿出一張紙，大費周章地攤開，然後帶著一臉假裝出的驚訝看了一看。
「五萬冊。」他說。
我沒有回答。他摘下眼鏡，用一隻手拿著，開始將它晃來晃去。
「您有什麼想法嗎？」
「沒有。」
「這豈不是非常大的印量嗎？考慮到這本書的類型？」
我再度聳肩。

「這是有可能的。瑞恩是知名作家。」
「毫無疑問，」他再度研究那張紙，「我這裡有他最後兩本書在貴國的銷售數字……您知道銷量是多少嗎？」
「不知道。」
「一萬兩千冊。這是兩本書的量。一萬兩千冊……您怎麼說？」
我沒有回答。他戴上眼鏡，露出微微的笑容。
「請告訴我，出版這本書對您的出版社而言，是不是一樁非常好的生意？」
「也許是吧。」
他稍微停頓一下，緩緩轉過去背對我。
「會不會是……」他再度開口，「會不會是這整個事件，都是爲了透過一本格外有賣點的暢銷書大發利市而做的捕風捉影？」
我喝了點水。
「放屁。」我說。
「不好意思？」
「放屁！」我大聲重複。
「我希望請證人注意用詞。」法官駁回了。
我沒有什麼要說。瑪莉安．凱赫的律師回座。換傑拉克的律師站起來，大步走過地面。
「您待在A市期間，由誰支付開銷？」他問。
「當然是我的出版社。」
「您所翻譯的這份手稿……您有任何證據證明它眞的是由葛蒙．瑞恩所撰寫的嗎？」

「您是什麼意思？」
「您怎麼知道那是瑞恩寫的？」
我開始感到愈來愈強烈的煩躁。
「當然是瑞恩寫的。還會是誰？」
「手稿是如何交到您手裡的？」
「我從柯爾手上拿到的。」
「您的編輯嗎？」
「當然沒錯。」
「那麼柯爾又是怎麼拿到的？」
「瑞恩寄給他的。」
「您怎麼知道？」
「因爲是他告訴我的，當然了。」
「柯爾？」
「是的。」
「您沒有其他的消息來源？」
「什麼樣的來源？」
「可以證明此事確實發生的消息來源。」
我哼了一口氣。
「爲什麼我需要其他的消息來源？你是想主張什麼愚蠢的見解？」
我從法官那裡得到新的一番告誡，這次更嚴厲了些。律師將手肘倚在證人席周圍的欄杆上。

「除了您的編輯的說法，您還有什麼能夠證明寄出那份手稿的人真的是瑞恩嗎？」
「沒有。」
「所以這也有可能是一場騙局？」
「我不相信。」
「我不是在問你相不相信。」
「我認爲我的編輯是絕對不可能說謊的。」
「即使這代表出版社可以東山再起？」
「出版社本來就已經東山再起了。」
律師快速地微笑一下。
「但如果有人僞裝成瑞恩，您這偉大的出版社，難道不可能也上了當嗎？」
我想了想，喝了一點水。
「原則上是，」我承認，「但我認爲這是不可能的。」
「謝謝，」律師說，「提問結束。」
法官示意我步下證人席，由護送我上席的同一位法警送我離開。經過被告席時，我再度嘗試與瑪莉安·凱赫的眼神接處，但她還是文風不動地坐著，視線朝向桌子。另一方面，奧圖·傑拉克則是死命瞪著我，我理解到，如果我們處在比較不文明的環境裡，他會非常樂意把我給殺了。
當我踏上法院外寬敞的階梯，陽光如潮水般湧來。我看看時鐘，我的勞務只占用不到一小時。我脫下外套披在肩上，往市中心走。反胃感還在體內逗留，我也許需要喝個幾杯，恢復平衡。
我鮮少作夢。但是她一出現，我立刻就知道她不是眞人。

她穿著跟法庭上同一件洋裝，白皙的肩膀經過某種我無法辨認的人工光源打亮，更是熒熒閃耀，白得不自然。她緩緩接近我，非常緩慢而小心：我不用看就知道她光著腳，也許還聽見了她柔軟的腳跟踩在暗色大理石地面上。或是感覺到：溫暖官能的人體和冰冷堅硬的礦石之間，形成猶如刀刃般銳利的對比。我也認出那片地板，毫無疑問，那就是托斯卡的皮耶拉·德安傑羅教堂的聖壇，十年前的某一夜，我和伊娃曾經在那裡做愛。

如果要說得精確點，是十一年前。在距離我兩步之處，她停下來，讓洋裝落到地上。她的赤裸讓整座聖堂滿室生輝，我伸手觸碰她、擁住她，使她的肌膚靠近我的鼻孔；那是一股貓尾草的香氣，伴隨著漫長夏日在陽光下曝曬的檀香。還有色慾的氣味。她以溫柔優雅的動作俯下身，嘴唇環著我硬挺的性器閉緊；她跪下來，我也跟隨她的動作，她放開我，仰躺在地上敞開雙腿，我進入了她。我們開始大聲地做愛，就像好久以前那個夜晚一樣。她的狂喜在聖堂裡迴盪，我們熾熱的軀體在光滑的大理石上彼此碰撞，我們就像……像慾火焚身的異教徒、像未開化的動物，在皮耶拉·德安傑羅教堂裡、聖瑪格麗塔的聖壇前做愛。

然後，突然有另一個女人站在高高的橢圓形窗口；我看出那是伊娃，而騎在我身上、仰頭呻吟的女人根本不是伊娃，而是瑪莉安·凱赫。

伊娃也穿著同一件黑洋裝；我一發現她，就立刻從瑪莉安·凱赫的身上抽離。伊娃走過來，讓洋裝滑落到地上，她的身體也帶著同一種熒熒白光，我們還躺在地上，她便朝我們走近。她的眼神淫靡，當她緩緩滑步到我們身旁，她的雙手正愛撫著自己的胸部和性器。我蜷起身子，更往後退，伊娃俯在瑪莉安·凱赫身上，後者仍然因爲我的抽離而輕聲呻吟，然後伊娃將她的臉靠在對方的雙腿之間，她們開始交歡。興致高昂。既慎重且熱情。她們躺在那裡，嘴貼著對方的性器舔舐吸吮。我靠牆而坐，無法將視線從她們身上移開，即便我腦海裡迴響的聲音告訴我必須離開現場。過了一會兒，她們停下來，轉向了我。「瑞恩！」她們低語道，「來跟我們一起，瑞恩！」然後我不知道她們其中哪一個人瞬間變成了一名男子。直到這時我才試圖逃離，我終於明白情況有多危險，但是已經太遲了。他們抓住我的雙腿與雙臂，將我拉到地面中央，那裡有一道歪斜的光線從側邊窗戶照進來。那個女人，現在我清楚認出那是伊娃，命令那名男子去取回某樣東西，然後他便消失在一排排座椅之間。

「瑞恩，」她耳語道，「你就是瑞恩，不是嗎？」

她說話時，我們的臉龐之間只有幾公分的距離，我感覺那些字句隨著她的氣息吐出，我不是用耳朵聽見，而是用皮膚和毛孔吸入。

「不，我不是瑞恩，」我說，「我是大衛。你是伊娃。」

她靠近的感覺更強烈了。「我們有時間趁他回來以前做！」她低語，「來吧！」

她跨坐在我身上，引導我進入她滾熱的私處，身體在我上方緩緩起伏。她比我經驗過的任何一次都更緊緻、熾熱且美麗，我就快要達到高潮，但此時遠處傳來一陣腳步聲，逐漸接近，在空置的聖堂裡迴響。

「瑞恩，」那個騎在我身上的女人呻吟道，「瑞恩！我愛你，但是我得殺了你。」

「你是誰？」我問。她的胸部是伊娃的，毫無疑問，但她的頭再度往後仰，所以我看不見她的臉。而她的聲音和每一個女人都一樣。

「來吧，」她說。「快來。」

我就到了。

然後我醒過來，聽見街車通過費迪南—波爾街。碧翠絲坐在我身邊的床上，用充滿譴責的黃色貓眼看著我。

我起身走進浴室。

我在《公報》上看到瑞恩的作品出版的消息。當天，柯爾也打電話來，證實報上的資訊全屬正確。第一天的銷售量相當出色。全歐洲的各家媒體都或多或少注意到這本書，以及它之於審判的意義。奧圖·傑拉克預計不久後就會提起訴訟，但顯然這本書沒有全面下架的風險——這是傑拉克立刻提出的要求。

他們顯然提出威脅，但出版社的人對這番騷動報以笑聲。唯一可能稍稍値得擔憂的，是這部作品在現正進行的法律程序中具有證據地位，但因爲這並不牽涉保密問題，出版社也不認爲有麻煩。

「我們收到幾份針對原稿的出價，」柯爾興奮地說，「你狀況還好嗎？」

「什麼狀況？」

「我哪知道。比如說，記者之類的。」

「沒問題，」我回答，但這當然不全是眞話。昨天深夜，我把自己出賣給《記事報》一位年輕貌美的寫手。那次訪談加上幾張照片，讓我賺進兩千荷蘭盾，但我當然更情願免費跟她上床。過去這幾天，我性欲高漲。

我的電話也響了幾次。我不曉得他們是如何拿到我的號碼，每次我都語帶訝異地接起電話，說這裡沒有住過大衛·莫爾克這個人。

昨天晚上稍遲的時分，當我坐在維里辛根咖啡館裡，一個長著紅鼻子的狗仔隊代表某份不知名的週刊跑來強行打擾我，但趕走他也不難。

我回到法庭上。我說服自己，這是爲了看看整件事進展，但我當然知道，我唯一感興趣的對象是瑪莉安·凱赫。我必須再看她一眼。看她是否跟我夢中是同一個模樣，看我可不可能跟她有一點點的眼神接觸，看她纖細的肩膀是否不管在何時何地都保有那抹白皙。

我的出席作證已經結束，我沒有理由要迴避審判。我的責任已經完成，當然就跟其他任何一位公民一樣有權參與法庭運作。雖然我是個外國人。一旦下定決心，這件事就顯得急迫起來。我下樓到街上，發現距離民眾入場時間只剩十五分鐘了。我招了一輛計程車，叫司機儘快把我載到法院。

這一定是我的希望，想要她今天再度穿著同一件露肩洋裝。

跟我坐上證人席那天同一件。

跟我夢中同一件。

現在，她並沒有如我所願。的確也是一件黑色衣服，但沒有露出半點鎖骨。

雖然到得有點晚，但我設法找到了一個絕佳的位置；座席第一排的最右端，從那裡我有良好的視野可以綜觀全場，而且能看到律師旁邊的瑪莉安．凱赫完全清晰的側面。

當她坐在證人席上時，她當然就轉過另一側臉。

她站起來的時候，整個法庭安靜得令人喘不過氣，她帶著內斂的尊嚴，走了幾步踏上證人席。她坐下來，喝了喝水，雙手交握放在膝上。簡而言之，那動作令人注目。我感到前臂起了雞皮疙瘩。

檢察官在他慣常的位置就位，把兩頰的肉往嘴裡縮，將舌頭繞著牙齒舔了幾圈，彷彿他剛享用了一杯香醇的干邑白蘭地，不想浪費任何一絲餘味。他掩著嘴輕聲咳嗽，然後開始詰問。

「凱赫女士，您與葛蒙．瑞恩這位作家結婚多久了呢？」

她沒有立刻回答，看起來像是眞的坐在那裡算了一下。

「再過兩個月，就十五年了。」

「您跟他結婚的時候是多大年紀？」

「二十四歲。」

「您丈夫的年紀呢？」

「四十二歲。」

我的右邊坐著一位年長的紳士，正在寫筆記。我過了一會兒才意識到他是個速記員，肯定地，明天《電訊報》上就會刊出瑪莉安．凱赫的詰問內容。一字不差。

「您們有子女嗎？」

「沒有。」

「您先前有過婚姻紀錄嗎？」

「沒有。」

「您的丈夫呢？」

「兩次。」

檢察官點點頭，短暫地停頓一下。你可以感覺到法庭裡的躁動，旁聽席的民眾全都屏息以待。擁擠的室內安靜得彷彿眞空——我記得我心裡想，這股靜默彷彿製造出聲學上的負壓。當奧圖．傑拉克的律師用原子筆敲了桌子兩下，那一秒所有人的眼睛都轉往他的方向。

「葛蒙．瑞恩先前的婚姻中有子女嗎？」

「沒有。您原先眞的不知道這些事情嗎？」

「我當然知道，凱赫女士，但這裡不是由我裁決您有罪與否。」

她嘆了一口氣，似乎得這麼做，才能讓我們其他人恢復呼吸。

「您是您丈夫遺產的唯一繼承人，沒錯嗎？」

「沒錯。」

「您知道遺產的總值嗎？」

「不確切知道。」

「我有資訊顯示，總值介於五百萬到六百萬盾之間。這資訊正確嗎？」

「正確。」

又是新的一陣短暫停頓。我發現自己在想這位高個子檢察官公餘之暇會不會擊劍。以及瑪莉安・凱赫會不會。詰問的過程無疑和擊劍場上的對打非常相似，三、四、五次攻擊和同樣次數的反擊，接著是短暫的停歇，讓劍士重整旗鼓，準備下一次攻擊。

「您愛著您的丈夫嗎，凱赫女士？」

「是的。」

她的回答毫不遲疑，我相信法庭裡沒有多少人懷疑她說的不是眞話。

「您對您的丈夫是忠誠的嗎？」

「我不懂這個問題。」

檢察官裝出來的驚訝活像三流的業餘演員。

「我問您是否對您的丈夫忠誠。您怎麼會不懂這麼簡單的一個問題呢？」

「忠誠並不是一個毫無爭議的概念。」

他迅速微笑一下。

「也許。您和其他男人發生過關係嗎？」

她的律師從椅子上跳起來抗議。

「請重新組織您的問題好嗎？」法官問道，檢察官順從地點了好幾下頭。

「您和您丈夫的編輯奧圖・傑拉克之間存在著性關係，沒錯嗎？」

「沒錯。」

同樣絲毫不帶遲疑。檢察官非常短暫地停頓一下，喘了口氣，然後在同一個點上重新出擊。

「您和傑拉克的關係是什麼時候開始的？」

「兩年半前。」

「您的丈夫知情嗎？」

「不。」

「您確定嗎？」

她猶豫了片刻。

「我相信他到最後起了疑心。」

「您說的『到最後』是什麼意思？」

「是去年夏天，也許吧。」

「您爲何這麼想？」

她微微聳肩，但沒有回答。檢察官重複了一次問題。

「我不知道，」她說，「只是一股感覺。」

「如果您愛著您的丈夫，爲什麼又要對他不忠？」

「如果可以不用回答這個問題，我會十分感激。」

「凱赫女士，」法官傾身朝向她，打斷對話，「我要請您記得，我們試圖達成正義。您隱瞞愈多資訊，就愈是等於任性妄爲。」

「就我所知，如果我想，我有權利全程保持沉默吧？」

「沒有錯，」法官坦承，「您可以自行決定哪些問題要回答、哪些不答。但如果您眞的是無辜的，說話的結果總是好過於沉默。」

「上一個問題是什麼？」

檢察官原本低著頭聆聽法官帶來的小插曲。現在，他清了清喉嚨，繼續提問。

「您聲稱您愛著您的丈夫。如果您愛著他，爲什麼對他不忠？」

「我們的性生活不順利。」

今天第一次，旁聽席中傳出了模糊耳語。法官舉起法槌，還沒有敲上桌面，就使群眾恢復肅靜。

「您也愛著奧圖．傑拉克嗎？」

有幾秒鐘的時間，她沉默地坐著，但看起來並不像在思考。她的律師對她做了個手勢——我猜他是想知道該不該再度提出亢議——但她只是輕輕搖了搖頭。

「我不想回答這個問題。」

「爲什麼？」

「我愛不愛誰是我自己的事。」

「您被起訴了謀殺罪，凱赫女士。」

「我了解。」

「您謀殺了您的丈夫嗎？」

「我沒有謀殺我的丈夫。」

「我這裡有資訊表示他打過你。」

「我明白。」

「確有此事嗎？」

「有過兩次。」

「程度有多嚴重？」

「第二次造成我必須就醫。」

「那是什麼時候的事？」

「大約一年前。」

「事發的原因是什麼？」

「是我的錯。」

「您指的是什麼意思？」

「反對！」她的律師插口，站了起來，「檢方不斷提出暗示性且不相關的問題。我建議檢方要嘛講重點，要嘛坐下。」

這番話在群眾中引起一些同意的聲音，法官介入了。

「可否請檢方現在開始針對起訴罪狀做探討。」他酸溜溜地指示道。

「欣然同意，」檢察官微笑著說，他顯然不太把這種告誡當一回事，「凱赫女士，請對庭上描述您丈夫死去的那一晚！」

瑪莉安．凱赫靜坐片刻。然後她轉頭朝向法官。

「我可以先跟我的律師談一下嗎？」

法官點頭，她的律師快步上前。經過一番低聲討論之後，他到法官面前說了些話。法官在一張紙上寫了幾行字，然後起身。

「暫時休庭，」他說著用法槌在桌上一敲，「休息十五分鐘！」

＊

天氣愈來愈熱。太陽一上山，待在任何除了水邊以外的地方都令人無法忍受。我嘗試待在室內，或是種著橄欖的山坡上，但很快就耐不住熱。只有大海能帶來足夠的涼意；你不需要下水游泳，只需要坐在海邊的遮蔭下，不時將腳泡進海水，或是在頭上沖個涼。

棒極了。

前幾天，我試圖前往島嶼東端岩石密布的粗礪海岸。我原本想去第一片有遮蔭的沙灘，也許再仔細瞧瞧我在山上小教堂看到的房子。當然，乘船過去比較容易；接下來這幾天，我也打算租一艘船。路程總共花了我超過三個小時，雖然我沒有眞正抵達目的地——這是出於我自己的決定；你看看，海灘上擠了十幾個人，全都赤身露體。男人、女人和小孩都一樣。那裡也停著兩艘船；一艘較大的汽艇漂在稍遠處的水上，還有一艘較小的木船被繫在岸邊，跟卡桑薩奇兄弟的船是差不多的類型。那間房子位於山坡上五十公尺處；一間刷白漆的大型建築物，周圍有柏樹環繞。在我的視野所及之處，有一道陽臺圍住整間房屋；陽傘、白色家具和海灘巾顯示出那一整群人都住在這裡。我也判斷他們不是希臘人，因爲他們不知羞恥地裸體出現在海灘上。

說這些說得夠多了。有幾天晚上，我搭巴士去主要城鎮，坐在酒館裡的葡萄藤下。這裡的街頭活動豐富，當地的居民與觀光客比例相當，愉快地打成一片。我把照片拿出來展示過幾次，有至少兩次得到對方的點頭和表示認得的微笑。然而我無法確定，這些反應是否眞有意義，或者只是禮貌或善意的表現。除了最常見的招呼語，他們不會講希臘語以外的語言，而且還有某種緣故使我退卻。

某種難以理解、但同時又相當簡單的事物。

感覺像是我不想要強迫事情發生。即使在這座島上，萬物都有特定的模式，必須順其自然。我還有很多時間，所以即使我沒有接收到任何決定性的預兆，我仍然覺得自己來對了地方。當然這股感覺並不持久，也許正是因爲它的脆弱，使我不想拖累它。

一雙負傷的羽翼，儘管慢慢會痊癒，卻無法眞正展翅高飛。

一個逐漸發育的胚胎，卻將被陽光所消滅。

特別是這無情的、潮水般的陽光。

*

我們在一起的時候，她就是把自己比喻成鳥兒。一隻折翼的鳥。

在我痊癒之前，我都無法給予，她說，只能接收。

我喜歡這樣。從一開始，這就成了我們之間關係的架構，我毫無異議地配合。過了將近一個月，我們才眞正做了愛；這一點也吸引著我，讓我有時間結束另一段還沒有眞正擺脫的戀情。

我們結婚的時候，她仍然是我折翼的鳥兒。她失去了兩個尚未發育足月的孩子，這或許讓我們的盟約更加鞏固。第二次流產，我的力量再也不足以彌補她的脆弱所造成的眞空。有一年的時間，我們各自活在不同的世界裡；我利用身爲剛強男性的特權開始照顧自己，伊娃則將自己幽閉在病房的簾幕之後。

「慢板，」在那段期間，伊娃會這樣說，「我們現在進行到慢板。這沒有什麼好奇怪的。」

的確沒有。

我只見過莫瑞茲．溫克勒三、四次，他並沒有給我留下什麼好印象。他的言行之中帶有一股惹人厭的自傲，哪怕他只是在談論一點也不重要的小事。伊娃出院之後，我們有過幾次激烈的爭論，有一兩次演變成吵架，但是我們後來都和解了，停戰之後感情更加堅定。但莫瑞茲．溫克勒從來不懂這一點；雖然他不曾提起，但他的偏見還是透過言語和笑容築成的屏障顯露出來。

不，這齣關於折翼之鳥、以及強者的權利與責任的道德劇，莫瑞茲．溫克勒是絕對不會理解的，他這個人令我格外難以忍受。

從一開始就是如此。遠在他成爲我妻子的情人以前。

黃昏很快就落幕，黑暗從角落蔓生而出。我躺在床上，看著房間的輪廓被抹消。我試圖在腦海裡回憶我的妻子與她的情人，但召喚出的影像是虛假的，最多只能出現一兩秒。我摸索著床頭櫃上松脂酒的酒杯，找到以後喝了一大口。

我想了一下我前幾天寫到的，人生這齣可悲的戲碼，努力參透自己如何可能在其中創造出意義，但得到的只是我原本就已知道的苦澀答案。

顯然這正合我意。我並不會貿然投入任何推論。我躺在這裡，這座美麗的島嶼上溫暖的黑暗中，肯定正是爲了享受苦澀。

除此之外別無原因。

瑪莉安・凱赫針對十一月十九日和二十日晚間的陳述，花了四十五分鐘的時間——包含檢察官、律師和法官的提問和插話，她說完的時候，我覺得陪審團的每一位成員都認爲她顯然有罪。從頭到尾，她的肩膀都呈現放鬆下垂，不曾語塞，但儘管如此，她還是在我們所有人心中緩慢但確切地埋下了判決的結果。

有罪。

然後一切就都無濟於事了。

同情心無濟於事。大理石白的鎖骨、模糊的情境描述也無濟於事。

非常短暫的停頓之後，接著就是奧圖・傑拉克的證詞，儘管他在許多方面給人的印象都不同於他的情人，但他也難以挽救局勢。基本上，他陳述的事件和情境版本都和瑪莉安・凱赫一樣，他徒勞無功的掙扎，可能只是讓葛蒙・瑞恩的突然橫死更加被各種罪證確鑿的可疑事件所圍繞。他的證詞可以在隔天的報紙上讀到。

兩人都承認——毫不閃避——他們之間有婚外情；爲時將近三年，儘管一開始只是零星的接觸。M和G都強調，他們只是單純的肉體關係，根源是瑞恩在性方面的無能。檢察官針對這個說法提出了若干暗示性的問題，並且惹得瑪莉安・凱赫有點惱怒；她爲自己辯解時，我可以清楚看見群眾臉上的善意消失了，陪審團中的兩位女性觀察著她時，她們的鼻孔和嘴巴之間譴責地皺了起來。對於瑞恩爲何對整件事不知情的這個問題，瑪莉安笑出聲來，用一個簡單的頭部動作顯示出她對檢察官在這種事務上的見解有何觀感。

這也沒辦法讓人有什麼正面的印象。

事實證明，奧圖・傑拉克在十一月十九日晚間七點左右出現在櫻桃園——依約來訪。原本的主意是——至少他們是這樣聲稱——出版社的另外一位編輯赫穆・魯德格要陪他一起前往，但對方有事——至於是什麼事，他們無法指明。我記得我對此感到有些煩躁；跟魯德格本人查核這項資訊是再簡單不過的事情了，但顯然沒有人去做，不管是原告或被告。

總之，這三個人在海邊的別墅用餐豪飲，而葛蒙・瑞恩很早就明顯處於惡劣的情緒之中——一種類似於青少年的狂妄自大和強烈的自厭混合在一起，這在作家和其他創意型的人身上並不少見（這是根據奧圖・傑拉克的說法，顯然他自認對此知之甚詳）。不過，瑞恩的妻子和出版商都沒有感覺到他對他們抱有任何懷疑。不管是在那個宿命的時刻，或是那年秋天稍早。我必須說，我不太了解他們在這一點上的堅持。畢竟，事態很明顯——至少在庭審的當時，瑞恩抱持著強烈且有憑有據的疑心，他們否認這一點能帶來什麼好處，我實在很難明白。對他們兩個人、在法庭上或退庭之後都是。不論如何，他們徹底否認這位作家在當晚的惡劣情緒和他們不可告人的私情之間有任何關係。

在午夜前後——M說是十一點四十五分，G說是十二點五分——瑞恩受夠了其他人。他手裡抓著一瓶干邑白蘭地，搖搖晃晃地爬到頂樓，詛咒他們兩個人都下地獄去，然後把自己鎖在房裡。他們先前約好讓奧圖．傑拉克留下來過夜，雖然發生了這樣的事，雖然主人喝得酩酊大醉，他們自稱當晚沒有趁著這個機會同床共枕。一點半左右，他們從皮革扶手椅上起身，各自回房。奧圖．傑拉克表示他在床上看了一下書，然後在兩點十五分到兩點三十分之間入睡。瑪莉安．凱赫——根據她自己的說法——則是沾枕即眠。

差不多就是這樣了。隔天早上，奧圖．傑拉克在十點幾分的時候第一個起床，但是過了一個半小時，瑪莉安．凱赫才發現瑞恩房間裡打字機上的信。在此之前，她敲門呼喚了幾次，但是她說不想在她丈夫希望獨處的時候打擾他。最後，她還是進了房間。

那封信並不是祕密。檢察官將信朗讀出來，問他們內容和打字機上的信紙是否相同。M和G都證實內容一致。

他也問他們，對於那張紙上完全沒沾到瑞恩的指紋有何看法，但兩人在此都無法提出合理的解釋，兩次我都看到陪審團中有人皺起眉頭。

至於其他的信，我從日晷下挖出的信，瑪莉安．凱赫和奧圖．傑拉克表達的看法都引發了好些人的驚愕，不管他們是在庭審期間聽聞，或是透過事後報紙上的分析報導得知。

專家判定，那些信全都是用同一臺打字機打的；一臺小型攜帶式的凱旋阿德勒牌打字機，屬於傑拉克所有，通常放在他出版社的辦公室裡，但有時候會被他帶出門旅行。檢察官略帶訝異地質疑他爲什麼不使用更現代化的工具，但這位出版社負責人只回答，他一向偏好高貴古典的打字機甚於文字處理機。

關鍵在於第四封信。前三封信出自G的手筆，已是公開的祕密，他毫不遲疑地承認了那些示愛的言語，但是第四封信——也就是寫出謀殺計畫、企圖奪取瑞恩性命的那一封，他堅決否認自己寫過那樣的東西。

瑪莉安‧凱赫也做出相同主張。她聲稱她去警察局前從來沒有讀到過那些句子——如果她有，她絕對會立刻和寫信的人一刀兩斷，她堅定地發誓。第四封信和其他的信一樣，日期落款很模糊……一九九幾年秋末，但因爲信中提到他們計劃在櫻桃園共度的週末即將來臨，至少就檢察官的理解而言，信一定是在瑞恩死前的十四天內寫的。

當檢察官問到第四封信爲何會跑到瑪莉安‧凱赫的內衣櫃裡、稍後又被埋到日晷底下，兩人都沒有任何說法，也許不提出任何猜想臆測是對他們稍微有利的。關於信的原件和抽屜裡的複印本，瑪莉安‧凱赫解釋說，她在丈夫死後幾個星期把信給扔了，檢察官似乎無意針對這一點逼問她。

「您對巨人號熟悉嗎？」他改而這麼問。

巨人號是瑞恩的船。

「當然。」瑪莉安‧凱赫的回答中聽不出掛慮。

「當然了。」奧圖‧傑拉克在一個小時後回答，「普通的舷外引擎式汽艇。沒特別的。」

「謝謝。」檢察官說。

他對兩個人都這麼說。

不，絕對不是只有我覺得一切在瑪莉安‧凱赫低頭走下證人席就已成定局。檢察官提出的最後一項事證是關於財務方面，很明顯地讓她感到不安。

在那宿命的一晚前幾週，瑪莉安‧凱赫從瑞恩名下其中一個她有權使用的帳戶中，提出兩筆大額款項。十一月七日提領十萬盾，八天後再提領十一萬盾。被直接問到這筆錢的用途時，她只能回答是瑞恩要求她提款，她並不知道他打算拿錢做什麼。

「您經常替他提領這麼大額的現金嗎？」檢察官問。
「不。」
「從來沒有？」
「也許先前偶爾有過吧。」
「而且您不知道他提款的用途？」
「是的。」
「而您認爲他這次提款的用途是什麼呢？」
「我不知道。」
「您沒有問嗎？」
「有。」
「然後呢？」
「他沒有回答。」
「您不覺得這有些奇怪嗎？」
她遲疑了一下下。
「也許吧。我丈夫不是個普通人。」
「我毫不懷疑。總之我們無法確定他眞的使用了這筆錢。您怎麼看呢？」
她再度聳肩。
「我不知道。」
「有任何想法嗎？」
「沒有。」

檢察官停頓一下，準備下一個問題。

「而您並沒有將這筆錢挪為己用？」

「當然沒有。」

「任何一次都沒有？」

「沒有。」

「您有辦法證明您眞的將錢交給了您的丈夫嗎？」

她想了想。

「沒有。」

接著，如果我記得沒錯，這句簡短的陳述後，她便獲准離開證人席。

我筋疲力竭地走出法庭，同時感覺到一切終於結束了；大概就像看完牙醫後那種苦澀的放鬆感。

接下來幾天，這股感覺還是揮之不去。我在城裡漫行，沒有目的地，也不急著去哪裡；坐在公園或是咖啡館裡，觀察其他人，讓自己無憂無慮地享受美好的天氣。我不禁意識到，時間又變得稀薄起來——我再一次發覺自己陷入一段空虛、透明的時期。像在一間等候室裡等著誤點的火車。當然，我在報上讀到關於審判結果的各種揣測，以及這本書和版權問題引起來的爭議，但總的來說，這些新聞對我毫無影響。我的戲份已經結束了，現在我可以坐在甘布納或梅菲斯托或維里辛根這幾間咖啡館裡，和其他人一樣挑眉旁觀這齣戲。

那幾天，我的酒喝得也不多。的確，我每天晚上都坐在酒吧裡，但通常早在午夜之前許久，我就回家陪碧翠絲了。當詹尼斯．胡尼打電話來說想帶我出海，我婉拒了，請他將這個計畫延期。我想我們約了六月初；我還是不知道這一年的六月到底會不會來臨。

當然，我知道我這股休養生息、跟一切保持距離的空洞感不會永遠持續下去。相反地，這只是下一次專注作業之前一段必要的放空。時間洪流裡下一團積滯的殞石星體。

就在五月中旬的週末，事態有了急劇緊湊的發展。

週五，瑞恩的案子做了宣判。我在某一臺晨間新聞廣播中聽到，就像我聽說逮捕的消息時一樣。我記得，當記者緩慢地朗讀著那份簡短的新聞稿時，我把面向街道的窗戶大大敞開，感覺好像整個城市都屏息以待，至少有幾秒鐘是如此，就算輕描淡寫地說，那也真是一次奇異的體驗。我至今仍然可以毫不費力地回想起來。

瑪莉安．凱赫有罪。

奧圖．傑拉克有罪。

一級謀殺。

排除所有懷疑。陪審團達成一致結論。刑期尚未確定，但沒有理由會小於刑度上限。兩個人都是十二年徒刑。

沒有減刑事由。兩人的罪責相等。沒有赦免。

我關掉收音機，喧囂市聲又再度從窗戶湧入。

大約是過了一天後——週六下午，柯爾打電話來，報告說書的估計銷量高達四萬五千冊，二刷已經印完（印量是五千冊）。他問我還需不需要錢，我感謝他又提供了一小筆預付金。

那天晚上我喝醉了，還跟一個女人回到她位於麥克斯─威廉街上的公寓，但我覺得我們倆都沒有從客廳地板上的草率交歡獲得多少樂趣。

至少她沒有。

然後，週日——五月十六日的週日，哈曼報告說艾爾摩．凡．德．盧威將在當晚抵達S機場，他計畫重新開始進行先前中斷的跟監。

前提是我仍然想找到失蹤的妻子。是嗎？

是的，我說，然後掛斷電話。我起身走進廚房，呑了兩顆藥緩解特別嚴重的頭痛。然後，我有點驚訝地發現外面下著雨——溫暖柔和的春雨，打開的陽臺門內側有一塊濕漬正在逐漸擴大。

維里辛根咖啡館有兩個女服務生叫做多莉絲，兩個都是二十五歲左右、都是金髮、都有著北歐式的冷豔美貌，但只有其中一個長了雀斑，下午四點過後不久，長雀斑的那個多莉絲舉起手指示意大家安靜，把最後方角落天花板上懸掛的電視機音量調高。

這段短短的新聞轉播，讓我回想非常多次。我離開維里辛根咖啡館時，感覺好像看慢動作畫面，因爲一切都充滿荒謬的清晰感，事後縈繞不去：記者的眼睛睜得有點太大，彷彿無法眞心相信自己正在播報的內容；她的聲音、職業性的語調和專業的客觀漠然，懸弔在一片壓抑的興奮情緒之上。

還有那些照片。

監獄的照片。走廊的照片。牢房房門的照片，還有那名女警，不帶感情地對著貼有第五頻道標示的藍色麥克風說話，回答畫面外記者的提問。

他們道出的話語盤桓在我腦海中，我透過眼角餘光看到多莉絲拿著的菸忘了抽，變成了一炷菸灰，最後因爲末端太重而斷落。

「您可以告訴我們事情是怎樣發生的嗎？」記者問道，她咳嗽了兩次，其中一次正對著麥克風。

「這個嗎……」女警遲疑地開口，「她想要紙跟筆，而我們的規定並不禁止這些東西。」

「您給了她紙跟筆？」

「是我的同事給的。」

「您的同事給了她紙跟筆？」

「是的。」

「然後呢？」

「然後我原本要去通知她，她跟神父會面的時間到了。」

「神父？」

「是的，她先前要求跟一位神父談話。」

「您去到她的牢房？」

「是的，我從小拉門看進去，看到她躺在地板上。」

「您怎麼做？」

「我打開門進房去。她面朝下趴著。我先問她是不是不舒服，她沒有回答，我把她翻過來……地上有一點血，然後我看到了她的眼睛。」

「您明白發生了什麼事嗎？」

「是的。她把筆插進自己的眼睛裡了。」

「一整枝筆？」

「對。整枝都進去了。」

「她死了嗎？」

「是的，我呼叫支援，但我們馬上就可以判斷她已經死了。」

短暫的停頓之間，攝影機聚焦在綠色的地板上一個顏色稍深的區塊。

「您有何反應？」

一開始沒有答覆。攝影機慢慢抬高，特寫女警的臉部，你可以看出她很難判斷眼神要放在哪裡。但她還是沒有強烈反應。她的左側嘴角抽動了一兩下。

「太可怕了……」她最後說，這多半是為了遵循慣例吧，我想。

然後，記者報上他的姓名，艾瑞克．莫德，照片轉成一片黑，畫面回到棚內。

「我們重複播報一次，」那個雙眼睜大的女人說，「瑪莉安．凱赫，已故作家葛蒙．瑞恩之妻，近期因為涉嫌謀殺亡夫而被判十二年有期徒刑，就在一個小時前，她在柏濟斯巷的拘留所等待移監至波辛根女子監獄時自殺身亡。瑪莉安．凱赫得年三十九歲。我們會在新聞時段提供更多細節報導。」

轉播結束了。多莉絲終於吸了一口菸，我看著她布滿斑點的前臂——在她吸氣時一起一伏。然後她把電視關了。我從靠窗的座位起身離開。外面的街道上，強烈的陽光像電流一樣朝我襲來。我在原地站了一會兒，閉上雙眼，抓著一輛靠牆停放的腳踏車。我感到一股異樣而強烈的暈眩，舌頭嘗到辛辣鮮明的金屬味。

幾秒鐘之後，我恢復過來，開始往費迪南—波爾街的方向走。

我把這段讀過一次。我認為我的敘述完全精確。我還可以補充，當天是五月十七日週一，是屆時為止全年氣溫最高的日子。

*

我從布滿刮痕的壺裡重新斟水，烏佐酒杯上起了一團雲霧。我獨自坐在陽傘下，等待午休時段結束。我在教堂北邊的九重葛樹下的長椅睡了一個小時，但現在我帶著信封坐在這裡。

歐莫斯飯店。主要城鎮裡還有三家飯店，但歐莫斯最豪華。豪華且擁有絕佳景觀。在我下方，遠方破碎的土地之外，就是那座城堡，古老的堡壘，風塵僕僕的巴士一整天都把觀光客往那裡載。

除了午休時段。午休就快結束了；暑熱仍然令人行動遲緩，但陽光已經開始斜射，陰影從房屋之間擴散出來。一等瓦拉撒克斯先生出來打開紀念品店門前的防盜柵門，我就要過去。店就在巷子對面，瓦拉撒克斯是鎮上唯一在用防盜柵門的人，有些人為此對他連連搖頭，罵他是混帳或是雅典人，雖然他就跟他們一樣是島上的原生居民，而且他全年都定居於此，其他許多人反倒不然。

我上前做自我介紹，發現他挺樂意接受招待去歐莫斯飯店喝杯烏佐酒。他再度將柵門嚴密地鎖上，然後我們就坐在我過去一個小時以來所坐的桌邊。

我感到些許緊張；我待在這裡的時間只剩一週，而瓦拉撒克斯先生是我的王牌。我已經知道這件事好幾天了，只是在等待適當的機會，我將照片推過去，同時感覺得到血流湧上腦門，上唇冒出了汗珠。汗水冰冰冷冷，絲毫沒有鹹味。

我們在他看照片以前乾了一杯。他拿下寬沿草帽，用毛茸茸的手背擦擦額頭，再把帽子戴回原位，點了一根菸。

他嚴謹審慎地開始看，手指一面拂過青黑色的鬍渣，仔細地研究了很久。然後他點點頭，問我有沒有地圖。

我展開地圖。他笑著往他店舖的方向示意，我說地圖就是在他店裡買的沒錯。他把地圖攤平，來來回回看了幾次，彷彿是在為自己導正方向感，並且確認地圖上畫的真的是這座島。然後他示意要拿筆。我遞了一枝筆給他，他在北側的其中一個小海灣畫了一個大而清楚的叉號。

「船！」他說，「不是路！」

我點頭。我從襯衫胸前口袋摸出幾張鈔票，但他做出一個含蓄的推卻手勢。

「不要義大利的，」他說，「希臘。」

我道歉。我們靠回椅子上，喝完杯中的酒。

＊

我在AH超市買了四瓶威士忌，和同樣數量的貓食。我察覺得出我那些日子的行動中清楚地具有理性的成分。我澆了花，幫碧翠絲清了貓砂盆、換了新貓砂。我在她的碗裡放了貓食——份量不少，夠她撐上一兩天，然後才坐在扶手椅上開始喝酒，除了達到理想的無意識程度。

有條不紊、不急不徐地，我喝光了一杯接一杯的酒，讓酒精在體內擴散、掌握主控權，卻沒有飄然失神，沒有跌入一攤死水的空洞中。其實我沒有成癮——這是一種沉默、冷靜的喝法，我的意識中有一個獨立的區塊，始終嚴密地監控著我的行爲。我過去也曾經這樣做，我知道這是怎麼一回事。

剛入夜的幾個鐘頭，我會把精神投注在一枝鉛筆上。鉛筆和眼睛。我嘗試將鉛筆放在眼睛和手掌之間平衡，並且成功了。削尖的末端抵在眼球光滑的表面上——必須由一股篤定卻微小的壓力將筆固定在這個位置——筆尾靠在我稍微彎曲的手掌正中央——呈現仰握姿態；鉛筆差不多是垂直的，否則這個動作必定會失敗……達成這組平衡之後，我讓自己的衝動出現又消失、出現又消失。不可否認，這是一道困難的程序；筆尖很容易從定位上滑開，我慢慢了解，就算施加極強的力道，鉛筆也顯然不可能刺穿眼球本身。必定發生的結果，是鉛筆從必然會在受壓後於眼窩內滑動移位的眼球上方或下方刺進腦部；眼球讓出通道，卻不讓自己被刺中、貫穿……某種層面上，這是一個惱人的結論，偏離了我心目中模糊顯現的完美意念，但我當然只能接受。

我在刺眼的晨光中醒來，帶著酒瓶進浴室，繼續喝。開頭的幾口被我反嘔出來，但我慢慢能夠嚥下帶來燒灼感的酒液。然後我躺在那裡，在黑暗之中、在些許的膽汁臭味與尿臊之中，讓這一天一秒接一秒、一小時接一小時地消磨過去。

又一個夜晚來臨。我有模糊的印象，對於隔天也有；到了某個時間點，威士忌喝完了，我從廚房櫥櫃裡找到一瓶甜酒。喝起來非常噁心，到了傍晚，我又落得在浴室裡大吐特吐。一股冰冷無情的清醒感正在逼近，我在冷汗與惡臭的焦慮中泅游，嘗試蜷縮在地，做出保護性的胚胎姿勢，卻不斷被寒顫和抖動撕裂。神經和皮肉之中像發生了爆炸。陣陣痙攣和突然的喘不過氣之後，我終於沉入了黑暗而無夢的睡眠。

一陣陣的電話鈴聲響了又停。碧翠絲來了又走。新一天的日光透過半開的浴室門流瀉進來。我再度倒下睡著。鈴聲又響，我的右臂和肩膀因爲接觸堅硬的地面而隱隱作痛。我終於爬了起來。

我終於爬起來。我就著水龍頭喝水，把臉和手洗了洗。鈴聲又響。我慢慢趕往客廳接電話。

是哈曼。

私家偵探哈曼。

「我一直在設法聯絡你。」

「我很抱歉。」

「眞的嗎？」

「你有什麼事？」

「我有消息了。」

沉默。

「你還在嗎？」

「當然。」

「我找到她了。」

「誰？」

「誰？當然是你太太。你到底怎麼了？」

「沒事。抱歉，我剛醒……她在哪裡？」

他停了一下，我想他是在點菸。

「如果你過來一趟，我會把你需要的資訊給你。帶現金來，這樣我們就可以當場把帳目結清。一小時之後見方便嗎？」

我看看時鐘。十點剛過幾分。是早上；我已經搞不清楚今天週幾了。

「一小時之後見。」我說。

「生命被辜負了。但如果有一扇門敞開，你就得繼續走。這就是責任，別無其他。」

她是這麼說的，想當然爾，我知道這是她在別處讀到或聽到的話。伊娃常常這樣做。她會從各式各樣的來源蒐集片語和句子：電影、報紙、電視上的辯論節目；她可以保存這些話語幾週、幾個月之久，事後在她自己遇到似乎相關的情境或脈絡時，再將它們重新派上用場。

就像在這個夏日的早晨。

辜負？

回想起來，我知道她在那個時期說的許多話，都是從莫瑞茲溫克勒口中聽來的。也許我當時就明白這一點，只是並不怎麼在乎。我沒有反應；她是我的折翼之鳥，我是她的丈夫兼保護者，我們就是這樣看待彼此……我是穩固的地基，伊娃是迷離的沼澤深處。她的意見起起伏伏，心意和情感每天不同，偶爾甚至每個小時都有變化。但我總是傾聽她，不離不棄；我堅定地站在原地，屹立不搖，讓她在每次陷得太深時能攀附著我。

是岩石。是定點。

慢板結束了。

＊

那個溫暖的五月春日，我在漫行於A市的途中回憶著這些事。那個地址很遠，在葛雷普路，我當然可以搭電車去，但有某種原因讓我打消了念頭。也許是時間的因素；我需要時間，我需要一段漫長的步行，讓自己準備好再次跟她面對面。或許也在途中找間咖啡館待一下。如我所說的，那是個溫暖的日子。又一個溫暖的日子。

哈曼不知道我想不想調查細節，或是拿到姓名和地址就滿意了。

「姓名？」我問道，他解釋說她現在名叫伊蒂塔．索柏蘭斯卡。

「伊蒂塔．索柏蘭斯卡？」

「是的，顯然是如此。」

我說我可以將剩下的事情輕鬆搞定，我對他追蹤到她的方式不感興趣。他點點頭，眼中或許出現了一絲懷疑，但我的表情沒有改變。他遞給我一張寫著名字、地址和電話的卡片。我把卡片放進皮夾，付了他要求的費用。八百盾，沒有收據。

＊

「你指的是你的生命，還是哪個人的生命？」我記得我那次是這樣回答的。

「我們的，」她立刻答道，充滿訝異，「我們共同的生命。」

我提出反對之後，她還能夠繼續她的論述，這並不尋常。

「我們的生命？」

「對，我們的。我們不再給予彼此能量。我們不再成長……我們在把彼此啃食殆盡，不斷往內墜落。往內墜落。你沒有感覺到嗎，我們一直縮小再縮小？你一定有感覺，現在沒有什麼比這點更清楚了。如果我們繼續這樣，總有一天我們會消失的。」

「這些都只是文字而已，伊娃，」我說，「沒有意義的文字，你要明白。它們沒有意義。」

「它們擁有一切的意義。」她說。

一切。

*

哪些文字有意義、哪些沒有，是由誰來決定？

我沿著普林森運河走了許久。在黏滯的河水中，雁鴨和野鵝以不急不徐的傲慢姿態來回漂游。凱瑟街和華德瑪巷之間的七葉樹上花朵盛開；碩大的白綠色枝椏似乎同時向上又又向下伸展。伸向陽光，也伸向水源；我記得我爲此思考了一會兒，思考著這層雙重性，想著我無法解釋兩者之間究竟是並立或擇一的關係。事後，我當然看得出來，這一切都是沒有結果的遐思，但我就是記得那幅影像；三年過後，我還是能看見普林森運河兩旁的樹木，看見我自己在樹下漫步，在五月中旬的那一天。漫步，以及沉思這些高大的樹木需要什麼來達成滿足。

溫度與水分。溫度或水分

我在克魯格廣場停下來。我在幾間咖啡店之間猶豫了幾秒，然後選擇坐進「老默茲河」這一家。我在人行道上的其中一桌坐了一個小時，但除了咖啡和一杯加冰塊的果汁以外，我什麼也沒喝。

坐在那裡的同時，我有一股強烈的、毫無頭緒的感受，也許跟七葉樹有關。我時不時將卡片從皮夾裡拿出來看看。

伊蒂塔·索柏蘭斯卡。柏根納街一七四號。

我試圖理解她這個名字的來由：聽起來肯定像波蘭語，但伊娃這輩子跟斯拉夫民族沒有半點關連。那麼她爲何取了這個名字？

也許那個人根本不是她，我心想。也許根本是另一個人，是哈曼搞錯了。到頭來，這不是最有可能的解釋嗎？

如果眞是如此，如果柏根納街上的那個女人眞的不是我失蹤的妻子，那麼……好吧，那麼這整件事就得擱置下來了。也許那樣就夠了，我離開老默茲河咖啡店的時候，心裡帶著這個決定。這件事——不管如何發展——現在就要結束了；這就是最後一天，事情已經拖延得夠久了……我應該早一點發現的，當然，但遲到總比不到好。

十五分鐘後，我抵達了柏根納街，那是一條長而狹窄的街道，起自柏根納廣場，往東北方延伸到V公園和運動場。兩旁都是常見的四或五樓深色磚造樓房。上了黑漆的大門和內嵌的窗戶。一兩家店面。大約每過三個路口就有一家咖啡店。

我在一七四號外駐足。我上下左右環顧一番，才上前察看住戶名牌。四樓：E．索柏蘭斯卡、M．溫克。我推了推門，鎖住了。我按了門鈴。無人應答，但是門鎖中傳來喀噠聲。我踏進門內，起步爬上狹窄而略微傾斜的樓梯。

我的第一聲敲門沒有回應，我再試了一次，敲得用力了點。我聽到公寓內的收音機關掉，腳步聲逐漸接近。門鎖裡的鑰匙轉了幾圈，門打開了，我站在那裡，面對著……

我想要自己回憶起，我花了一秒才意識到那是她，但是我無法確定。她穿著簡單的黑色牛仔褲和長版蠟染T恤，她的臉龐是如此熟悉，我幾乎不禁爲了自保而退卻；是的，很矛盾地，我想就是那股強烈的熟識感使我遲疑。

我也想要自己回憶起，我們安靜地站了一會兒，就只是看著對方，然後才開始對話，可是我也同樣不再能夠肯定。也許，她其實立刻就開口了，但總之打破沉默的人是她。

「我懂了，你到這裡來了。」她說。

她退了一步，我踏進小小的門廳。

「是的，」我說，「我來了。」

她示意我繼續走進公寓，進去在藤編玻璃矮桌周圍的三張扶手椅中找一張坐下。我再度遲疑，但她點了點頭，於是我在她對面就坐。

「我懂了，你到這裡來了。」她重複了一遍，眼神有點飄動，和我記憶中她試圖專注於某些模糊或困難的事物上時偶爾會有的樣子如出一轍。我沒有回答。

「要喝杯茶嗎？」過了一會兒，她問道。

我點頭，她離開了客廳。我閉上雙眼，頭靠著高而柔軟的椅背。我聽到她在廚房裡忙著準備開水、茶碟和茶杯；我靜靜坐在那裡，內心的思緒和活動抽象而無法化爲文字，完全不能夠辨識。但那感覺很美，無庸置疑地美；我知道我至少能確定這一點。然後，我感覺到室內出現了另一個人的存在。我睜開眼，看到莫瑞茲·溫克勒，他站著的同時將手肘倚在一個高櫃子上，打量著我。

我也打量回去。他戴著同樣的圓框眼鏡，也留著跟四年前一樣短短刺刺的髮型。他身上的無領襯衫和燈芯絨長褲，也大有可能是他過去幾次時跟我見面時穿的同一套，但這也難說。

我們兩人都一語不發，過了一分鐘左右，伊娃端著茶盤回來了。她在客廳中央停了一下，一一看著我們，先看了莫瑞茲·溫克勒，再看我。然後她讓自己露出一抹微笑，像掠過天際的燕子一樣晃眼即逝，再將茶盤擱在桌上。

「你在A市做什麼？」她問。

「工作。」我說。

「什麼工作？」

「翻譯。」

「瑞恩的作品嗎？」

「對。」

「我差不多也是這樣想。」

莫瑞茲．溫克勒清清喉嚨，過來坐在桌邊。伊娃拿著一個陶瓷大湖開始倒起茶來。

「你在這裡住多久了？」我問。

「三年。」

「三年。自從……？」

「對，」莫瑞茲．溫克勒回答，「自從那時。」

我們喝了點茶。我看著伊娃臉頰上的胎記，回憶我們剛在一起的那幾年，曾在尼斯的一間飯店裡細數彼此身上的印記。

「你要待多久？」她問。

我聳聳肩。

「不會太久，我想。我的任務快要結束了。」

「了解。」莫瑞茲．溫克勒說，我知道自己心裡在納悶他了解了什麼。

我們再度沉默對坐，迴避彼此的目光。莫瑞茲．溫克勒吃了片餅乾。

「在灰村的時候，發生了什麼事？」我最後這麼問。

我想他們會至少互相交換一個眼神，但他們沒有，反而同時抬起了視線看向我，帶著一種……帶著一種嚴肅的眼神，乍看之下我感覺那近乎於無禮；我是心懷好意來作客的。我快快喝完了杯裡的茶，將茶杯鏗鏘一聲放在茶碟上，站起身來。

「灰村發生了什麼事？」我用稍微大了點的音量重複一次。

莫瑞茲．溫克勒緩緩搖頭。伊娃站了起來。

「我想你最好現在離開。」她說。

我在那裡坐了片刻，自己思量了一陣，然後從椅子上站起來。伊娃繼續往前走，回到了門廳，她的手放在門把上要讓我出門，這時我問了第三次，壓低了聲音，以免莫瑞茲．溫克勒聽見。

「灰村發生了什麼事？」

她打開門。

「我不想跟你解釋，大衛。」她說。

「什麼意思？」

她用同樣那種令人作嘔的嚴肅眼神看著我。

「你問我灰村發生了什麼事。但你一定很清楚，你沒有權利問。」

「沒有權利？」

「你沒有權利知道當時發生了什麼事。」

我沒有回答。

「也許這就是整件事裡最讓人煩心的地方，」她將視線從我身上別開，補了這麼一句，「就是你不了解。」

我的腦海裡出現兩種全然互斥的念頭；我匆匆將它們掂量比較，然後我放棄了。

「再見了，伊娃。」

我沒再多看她一眼就離開了。

十分鐘後，我轉上溫德米斯街。在寬大的人行道上，我往西南方的市中心漫步，逐漸西沉但依舊溫暖的太陽照在我臉上。四周有不少人來來去去，我閉眼幾秒時偶爾會和群眾中的一兩人擦肩相碰——我記得自己覺得那帶來一股獨特的歸屬感——但整體上，我的行爲和人群中的其他人並沒有顯著的不同。

我等了三班電車通過之後才把握機會上車。事實上，這是一個非常簡單的動作；往街對角踏兩步，然後一切就在瞬間停止了。

一切。

三

雖然還有一段時間，但我不知道其間會有何進展。

一段比眞空更稀薄、比大海更荒涼的時間，但接著韓德森在某天突然出現，帶著他的照片和荒謬的主張。虛空之中重新出現一個任意漫遊的小點，四處徘徊、逐漸增長，我的視線已經開始跟隨它而移動。

「你就像隻喪家之犬，夾著尾巴從她身邊走掉了？」

我沒有回答。我往嘴裡丟了兩顆油橄欖，眺望水面。太陽一如往常地在橘色的光暈中沉落，離水平面只有一掌寬的距離，四周幾乎一片寂靜。我們各據一張編織椅，坐在陽臺上——據他自己說，這椅子是他設計的，他請了島上東邊村子裡的工匠來製作。他也對這間房子做了一些增建；原本只有三十到四十平方公尺的核心，慢慢擴張到兩倍的大小。設備也現代化了：有水管接了山上的泉水，從村子裡牽來電纜。屋後的斜坡有陽臺和葡萄藤，他從海灣另一邊的聚落移植來的雄偉柏樹也不畏艱難地紮了根。還有二十四顆他自己種的橄欖樹，他說樹齡已經超過五百年了。山上有一條給驢子走的蜿蜒小徑，通往一座禮拜堂，也是買屋時附上的；在他之前，是一個古怪的法國人帶著一大群貓和一臺大鍵琴在這裡住了超過五十年，但是因爲年紀大了而在秋天搬回盧昂的家，過不到兩個月就死了。貓走了，但大鍵琴還在。

整體而言，他的敘述中保留了豐富的細節，也許整件事都是他虛構的，總之我知道他因爲再度獲得聽眾而感到一種陰險的愉悅。儘管聽眾只有一個人。儘管只有我。顯然，他現在不太跟人打交道。每兩到三週，他會乘船繞去主要城鎮採買補給品，除此之外都過著超然出塵、與世隔絕的生活……這樣的獨居讓他變得比我記憶中健談多了。確實，他還是有時非常牙尖嘴利，自我陶醉和自視甚高的個性也不曾稍減。也變得內斂成熟了一些。他在獨居時光中主要的活動，似乎是搬石頭：用來補強陽臺或是增建厚達一公尺的高圍牆，目前已經包圍了房子四周的兩面半。

「你也同意，」他繼續說，「把這麼一個好故事浪費掉，實在是不可原諒吧？一個從廣播裡的噴嚏聲開始的故事……」

「咳嗽聲。」

「咳嗽聲，一樣啦。你就這樣暴殄天物。驢子尿呢！就這樣放手不管，然後……」

「像喪家之犬似地走掉，當然。」

我等著他用那根別緻的長菸管點菸——那是象牙材質的，如果我沒有記錯。

「你知道我對人生劇本的那些想法吧？」

「當然知道。附帶一提，那些不算是你自己的想法。你想要說你的故事更優秀嗎？」

他哼了一口氣。

「這種比較完全就是侮辱。」

他甚至沒有看我。他抽著菸，視線朝向大海。也許他開始覺得累了。

「弄得這麼複雜，眞的有必要嗎？」幾秒鐘的沉默之後，我問。

「當然，」他帶著明顯的煩躁回答，「你該死的在想什麼？疑心必須慢慢醞釀滋長……你一定也覺得，如果你一次就接觸到所有細節，這個計畫不會行得通。別裝傻了，你跟我一樣清楚，這件事就是得這麼安排……你也得到結果了！」

「她的死也算在內嗎？」

他聳聳肩。

「跟這無關。你想說什麼？你自己的妻子跟你的情敵一起過得幸福快樂！你來這裡，不是要說你正是這麼計畫的吧？」

他發出笑聲。

「要命的半吊子！你甚至沒有搞清楚當初究竟發生了什麼事！」

他啜飲著松脂酒，我從側面觀察他……他鮮明的側影輪廓，茂密頭髮被太陽曬白；算一算，他六十一歲了，曬成古銅膚色，身強體壯；前幾年傳言中的病弱完全離他而去——如果沒有意外，說他能在這個世外桃源再活個四分之一世紀，也不誇張。活在他的石牆、橄欖樹和篩選過的記憶中。

如果沒有任何意外。

「不，我不知道灰村發生了什麼事。」

我把我的故事講得非常簡短；我不確定他有沒有眞的聽進去，但他似乎還是惦著這件事。然而，這次他沒有再多做評論。

「前幾天，我想到〈吉利安的誘惑〉。」過了一陣沉默之後，我接著說。

那是他最早發表的幾則短篇小說之一：寫一個男人著迷於他從各種管道得到的預見和徵兆，特別是預知夢，並藉此決定他和身邊親友的人生方向。這是相當詭譎的故事，結局是他燒掉了妻子和兩個兒子所在的房屋；篇名中的誘惑指主角在最後這項行動以前的遲疑，難以抗拒的勾引，要他不去……不去跟隨他內在心聲的指導。

但最後，他連這個誘惑也克服了。

瑞恩笑了。

「噢，對，那一篇啊！」他想了一下，「對，這篇可以說還是歷久彌新呢。」

「你是怎麼做到的？」我問。

「做到什麼？」

「嗯，就是逃亡。」

「那不是逃亡。只是弄一本新護照，和一副簡單的僞裝……當然，還有錢。」

「你那晚沒有喝醉？」

「最多也就是一點點吧。」

「我還是要說你很走運。」

「胡說。」

整段對話中，我都在等他至少感謝一下我的協助，認可我達成他的期望、演好了他指定的角色，但現在，陽光完全消逝了，黃昏旋即降臨，我明白他根本想也沒想過這件事。

操偶師會感謝傀儡爲他起舞嗎？

會感謝牽線木偶回應他拉線的動作嗎？

當然不會。

我往下看著我繫在岸邊的船。光線還足夠讓我不帶燈籠爬下崎嶇不平的石階（是法國人住在這裡的時期留下來的），但再過半個小時就不可能了。瑞恩再度沉默下來，我想他相對的健談表現已經結束了。我打量了他幾秒鐘，雖然他必定有感覺到我的目光，卻沒有轉頭。顯然，他想要獨處；我飲盡杯中酒，從椅子上爬起來。

「我覺得時間差不多了。」

他點頭，但沒有起身，只是坐在原處，用笨重的工具捲著另一管菸。

我轉身背對他的時候，傳來了這個問題。

「你沒有想去找媒體，對吧？我的新身分毫無破綻，我想強調這點。那樣做根本毫無意義。」

「當然沒有。」

「你要是表現得像個酸溜溜的廢物，那可不太好看，對吧？」

「我保證。」

「瑞恩已經死了。」

「瑞恩已經死了。再見。」

「再見。」

我爬下去找船的時候，天色已經暗得讓我看不清他在陽臺上的身影。我不想點蠟燭，爲了找刀子，不得不在地上捲起的網子裡摸索了一陣。然後我找到了。

我坐下來，把刀放在手中掂掂重量，感受它鋒利的邊緣，就這麼過了二十分鐘，夜色更加濃暗。

我左想右想，但沒想到值得一提的事，也沒有想法在我心頭駐留。當我看見他在山上點起燈籠，我開始重新攀上崎嶇的階梯。

親愛的艾格妮絲（註）

整體來說，這是一場成功的葬禮。

早晨原本灰暗無風，但當我們到戶外的墓地，太陽就撥開了雲朵露臉，透過榆樹的黃葉投下不規則形狀的光點。

艾瑞克一定會喜歡。秋天。天色豁然開朗，在空氣中留下爽利的氣息。清新而不冰冷。往莫納方向的田野已經收割了，但還沒有犁過。遠方一個農夫正在焚燒雜草。

主持葬禮的牧師名叫席德馬克，是個高瘦蒼白的男人；當然，我們前一週就碰面過，議定儀式的流程。他剛來到這個教區，脊椎似乎因為某種傷病而變形，使得他行動笨拙，幾乎是瘸了腿，也讓他看起來比實際年齡更老邁。但他的臉龐光采煥發，並且將份內工作處理的完美無缺。

我們共二十幾人參加。孩子們當然來了。他的母親和她的隨行者；女性好友和那位粗魯的護士。碧翠斯和魯道夫。

賈斯丁。

漢德瑪家，他們不智地帶了小孩一起出席。孩子不過十或十二歲大；一個害羞的男孩，和一個牙齒歪斜、眼神緊張的女孩。帶他們來有什麼好處？兩個孩子和艾瑞克都扯不上什麼關係，就我記憶所及，可能就只見過他兩、三次。

註：曾改編為電影《親愛的艾格妮絲》。

有一位肯定是艾伯特·坎納，和幾個我沒見過的現職同事。精確來說是四個人，兩男兩女。還有負責在教堂裡朗讀悼詞的孟森醫師，現在到墓地邊也忍不住要說個幾句。

他說著清朗的秋日，和我們人生在世的時光。說細心敏銳是艾瑞克的個性特色，穿透陽光的雲朵也見證了他的這一面。

空談。

我有點累了。在由悼唁者、半是悼念半是圍觀的群眾、以及爲了例行原因而來的人圍成的黑色圈子裡，一陣疲憊淹沒了我。也許是眞切的悲痛。不盡然是爲了艾瑞克而哀痛，而是哀悼生命。生命的不公與盲目。那些被我們埋藏掩匿的虛僞謊言，只要時日一久、只要我們一不留心，還是會找上我們。

我沒有哭泣。整場葬禮中，我的眼睛連一滴淚水也沒有擠出來。我不在乎旁人作何感想，但我們這個時代充滿使人麻木遲鈍的藥物，所以我的表現也許並不罕見。我沒有和任何人對話。只有技巧性、確認性質的眼神交流。握手。輕輕的擁抱，虛有其表的點頭致意。

他年少時的故友和划船俱樂部的友人負責抬棺。總共有四人，我認得其中三個人，但不知道名字。他們都住在格謝姆這邊，據牧師說，他們是自告奮勇來的。

然後還有赫妮。

我的本意不是要把在場的每個人條列出來，但現在我發現，我就是這麼做了。

赫妮·德嘉朵。

她在教堂裡穿黑色長袖，但我們來到戶外，她肩上披了一件深紅的斗篷。我記得她以前向來習慣穿紅色，不盡然是正紅，但總是帶有紅色調。有時候是惹眼的鮮紅。暗紅的上衣或圍巾。我個人偏好藍色和冷色系。早在高中，我們就是這樣區分各自的領域：赫妮是紅色、黃色、褐色。我是藍色、水綠、冷色。只有綠色是共通的，但我們還是分據光譜的兩端。稍後，大概是在大學的第一個秋季學期吧，我們一起找了個色彩分析師，對方也贊同我們直覺性的選擇，將一塊塊不同顏色的布料舉到我們訝異的臉孔旁，談論我們不同的膚色特性。膚色人格，簡直像是某種玄學。

赫妮看起來出人意料地年輕。苗條健康；我不知道爲什麼這一點令我意外，但我的感覺就是如此。當然，她是單獨出席的；她的丈夫和孩子住在郭特堡，她兩個女兒我都沒見過，但她們的受洗典禮邀請卡被我貼在某本紀念冊裡。

過了這麼多年又再重逢，我們卻沒有交談，感覺有點奇怪。然而，我有種直覺，覺得她會聯絡我。我不知道原因，但如果我猜錯了，我會非常意外。畢竟，以兩個不是親戚也不是愛侶的同性友人而言，我們曾經無比親密。雖然已經過了這麼久，還是有些徵兆和小小暗示，能夠在我們心中觸動比認知和語言更深的層面。當然是這樣的。

賈斯丁問我需不需要他留下來過夜，但我婉拒了。賈斯丁這個人善良又體貼，儘管他的行事風格有點欠缺氣質，我一直挺喜歡他，但我想要獨處。就我一個人和狗狗們，壁爐裡生著火，扶手椅拉到窗邊。配上一兩杯波特酒，欣賞暮色籠罩庭園、樹型扭曲並經過修剪的蘋果樹、黃楊樹叢、還有靠近莫納方向的軟土坡。伴著相簿和回憶度過全然安靜的幾個小時。也許我還會抽根菸，我已經好幾年沒有抽菸的習慣了，但這是個特別的日子，我也有一兩包菸在手邊。

我下週也請了病假。課堂一半延後了，一半交給布魯恩代課。一如往常。把濟慈和拜倫交到他笨拙的手裡眞是令人惋惜，但別無他法。離口試只剩下三個星期，所有進度都必須在十五號以前教完。

一切終於結束了，感覺不錯。當然，我一直知道自己有一天會孤身一人。艾瑞克比我大了十八歲；我選擇他，並不是爲了熱戀激情，他是屬於我的藍色。但是他才五十七歲，從來沒有徵兆顯示他會英年早逝，孟森的悼詞裡也強掉他還有許多未竟之業。他說，學者並不是會被年歲和日常瑣事消磨衰弱的族群。我明白他指的既是自己——他差不多也七十歲了——也是某個在場的同僚。

但就像他們在薩爾布呂肯的家裡說的，艾瑞克不得不停下腳步。他的終點到了。

我坐在扶手椅上，眼睛半看著外面的暮色和庭園，半看著室內的爐火和書本。多年來，這裡累積不少藏書。接下來幾天，我要重新整理。把沉重的醫學書移到閣樓，讓文學作品放到更顯眼的位置。這只是我得費心處理的眾多瑣事之一。但事情得等到明天。現在我只想坐在這裡，好好休息。回想過去、翻閱相簿。我想起了貝林的幾句詩。

我想念母親微微的汗味——
和他們在開學第一天
逼我穿上的短褲。
我想念烏蘇拉．李平斯卡亞，還有精神飽足地醒來
面對一片空白的夏日時光。
但我最想念的是那無法觸及的煙霧
來自我不曾在咖啡館吸到的香菸

我這就點了一根菸。一股壓抑下的滿足感在我體內搏動。彷彿我早已預測到的某件事終於即將發生。

狗狗們睡在爐火前，他們看起來也並不想念他。

*

致艾格妮絲．R
賈爾達別莊

格謝姆

九月二十六日寫於郭特堡

親愛的艾格妮絲，

請原諒我在你恢復獨居後這麼快就寫信來，我希望你不至因爲喪事而悲痛過度。我非常開心能再見到你，儘管我希望我們不是在這樣的情境下相見。而且，既然我都到場了，我當然應該跟你說幾句話的，但有某原因讓我卻步了。我不知道是什麼原因，有時候我們的行動就是會被某種無以名狀的力量所阻擋。不是嗎，艾格妮絲？

但是，那場葬禮辦得美麗莊嚴，我不認識你的丈夫，所以說不準儀式是否也像英國人常說的那樣「得體」。總之，我希望能跟你恢復聯絡，已經過了這麼多年，我覺得你不該這麼輕易地一刀兩斷。我們曾經如此親密，親愛的艾格妮絲。

那麼，我可以寫信給你嗎？把關於我自己和家人的一些事告訴你？如果你願意回信的話？我們或許可以先通信，再看看之後如何。我很難習慣電子郵件，那東西好輕浮又好膚淺。

如果你不願重敘舊友之誼，當然可拒絕無妨。

期盼你的回覆。

赫妮敬上

致赫妮．德嘉朶

百利金路二十四號

郭特堡

九月三十日寫於格謝姆

親愛的赫妮，

老天，你講得好像我們是八十歲的老人了！

你當然可以寫信，我也樂於回信。我們會有不少話題，但既然是你起的頭，我就讓你先說吧。別猶豫了，請快點寫信來吧，我們有十九年的時光要彌補呢！

艾格妮絲敬上

＊

心中存好意，早晚有回報。

那是我們在郭特堡的第二天，儘管我當時只是個瘦巴巴的十一歲小孩，我也知道她在說謊。

或者不是。這個紅頭髮的女孩子名叫赫妮，昨天跟她的媽媽來拜訪過，當時我們正在拆開僅有的一箱行李。她完全搞錯了。她完全不了解人生是怎麼一回事，不了解世界是如何運作的。

但我沒有反駁。年幼的我找不到詞彙來表達這些概念，何況這也不重要。當時是傍晚，我們站在橋上，往下看著棕色的河水；我們的媽媽叫我們出來散個步，讓赫妮跟我介紹一下附近的環境。我媽生性多疑，卻對赫妮抱有一見如故的信任。

而且赫妮的表現的確教養良好又可愛迷人，我不否認。

而且李子果醬是好鄰居之間彼此饋贈的理想禮物。

聰敏的笑聲，真誠的目光。

心中存好意，就是這樣。

我不記得我是怎麼回答的，也許我什麼都沒說。我們在家附近散步，路線歪歪扭扭。遊樂場。鐵道邊的亨格巷。克林格路兩旁的商店。我們在她叔叔，屠夫史密特家停下來打招呼，他給了我們一人一根白臘腸和一個硬幣。我們在岔路口轉角的菸草店買了口香糖。

然後是教堂和墓園，我們邊走邊看那些墳墓：赫妮的祖父和祖母葬在這裡，她自己有一天也會在這裡有一塊墓地；這是一個占地廣闊的家族墓園，容得下好幾代的成員。

史騰普路、加森路、雅各巷，諸如此類的路名。然後是瓦曼小學，赫妮已經在這所學校待了五年，我九月份也要入讀。那是一座古老的石造堡壘，橡木大門上寫著一句拉丁語銘言。**Non scholae sed vitae discimus!** 赫妮背頌道，然後我們一起唸了幾次，好讓我坐在課桌後聽龐皮斯校長、瑪蒂森老師和駝背的小裁縫師教課前，就熟記這句話。

Non scholae sed vitae discimus!

我們是爲了人生而非學校學習。

但我們現在懸靠在橋梁的欄杆上；這座橋叫作卡爾．艾格斯橋。赫妮不知道這名字怎麼來的，也不知道卡爾．艾格斯是誰，但這條河叫作納卡河。它流過我們所在的區域周圍，至少從東到北，是我們和傑林市之間的界線，那是個跟這裡完全不同的地方，赫妮對它一無所知，只知道她的表親莫里茲搬去地中海邊的馬賽前就住在那裡。搬家是爲了莫里茲惡化的健康狀況著想，但他才八歲多不滿九歲就死了，所以地中海說穿了可能也不如傳言中那麼好吧。

也許他不夠心存好意，我想，但沒有說出來。我把口香糖吐進流動的河水裡。

「你不能把口香糖吐到水裡啦，」赫妮說，「可能會有魚吞進去就窒息了。」

魚會窒息才有鬼呢，我想，牠們又不呼吸。

但我也沒有說出來。

搬到郭特堡的只有我和我媽。我爸和我哥還是住在薩爾布呂肯的史林格巷，雖然比我大三歲的克勞斯一直跟我處不來，剛搬家的這幾天，我還是好想念他，想得胸口發痛。

我在七月一日發現爸媽要離婚了，整整一個月後我們就出發去新家。他們在丟下震撼彈以前就把整件事仔仔細細計劃好了：我們當時在克魯斯餐廳吃飯，我不知道父母告訴小孩自己要分居時帶他們上館子，到底算不算稀奇。但他們的態度非常和氣，不管對彼此或是對克勞斯和我都是，這一點不容否認。他們是全世界最好的朋友，但他們現在就是這樣了，事情就是演變成這樣了。人生有時候就是如此發展，活在世間就是多苦多難，你也沒辦法控制，等等等等。我點了整份菜單上最貴的主菜，比目魚佐白酒醬時蔬，他們毫無異議地接受了。

爸爸和克勞斯會留在這裡，他們在吃甜點——野覆盆子鏡面蛋糕加柑橘雪酪，搭配糖漬榛果及糖粉——時如此解釋，在工作和學校方面這樣安排最好。媽媽已經在郭特堡跟一位名叫馬汀斯的牙醫找到新工作，在伍瑪路上找了一間公寓，有四個房間和一個廚房。我會有自己的房間，裡面有磁磚壁爐，還有面向公園的景觀。

幾週後，我們打包行李時，我媽才提起我爸已經有了一個交往將近三年的情婦。

我哭了十天。至少前十天我都是哭著入睡的。然後就停止不哭了，換成胸口隱隱作痛，就像我想到克勞斯的時候一樣。

我的肚子也不對勁。肚子裡面好像有蝴蝶在亂飛，有些天便秘，有些天腹瀉。

我的房間裡眞有一座磁磚壁爐，但裡面不可能生火。煙囪管在五十年代就封起來了，房仲溫特先生說。煙囪有裂縫，如果餘燼跑出去，整棟樓可能一眨眼就燒起來了。

我覺得就算整個郭特堡一眨眼就燒起來，對我來說也不痛不癢。我不想住在這裡，我討厭這個城市，如果我們被活活燒死，那倒還是解脫呢。我就永遠不用去新學校上課，也永遠不用再看到那個綁著傻氣髮辮、一臉聰明笑容的鄰居女孩了。

但我在這裡晚上也不哭。只是胸口發痛，肚腹翻攪。

對了，她叫作艾爾曦，我爸的那個新歡。她已經搬進史林格路的房子跟他們同住了。她的女兒住在我的舊房間裡。

最糟的是，那個女兒的名字也叫做艾格妮絲。

致艾格妮絲·R

賈爾達別莊

格謝姆

十月四日寫於郭特堡

親愛的艾格妮絲，

謝謝你這麼快回覆，也謝謝你不介意我們用這樣的方式重新聯絡。我不知道是不是因爲過了這些年讓我有這種感覺，但不管怎麼算，艾格妮絲，我們得承認，我們已經開始步入中年。我二月就要滿四十了——而你到了五月一日的生日也是，我記得好清楚。你記得你在郭特堡這裡過的第一個生日嗎？我送了你一本日記。你說你一個字也不想寫，但九月開學，你給我看你已經寫到要買一本新的了。

雖然我不覺得自己老了，一點都不，但看著女兒們，我就感到時光飛逝。芮雅已經十一歲了，跟我們第一次見面時是同個年紀——貝蒂十二月時也要九歲了。

大衛去年春天就四十七了，他才是我寫信給你的理由，但容我稍後再提。一下下就好，我覺得我必須用迂迴的方式接近話題的核心，我們有時候就是這樣相處的，你說對吧，親愛的艾格妮絲？

但是，至於葬禮，我完全沒有猶豫，一在報上看到訃聞，我就知道非出席不可。當然這不是爲了你的丈夫，我不認識他，而是我想再跟你見面。這些年來，我當然交了不少女性朋友——男性朋友也有，別誤會了——但從童年就相識的人總是格外特別。你說對吧，親愛的艾格妮絲？不管過了多久，不管經歷了多少事，我們彼此總是有連結。我眞心希望你懂我的意思，艾格妮絲，也希望你跟我有相同的感受。雖然我見到你的時候說不出話。

是的，我和大衛的社交生活現在依舊活躍；自從他當了電視劇部門的主管，總是有雪片般的聚會邀請函飛來，我們至少每週請人來家裡作客一次。但令人厭倦，艾格妮絲，多麼令人厭倦。這麼多的微笑，這麼多技巧高竿的搭話專家，還有不請自來的傾訴，都會讓你覺得劇場就這麼搬進了你的家、你的生活，哪怕你根本不想要。它滲入你的骨髓，鑽進你的皮膚，洗也洗不掉……我不知道你懂不懂我在說什麼，艾格妮絲，也許我表達得太不清楚了。

我跟大衛一結婚，我就把自己在演藝方面的企圖心束之高閣；他認爲家裡有一個戲子就夠了，而我也承認他說得沒錯。反正，我在事業上能夠活躍的時間也不多了，我們一直不缺錢，我也爲了照顧女兒在家待了快十年。但我從一月開始幫布姆與克里斯戴夫事務所工作，在柯林路上，不知道你還記不記得。做法語和義大利語的翻譯，不是高技術工作，但薪水不錯，而且能夠利用到以前花那麼多時間學習的技能，令人很有滿足感。而且，知道自己在必要時能夠獨立自足，也是很不錯的。

但女兒才是我的一切，艾格妮絲，我想強調這一點。就我所知，你還沒有子女，我不知道這是出於你的選擇，或是因爲生理因素而放棄這個選項。每個人各有不同，當然各找各的路，就像老尼格倫教授以前說的。你還記得他嗎？我想他是瑞典或挪威人。

芮雅和貝蒂也非常不同，雖然她們同父同母，而且出生以來都生活在同樣環境。芮雅精確、實際又有企圖心，貝蒂則是個夢想家。就像是硬幣兩面——或像陰和陽的概念，雖然兩個都是女孩子。我對她們的愛也是一樣的，也許主要是因爲她們兩人互補得如此完美。前幾天我突然想到，她們有點像是你和我，艾格妮絲，我們相處的樣子——或者至少是我們以往相處的樣子。你當然是芮雅，我就是貝蒂，人生竟然能延伸成一條這麼長遠的弧線，有時帶給你強烈得驚人的既視感，好像同一齣戲重演了，眞是不可思議。

我們住在百利金路上的一間大公寓裡，就在保羅教堂旁邊；我們有好幾次討論要買獨棟房屋，但住在這裡很舒適，離女兒的學校又近。此外，大衛在山上還有一間他小時候住的舊房子——就在貝希特斯加登附近——雖然是我們和他弟弟與弟媳共同持有，但他們住在加拿大，每年回來至多一、兩週。

我發現在我在這第一封信裡談了好多我自己和家人的事，我本來沒有計畫要這樣，但這很自然。但如我提到的，我現在處世方式明確多了，但我們得下次再聊。現在已經過了午夜，大衛和一些電影圈的人出去；如果我沒搞錯，他們在談皮蘭德婁某齣劇的大型搬演計畫——兩個女兒都睡了，而我在我們家的書房裡坐了兩個小時，一面寫信一面沉思。也喝了三杯酒，明天是上班日，所以現在我眞的該收尾了。

請原諒我寫得如此浮誇，親愛的艾格妮絲，請切勿覺得你也必須長篇大論。只要少少幾句話，就能讓我非常開心了，我保證下次會寫得精簡些。當然，我想了解你的感受。失去了人生伴侶，你只感覺到悲傷嗎？或是在失落中隱約感到些許自由？相信你也知道，婚姻常被比喻成牢籠，有的人想進去，有的人想出來。我希望你明白，你可以像我們過去相處，坦誠而毫無保留地面對這些疑問。

先睡了。

請保重，快快寫信給我吧！

赫妮敬上

致赫妮·德嘉朵
百利金路二十四號

郭特堡

十月七日寫於格謝姆

親愛的赫妮，

謝謝你的長信，相信我——我讀來非常充實。不要害怕向我傾吐心聲，我們以前的對話就是這樣的——你寫了一百個字，我才回十個字。

請不要覺得我不了解你，即便有點離題，聽你說話還是非常有趣。現在我們差不多都活完了大半生，想到這一點、還有艾瑞克的離世，就覺得這是個思考人生的好時機。

至於我的狀況，不像你有那麼多值得交代，因爲我孤家寡人。艾瑞克在我們認識時就有成年子女，我們早早就決定不再把更多孩子帶到疑慮重重的世界上。過去這八年來——也就是我完成畢業論文之後——我在H大學任教，離我們這裡只有七、八公里的路程，我從一開始就對學術生涯甚感喜愛。最近幾個學期，我眞正掌握到了最深得我心的課程主題——浪漫時期和十八世紀英國小說——就像你一樣，親愛的赫妮，我覺得自己找到值得奉獻一生的任務，創造繼起生命，儘管我不會有自己的孩子。

艾瑞克和前妻離婚時，保留了他在莫納的豪華房子，我們婚後就住在這裡。這是一間混用木料和石材的漂亮老屋，庭園生機盎然，還有面河的景觀。如果我對未來有什麼憂慮可言，那就是我該如何保住這間房子。艾瑞克的孩子，克拉拉和亨利，自然繼承了房子一半產權，天曉得我要怎樣把他們那一份買回來。我不知道你在葬禮上有沒有看到他們。亨利很高，膚色深，一副自大的樣子，克拉拉有點駝背，頭髮是鼠灰色，至少超重了十公斤。兩個人在教堂裡都坐第一排，雖然是跟我隔著走道的另一側。坦白說，我討厭他們的程度就像他們討厭我一樣，但我相信這個問題還是有可能解套的。我有點意外，遺產清點完已經兩週了，他們心中現在竟還沒有爲了遺產的事跟我聯絡，但相信不久後就會接到知名法律事務所的電話。

除此之外，你完全沒錯，艾瑞克死後，我有平靜和輕鬆的成分。嫁給一個年紀大你一截的人，你難免會擔心自己最後孤獨終老（從事醫療業當然不是長壽的保證，我想反而還是減壽呢），也許稍稍值得慶幸，生離死別發生在你四十歲，而不是五、六十歲。當然，你說我們已經步入中年，這也沒錯，赫妮，但我相信我們都還能夠發揮長才，生活也有意義。你說是吧？

你寫到你是因為一個確切的原因——一個明確的意念——而開始通信，而這個原因和你的伴侶有關聯。我得承認，這讓我好奇了起來，所以我得請你別再「像個女人家似的兜圈子」——下一封信就直說重點吧，希望很快收到你的信。

我就以這個請求為這封信畫下句點了，帶狗狗出去傍晚散步的時間到了；你知道的，我們家有兩條狗，都是結實又活潑的獵獅犬，我還沒決定要不要繼續養——我們已經養了五年，我也很喜歡牠們，但不可否認，照料他們需要時間也需要精神。就像現在。

但是，如前所述，赫妮，請快快來信。我滿心期待著你的回音！

致上溫馨祝福。

艾格妮絲敬上

*

那所學校叫做瓦曼小學，得名於一個叫J．S．瓦曼的人，在一百五十年前死於戰爭。我們這班二十五個學生；我跟一個叫卓格曼的是這個秋季學期的新生，原來有兩個學生轉走了，所以齊默曼老師說我們來補上他們的空位眞是太好了。

赫妮和我是班上最出色的學生，還有一個叫亞當的，戴著厚如瓶底的眼鏡。他在搖籃裡就開始看書，眼睛都看壞了。他的親戚馬維也在班上，我和赫妮跟他們有些往來。馬維是成績最差的那群學生，數學和拼字尤其慘不忍睹，但他個子大、身體壯，打架時有他在挺不錯的。

我在學校表現得很好，去年聖誕節我演了《陌路世人》的主角，齊默曼老師說我很有戲劇天分，而我努力不要太常想到薩爾布呂肯的爸爸和哥哥。整個秋天和冬天，我只去拜訪不到兩次，我哥哥有一天下午要去雷文斯堡參加童軍營，途中來我們的公寓待了幾個小時。我們的聯繫這麼少，感覺很奇怪，但更奇怪的是我不太在乎。

我媽工作時間很長。馬汀斯在葛克商場開了牙醫診所，我也去過，補了兩顆蛀牙。我不喜歡他；他講話尖酸刻薄，而且全身都是毛，眉毛又黑又濃，你坐在診療椅上的時候，還可以看到他的鼻孔裡也長了滿滿的毛，他還能夠呼吸眞是太驚人了。

前幾個月，赫妮的媽媽生病了，我們下午有時候要幫忙照顧她的弟弟班傑明。他是個滿臉鼻涕的六歲小孩，抱怨個不停，整天都在鬧不高興。有一次我們在敏德公園把他搞丟了。那天很冷，又下著雨，我們找他找了好幾個小時。天暗了，我們還是沒有找到他，赫妮哭了起來，說班傑明如果死了，她永遠無法原諒自己。她繼續胡說了一堆，說她要去撞火車，或是跳進納卡河，一了百了。但當她在我們最後一次看到班傑明的遊樂場沙坑裡跪下來——對著上帝祈禱——他突然出現了。我是說，班傑明出現了，不是上帝。他比平常流了更多鼻涕、更愛抱怨，還把原本乾乾淨淨的衣服扯破了。

只要你盡力而爲，把命運交到上帝手中，一切最後都會順利的，赫妮說著，擁抱了她全身髒兮兮、濕答答的弟弟。

我什麼也沒說；他出現了，我想這算是件好事，不然麻煩就大了，但老實說，如果他眞的失蹤了、不知怎麼地死了，我可不敢說會想念他。

到了五月中旬——我十二歲生日後兩週，我初經來潮後兩天——我發現一件恐怖的事。

我媽和她的老闆，牙醫師馬汀斯，在談戀愛。完全是出於巧合，我撞見他們手牽著手從葛拉克路上的波馬多餐廳走出來。我跟他們撞個正著，他們看起來尷尬得嚇壞了，兩個人都是。我們只說了「哈囉」和「再見」，我就往原本要去的伍瑪廣場圖書館走——但兩個小時後我回到家，我媽就告訴了我這是怎麼一回事。她說他們開始交往看看；她只用了這個說法，「交往」，我覺得這聽起來老氣又愚蠢。她又還沒那麼老。

我告訴我媽，我覺得馬汀斯這個人很噁心，而且她應該比他小了至少三十歲吧。我媽生氣了，說馬汀斯有同情心又有教養，而且他還沒五十歲呢。

而且，她都已經把人生浪費在我爸那種浪子身上了，現在當然需要一點安全感。

我再說一次，我覺得馬汀斯令人作嘔，然後就把自己鎖在房裡。我媽半個小時候來敲門，我把燈關掉，假裝睡著了。

大人決定讓我跟赫妮一起度過暑假大半時光。赫妮的叔叔和嬸嬸在拉戈瑪湖畔有一間大房子，我們會有各自房間可住。除了叔叔嬸嬸之外，她還有三個堂弟妹住在那裡，一對跟我們同齡的雙胞胎男生，和一個五、六歲的女孩。我不知道我有沒有眞的很想去拉戈瑪湖，但我曉得別無選擇。我沒有抗議，而赫妮似乎對這個安排很期待。學期最後一天，我們互相比較成績的時候，發現總平均分數一模一樣。亞當比我們高了零點幾分，但我們都覺得那是因爲他是男生，而且戴眼鏡。

搭巴士出發去拉戈瑪湖的前一天晚上，我跟赫妮、亞當和馬維一起抽了生平第一根菸。我們躺在敏德公園的樹叢裡，赫妮反胃得吐在馬維的西裝褲上。馬維則是抽了兩根，說菸草讓他很舒服，就算每個人都在他褲子上吐，他也不介意。他的成績是全班最差的，得去上暑期課程以免留級。亞當回家以後，馬維問我跟赫妮想不想看他的小弟弟。赫妮說她看不看都沒差，我說那就好吧。他解開褲襠掏出來，解釋說它是因爲割過包皮看起來才是這樣。赫妮跟我謝謝他讓我們看。

＊

致艾格妮絲・R

賈爾達別莊

格謝姆

十月十二日寫於郭特堡

親愛的艾格妮絲，

感謝你的來信，我讀得很有興致。很高興聽到你對工作如此滿意，以及你平靜接受丈夫的去世。當然，你一向冷靜，不會被捲入情緒的風暴中，看來你又拾回了這項優點。我無法百分之百肯定我自己這些年來改變多少，但有時候覺得，內心深處的我仍然跟十二、十五或十八歲時是一樣的。如果假以時日我們打算再次見面，你一定可以毫不費力地看出我的想法是對是錯。同樣地，我也會有機會發現你內心那個小女孩，對吧，艾格妮絲？

但我暫且不想要和你面對面，親愛的朋友，要解釋這一點，我必須觸及當初與通信的原因——這個原因到現在也有很大部分仍然成立。你敦促我不要避談，趕快切入重點，所以我現在鼓起勇氣直說。我希望你不會不開心，但我終究得冒著這個險，不得不然。

如我說過的，這和大衛有關。你知道我們結婚至今將近十八年。演完《李爾王》之後才幾週，他就向我求婚，我們在六月訂婚，同年十一月結婚，是的，你不會不曉得這一段。大衛和我，我們度過了美好的歲月，如今回想，我知道那段時光的確幸福……至少起初的十年是如此。我知道——你不需要否認，親愛的艾格妮絲——你有時候覺得我這個人天眞單純得無可救藥；我還記得我們的許多次對話，和許多次的意見相左，你不像我一樣相信上帝的守護和人生的光明面，相信我們能做的唯有盡力而為，不管結果如何只能接受。

相信我們必須對人性的良善抱有信心。大衛和我剛在一起時，針對這些事討論很多，當我們發誓永遠忠於彼此，那些話並不只是空洞的誓言和虛有其表的儀式。我們是認眞的；我們決定和彼此、和我們未來的孩子共同生活一輩子；愛不能有條件，不能禁不起世事或時間考驗。就是這麼簡單，但也這麼困難。

但現在事情發生了。透過一些我不想在此時此地細數的機緣，我得知大衛和別的女人約會。我不知道對方是誰，不在乎。但大衛背叛了我、我們的孩子和愛的誓約，我不想默默接受。我不知道這段婚外情進行多久，但我是六個月前發現的，也許發生時間已經有兩倍長。很自然地，大衛隱瞞著這件事，我也有樣學樣：我沒有表現出我知道他在我背後亂搞，連一個字或一個表情都沒有透露。我不想透過跟他攤牌或是曉以大義——演出被抓包的丈夫和受騙受傷的妻子之間那套老掉牙又可悲的戲碼——來解決這個問題。過去幾個月，我思考過各種可能和不可能的解法——以我自己和女兒的最佳利益為念——親愛的艾格妮絲，我毫不懷疑。大衛必須死。

如果你現在正一面喘氣、一面脈搏加速地重讀前幾句話，我非常能夠理解。也許你會把這封信推開，眼神空洞地凝視著前方。搖著頭、按摩太陽穴，就像你以前認眞思考事情時那樣。

但無濟於事。這些字句已經寫下，決心無可動搖。我丈夫必須死。他不配活在世上，不管如何，艾格妮絲，請不要與我爭論這一點。

至於接下來，你可能會——顯然會——提出許多於理有據的意見。但我要說，我想要你幫忙。不，請別把信推開，好心的艾格妮絲！至少看在我的份上，把整封信讀完。不論你的反應如何，我會確保大衛在不久後的未來就會送命。不管什麼方法。大概一年前，我讀了一本犯罪小說，我忘記作者了，但我想那是個美國人——書裡描寫兩個在火車上相遇的陌生人，他們在對話中發現兩人都可以透過一位近親的死亡牟取極大利益。也就是說，有兩位潛在的受害者，他們身邊各有一位。但他們不能就這麼把礙事的親人除掉，因為立刻就會背上嫌疑。可是接下來他們想出一個點子，他們可以互換謀殺對象。他們把這叫作交換謀殺。A負責謀殺B的妻子，B會殺掉A的有錢親戚。

你懂我的意思嗎，艾格妮絲？我開始思考大衛的背叛、把這件事跟交換謀殺的點子連起來時，我就想到了你。的確，我無法提供你相應的幫助（我是這樣想的），但重點是，下手謀殺大衛的必須是完全不在我社交圈裡的人，而我自己要待在別的地方，製造滴水不漏的不在場證明。整個計畫就是這樣。而且，我保證會付給你一筆豐厚的酬勞。你上一封信提到，你擔心怎樣才有辦法繼續住在艾瑞克的房子——相信我，艾格妮絲，十萬元對我來說不是問題，如果你需要的數目更大，我們可以討論。

我又開始囉嗦了；你現在肯定已經了解我的請求。目前我還沒有想到做法等等——我們再過一會兒才要過那座橋，我喜歡這樣講——但我現在忍著肚子裡些微的翻攪，靜候你回覆，你一定懂的。我認眞請求你，花個兩天考慮提議——若是如我全心希望的，你給了我初步肯定的答案，那也不代表你之後不能改變主意。當然不。此時此刻，我唯一的請求，就是希望你願意跟我討論這件事。就像人家說的，用開放的態度討論假設的問題。

那麼，親愛的艾格妮絲，請好好想一想，再告訴我答案。不論你的反應如何，我仍然是、也一直會是你忠心的朋友。

赫妮敬上

致赫妮．德嘉朵
百利金路二十四號
郭特堡

十月十九日寫於格謝姆

親愛的赫妮，

你的上一封信，我已經讀了十次，還是不知道我能不能相信自己的眼睛。

你的要求無比卑劣可惡，我無言以對。我認眞地說，我懷疑你的精神狀況是否正常，我已經想了整晚回覆——卻想不出適當的方案。有鑑於此，我要改而請你寫一封信作爲澄清，看是要放棄你的要求，或是解釋清楚你到底是什麼意思——以及爲什麼你竟然會認爲我可能參與你荒謬至極的計畫。

艾格妮絲敬上

＊

拉戈瑪湖邊的夏季小屋，事實上由三座建築物組成。屋子座落在森林邊緣的空地，有一道往湖邊下斜的草坡，還有私人專屬的金黃色沙灘。雖然實際上不過三、四十公尺長，但就是有。

卡米南先生和太太、還有六歲的凱琳睡在主屋。卡米南先生的名字是韋納，但通常大家都叫他「巧克力大王」，或者就只簡稱爲「大王」——他有一間專門生產巧克力果仁糖的公司，才過兩天，我們就吃得心滿意足。

卡米南先生只有週末和晚上待在這裡；一大早他就開著深藍色的路華汽車前往史溫根，準備他的巧克力大展。卡米南太太名叫蘇菲，我想她就是人家說的哀怨型美人，纖細柳腰，和幾乎跟路華車身同色的濃密秀髮。她整天都在遮蔭下的躺椅看書，用金色菸嘴抽著細長小雪茄。另一個六歲小孩每天都會從附近的農場來找凱琳，他們會在湖邊混上好幾個小時，把自己弄得髒到不能再髒。

我、赫妮、和一個叫露絲的親戚住在右邊比較小的屋裡。露絲三十幾歲了，她可能有點智能障礙，只會弄吃的和打掃。每天晚上，巧克力大王從史溫根回來，我們整群人就會在中央主屋外面圍著長桌一起吃晚餐，每一道菜都是露絲料理的，飯後也由她收拾碗盤。但她從來沒有不開心，她整天都懶洋洋地唱著沒有歌詞的民謠——只有晚餐時段除外——相當自得其樂。

左邊屋子——跟我們一樣，是一間臥室和迷你廚房組成——給雙胞胎堂弟湯姆和馬特睡的。他們十三歲。從一開始我就知道，如果有誰能讓這個夏天稍微有點意思，那就是他們了。

他們的外表幾乎一樣；高瘦骨感的男孩，有著深色短髮和桀驁不馴的眼睛。頭幾天我還會把他們搞混，但後來發現馬特身上存在湯姆沒有的特質。內在的特質，我無法訴諸言語，但一天晚上，他們倆告訴我們說馬特比湯姆早出生二十分鐘，當下我就明白了。他是哥哥，就這麼簡單，也許體重多了一公斤、身高多了半公分。不只是那個夏天，這項差異終其一生都存在；我不知道這麼微不足道的事情怎麼顯得如此重要，但我同時明白，重要的事就是重要。我開始懂些事了。

「你喜歡哪一個？」一天晚上，赫妮問我，我們已經上床要睡了，但露絲還沒有來關燈，「湯姆還是馬特？」

「我不知道，」我說。

「你一定要回答啦，」赫妮說，「如果要你跟其中一個人結婚，你要選誰？」

「馬特。」我只好這麼說。

「馬特是我的。」赫妮說，「你只好退而求其次接受湯姆了。」

「是嗎？」我說，「嗯，要問我的話，你可以開開心心把他們兩個都拿去。」

我完全言不由衷。正好相反，這是生死大事，我知道。我清醒地躺了一個鐘頭，思考計畫。

過了一兩天，我和馬特出去找蟲子做釣餌時有機會獨處。我告訴他，赫妮偷偷跟我說她超級喜歡湯姆，但不怎麼喜歡他。

馬特沒有回答，但他的眼中出現一種自信而略帶淡漠的神情，我看出我說的話深深觸動了他。我們安靜拿著鏟子繼續挖掘了一會兒。

「但我比較喜歡你，」我說，「很喜歡。」

他停下來，斜眼打量著我。

「過來。」他說著把鏟子扔到一旁。

然後他用力而粗暴地親吻我，吻得我喘不過氣。

稍後，在船上，赫妮發現我的嘴唇腫了一塊，問我那裡是怎麼了。我說不知道，但瞟了馬特一眼，這樣就夠讓她明白了。我在她身上發現了跡象，她的身體突然僵硬起來、很不舒服。我的身體反而感覺不錯，有點雀躍，又有點甜滋滋的。我伸出舌尖，小心翼翼舔了舔那個腫塊。

我們四個人形影不離。巧克力大王管我們叫「搗亂四人組」。「瞧瞧，搗亂四人組今天又幹了什麼好事啊？」每晚上桌吃飯時他都這麼問。

我們不回答，沒人期待我們回話，太明顯了。我們彼此交換眼神，露出頑固又心機的微笑。

而且我們其實也沒搞什麼破壞。我們只是做自己的事。游泳、釣魚、玩遊戲。騎腳踏車去村子裡買冰淇淋。蓋小木屋，雖然已經大得不適合玩這個了。還有一天，我們用兩個空木桶和左邊小屋後面帆布底下的一堆木板做了艘木筏。

沒有人對我和馬特在一起這件事有任何表示。他沒有再吻過我，但情況夠明顯了。我們湊成一對，不管玩牌或打羽毛球，划船或騎車進村，或單純散步聊天。

赫妮不再問那個問題了。我知道她知情，她也知道我知道。但如果真的談了，就是另一回事，就是認輸，赫妮沒有想過要認輸。我也沒有。相反地，她和我都表現得像是什麼事也沒有，赫妮她真的是這方面的高手。有時候，當露絲早已幫我們關燈，赫妮躺在床上開始發出呼呼鼾聲，我仍會覺得她在謀劃——躺在那裡思索著我應該設法摸清楚的計畫。

但什麼事也沒有發生。直到最後那週的某晚，白天變得稍微短，黑夜變長了。那是八月中旬，我們決定趁大人睡著後溜出去。我們拿了香腸和氣泡飲料，划船去索特島烤肉。

那座島是圓形土地，從陸地划船過去要十分鐘，周長約莫一百公尺，島上只有——很奇怪——一棵樹，一棵大橡樹，得名於一位安德瑞斯．索特，他在十九世紀中期結束一段不幸的戀曲，划船到這裡在橡樹上吊了。事件中的女孩叫白蘭琪，據說她不久後投水自盡。

那天晚上一開始，一切都照著計畫，但我們不知道爲什麼讓火燒得太旺，點著橡樹下的野莓灌木叢，延燒開來。我們試圖滅火，但火勢很快蔓延到整個島。我們只能跳上船、划向水域。

我們坐在船上搖搖晃晃地望著索特島的橡樹在夜色中被燒得倒下，我這輩子從來沒有看過這麼刺激的景象，當天剛好滿月，一輪八月天的黃色大月亮爬上森林邊緣。但赫妮哭了起來。湯姆把她抱在臂彎裡，她哭得更慘了，因爲抱她的人不是馬特。馬特反而在毯子底下將手鑽進我的指間，直到整座島死寂地暗了下來，我們才划船回去。

那一晚，馬特沒有親我，但從他溫暖搏動的手掌，我感覺得出他眞的很想這麼做。或許還想做些別的。

隔天早上我們吃早餐時，露絲說晚上一定是颳了暴風雨，因爲索特島的橡樹被閃電擊中，樹和整座島都燒光了。

但沒有人聽到雷聲，這可有點奇怪。

那天我們筋疲力盡、昏昏沉沉，這些話就像擦身而過，沒留下半點印象。再過一天的早上，巧克力大王載我們去史溫根的巴士站。當赫妮和我在後座光滑的皮椅上滑來滑去，我感覺雖然經歷這一切，但我們好像跟彼此更親近了。好像這個夏天教了我們一些見識，既是關於人生，也是關於我們自己。

我們學到，世上的一切不會照著應有的樣子發展，你只能盡力適應。或類似這樣的感想。我們當然沒有在路華車上聊這個，車上只有大王在講話——也沒有在滿頭大汗搭巴士回郭特堡的路上聊——但過兩天，我們又在公園看管班傑明的時候，赫妮說：

「你知道我在想什麼嗎，我想我們其實是親生姊妹。」

「是這樣嗎？」我說。

「但我們在產房裡就因爲某種原因被分開了。我從來沒有過像你這麼好的朋友。」

我說我讀到過，醫院裡常常發生疏失——爲了保險起見，稍後在那天晚上，我們就做了滴血認親的實驗。

＊

致艾格妮絲．R

賈爾達別莊

格謝姆

十月二十七日寫於郭特堡

親愛的艾格妮絲，

謝謝你的回覆。我不知道我期待你有什麼反應，也許就是這樣吧。不管如何。

不過，恐怕我沒辦法在上一封信外補充太多。但可以向你保證兩件事：我沒有精神失常，而且我認眞打算執行決定的計畫。我相信你跟我之間的連結，不會讓你對任何人透露我的計畫。如果你不想協助我，那也是你的自由，但如果你儘早讓我知道你有沒有興趣討論此事，我會非常感激。就像我說的，不帶情緒的假設性討論；請千萬別覺得你對這件事有任何義務，這是我全心全意想強調的。

在金錢方面，我還是堅持十萬元這個數目，我大有可能用更低廉的價碼請到職業殺手，但如你所知，我不該做這種自損格調的事。總之，這封信不得不長話短說。你得到了你想要的確認。請快快聯絡我，親愛的艾格妮絲，告訴我你的想法。

你的手帕交
赫妮敬上

致赫妮．德嘉朵
百利金路二十四號
郭特堡
十月三十日寫於格謝姆

親愛的赫妮，

有時候，事情眞是巧得好笑。昨天我收到兩封信，一封是你的，另一封來自慕尼黑的克林格家族法律事務所。我聯絡我在格謝姆本地的律師蓬佩曼先生，今天下午才跟他討論一個小時，於是我清楚了解，我的財務狀況眞的是很不妙。不，請別誤會，我通常都應付得過去，手頭還算寬裕——但如果想要保住這間心愛的房子，無疑要調整。

蓬佩曼律師他是這麼說的——調整！——巧妙地避開正式說法，也許這是職業病。總而言之，他的意思是就是錢不夠了。我問他短少金額，他皺著眉頭嚴肅解釋，如果有個八、九萬元，情況肯定會好得多了。

所以，親愛的赫妮，我在舒適的扶手椅上坐了幾個小時、配著四杯（或是五杯？）波特酒思量你的來信——搔著狗狗的下巴，抽了過量的菸，回憶著往日時光——我現在寫信給你，針對所謂的特殊事務，而且……這個嘛，我們何不至少討論看看呢？

這樣也不會有什麼損失，對吧？

艾格妮絲匆筆

＊

牙醫師馬汀斯死了。

經過五天住院昏迷，他死於一月的雨天早晨。昏迷原因是在我們家樓梯上莫名其妙地摔倒；那天晚上，他來找我媽，他們吃了飯、喝了酒，下樓梯時不知怎地踏錯腳步，頭朝下跌了一跤，而樓梯間剛好因爲電力問題暗得伸手不見五指。

他的死亡引發一些調查，但只證明這位好牙醫摔斷脖子和右手拇指。

到了當年剛好落在四月中旬的復活節，我媽的哀悼期似乎結束了，診所由一位新牙醫師接管，我窗外的萊姆樹上長出新葉。大致上，我對生活相當滿意。現在我是班上的第一名，赫妮落後一點點，亞當冬天有一段時間生病了，沒辦法好好發揮。他的肺出了點問題，而且他一直以來都是體弱多病的男孩。

但是，到了秋天，我們三個都要到瓦德瑪路上的威佛高等綜合中學報到。班上還有另外五個人也獲准入學，但我們肯定得跟馬維分道揚鑣。這不要緊。我們後來不常跟他來往了，他當眞開始抽起菸來，多半都跟洛爾那邊年紀稍大一點、在念職校的男孩子混在一起。我想馬維秋天也會去那間學校讀書，就我所知，這相當自然。我有種感覺，他的人生不會過得太順遂。

赫妮和我簡直整天都聊個不停。學校下課聊，下午一起做功課或去耿薩體育館游泳也聊——或是晚上，我們會打電話聊天，雖然我們的媽媽禁止。

就像俗話說的，我們天南地北，無所不談。我們長大後會是什麼樣子，男生心裡到底在想什麼，說謊是否無論在什麼情況下都是錯的，還有巴茲老師是不是真的在跟教音樂的費茲西蒙老師交往。我們也談到上帝。赫妮堅持相信祂的存在，我個人比較存疑。如果真的有人掌握著我們的命運，那麼世界就不會如現在，但赫妮說一切都會慢慢變好的，現在有點走歪了路。

你是說在我們有生之年就會變好嗎？我問，或是我們會先死掉，等一萬年後的審判日到來？

兩者皆是，赫妮熱切地說，如果我們繼續保持善良和謙卑，我們倆一生都會過得順順利利。

我說，我們深謀遠慮、保持警戒的話也很好吧，不然很容易就被邪惡贏過。赫妮不太懂我的意思，問能不能舉例，但我發現還是別解釋得好。

關於我們未來的計畫，我想要當演員，或是作家，或身兼二職。赫妮的志願每個月都在變——三月她想攻讀獸醫，四月她想當時裝設計師，五月她決定嫁入豪門、生六個小孩、同時在法國小漁村裡栽種有機玫瑰和畫水彩。理想上，她的丈夫要替聯合國工作，常常出差；她家的廚房地板要鋪紅黑色的熟料磁磚。

我覺得赫妮有點天真，而且太沒定性，但我們還是形影不離。六月初，她跟一個名叫迪米崔的壞男孩墜入愛河，我努力從中作梗。事後，當她從感情中全身而退，她誠摯感謝我不曾動搖的決心。我個人覺得，以僅僅十三歲的年紀而言，我不尋常地成熟。

暑假期間，我去薩爾布呂肯探望我哥和我爸。艾爾曦跟他們已經沒戲唱了，所以我又能把我的舊房間討回來。我白天在果辛斯基麵包店打工，晚上騎腳踏車沿河下去找老朋友。夏日漫漫，我愈來愈察覺漸行漸遠——我開始覺得，我父母的分手對我個人發展有益。

或許我也跟爸爸和哥哥漸行漸遠了；互動不多，一起吃飯時，飯桌上總是出奇安靜。我爸像老了十歲，就算開口說話，也是天氣或是澤尼特足球隊。我哥沒有嘗試像以前那樣揍我，但這樣一來我們所有溝通便終止了。

九月一日，赫妮與我，還有其他一百七十二個學生坐在威佛高等綜合中學的大禮堂裡，我對接下來的幾年感到熱切期待。在我眼中，這就是童年的結束，且確定不會懷念童年。

*

致艾格妮絲．R

賈爾達別莊

格謝姆

十一月十一日寫於郭特堡

親愛的艾格妮絲，

我收到你的信開心極了，雖然希望你不只是為了財務考量而同意我的提議。

抱歉，我的意思是討論我的提議。我絕對沒有想要引導或主控我們往後行動；相反地，我認為我和你，親愛的艾格妮絲，要對每一個步驟都取得共識，即使只是執行面的小細節，這很重要。我們必須為一切提前做好計畫，盡力避免風險。到頭來，擁有我們這種本事的兩個女人，要謀殺一個男人，並且逍遙法外，應該不是太稀奇的事。對吧，艾格妮絲？

不，經過思考，我相信我們——如果你我都同意——要找出一個方法，不把任何環節交給機率決定，讓警方束手無策，完全沒有線索證明是誰——或是什麼樣的力量——奪走了大衛的性命。

我們必須牢牢記住第一件事——至少就現在所知——當然就是，我得有百分之百可靠的不在場證明。一個男人被謀殺了，警方頭一個懷疑的絕對就是他的妻子。這個案子也會如此，不論他們是否知道大衛的出軌——不論他們是否知道我已知情。因此，我們在這一點上絕對不能大意，首要的要求、首要的條件，就是讓我完完全全沒有可能犯下這樁謀殺案。

要滿足條件的前提是——請包涵我這麼正式又技術性的語氣，親愛的艾格妮絲，我自己也注意到了，當然有點奇怪，但我覺得我們要是感情用事起來，對彼此就不利了——我不在場證明成立的前提，一部分當然是讓大衛的死亡時間可以準確估計，另一部分則是我要在那個時間高調現身其他地點。跟犯罪現場的距離遠到能讓我立刻從嫌疑犯名單中剔除。我說的是，高調現身；相應地，也需要一兩個證人，你覺得呢，艾格妮絲？

喔，這個，長話短說，我能想到兩個選項：要嘛你在我家裡殺死我丈夫，而我人在外地——或是你在外地殺掉他，而我待在家。

思考權衡過這兩個選項，我傾向後者。我希望這件事在別處發生；我必須儘量爲女兒們著想，毫無疑問，讓她們的爸爸死在離她們那們近的地方、造成她們的不快和創傷，是沒有必要的——即使我們肯定有辦法讓她們在謀殺發生的當晚到別處（我好像假定這件事應該發生在晚上，是不是很奇怪呢，艾格妮絲？），她們事後要待在父親喪命的公寓重新調適，必然會相當難過。

所以，基本上——在你提出意見前，我還是先別談得太細——謀殺案發生的地點必須和郭特堡之間有一段安全距離。也許是在慕尼黑或柏林或漢堡的某個旅館房間。大衛每個月都會到外地出差過夜至少兩三次，不難找到機會。

至於手法，你想怎麼做，我其實不介意；我眞心認爲你應該選擇最適合的方式。我個人偏好割開他的喉嚨，但也許那樣太冒險了。而且會非常血淋淋。從各方面看來，當頭一顆子彈都保險得多，但我們還要考慮如何幫你弄到一把槍。

顯然還有其他的辦法，但在這一點上，你的意見才是最有分量的，艾格妮絲。也許在這個見不得光的領域，你有自己的偏好，不論是美學或理性上的，我不會意外。至於時間，這件事不算緊急，但還是希望在合理的時間、不遠的未來內就讓這個計畫實現。至多兩到三個月吧；考慮到我女兒暑假的計畫，還有其他大大小小的事，他如果能在復活節前就入土為安，肯定再好不過。

不管如何，親愛的艾格妮絲，請速速聯絡，分享一下意見，我真的很想再跟你見面，但很明顯地，在我們了結掉大衛前必須避免接觸。事後也還得留約莫六個月的安全緩衝期。

但這些我們之後再細談。

隨信獻上我的承諾。

赫妮敬上

致赫妮．德嘉朵
百利金路二十四號
郭特堡
十一月十七日寫於格謝姆

親愛的赫妮，

感謝來信。我必須承認，讀完信之後，我莫名心神不寧——彷彿已經置身一條殘酷的道路，沒有回頭的希望——但現在，今晚兩杯酒下肚，我把情緒控制下來，腦子像禁食齋戒的修女般清晰。你記不記得威佛中學的柯林克老師總愛用這個比喻，我老好奇他是從哪聽來的。齋戒的修女？

初步而言，你提到的每一點我都同意。我絕對傾向在不知名的旅館動手，而不要帶著這麼邪惡的目的造訪你家。雖然忍不住想，你跟女兒一起待在家，證據效力是否充足。你不會需要更強而有力的不在場證明嗎？她們的陳述在庭審中也許沒辦法算數，法庭會認為他們有偏袒——甚至有可能，法庭上並不允許她們作證支持或指控自己父母？至少，這是我在電視上看了一兩齣法庭劇得到的結論。

噢，好吧，這當然只是小細節，很容易解決；比如說，你可以邀些朋友來吃晚餐，讓他們待到很晚。你覺得要趁夜下手，我完全同意，我想大部分的謀殺案可能都是在晚上發生的。最令人滿意的狀況，是他剛好在睡夢中，我就能趁他醒都還沒醒時送他上黃泉路。他平常睡得沉嗎，還是有點風吹草動就會驚醒？嗯，你得一一回答我幾個小問題，但可以等計畫有多一點進展再回頭討論。

我也想了一下，一個人到底該怎麼溜進一間旅館客房。

你覺得可不可以白天躲進去，等待適當時機到來？或在同一間旅館裡另訂一間房——也許用上假名和偽裝（但現在不是都需要出示身分證明了嗎）？

噢，好吧，這待會再說。在手法方面，我傾向避免不必要的暴力和大量失血。事實上，我認為這一點可以輕鬆決定：跟你說，我手上有武器，是一把可靠的比利時手槍，貝林傑牌出品，我丈夫幾年前在他某位老叔叔過世時繼承來的；沒有註冊資料，也沒有人知道它在我們手上。當然，我的意思是，在我手上。前幾年，我們測試過這把槍，為了好玩，它的功能很正常，我手邊還有一兩盒子彈。這就是最保險的方法了，這把槍完全不可能追蹤到我身上，為防不測，我可以在結束後拿去森林埋了。

至於時機呢，親愛的赫妮？是的，對我來說都沒差。如果你找到適合的城市、適合的旅館、適合的日期——我隨時願意出動。當然，是假定我們已經把一切都討論過，確定沒有遺漏重要細節。

而且，假定我們已經在酬勞方面達成共識。我已經透過蓬佩曼律師向克拉拉與亨利初步表示，我要買下他們的房子持份——但既然如此，我想要收取一點費用當這樁協議的訂金，因為他們可能在聖誕節前就想拿到一筆錢了。至少我是如此解讀蓬佩曼的話，老天爺，他這個人可真是需要好好解讀呢，赫妮！我們就先把數目定在兩萬元，等到出擊日漸漸接近再來考慮尾款？

或者照我們說的，是出擊夜。

換個話題吧，郭特堡的天氣怎麼樣呢？在格謝姆這裡，今年十一月異常多雨，又灰濛濛的。連狗狗都不想出門了；南下一趟肯定能讓我精神一振，但恐怕這得等一等了。

艾格妮絲敬上

P. S.：我要黏信封時突然有可怕想法。如果那個女的跟他一起在旅館裡怎麼辦？我們要怎麼對付這種狀況？

＊

又是這樣的晚上。

在系上改作業，待到超過八點。我收到十三篇報告，其中三個人不得不當掉。都是男孩子。或是男人，或是不管你想怎麼稱呼這些介於二十到二十二歲之間、半開化的兔崽子。況且，他們實際的年齡，我一概不知。表現最差的那個，迪特瑪也許有二十五歲了。瀏海旁分、長青春痘的彼歐特看起來最多十九歲。總之，上上之策是讓他們在聖誕節就休學，一月份再轉到比較沒有壓力的科系。教育系或是心理系，或是一門量化科學。

我開車回家，正在下雨。蒙斯特朵夫和城堡間的車道上覆蓋著淋濕的落葉，我慢速行駛，想著赫妮。她眞是奇怪的女人。或者至少可以說，她長成如此模樣；也許這些年來的無聲沉默和保持距離，根本不必要——但考慮到我們眼前處境，終究殊途同歸。彷彿從一開始就在冥冥中註定了方向。或是每一個動作都像編舞般，早已設定。在如此幽暗陰鬱的夜晚，這種想法總能輕易趁虛而入。

不曉得在葬禮上有沒有人注意到她。一定有人發現她，但有沒有人開始好奇——並且持續懷疑著——她是誰？話說回來，那天在場的人數不少，大部分人互不相識。

錢在那天早上匯入。我在克萊恩商場的自動櫃員機提款時，突然看到帳戶多存入兩萬歐元。我的心跳漏了一拍。就像瞬間從想像世界拖進了眞實的領域。從某部電影或某場夢境走進殘酷的現實。

這就代表骰子已經拋出了嗎？已經沒有回頭的餘地？

是的。我不想回頭。我不想退出，即便這件事相當出格，對我而言卻像感官刺激，在這個多雨的秋天，正是我所需要的。

我正在將車子開進車庫時，崔斯坦．辛格出現在我的腦海了，像是生了根一般，整晚揮之不去——即使在我蹓狗的途中、或是散步回來，那時我通常都在爐火前的扶手椅坐上一個鐘頭。我待在那張椅子上的時間長得不可思議——活像八十歲的老太婆，坐在那兒沉緬於回憶。但我才到一半的年紀，而且似乎有些什麼告訴我，我人生中最重要的事件還沒有發生。

上床睡覺前，我讀了貝林的詩，我非常喜歡的一段。這些詩句正適合用來平衡我被迫忍受的那些狗屁不通的期末報告。

綜觀碧緹．沃林傑小姐的一生
我們會發現她的心臟
跳了兩億又
八十一萬三千
六百六十九下
一九七一年金森鎮的一個春夜
驗光師助理阿諾德．莫爾
聽見了其中四下心跳

克勞斯—約瑟。

＊

我在一場示威活動裡遇到他；我想不起來什麼示威了，也許抗議種族隔離。他比我大一歲，有一輛衛星轎車，在等待入伍期間修讀哲學。我們成了一對，我不愛他，我們沒有上床。

差不多同一時間——我說一九八一年秋天——赫妮開始跟安斯加交往。安斯加的父親是個牧師，在太太與一個黑人爵士樂手私奔去加拿大、把他丟在克魯本胡格照顧教區和獨生子後，喪失了信仰。現在，安斯加的父親在布婁門堡那邊的一座農場上繁殖德國牧羊犬。安斯加是個很神經質的年輕人，無疑吸引了好心腸的赫妮。

赫妮沒有和安斯加上床，但不是因爲不想——而是因爲曖昧不明的宗教因素。不過我們也會擠進克勞斯—約瑟的衛星轎車熱吻一番，手鑽到彼此的褲腰裡，到處磨蹭，發出幾許呻吟。我們甚至時不時會開那輛車出去郊遊，主要是去烏爾明或是威斯朵夫，我們喜歡納卡河蜿蜒上游兩旁那些小村莊。出遊途中，我們會拿著安斯加帶的雙筒望遠鏡賞鳥——安斯加和克勞斯—約瑟都對鳥類學有興趣——並且討論政治。社會團結。柬埔寨。海椋鳥。南非。赫妮和我當時在威佛中學讀最後一學年。安斯加和克勞斯都考完大學入學考了。他們覺得比我們懂得多。

才怪，我想。下雨，這臺衛星轎車的側窗會漏水。我常常心不在焉。

中學的最後一年，崔斯坦・辛格加入了我們班，他其實只在英文課堂參與——他會回答迪波老師拋給他的一些零碎問題，說話帶著一種像是從老式英國殖民時期喜劇裡學來的口音，讓我們的笑聲哽在喉嚨裡。

但是，上其他課，崔斯坦也坐在教室——原因不明，但他是跟父母還有五個妹妹一起搬來這裡，預計住六個月，也許一整年，他父親是領事人員，崔斯坦自己當然得找點事做。

他身材瘦小，帶著一種謙卑的專注，皮膚是柔柔泛光的銅色，令人目不轉睛——相較之下，克勞斯—約瑟和安斯加瞬間就顯得蒼白又無聊，像用粗糙羊腸衣灌製的波西米亞臘腸。有一天晚上，赫妮用到這個比喻，在我們爭論完紅翼海燕還有智利鄉下的狀況以後。我不知道她指安斯加整個人，還是只有特定的部位。

不管如何，崔斯坦眼睛裡那股柔和的憂傷，彷彿有上千年的歷史。

二月初一天晚上，他跟我們一起去維里辛根，那是一間學生酒吧，我們偶爾會去喝啤酒、討論藝術的本質。那晚，我們一大群人聚在一塊，有人過生日，但崔斯坦不管是烈酒或啤酒都不喝——只喝茶水。他坐在我和赫妮中間，身穿黃白色亞麻西裝，身上香香的，帶有些許異國氣息，對左右兩邊都一樣客氣嚴肅。十一點十五分，他看看表，說他很不幸必須離席了，因爲他答應媽媽在十二點前回家。赫妮對身邊的安斯加瞥一眼，我也對身邊的克勞斯—約瑟瞥一眼，然後赫妮和我幾乎異口同聲，我們想送他回家。

讓一個可憐的印度年輕人獨自在濃霧中穿越郭特堡的陰暗巷弄，實在太不夠朋友了。

而且我們也需要透透氣。

愛情這種力量本身，比施展它的人還要強大，赫妮說，你無法控制。

我不知道她從哪裡讀到這句話，她嘗試講得像自己想出來的。

對浪漫的青少年和精蟲上腦的色鬼來說，也許沒錯吧，我說。但如果你一頭跳進情感的深海裡泅游，恐怕很難找到回陸地的方向，不論你這個人多理性。

有些人就是只會愛上錢，赫妮說。

克勞斯—約瑟和安斯加不在的時候，赫妮和我喜歡偶爾這樣聊天。有時候我們也會把這些話題寫在作業裡，交給席柏斯坦老師；結果時好時壞。

很有智慧，席柏斯坦老師會在旁邊這樣寫。

或者寫：言詞誇大，思想貧乏。

「感受和思想並不必然彼此敵對，」這會兒，赫妮繼續說，「它們可以攜手相伴，你只是需要鼓起勇氣放開心胸。」

「貌美之人永遠無法了解愛的本質，」我引用了這句話，「他們註定成爲愛的客體。而我們都很美不是嗎，赫妮？」

赫妮思考一下，心不在焉地瀏覽著法語文法書。隔天要考試了；我們坐在我的房間裡，本來應該要讀書，但分心聊起天。

「這可不對，」赫妮最後說，「我相信，比如說，崔斯坦・辛格就格外適合了解愛的本質。」

「啊哈？」我說。

「完全沒錯，」赫妮說。

「他的皮膚就像淺色的黃銅，」我說，「確實，但是……」

赫妮又靜靜坐著看向窗外。當時還是二月，已經連續下三天的雨。這個片刻慢慢滋長，以某種方式牢牢依附我們，徹底的疲倦讓時間彷彿停止。

「我認眞考慮跟安斯加分手。」赫妮終於說，配上一聲矯揉造作的嘆息。

「我昨天就把克勞斯－約瑟甩了。」我坦承。我們兩人都放聲大笑。

我們笑個不停，跌進彼此懷裡，簡直不能自已。我們笑出了眼淚，法語文法書掉到地上，我們還是繼續大笑，直到赫妮的肚子都痛了，我差點尿褲子。

「艾格妮絲，」赫妮說，「你是我的血親姊妹。沒有任何事能將我們分開。」

「絕對沒有。」我說。

＊

致艾格妮絲・R

賈爾達別莊

格謝姆

十二月八日寫於郭特堡

親愛的艾格妮絲，

謝謝你的上一封信，我一則一喜、一則以憂。

喜的是，我現在眞的看出你完全認眞地擁抱我們的計畫（我眞心覺得可以用上你的比利時手槍，只要你確定功能正常、你也知道如何操作）——憂的是你附記的問題，自然須審愼考慮。

他當然是在旅行途中跟她見面的。不定時地在陌生旅館房間裡享受激情夜晚。天啊，艾格妮絲，一想到這裡我的五臟六腑就翻攪起來！一個月接著一個月，他們這些年可能已經做了一百多次，我開始理解，這件事可能比我想的更久。而我也在考慮——以及阻止自己——告訴我的女兒她們爸爸所做所爲。如此低賤！庸俗的背叛！

不過，我對她沒有興趣。一點也沒有，她也許是隨便哪個蕩婦，也可能是良家婦女；我絲毫不在乎她這麼做的理由或潛在動機。或許她低賤的程度不遜於他，但就隨她去了；該死的人是他，不是她。我甚至不想知道她是誰。

但我們要如何處理她可能在場的問題？謝天謝地，你及時提起這一點，艾格妮絲，我絕對不想把她一起除掉——撇開其他問題，我的丈夫和他的情婦同時死於謀殺，一定會讓所有的嫌疑都落到我頭上。他要爲他的行爲付出代價，而她可以逃過一劫——在這點上，我們不需再猶豫。

另一方面，我們也不需要誇大計畫的難度。如果你按照計畫，成功殺了大衛，而她剛好是發現屍體的人——舉例來說——嗯，這個插曲無傷大雅，不是嗎？在那樣的情況下，她肯定有理由要逃離現場吧？還是我想錯了呢，艾格妮絲？如果你是已婚男人的情婦，你發現他死在幽會地點，你會立刻報警嗎？揭露你的身分和所處狀況？我不這麼認爲。我愈想愈確定，我們一點也不需要顧忌她。只要她沒有成爲謀殺案本身的目擊證人，即使她可能在外圍出現，都不至於構成顯著影響，不會成爲我們的障礙。而且——既然我們都談到這裡了——艾格妮絲，要確保他在你開槍時身邊沒有其他人，應該也不是特別困難。或者呢？也不一定要在房間裡下手。也許在旅館附近巷弄裡朝他背後開一槍也行得通？把槍放在手提包裡，冷靜走開；這樣連射殺首相都能成。是的，我只是憑空揣測，艾格妮絲，我得說我有時候也有點介意，負責拿槍、讓他得到報應的人竟然不是我。

總之，請思考看看這些細節，艾格妮絲，讓我知道你的想法。不論如何，現在的關鍵是找到能夠用的時間和地點。我們在新年前應該還不會著手進行，所以我偷看了大衛的行程，他一月和二月份至少有四次出差，每次兩到三天。但我會再仔細確認日期，寫在下一封信裡。郭特堡這邊，隨著聖誕節轉眼就要來臨，我們要開始安排那些例行家庭活動了；不可否認，我很高興這是最後一次。

希望你收到錢了。我還不知道道要拿剩下八萬元怎麼辦；我想你信任我的程度，就跟我信任你是相同的，艾格妮絲——感覺好像過去的十九年是在另一個時空裡度過的，你不覺得嗎？我好想見你，但就像我上一封信裡說的，這當然必須等一段時間。

但到了那時，親愛的艾格妮絲，我們何不讓自己享受一兩週假期，好好相處，就只有你我兩人？也許明年秋天來趟小旅行？兩個開心寡婦在地中海，這聽起來不是很棒嗎！女兒的照顧問題我並不擔心，我弟弟（相信你還記得班傑明吧？）和他的家人會很樂意關照她們；他們住在喀斯魯，我們時常讓小孩到彼此家裡住住，雖然他的兒子是比我女兒小了幾歲。

不過，就像我說的，親愛的艾格妮絲，且讓我們好整以暇度過聖誕節，在新年出動。好好享受這幾週的假期（還是說學院裡放一個月假？）再跟我聯絡！

赫妮敬上

致赫妮．德嘉朵
百利金路二十四號
郭特堡
一月十日寫於格謝姆

親愛的赫妮，

抱歉我一陣子沒有寫信，因爲我不在家。系上一位同事在聖誕節前幾天提了一個我無法拒絕的邀約。在紐約待兩個星期——他的姊妹在聯合國工作，在曼哈頓有一間公寓。我在聖誕夜出發，昨天深夜才回到格謝姆，在紐約度過相當美好的時光。獨享一間位於七十四街的三房公寓，還有霜雪漫天的中央公園景觀。我去了劇院、電影院、博物館，也逛了一下街，我們當然應該一起去旅行，赫妮，你建議得完全沒錯。但天曉得，我喜歡大城市……也許是巴塞隆納或羅馬，或者何不重訪紐約呢？噢，好吧，之後再說。

我思考你最近一封信裡提到的想法及風險評估，基本上我全都同意。我也認爲不需要做太多事前計畫——尤其因爲我們無法確定那個女人會不會在場——但我不覺得這有什麼問題。無論如何，必須到現場才能做出關鍵決定，要事前預測當下是不可能的事，我們得要單純仰賴我良好的判斷力和重要時刻的冷靜思緒。如果找到適當的機會，我就會好好利用。如果被發現的風險太大，那麼，是的，我就會再等等。到頭來，要槍殺一個人，所需的時間不過就是一兩秒——事後抵達安全的地方也不用花太久。

所以，就交給我吧，親愛的赫妮，我會辦到的。現在，只要有幾個時間和地點供我選擇，我保證下一封信就會告訴你，你丈夫剩下多少時間可活。

另一方面——在我離開的期間——格謝姆這裡終於下了點雪，河水結凍。郭特堡又是如何呢？

好奇的艾格妮絲敬上

P. S.：又有一個念頭在我以爲寫完信時冒出來。你知道還有沒有其他人曉得大衛的外遇嗎？朋友或是認識的人？畢竟，在這種事情上，人們常常選擇默不作聲——我想是出於遭到誤導的體貼，事實上只表達了他們的懦弱和耽於安逸。以及，有其他人知道你已經發現了這件事嗎？目前我無法立刻判斷出這些問題的重要性，但你總是可以考慮一下。

*

兩條狗狗表現得煩躁不安，尤其是華格納。也許把牠們留給巴斯家照顧兩週實在太久了，但以往通常都沒有問題。也許艾瑞克的缺席也有影響，是的，當然是這樣了：一種累積的失落感，在我離開他們的期間浮上表面。

我也發現自己感到失落。我指的是，因爲艾瑞克。雖然我們最後那幾年已經不再繾綣恩愛，不曾眞正親密無間，我們還是有過美好時光。最後，我發覺，也許我們只有在回憶中才能夠理解自己。我選擇艾瑞克時，爲的不是熱情或刺激，當然不是，但生活本來就不是靠著這兩項元素打造的。我想，我需要它們以一種不同的面貌出現。某種……嗯，該怎麼說呢？……也許是某種虛幻的陪伴感？一種在臺下守候、等待著適當時機上場的可能性。

如果註定如此的話。

不過是文字。我累了。在紐約睡得不好。時差影響，雖然返程比較糟。我凌晨三點醒過來，接下來好幾個小時都睡不著。我嘗試看書，但無法專注，寫了幾封信給赫妮，最後卻全撕了。最後，我往往就只是坐在那兒盯著電視上可悲的電影，或是用隨身CD播放器聽音樂。柯川和戴克斯特．高登，我承襲艾瑞克的兩大心頭好。中央公園有如馬格利特（註）的畫一般陌異遙遠，我坐在上方，試圖思考一切發展。三個月、六個月或十二個月後，人生變成什麼樣子。我當時不覺憂慮，現在亦然，只感到一股壓抑而不由自主的神往。我不曾想過自己需要再度殺人，但情況很明顯了——確鑿無疑卻也難以預測，顯然這是另一種在臺下守候的伙伴，一旦它們上前亮相，你就不再有其他選擇。一旦它們登上舞臺，就是這樣。

離開學還有兩週。很好。今年冬天，我似乎格外需要休息和沉思。幾乎沒花時間與人互動。我反而和狗狗們相伴——想著我的摯愛，想著未來。

看見赫妮和崔斯坦手牽著手，我們坐在學校餐廳裡一張餐桌旁。那是三月初的一個週五，陽光灑過歪斜的百葉窗，在赫妮部分頭髮和左肩上投下條紋狀的陰影；我們這群有六個人，桌上都是空咖啡杯和菸灰缸裡的菸蒂。課本。一疊散落的撲克牌。

他們的牽手莫名溫柔，顯得羞赧，我想他們不希望我們發現。他們的手半藏在桌面底下。

或者，實情正好相反。也許他們正是覺得我們一定會看見，刻意用這種故作矜持的態度？

我感到片刻的暈眩，然後是一陣突如其來的強烈反胃。反射的作嘔反應在我體內一湧而上，強得讓我只能勉強壓制住。我迅速起身，椅子翻倒在地。我一言不發地衝了出去。我在廁所把一整天吃的東西吐得一乾二淨，像是我這輩子吃進去的食物全都吐出來了。我趴在地上嘔吐，開始頭痛欲裂。痛楚如刀割，彷彿發出熾熱白光。

怎麼一回事？我心想。

我要死了嗎？

這不是死亡。是別的東西。我夢見這兩人的手互相交纏，一隻是白色，一隻是淺銅色。我連續兩天沒有跟赫妮說話，這件事本身就很不尋常；在學校餐廳發作之後，我回家又在房間吐了一次。我不知道自己到底是不是生病，但我決定臥床休息。赫妮終於打電話來的時候，我說我發燒了，我什麼問題也沒問，注意到赫妮似乎有口難言。

我媽找了莫斯納醫生，但檢查不出問題，初步診斷我是過度激動，建議多休息、喝果汁。過了一週後的週五，我好一點了，回到威佛中學。我錯過了一次數學考試，但這也不是世界末日。赫妮和其他幾個同學問我晚上要不要和他們一起出去玩。一如往常是去維里辛根，而且克萊恩市場的禁運品俱樂部有一場搖滾演唱會。我拒絕了，理由是身體不舒服；我一整天都留意著崔斯坦和赫妮，但沒看到他們牽手，也沒感覺到不正常的動作。

但我醞釀著一種沉默，一種壓抑的躁動，難以掩藏。

「你怎麼了？」赫妮在最後一堂課之後說。

「沒事，」我說，「別亂想。」

「亂想？」赫妮說，「我是要想什麼？」

「別耍小聰明。」我說。

這段對話真是蠢得不可思議，但我們還是有頭有尾了。赫妮盯著她塗成磚紅色的指甲看了一會。

註：René François Ghislain Magritte，1898-1967，比利時超現實主義畫家。

「因爲在餐廳的那件事嗎？」她問。
「我不知道你在說什麼。」我說。
「那沒什麼。」赫妮說。
「什麼東西沒什麼？」我問。
「沒有，」赫妮嘆了口氣說，「什麼事也沒有。你脾氣這麼大幹麼？」
「我生病了。」我說。
赫妮看看時鐘，我們就各走各的路了。
接下來那週，我媽去波登湖開會，週二到週四。我獨自在公寓裡看家。週三，我說服了崔斯坦·辛格晚上過來幫我溫習數學。除了英文課，崔斯坦也開始認眞上數學課了；顯然，在這門學科上，他的能力和基礎知識比我們班上任何人都好，我邀請他來家裡，絕對沒有別的動機。完全沒有。自從那週生病，我的進度就落後了；直到他坐在我家沙發上，我才告訴他說我媽不在。
爲了誘惑他，我花了三個小時，施展了我不知道自己擁有的高明演技；我們喝光一瓶酒，是我從媽媽放在廚櫃的庫存裡偷來的；我從來沒有誘惑過別人，而且是我第一次眞的做愛。
崔斯坦也是第一次。他事後才告訴我的；我注意到他的不放心，還是說服他留下來過夜。一個印度男孩子帶著酒精和性愛的氣味回家是行不通的，我跟他說。他打電話給他母親，用一種我聽不懂的語言講了好一陣子。但我知道他在跟她說謊。我想他說他在班上男生家裡，錯過了末班巴士。
我愛他的赤裸；靈魂的赤裸和身體的赤裸。那一晚，我們完全沒睡，用只有第一次肌膚相親的人才會的方式觸碰彼此。也許是最後一次。容器和內容、話語和手掌、思緒與嘴巴與性愛，全都合而爲一。我們身旁一個瓶子裡點著蠟燭，一週後，我寫了一篇作文，描述火焰在淺銅色的皮膚上映照、投下陰影、如水般漾開。

要小心，席柏斯坦老師在旁邊寫道。

那個學期剩下的時間——直到他們舉家回德里去——崔斯坦．辛格都沒有再牽過任何人的手。我的、赫妮的或其他人的手。赫妮和我有點迴避對方，但到夏天，我們就一起參加旅行團去克里特島。有一晚，我們跑到酒吧，喝松脂酒和齊普羅酒喝得醉醺醺，各帶著一個希臘青年，在星空下的海灘上做愛。

*

致艾格妮絲．R
賈爾達別莊
格謝姆
一月十四日寫於郭特堡

親愛的艾格妮絲，

聽到你去了紐約玩，太好了。我很愛那個城市，其實在女兒還小的時候，我們在那裡住了一年；大衛當時跟CBS電視台和雷明登公司簽約工作。我們在布魯克林高地租了一間公寓，我同意你說的，我們一定得去大蘋果好好享受個一週。或是其它的大城市。希望是明年秋天或冬天，噢，我多麼希望現在就置身於那裡，希望一切都解決完畢了——但我毫不懷疑，我們的計畫會順利進行，不久後就可以再次見面。我一點也不懷疑。

有個好消息是，我覺得我找到了一個非常理想的日期。當然，這個問題最終決定權在你，但無論如何，請先容我提議二月十四日到十六日的這個週末，大衛要去阿姆斯特丹參加一個劇場工作者的國際工作坊（總之類似這種名稱）。

這個週末之所以合適，是因爲我那幾天也會不在家。我老闆霍夫納博士想給我一點鼓勵，讓我去慕尼黑的ＳＢＳ學院參加一個小型的譯者研討會；我會跟大衛一樣，在週五下午就出發，直到週日深夜回家。還有什麼比這更理想呢，艾格妮絲？阿姆斯特丹和慕尼黑之間有足足五百公里，我找不到更有力的不在場證明了。

我也查出大衛預計下榻的旅館——當然是在他不知情的狀況下；叫做費加洛，位置在普林森運河路上，很靠近中央。我還不知道工作坊確切地點，但如果你接受這個提議，我一定很快就能查出來，同時找齊可能影響我們計畫的資訊，好爲你的行動做準備。

我也隨信寄上一張大衛的照片，離你上一次看到他已經過了好些年，歲月恐怕在他身上留了一些痕跡。他的鬍子時有時無，我想這跟他持續的中年危機有關。有時候他想看起來像個事業有成的中年人，有時候以爲自己回到二十五歲。這個嘛，男人就是這樣，艾格妮絲，這對你來說也不是新鮮事了，對吧？

不管怎麼說，如果我們決定了這個方案——二月中在阿姆斯特丹——親愛的艾格妮絲，我就會再匯三萬歐元到你的帳戶。只要我得到你的同意。那樣在謀殺行動後，我們還剩下一半餘款——五萬元。我想，在那種圈子裡，事情就是這樣辦的，至少我在電視上看到的是如此。簽約付一半，事成付另一半——我們也是遵照專業標準呢！

至於你在附註裡提到的問題——或者確切來說，是那幾個問題——我可以想見大衛的幾個同事（當然是男性）知道他出軌，但我想我們所謂的密友之中，並沒有人知情。而且我可以保證，大衛或其他人都完全沒有想過我察覺他的不忠。一部分是出於男性的虛榮心，他們認爲我們如此容易受騙，這一點在此對我們不無助益。情況與你猜測的相反，親愛的艾格妮絲，大衛絲毫沒有疑心，你的行動堪稱是甕中捉鱉。

那麼，請儘快來信，艾格妮絲，說說你覺得我的提議是否妥當。如果不妥，我們當然可以另外設法。但如果你接受了，我們剩不到一個月的等待時間，跟你說，我覺得相當不錯。好久以來，我都在幻想大衛已經死了，每天早上要和一具屍體進行正常的早餐對話，你絕對想不到這有多難。

不過，這邊其實一切都還好，也下了很多雪。

赫妮敬上

致赫妮·德嘉朵
百利金路二十四號
郭特堡
一月二十二日寫於格謝姆

親愛的赫妮，

謝謝你的來信。阿姆斯特丹啊！我們的小劇碼竟然要在那裡上演，眞有意思。你記得我們有一年復活節假期一起在那裡待過幾天嗎？應該是二年級——還有克勞斯—約瑟和安斯加，對，你當然記得了。費迪南—波爾街上的那間小小青年旅館，還有贊德沃特的沙丘。克勞斯—約瑟醋勁大發，甚至不讓我跟男服務生點咖啡！那些美好的回憶啊，赫妮！

或者說，其實也不是眞的那麼美好。

噢，這個，我前些年也去過阿姆斯特丹幾次，對那座城市還算熟悉。時間也合適：才剛開學，沒有改作業之類的負擔。我想我可以在週五啓程，就會有充足時間。得找巴斯家幫我照顧狗了，我會想些理由交代我週末爲何出遠門。我應該不至於落到需要提供不在場證明的境地，但我還是覺得別和你丈夫入住同一間旅館。也許就在附近住吧，普林森運河路上不少住宿地點。我會以最妥善且有效率的方式完成任務，你可以信任我，赫妮，事實上這件事對我而言是激勵，是不是有點病態呢？這件事以獨特的方式激發我活著的感覺。我也拿槍去森林裡開火測試過了——爲了確保萬無一失。它的功能很正常，可能有個小問題，就是開槍時的聲音很大，但是，天哪，在大城市裡傳來一聲巨響？可能只會被當成排氣管壞掉。而且，不管我選擇在哪個地點執行任務，我事後一定會立刻撤退到安全處。

所以，我看不出還有什麼風險，親愛的赫妮。你只需要提供關於你丈夫行程的其他細節，我保證送他上西天，就在——是的，我看了桌上的月曆，我發現我們說的時間，不過就是三週之後。

撇開這個，我覺得他上了年紀的樣子還不難看。我立刻認出照片裡的他——我百分之百確定，即使他沒留鬍子，我也能認出他來（才說到虛榮，還眞的像是二十五歲呢！）

我也該記一下你的手機號碼，還有你在慕尼黑的旅館地址——如果我行動後可以儘快向你報告結果，不是更好嗎，赫妮？甚至是必要的？我會發封簡訊之類的給你；我們要說好暗號，我們需要找個比寫信快一點的溝通管道。你覺得如何？

噢，在你我這樣的兩人之間，要安排好這些細節當然很簡單。我也覺得你在金錢方面的計畫相當有吸引力；你一定了解，繼續住在這間房子裡對我而言有多重大，親愛的赫妮，不久後的未來，我眞心期待邀你作客。

但如我們說過的，秋天先一起來趟旅行吧。

還有，首先，二月十四到十六日去阿姆斯特丹一遊！

你的「姊妹」
艾格妮絲

*

「有適合一起生活的時機，也有適合分開的時機。」

赫妮的視線越過咖啡杯上方，對上我的眼睛，她的笑容同時充滿認眞與戲弄。

「我是在說我們，艾格妮絲，」她挑明。

在威佛中學接受大學入學考試後——克里特的島的夏季冒險後——赫妮和我才要第一次分開。十月一日，赫妮在拉丁語言系註冊，開始主修義大利文；我已經開始攻讀比較文學。我們在迴廊巷巧遇，一起溜進克魯斯咖啡館。

我已經搬出家裡了，幸運地在蓋格斯巷上找到一間轉租的單房公寓，離斯特凡教堂只有幾步距離。赫妮大一時還跟媽媽和弟弟住在家。

「人生不是一條大路通到底。」我說。

「見到你眞開心，」赫妮說，「但我眞的有事趕時間啦。」

大學生活的節奏加速起來。我們跟安斯加和克勞斯—約瑟都吹了。我跟一個叫塔帕尼的芬蘭年輕人約會了一段時間；他很貼心，各方面實在可靠，但他嚴重的憂鬱情緒總在兩杯酒下肚後出現，導致我離開他。十月到十一月之間，赫妮跟一個已婚男子有一段短暫戀情；她本來不知道對方已婚，直到他太太把他逮個正著，拿了高爾夫球桿想打死他們。經過那件事，赫妮決定單身一陣子。她頭上左耳上方被打出好深一道傷口；疤痕一輩子都會留著，只要她不剃光頭，就沒有人會發現。

「我有個守護天使在保護我。」她說。

「你眞是幸運得不可思議。」我說。

「如果她拿的是鐵，不是木頭，我早就死了，」赫妮說。

十一月初，我加入了「塔利亞劇團」學生戲劇社，立刻就爭取到契訶夫的《三姊妹》的主角。十二月和隔年一月，我在八場演出中飾演瑪莎，備受好評。我們只是業餘劇團，但《匯報》和《民眾日報》都給了我們正面評價。兩份報紙的劇評人都稱讚我詮釋的瑪莎充滿靈性。我持續攻讀文學，但不久後，我私底下更強烈地考慮要申請戲劇學院。這就是我的熱情之所在，我清楚感覺到：我熱愛舞台幕啓、聚光燈眩目的時刻，我熱愛爲人帶來只能在劇場這個魔幻空間裡運作的感動。

一月十日，我媽跟她的老闆，奧登柏格牙醫師結婚了。她賣掉伍瑪路上的公寓，跟他搬進葛芬斯瓦的房子。同一天晚上，搬家貨車離開，我爸從薩爾布呂肯打電話來，告訴我他得了睪丸癌。

「兩邊都有嗎？」我問。

「對，」我爸說，「整個都有。」

他難過得聽不進安慰，但我還是盡力讓他理性面對。

塔利亞劇團從十八世紀就成立，一九八三年是他們首次演出——習森．德斯戴爾的《獻祭》——的兩百週年。爲了紀念這個年份，並且考慮到近期搬演契訶夫的成功，大學校方提供了一筆經費，讓慶祝活動辦得有預算又有藝術質感。劇團行政組討論要重新搬演德斯戴爾的劇目，但是那齣劇在現代人眼中已經過時了。他們改而決定邀請一位專業導演來執導一齣莎士比亞劇作。二月初，我們開了小組會議，我們的藝術指導、平時在哲學系擔任副教授的馬克斯．洛登勃，很榮幸地報告他成功從慕尼黑邀請到大衛．葛謝曼和演員羅柏．考夫納來搬演《李爾王》。

大衛．葛謝曼是一位富有個人魅力的導演，年紀輕輕就已靠幾齣實力堅強的經典劇目在慕尼黑闖出名號。他也替電視臺導過幾部原創劇，能夠邀到他，著實令洛登勃非常驕傲。

羅柏．考夫納呢，當然更是個傳奇人物。

「《李爾王》，」洛登勃說著，拉了拉他刺刺的黑色鬍鬚，「萬劇之王！差不多有十個角色，加上考夫納。正好適合我們。」
「我們要怎麼分配角色?」在《三姊妹》中飾演圖森巴赫的爾溫・芬克爾問道。
「由葛謝曼分配，」洛登勃解釋，「他想舉辦一場傳統試鏡。寇蒂莉亞是最重要的，但所有人的角色也都意義重大。弄臣、葛羅斯特伯爵、艾德華和艾德蒙。」
「高納里爾和里根，」我說。
「當然，」洛登勃說，「主要的女性角色，需要謹慎安排。」
但我心意已決。
我要演寇蒂莉亞。我不會把任何一個環節交給機運決定。

*

致艾格妮絲・R
賈爾達別莊
格謝姆
一月三十日寫於郭特堡

親愛的艾格妮絲，
那麼我們就一言爲定了！不可否認，我感覺到難以抑止的興奮。如果一切按計畫，他在兩週內就會一命嗚呼了——再完美不過了，因爲我女兒接下來那週學校放假；我的意思是，這樣她們的出席率就不會受到太大影響。
今天早上吃早餐，我突然覺得他懷疑到了什麼。不，艾格妮絲，別擔心，我並不是要說大衛透過什麼神祕管道得知我們計畫，不是這樣的。就像有一縷對於死亡的感知掠過他的心頭；不是說動物

（我想人也包括在內吧）可以感覺到自己的壽命將盡嗎？我好像是不久前在某份雜誌上讀到這個現象。他沉靜平和地坐在那兒喝著咖啡，報紙靠在烤麵包機上，一如往常——但他接著就抬起視線，定睛看了我幾秒鐘，眼中帶著相當特別的神情。然後他微微一笑，說他不論如何都愛著我，還說我要好好照顧自己。

不論如何，他是這麼說的。

我問他為什麼這樣說，還有他的「不論如何」，但他只是帶著同一副嚴肅的笑容看著我，然後瑞雅打翻了果汁杯，這個片刻就煙消雲散了。

但當時的感受如此強烈，艾格妮絲，整天揮之不去——也許我是因為事態必得如此發展而感到悲傷。請別以為我要改變心意了，親愛的艾格妮絲，絕非如此——但是，到頭來，不得不除掉一個你原本以為會跟你相守一生的人，並不是愉快的事。

但就是這樣了，當然，現在回想起他的表現，我突然有完全不同的感受。就讓那頭豬去死吧，我心想，那股興奮又油然而生。兩週，艾格妮絲！

不過，現在呢，我要先把這些情緒擺到一旁，專注在實際的問題上。過去幾天，我開始思考，警方發現大衛的屍體後到底會怎麼想。也許他們會針對動機做一些猜測，也就是命案背後的原因。或許我們應該稍微想一下，艾格妮絲。我們要不要讓整件事看起來跟實情不同？以防萬一。也就是說，為警方提供某種動機。我是這樣想的，而我目前唯一構思的方法，就是偽裝成劫財殺人。總之，這似乎最簡單。如果你可以在射殺大衛後取走他的皮夾和勞力士名表，這事就成了。警方會相信犯人是居無定所的混混，也許有毒癮，只是為了搶錢。他們怎麼會不這樣想呢？尤其是他們完全沒有理由懷疑其他可能。

你懂我嗎，艾格妮絲？在我看來，這並不是特別嚴重。不管你在什麼情境下射殺他（在房間裡？

在暗巷裡？），伸手進內層口袋拿走他的皮夾，都花不到兩秒鐘。至於他的手表，眞是顯眼得很，如果小偷留著表沒拿走，肯定會顯得十分反常。但那隻表很容易拿下來，所以請別擔心，艾格妮絲……還有，如果你出手時他躺在床上，那麼他的皮夾和表一定都會擺在床頭桌，他的習慣一直都是這樣。

嗯，你可以想想這些問題，艾格妮絲，然後跟我說說你的看法。但現在談點別的——大衛在阿姆斯特丹的行程細節！我就只是登進他的電子信箱，找到人家寄給他的時程表，不費吹灰之力。

會議地點叫作尼爾斯·法蘭克學院，或是直接簡稱爲法蘭克學院；地點很靠近市中心，就在方德公園末端。會議在週五晚間六點到八點之間以迎賓介紹活動開場。也就是十四日。參加人數八十二名，活動後便在學院招待晚餐，所以我猜大衛到很晚才會回旅館（地址在普林森運河路一一二號，如我上一封信寫到的）。週六，他們的會議時間是十點到六點，會後有晚餐，週日是十點到三點。可想而知，週五和週六晚上，大衛應該會跟幾個同事碰頭，找一兩間酒吧泡一泡……如果他沒有計劃要跟某人見面的話！

以及，如果他還沒有先被人了結性命。沒錯，我其實不知道最佳的執行方式是什麼，親愛的艾格妮絲。還有最佳的時間點。你可能必須設法監視他一小段時間，也許是晚上坐在車上、或在學院外面等候？在這一點上，我能幫的忙不多，我相信你會想出計畫和手法的。終歸來說，也許最簡單的方法還是躲在旅館裡，等他出現？但這件事做起來，到底有多簡單——又有多危險？我不知道費加洛旅館有多大；在我看來愈大愈好——噢當然，這點也有勞你查清楚了。總之，我很確定他週五前往法蘭克學院前會辦理入住；他會搭火車，三點十五分就會抵達阿姆斯特丹中央車站。他的信箱裡也有一封旅行社寄的確認函。或許你也可以在那個時間過去？或許那時會有機會出手？

但總之，如我先前說過，我不會干涉計畫的執行。那是你的任務，艾格妮絲，我相信你會爲一切找出令你心滿意足的解法。我也按照之前協議，又匯三萬歐元到你的戶頭——我突然想到，你可能很難交代這些款項的來源，但當然我們絕不會落到那步田地。你和大衛之間絕對——完完全全——沒有連結，這是我們的先決條件。

我也意識到，時機來臨以前，我們沒有時間繼續通信了——我想就只能再互寄一封——我們該在那個週末採取更即時的通訊管道，你的提議完全沒錯。我已經在慕尼黑一家叫做雷吉娜的旅館預訂了一間房，在希德嘉路上，離瑪瑞恩廣場不遠。我的手機號碼是069-1451452，此外，我有個建議：

任務完成後，你就打電話給我，留下一則假訊息，你可以自行選擇——但是別忘了，用字遣詞必須和你下一封信裡寫的完全一模一樣！

如果因爲某種原因，你遇到了麻煩，你就把訊息改成其他的內容——如果你想要我回電，就再加入額外字句。（我們過了這麼久還沒有跟對方說到話，是不是有點奇怪呢，艾格妮絲？一起寫了這麼多信、做了這麼多計畫，能再聽見你的聲音一定很棒！）

那麼，你意下如何？這樣是不是簡單又聰明呢？把你的三組密語寫下來——一組代表「ＯＫ，一切順利」，一組是「有麻煩！」，一組是「打電話給我！」——在下一封信裡寄給我吧，我想這也是時機來臨前最後一封了（或是倒數第二封？）。

除此之外就是每天的日常生活了，親愛的艾格妮絲。生活還是照常進行；我們家兩個女兒都得了點流感，但大衛和我逃過一劫。

地上也還是積著雪。

儘快聯絡！

祝安好

赫妮敬上

P.S.：我們該拿這些信怎麼辦呢，親愛的艾格妮絲？竟然已經有不少封了；我眞不想燒了這些信，但也許這才是最明智的做法？

致赫妮．德嘉朶
百利金路二十四號
郭特堡
二月二日寫於格謝姆

親愛的赫妮，

謝謝你的長信。是的，我們離出擊夜（還是出擊日？）不遠了。跟你一樣，我也感覺到興奮，但同時內心深處又是冷靜的。也許是因爲在這件事上，我情感投入的程度不像你那樣深，赫妮。我是在執行一項任務，幫我的好朋友一個忙，並且收取報酬。其實不過就是這樣。我們得要記得，全歐洲每天都有上千人遭到謀殺，大衛只是統計數字裡小小一個部分。

但顯然，我們必須極度小心，所以謝謝你提供這些重要資訊，赫妮。就目前看來，我會有許多不同的選項；我會在週四下午開車去阿姆斯特丹（所幸我週五沒有課，也通知過巴斯家了，他們很樂意幫忙照顧狗狗；主要是因爲他們家十幾歲的兩個女兒眞的好喜歡華格納和巴托克）——所以我會有時間做點偵察，在他抵達中央車站前就待在現場。我在雷德斯廣場旁一間旅館訂一間房，我以前住過一次；我看過地圖了，那裡離費加洛飯店只有幾百公尺。

其實，法蘭克學院那個地方我也曉得；十年還是十二年前，我到那裡上過一次課。那邊跟我的大學有合作關係，如果我沒記錯。

至於劫財殺人這個點子，我完全同意。我們當然要儘可能讓一切在警察眼中顯得再簡單易懂不過。你會想要把皮夾和勞力士表拿回去嗎？或者我扔了它們才是最安全的？眞是奇妙，我丈夫生前也有一隻勞力士（他那貪心的兒子不知道爲什麼，竟然沒有來搶！），我眞的用不到兩隻。

不過呢，這整件事最好玩的部分，就是構思我們的暗語了。如同你的建議，我也眞心覺得我們需要三組暗語，你讓我自己想內容，眞是太好心了。那麼，就是以下這樣了：

一、如果大衛死了，一切順利：你好呀，喬治，我是碧翠絲姑姑，我只是要說，黑蜀葵花已經訂了，錢也付了，週二就會送到。你就別打給我了，沒必要花錢！（附上跟其他則一樣的錯誤號碼）

二、如果行動失敗，但你不需要聯絡我：嗨親愛的！我是茉德。我會遲到一下下，但等我回家我們還是可以出門吃飯。親親！

三、如果你有必要打給我：您好！此通電話來自稅捐事務所。請您撥冗來店聯絡承辦人員希爾莫，電話是1716 646 960。感謝您！

很聰明吧，你覺得呢，赫妮？當然，你也要留我的手機號碼——對，只要把承辦人員希爾莫的號碼倒過來就是了：069 646 6171！

好的，親愛的赫妮，我想這樣就差不多了。十一天後，我會坐上車，開往阿姆斯特丹。希望我們在那之前還有時間寄信聊個幾句，但在我看來，我們已經沒有其他細節需要確認了。我深信不疑，一切都會非常順利——正如你在先前一封信裡表露的心願，你的丈夫在復活節前就會入土爲安了。

還有，我差點忘了，謝謝你匯的錢！事實上，我只需要八萬塊多一點，就能把房子的事情搞定，但我們秋天一起旅行的時候，多的現金就派得上用場了。你不覺得嗎，赫妮？你一定難以體會我有多麼期待。希望即使在未來你也能遠離流感；格謝姆這邊，今年還沒有出現疫情，但這種事當然誰也說不準。

你忠實的好姊妹

艾格妮絲敬上

P. S.：對，這些信啊！恐怕只有你說的那種辦法了。我們可能非把它們燒掉不可。但這可以等到計畫的最後階段再辦，對吧？我真的很喜歡回頭重讀你寫的信。

*

那股巨大的恐懼。

我從H市開車回家時，那股恐懼籠罩住我。某樣龐大且勢不可擋的事物帶來具體衝擊；那感覺強烈到令我喘不過氣，不得不把車子停著，出去透透氣。儘管下著毛毛雨，我還是站在外面抽了根菸，試圖讓自己冷靜。

我的位置在沃姆斯村的外圍，下方是路維爾谷，背後有古老石造教堂。這片地景上懸著一團霧氣，黃昏即將讓位給黑夜。山上的某處，有人正在用鏈鋸伐木，墓園裡有個男人把鏟子扛在肩上走。我站在車子旁，試圖理解究竟是什麼事物對我產生了如此影響。四周圍繞著我無法參透的預兆：教堂、汽車、男人、霧、黑暗、聲音、寒冷。

但也許只是孤獨感作祟。這個計畫中的孤獨感；我必須獨立處理一切。我沒有可以討論的對象，甚至也不能跟他說話，我怎麼知道我的判斷是對的？我怎麼知道？

事後，我也不能跟任何人說起這件事；永遠無法確認我的作爲是否正確——而且我又怎麼能確定，日後的我能夠接受自己做出這樣的事？確定我不會崩潰、一切化爲烏有？

而我又該如何看待這股突如其來的恐懼、這股脆弱？如果只是一瞬即逝，那麼我完全能夠抵抗它，但如果它更深層、更根本，又該怎麼辦？

現在還不算太遲，還有轉寰的餘地。至少我是如此告訴自己的，但老實說，我無法想像自己現在從計畫中抽身會帶來的後果。我朝著這個方向努力了太久。好幾週、好幾個月。

好幾個夜晚。

我把菸給熄了。我仍然在體內感到憂慮，就像噁心或逐漸升溫的發燒一樣隱隱作痛；我看到鄉村酒吧開著，便引導著自己的腳步往那邊。我向卡梅爾先生點了一杯紅酒，拿著一份報紙坐在角落。

也許因爲信的寫法。寫最後一封信之前，我極度痛苦；不是因爲讀了她的信，而是因爲自己要下筆。最後幾封信是我在酒醉中寫的，否則無法控制自己不要卻步，我想下一次也得用上同樣的方法了。照理說這會是最後一封，我們不太有時間再通信了。

我喝完酒，又抽了一根菸。卡梅爾先生過來要幫我續杯，但我拒絕了。沒有必要了；血液裡多了這麼一點少得可憐的酒精，足以讓我恢復正常。也許這樣其實也不壞？我付了錢，向他道謝，在黑暗中走回車上。雨勢變大了，才短短一百公里，我就淋得濕透。

一到家，我就忙著準備明天以勃朗特姊妹爲題的討論課。我翻閱了一下《咆嘯山莊》，思考了一下愛與道德的對立。

我想著，這兩者是如此天差地別，根本無法拿來比較。但我們一直在這麼做。西洋棋士和相撲選手會在什麼樣的競技場上對戰？眞是個奇怪的畫面，我不禁笑了。

我也想到，你不能拿鴨子和魚湊成一對。當時，我們都錯了。

但也都沒有錯。

也許現在不同了。我們是棋子，棋局必須進行到最後。亦即，如果我們決定玩到最後，在這裡——只有這裡——我們的選擇就是如此。繼續或放棄。

那天晚上，因爲雨勢，我只帶狗狗們散了一段短短的步，喝了兩杯酒，十一點前就躺在床上，祈禱一夜安眠無夢。

「《李爾王》爲什麼如此特別呢？」

我們游完泳，坐在三溫暖室裡。赫妮捧起自己的乳房細細觀察，用手掂量重量。

「我的左邊比右邊大，對不對？」

「你要我先回答《李爾王》的問題，還是你胸部的問題？」

她想了一下，決定不管她的胸部。

「抱歉。總之那齣劇到底好在哪裡？我沒看過。」

「你不用看，」我說，「只要讀劇本就夠了。」

「我也沒讀過。你是不是覺得我很無知？」

「不比平常人差，」我和善地說，「你再潑點水過來吧，我們難道是來這裡坐到凍死嗎？這齣劇是關於一個老人和他的三個女人。」

這一點我確實知道。

「其中兩個女兒渴求權力又自私自利，而三女兒心地善良。」

「寇蒂莉亞？」

「對。老李爾把王國分給三個女兒繼承，但他個性虛浮，想要把最大的一份分給自稱最敬愛他的那一個女兒。寇蒂莉亞愛著父親，卻不高聲張揚，於是什麼也沒得到。可憐的國王就把自己的命交到了另外兩個女兒手中。他排拒了善良的女兒，這就是他殞落的開始……最後一幕，發瘋的國王和死去的寇蒂莉亞，是舞台上所能呈現最強大的震撼。」

「死了？」

「對。」

「你想演的就是她？善良的、死掉的女兒？」

我點頭，並且指出她到劇終才死掉。

「這對你來說很有意義？」

我煩躁地瞪著她。她又坐在那裡撥弄著胸部。

「當然很有意義！」我說，「我爲什麼要投入沒有意義的事情？如果我可以飾演寇蒂莉亞，跟考夫納對戲，而且結果順利的話，那麼，是的，我就沒有不繼續的理由。認眞嘗試一次。」

「演戲這條路？」

「不然是管線工這條路嗎。」

「嗯哼。但想演這個角色的，不是只有你，對吧？」

我嘆了口氣想一想。不，當然不是只有我。有趣的是，我們又要演三姊妹了。先是契訶夫，接著是莎士比亞。先前飾演歐嘉和伊芮娜的蕾娜緹和娥蘇拉，除非突然瘋了，否則肯定都想演寇蒂莉亞。除此之外，應該還有兩三個競爭對手。塔利亞劇團因爲某種緣故新增了成員。

「我懂，」安靜片刻，赫妮說，「葛謝曼和考夫納，跟其他人不也沒什不同嗎？」

「不算是，」我說。

「而且，實際上的這個……是叫做什麼呢……選拔過程到底是怎麼進行的？」

「是試鏡，」我解釋道，「我們有拿到兩場戲先練習。一場是開頭的，另一場是接近劇終的。兩週後，葛謝曼就會用一整天來評估我們的表現。」

我們離開三溫暖室，站在蓮蓬頭下。我注意到赫妮若有所思，理解我的意思。她瞇著眼睛，吸咬著髮尾，從她十一、二歲開始，就一直有這個習慣。我比她自己還更了解她。

「我可以怎麼幫助你嗎？」我們出去到更衣室時，她如此問我。
「可以，謝謝，」我說，「我需要有人跟我讀劇和對戲。」
「我？」赫妮說話時突然伴隨一陣稚氣的笑聲。
「你，」我說，「我們今晚就開始。我們有十四天。」
「現在，朕的心肝雖是最末、最小的，」赫妮囫圇吞棗地念著，「你年輕的愛使法蘭西葡萄、勃艮地牛奶競相爭奪，你能吐納何等豐饒，壓倒所有姊姊？說吧。」
「沒有話，陛下，」我說。
「很好。」赫妮說。
「你不該評論我的台詞，」我說，「你應該要跟我對戲。」
「當然，」赫妮說，「我們再來一次……你能吐納何等豐饒，壓倒所有姊姊？說吧。」
「沒有話，陛下。」我回答。
「沒有話？」
「沒有話。」
赫妮哼著氣說，「沒有話，便沒東西。說說看。」
「不幸是我，」我垂著目光說，「我無法提起心給嘴巴說出。我很愛陛下，比照我的義務，不多，也不少。」
「很好，」赫妮說，「我不能提起心給嘴巴說出。寫得眞棒！」
「當然很好，」我煩躁地說，「這可是《李爾王》。這是莎士比亞寫的。」
「我懂，」赫妮說，「抱歉。我們再來一次吧，我不會再插嘴了。」

「從頭再來。」我說。

我們一週游泳三次，每次游完都會練習。十四天中總共練了六次。第一幕第一場和第四幕第七場。後者由赫妮演肯特、醫生和李爾，練到第二還是第三次的時候，我們都已經把台詞背下來了。我知道赫妮在家一定也有練習。

她漸漸開始給我建議。

「和緩一點，」她說，「我覺得你應該嘗試盡量不帶感情。」

「不帶感情？」我問。

「像這樣，」赫妮說，「喔，諸神慈悲！他重傷、剖裂的心，治癒他吧；這位父親，孩子惡毒，他心音雜亂、渾濁，喔，調整他吧！」

她也把這段背起來了。

「她雖然在祈禱，但不敢相信能得償所願，」赫妮解釋，「我覺得這就是重點。你應該儘可能地平靜無感。不過你的祈禱還是會被聽見，當然啦。」

我想了想，嘗試看看。

「很好，」赫妮說，「好多了，我以前都不知道舞台劇這麼好玩。」

我們練了一次又一次。等到我們覺得字句和語調都對了，就練習動作和姿態。赫妮很有熱忱，時常提出意見。試鏡前一天，我們一直練到午夜過後。我也試了一件我打算穿去試鏡的洋裝——只是一件簡單的白色棉料，但衣襬很長，讓我可以赤著腳而不被看到。我其實不知道葛謝曼會怎麼想，但我站在舞台上時，想用赤裸的雙腳感覺到地板。當然，是在角色允許的狀況下。那樣讓我感到一股直直傳到聲帶的力量。

「我們應該休息了，」我最後說，「明天我排第一個。十一點。而且我也得洗頭。」

「記得把衣服穿得鬆鬆的。」赫妮說。

「你確定?」

「絕對是,」赫妮說,「你那樣穿最美了。如果可能的話,美麗和善良應該要相依並存。」

這聽來就像我們以前寫在作文裡交給席柏斯坦老師的句子。我們擁抱道別。

「加油,」赫妮說,「盡力發揮、保持謙遜。我會為你祈求好運。」

「一定要,」我說,「我眞的很感謝你的幫忙,赫妮。」

*

致艾格妮絲·R

賈爾達別莊

格謝姆

二月十日寫於郭特堡

親愛的艾格妮絲,

謝謝你的來信,讀起來眞是有趣。不幸的是,我們可能無法再魚雁往返了——這眞是令我心痛——而且我們可能也到了必須把往來書信全都燒燬的時候。今晚,我重讀你每一封信——總共有九封;大衛去參加某個會議,女兒們睡了。但把信丟進火堆以前,我還在等你的消息;我想你會在前往阿姆斯特丹之前跟我聯繫——是的,可以請你在週四前寄一封短短的問候來嗎?讓我在前往慕尼黑前可以看到。我週五下午三點就要出發了。

我也收到了譯者日(活動名稱是這樣取的)的時程;寄得實在有點晚,但這不要緊。總之,我週六和週日全天都有活動(我現在想的是我的不在場證明,我相信你了解);但週五晚上還沒安排,我得讓旅館櫃檯的人注意到我出現了幾次。或者也許他們有餐廳能讓我待個幾小時？

我是說，如果你決定在第一晚出擊的話。

是的，請再寫點什麼給我吧，親愛的艾格妮絲，拜託了。我現在心裡再也沒有別的念頭，今天是週一，到了下週這時候，一切就會結束了。這感覺既奇怪又令人舒暢；我今天經過坎伯靈商店，你知道，就是葛羅特廣場上、克魯斯咖啡館隔壁那家，那時我在櫥窗裡看到一件黑色洋裝。如果下週那件洋裝還在，我可能就會走進去買下來；我本來今天就要這麼做了，但是成功阻止了自己。如果一個寡婦在丈夫還沒死的時候就買了服喪的衣服，會引來一些注意吧。我想的對嗎，艾格妮絲？

總之，願眾神支持我們，我也相信你已經做好心理準備。我把你巧妙的密語好好記住了，我期待著：一、週四或週五收到你的一封簡短來信；二、你在週末某個時間點的電話。

郭特堡這裡多雨又起霧，但流感疫情好像已經結束。現在我聽到大衛的腳步聲從樓梯傳來，容我匆匆收尾。

赫妮敬上

P. S.：好心的艾格妮絲，請立刻來電，不要遲疑，就算三更半夜打也沒關係！我需要立刻曉得發生了什麼事。

P. P. S.：還有，看在老天的份上，也別忘了把信給燒了，艾格妮絲！如果有人不巧發現了這些信，那就太可怕了！

致赫妮·德嘉朵
百利金路二十四號

郭特堡

二月十二日寫於格謝姆

親愛的赫妮，

現在是週三深夜。我明天有兩堂課，然後我就會坐進車子，直直往阿姆斯特丹開。如果路上不塞，我應該九點左右就會抵達。

然後，我會在旅館好好睡個一晚，然後準備好在三點十五分去中央車站見你丈夫。

然後我們再走著瞧。

我把槍和子彈收在行李箱裡。打包手槍前，我坐著用手掂量好一會。感覺很奇怪，我只要用食指輕輕一壓，就能用這個小小的金屬物件結束他人的生命。所以，這些計畫、這些工夫都歸結到一個簡單的手指動作上，我無法不想，這是否暗示了我們生命的某種本質。我指我們所有人的生命，這種與生俱來的脆弱——而且，過了某個時間點，生命不是就停止了拓展、反而逐漸縮窄嗎？這就是我們的生命。我是這樣想的。但那個時間點是什麼時候，赫妮？從什麼時候開始，我們的人生道路逐漸窄化而不再拓寬？我們從什麼時候開始——不管是刻意或無心，或兩者皆是——把路愈走愈窄？因為實情就是如此，親愛的赫妮，即使我感覺在這件事之後，會有新的可能性對我們敞開（聚會、談話、旅行），但與此同時，一切彷彿都在不斷縮緊。

或者可能是我錯了。我又開始喝酒了。可能我的這些念頭只是暫時的情緒表現，不停打在窗戶上的大雨也有影響。總之，我向你保證，在阿姆斯特丹的期間我會滴酒不沾。至少到完成任務為止。

但我心中毫無掛慮；相反地，我很高興時機終於來臨，我大概不太善於等待。你覺得呢？這跟你過去對我的印象相符嗎？

除此之外，我也沒什麼別的心事了，但是你要我寫個幾句話。今天晚上，我重新讀過你所有的信，並且在十分鐘前看著他們在壁爐內化爲灰燼。我現在要帶著滿滿信心上床睡覺了；我會依約從阿姆斯特丹打電話給你，然後我們或許可以在大衛的葬禮上見面。

你覺得我出席葬禮會太冒險嗎，親愛的赫妮？畢竟你也參加了艾瑞克的葬禮。

不管如何，祝你在慕尼黑的時光過得愉快充實！我眞心希望那裡和阿姆斯特丹的天氣，都比我這邊好，空氣中添上一點春天的暖意總不是壞事。

艾格妮絲敬上

*

大衛．葛謝曼這個人膚色黝黑，眼睛卻藍得出水。

「女性角色，我們只試鏡寇蒂莉亞，」他說，「我明天早上會聯絡入選者。最晚十二點前。」

我點頭。

「請你記得，你跟其他人一樣，都可能要在演出過程中面對不少變動。」

「還有幾個人？」我問。

「四個。有興趣演高納里爾和里根的，明天晚上會過來。」

「了解。」我說。

「我們也可能讓弄臣由女性來扮演。你有注意到，寇蒂莉亞有大半部戲的時間都沒出場吧？」

「當然。」

「所以，你在《三姊妹》裡演瑪莎？」

我坦承我演了瑪莎沒錯。

「你喜歡她嗎？」

我坦承我相當喜歡她。喜歡她，也喜歡演這個角色。

「我導過一些契訶夫的戲，」大衛．葛謝曼說，「也想繼續再導其它的，但他的作品不多，而且某些劇得留到上了年紀再說。」

他微笑著，那抹藍閃閃發光。他最多不會超過二十八或三十歲。

「我要跟誰對戲？」我環顧著四周問道。整個空間裡只有葛謝曼和我。

「洛登……他名字是叫什麼的？」

「洛登勃？」

「洛登勃，沒錯。你有其他偏好的人選嗎？」

「噢，沒有。只是如果情況不妙，我就得避著他了。」

他笑了，並且跟我保證不久就會有其他演員加入。

「你想躺下來定心一下嗎？洛登勃好像遲到了。」

「謝謝，我很樂意。」

「你的外表條件很好。」

「謝謝。」

「你有打算繼續發展嗎？」

「在戲劇方面？」

「對。」

我聳了聳肩。我後悔了，但是這個動作已經無法抹滅。

「也許吧，」我說，「是的，如果有可能的話。」

「我可以推薦你幾個學校，」葛謝曼說，「都很不錯。我是說，如果你有興趣的話？」

「謝謝，我很樂意，」我重複說，「眞的。」

門打開了，洛登勃走進來，他顯然感冒了，一進門就打了三個噴嚏。

「對不起，我有點耽擱了。」

「沒事，」葛謝曼微笑，「我不知道寇蒂莉亞想不想要預備一會，還是我們要立刻開始？」

「我很樂意立刻開始。」我說。

*

我了解大衛．葛謝曼的本事了。

存在感。他每走進一個空間，就開啓一種力場。那股能量逐漸增強，觸手可及。我感覺自己被注意到、聰明過人。而且舉足輕重；我從來沒有過這樣的經驗，但我立刻就明白了背後的深意。

他在劇院裡坐得很遠，坐到第七或第八排。的確，我是在跟得了感冒的洛登勃對戲，但我也不禁同時和葛謝曼對戲。這是劇場裡對角線位置的老問題，當然，但也是一種嶄新而無從驗證的感受，相當奇異，我無法判斷這是好是壞，是加強或削弱我的表現。

我們持續試演了半個小時。兩場戲都各演過兩次；葛謝曼完全沒有評論，但我知道我每一釐米的移動、每一次的呼吸，他都看在眼裡。走出凱勒劇院——那裡是我們的試鏡地點，每次都是——我感到筋疲力盡、有點暈眩，好像一場激烈運動。

比方說，就像我做了兩個小時的愛，那是我二十一年的人生中還沒有過的體驗。

我在轉角的艾德勒咖啡館找了一桌坐下，點了牛排和啤酒。我想，這是我第一次遇到一個眞正讓我感興趣的男人。

眞正……和我有所連結的人。

當晚稍後——那是二月份一個寒風陣陣的週六，空氣中沒有半點春日將至的氣息——發生了一件事，我不由自主地解讀成好預兆。

我已經在那間單房小公寓住六個月，它位於蓋格斯街一棟老舊建築的頂樓。六樓，沒有電梯；大小就跟碗櫥差不多，但傾斜的天花板和不整齊的外觀也有魅力，何況我在這個階段當然不需要更大的空間。

同一層樓住著一對老夫婦，林柯維斯先生和太太。兩人都是七十五歲左右，身體有點虛弱，他比她的狀況更差一點——林柯維斯太太通常每天至少會上下樓梯一次，去廣場上挑好每日必須品，再請送貨員送到家裡。有時候我會幫他們買東西，但那是特殊狀況，他們喜歡自己照顧自己。林柯維斯先生的名字叫做席吉斯巴德，相當少見，他通常每三、四天才出門一次。天氣不好的時候，他覺得沒有必要往外跑，若是遇上好天氣，他通常出去到面對中庭的小陽臺上就滿意了，我從公寓小小廚房的小小窗戶裡可以看到他。

那個週六，我回到家時（是在阿德勒咖啡館吃過牛排、並且效率低落地在圖書館讀了兩個小時的書之），我在門外撞見林柯維斯太太和管理員布洛米先生。林柯維斯太太看起來像是要昏倒了，她臉色發白、口吐白沫，沒有半點聲息。那對老夫婦家的門是開的；布洛米先生解釋了一下狀況。

林柯維斯先生發瘋了，他喘著氣說。

布洛米先生一天要抽五十根菸，鮮少到大樓的高樓層來拜訪。

「你不是說眞的吧。」我說。

「當然是眞的，」布洛米嘶聲說，「他站在外面陽臺上，想要跳下去。」

他被尼古丁染黃的食指顫抖著揮向林柯維斯家的公寓。林柯維斯太太嘴角的吐沫停了，她抓著我的手臂，開始哀吟。

「拜託，」她懇求道，「拜託。」

我懷疑地搖頭。

「他爬到欄杆的外側了，」布洛米解釋，「他就站在那裡，靠一隻手撐著。如果我們接近他，或是對外求援，他就要放手了！」

「你怎麼知道？」我問。

「是他說的。」

「他站在那裡多久了？」

「可能十分鐘吧，」布洛米說，「我剛上樓。席夢就把我找來了。」

我本來不知道林柯維斯太太的名字叫席夢呢。但她肯定地點頭，同時指甲掐進我的上臂。席吉斯巴德和席夢？我想著。

「拜託。」她重複說著。

「你打算怎麼做？」我問。

布洛米來回踱步，在胸前口袋裡摸索著找菸。他的耳後夾了一根菸屁股，但他似乎沒有發現。

「我不知道，」他說，「該死，我們要怎麼做？這種事偏偏挑在今天發生。」

席夢．林柯維斯開始放聲大哭。我迅速地猜想一下，布洛米先生說的「偏偏挑在今天」是什麼意思。也許今天是他的生日之類。

「你覺得他是認眞的嗎？」我問，「他有可能──」

「他是認眞的，」布洛米說，「毫無疑問。要命，他都七十五歲了。」

我不知道他的年紀和他認眞的程度有何關係，但我沒有費心多問。

「我應該進去找他嗎？」我改而如此提議，「你們希望……？」

席夢．林柯維斯緊盯著我，帶著一種介於絕望無助和急切請求之間的神情。我趕緊將手臂從她的掌握中掙開。

「留在這裡，」我說，「我進去看看。」

「別靠太近就是了，」布洛米說，「不然他就要跳了！」

我點頭，警戒地走進門，來到玄關，但從那個地方看不見陽臺。我繼續往右走進客廳，裡面堆著滿滿的家具和裝飾品，幾乎令人寸步難行，我透過敞開的陽臺門看到了他。

他站著的樣子的確就跟布洛米描述得一樣。黑色的鍛鐵欄杆不過只有七、八十公分高，我知道要跨過去完全不難——即使是對席吉斯巴德．林柯維斯這樣行動不靈敏的人而言亦然。他站在那裡，轉到背向我的角度，專注力全都集中在底下的中庭。我知道下墜高度應該至少十二公尺，中庭的地面又鋪著凹凸不平的石子。毫無疑問，他一旦放手，就會把自己送上死路。

而他現在只靠單單一隻手抓住橫條柵欄，身體也往外傾了一點。

我仍舊茫然站在客廳中央。他還沒有發現我，但我們的距離只有五、六公尺。我嘗試快速評估狀況。貿然出擊的結果恐怕不妙——尤其是突擊路線上還擋著一張搖椅和一張桌子。

我觀察他。他穿著灰色長褲和一件古銅色薄羊毛衫。如果他真的已經在外面站了十分鐘，別的不說，他一定覺得冷了。當時的氣溫沒比冰點高多少。

「你們這些騙子！」他突然中氣十足地喊道。我發覺他是在跟外面的某個人、或某群人說話。我謹慎地往旁邊踏出一步，瞥見中庭對面另一戶陽臺上有個女人。我不知道她的名字，但我遇到過她幾次，認得她的長相。她養了一隻通常穿著綠色毛衣的臘腸犬。

「如果你報警，我就立刻跳下去！」席吉斯巴德．林柯維斯恫嚇道，「你們所有人都會被毀滅！我和全宇宙的王子接上線了！」

我明白管理員布洛米對他精神狀態的說法大致是對的。我再接近一步，來到跟搖椅平行的位置。

「我該死的受夠你們這些人了，」林柯維斯大吼，「該死的受夠了！我馬上就要跳了，然後你們就會像蒼蠅一樣死光光。」

我遲疑了。超過半分鐘的時間裡，什麼事也沒有發生。林柯維斯先生緊抓著欄杆的手，看起來極度蒼白、毫無血色。我決定試著再靠近一點點。

「我深陷絕望！我再也無法忍受絕望了！」

我繞過桌子。現在只剩下三公尺遠了，但我接著就撞到一個放著陶甕的臺子。我及時接住陶甕，但臺子隨著一聲砰然巨響倒在地上。

「您是哪位？」他轉過頭來，發現了我。

不，也許他沒有，因為他沒戴眼鏡。我知道他的視力很差，林柯維斯太太常常提起這點。

席吉斯巴德的眼睛不行了，她老是這麼說。他很快就沒辦法再讀字了，有一天他會失明的。

但他意識到有人站在客廳裡。「是誰？」他用力道驚人的聲音咆哮道，「別再過來，不然我要放手了！」

他的聲音中有一絲恐懼，我無法忽略。我像是生了根一般站在原地，不知所措。我感覺到林柯維斯太太和布洛米先生在我背後，正要進房。我潤了潤嘴唇，做好準備。

「是我，席吉斯巴德，」我說，「到我身邊來，我會撫慰你。」

一開始，他毫無反應，像我一樣僵硬地站著，仍然用一隻手緊抓欄杆。我聽見外面傳來遙遠的低語聲；也許住戶全都站到自家陽臺上了，或許也有人聚集在樓下的中庭。

過了幾秒。

「過來讓我看看你。」他說。

我跨了三步，停在門口。我幾乎可以伸手抓住他了，但我不敢。

「停！」他說，「別再靠近了。我會跳的！」

我沒有回應。

「你是誰？」他重複道。

「是我，」我說，「到我身邊來。」

他又遲疑了幾秒。漸漸地，他的姿態完全變了，變得柔軟而開放。也許他這一輩子，都沒有聽過任何人對他說出這些字眼。也許他心中渴望不已。他發出一聲深深的嘆息，跨過欄杆回來，我將他抱在懷中。

他身上冰冰冷冷，立刻開始啜泣起來。

要把這段插曲解讀成預兆以外的東西，實在太難了。

*

致大衛．葛謝曼

費加洛旅館

普林森運河路一一二號

阿姆斯特丹

二月十二日寫於郭特堡

最親愛的大衛，

我知道夫妻之間這樣寫信給對方並不尋常（尤其在我們現在這個時代，而且兩人分開也只有幾天的時間），但我就是忍不住要這麼做。有時候你就是會冒出一個念頭、或是想到一個點子，然後就再也沒有辦法逐出腦海，除非你眞的設法實現它。

我愛你，大衛。其實我只是想讓你知道這件事——這句話，無比庸俗的一句話，卻也是我們心中所能出現最眞誠重大的意念。

我突然想到，我們最近不再有機會像過去承諾的一樣，對彼此表達愛意。錯不在你，也不在我。你我都不需要背負罪惡感。無論如何，我們都不要自責——但我們的生活，是不是已經被柴米油鹽和日常瑣事給鯨吞蠶食了呢，大衛？我相信是如此，我無法想像有什麼別的原因。

但我知道，重要的是我們要及早打破惡性循環，這點我們討論過很多次了。我們如此容易就將對方視爲理所當然的存在，大衛，我們不要再這樣下去了。

我們應該認知到，我們能夠共同生活、一起看著女兒們成長，是多麼大的福氣。我們應該讓愛情在我們的生活中重新得到應有的位置。

讓我們彼此相愛，直到死亡將我們分開，大衛，就像我們曾經許諾的。

是的，我寫這封信，就是想告訴你這麼簡單——卻又這麼困難——的一件事，我摯愛的丈夫。希望你在阿姆斯特丹玩得愉快，期待看到你回家。

永遠愛你的

赫妮敬上

*

那天晚上是否眞的一夜無夢，我也不知道。我只知道我六點半醒來的時候，什麼也記不得，感覺就像我根本沒有睡。

我帶著狗狗出門；沿著河到曼納靈橋，走了好長一段路，過橋穿越森林，一路通往甘德維茲的地壘。這裡的天氣比較怡人；沒有颳風，霧也散了。我休息了一會兒，坐在傾倒的樹幹上，眺望風景；兩隻狗已經自由奔跑過，現在躺在我的腳邊喘氣。

我的風景。我當然無法擁有，但我如此明確感覺到，沒有什麼能讓我離開這個地方。這裡是我的家，即使要踩著別人的屍體才能留在這裡，我也在所不惜，這些字眼想也不用想就出現在我腦海裡。

回程路上，太陽出來了，我踏進淋浴間時已經滿身大汗。然後我吃了早餐、打包行李。我把手槍裹在一隻滑雪襪裡，再用另一隻來裝子彈。我小心把它們放在行李箱的最底部；其實我不知道爲什麼，到頭來這或許就是自然的本能。或許連職業殺手也是這樣打包的。

十點鐘，我已經準備好了，我把狗狗弄上車，開到巴斯家去。我們只聊了幾句，但是很親切。他們祝我在柏林玩得開心；巴斯先生在那裡住過五年，但他實在不怎麼懷念那地方。他們夫妻兩都因故沒有上班，但女兒當然還是去上學了。

我週日晚上回來，我保證一確認時間就會打給你們。

「我們可以照顧他們到週一，」巴斯太太答應我，「沒問題的。」

「或是乾脆收養他們，」巴斯先生打趣道，「也許咱家女兒們就會比較喜歡我們了。」

「這個嘛，」我坦承，「我也離不開他們。」

「你該找個男人啦。」巴斯先生說，而他太太絕望地雙手一攤。

「她找個男人是要幹什麼？」

談論勃朗特姊妹時，我總是嘗試對可憐的安多著墨一點，這次也不例外。

我強調她只活到二十五歲——而且，即使《艾格妮絲．葛雷》和《懷德菲爾莊園的房客》，相較於《咆嘯山莊》和《簡愛》，都有其缺點，但又有哪部小說是完美無缺的？

此外，她的兩個姊姊都以各自的方式對她施行了嚴密的控制。

我們有機會看到這兩本書嗎？有人這麼問。於是，這個學期我也把我的兩本安．勃朗特作品給借出去了。但我覺得我難以專注在這個主題上——儘管它是我的心頭好——我提前二十分鐘結束了討論課。理由是我有事要趕去柏林，當然學生們也都對提早下課沒有異議。

我把公事包放在辦公室，以便我週一早上提前一兩個小時過來準備當天的課程。

我把車開出停車場、駛離校區時，還不到兩點半。才開了十五分鐘的車，我就突然起了一股強迫症念頭。就在開上快速道路入口以前，我在一處停車場暫停，檢查行李箱是否還在後車箱裡。還在。

我也想檢查槍和子彈是否仍在原位，但是不行。不行在光天化日下的停車場裡這麼做。放輕鬆，艾格妮絲，我坐回方向盤後方時，心中如此想著。你得保持冷靜。

但我發覺脈搏和呼吸都比平常快。我仍試圖說服這和緊張的情緒無關，而是精神一陣、生機勃勃，就像我對赫妮描述的那樣，那股感覺正在尋找出口。

雖然我開進市中心前停下來看過街道圖，但尋找旅館的位置時還是遇到一點困難。兩條單行道讓我迷失了方向，當時又是傍晚的尖峰時間，下著大雨，但我終於還是開到了正確的街道上。我停在尚稱顯眼的旅館入口外，進去跟櫃檯詢問如何進車庫。

我辦了入住，用現金付清費用，沒有出示證件，把自己鎖在房間裡。我打開行李，把槍塞進衣櫥裡的備用被毯中間，然後放了一缸洗澡水。

我在帶著萊姆和青草芳香的泡沫裡躺一個小時，放鬆全身，喝光迷你吧檯的一小瓶紅酒，抽了根菸。這感覺不如想像中那麼放縱；我想這正符合這趟旅程的首要特色。我再次拿自己和職業殺手比較。也許他（她？）也會選擇用同樣的方式為他（她？）自己做好準備。有何不可呢？

我在旅館的餐廳吃了晚餐，然後出門去。雨已經停了，但刺骨的寒風陣陣吹來。我摸熟了周遭環境，找到來往於犯罪現場的最短路線。這條路不過三、四百公尺長。照明不佳的街道兩旁停著陰暗的車子，還有兩家門可羅雀的酒吧。我慢慢走過那間旅館；比我想像的還要高檔，似乎有個貨眞價實的大廳，這一點當然爲我提供了優勢。我當然可以在不引起注意的狀況下順利進入，上樓去客房的時候，可能也不會被人攔住。

除此之外，我也會僞裝。不用太誇張，夠用就好。一頂淺色假髮，加上一副墨鏡。沒有人會把這場謀殺案跟我連結起來，所以何必大費周章呢？

我回到我的旅館。在電視上看了一齣挺悲慘的法國電影，然後讀了一篇關於露．莎樂美（註）的新論文的其中幾頁。

我在十二點半左右熄燈，思考著未來二十四個小時內事情進展。

＊

隔天，我六點半就醒了，不知道有沒有作夢，但前一天林柯維斯先生鬧出的插曲立刻浮現在心頭，或許我夜裡也有想到他。

我在床上躺了一會兒，想著他的事。還有我設法把他請下陽臺後發生的後話。旁人不顧他的反對，把他轉送醫院；他哭得像個小孩，求他們讓他留在家裡，但是他的太太和妹妹——一個身材高挑、外表怪異、表情苦澀的女人，幾乎在風波結束後就立刻出現——相當堅持。兩位急救人員來帶他去醫院時，林柯維斯先生緊緊抓著我，但這一點只被用來證明他精神失常、必須接受照顧。

「我很絕望！」下樓途中，他的叫喊迴盪在樓梯間，「你們都不懂嗎，我很絕望。」

註：Lou Andreas-Salomé，1861-1937，俄羅斯作家暨精神分析學家，與尼采、佛洛伊德、李爾克等人交好。

我對他的痛苦感同身受。但他的太太和妹妹都陪他上了救護車，也許這樣安排是最好的。總之，我很難想到更合理的處置方式。

我起床泡咖啡。我吃完早餐、看完報紙、沖完澡就八點半了。我坐下來等大衛．葛謝曼的電話。

十點了，他還是沒有打來，十一點也沒有。

我什麼事也做不了。我無法專心看書，轉而在窄小的水槽裡手洗毛衣，洗到一半卻停了下來，把又髒又濕的衣服掛在椅背上。我試著玩報紙上的填字遊戲，卻馬上就寫錯了。我想上廁所，但是電話線太短，如果我坐在廁所裡就接不到電話。我只好忍著。

十二點。我知道他說的是最晚十二點以前。十一點半過後，我就坐在那裡盯著電話。然後又改變心意，跑去躺平在床上，閉上眼睛數著脈搏。

我想像死神就躺在我身邊的床上，這個幻想不知道是打哪來的。

現在剩十五分鐘就十二點了。我喝完最後一滴早餐的咖啡，開始覺得不舒服。你越期待，電話就越不肯響，說得真沒錯。我得想想別的事。我望向窗外，心想林柯維斯先生不知回家沒有。或是有沒有至少拿到診斷結果了。

剩十分鐘。什麼事也沒有發生。完全沒有。

剩五分鐘。

剩兩分鐘就到十二點的時候，電話響了。我深吸一口氣，將手放在話筒上，又等它響了一聲。我不想顯得太急切。

接吧。

是我爸。他說他一顆睪丸不剩了，但無論如何，他可以照常生活了。

我掛斷電話。斯特凡教堂十二點的鐘聲響起。

我遲了十五分鐘才抵達凱勒劇院。其他人都已經到了。大衛．葛謝曼坐在舞台邊緣，穿著黑色馬球衫，裹著黑色燈芯絨的雙腿晃來晃去。我一推開劇場最後方的門，他的話就打住了。

洛登勃轉過來，摀著嘴巴咳嗽。他的感冒似乎沒有好轉。第一排坐了五個人。娥蘇拉和薇拉，我在契訶夫劇中的姊妹。洛登勃。還有一個劇團裡新來的女孩，叫做瑪蒂德，默片時代結束的時候，她在這一行的前景就該消失了，因爲她講話口齒不清。

我緩緩走下斜坡狀的左側走道，對葛謝曼投以微笑，然後坐在薇拉旁邊。

「歡迎，」葛謝曼說，「我們正談到高納里爾和里根，以及在她們之間做出區別的必要性。在舞臺上，兩個大同小異的角色既沒有張力，也無法令人信服。他們會吸乾彼此的生命力……」

「我了解。」我說。

葛謝曼清清喉嚨，繼續講同一套。整個下午，我的胸口都像塞了個拳頭，現在終於開始鬆動了。往側邊向上移動。我連續吞嚥幾下。爲什麼娥蘇拉和薇拉都坐在這裡？我想。是她們之中哪一個……？

「抱歉，」我說。

葛謝曼又打住話頭。他的下巴靠在手指關節上，觀察著我。今天沒有那抹流瀉的藍色。

「寇蒂莉亞的人選已經決定了嗎？」

他點頭。洛登勃緊張地咳了一聲，從他最右側的座位上半站起來。

「結果呢？」

葛謝曼垂下手。

「你們的表現都非常有說服力。」

我等待著。胸口裡的那個拳頭正在扭動。

「就像我一開始說的……你們都可能要面對不少變動。很不幸地，現在正是如此。」

「是誰？」我說。

「我們最後決定……我的意思是，我最後決定選了一個其實不是劇團成員的女生。目前為止就是這樣。她叫做赫妮。赫妮·德嘉朵，我不知道你是不是……」

我的雙手交疊，按在肚子上。我根本無法抗拒體內突然強烈湧起的嘔吐反射。

我一整天吃的東西都吐了出來。感覺像是我一輩子吃的東西都吐了出來。

洛登勃過來幫忙，送我坐上計程車。

*

致大衛·葛謝曼

費加洛旅館

普林森運河路一一二號

阿姆斯特丹

二月十二日寫於郭特堡

最親愛的大衛，

上次謝謝你了，感謝你的來信。

不，我一點也不趕，你怎麼這樣想呢？寡婦改嫁要等一年，我以為我們同意要遵循某些傳統的。所以，我也傾向於維持現狀，大衛，請相信我。你的生活整體狀況如何、跟你妻子的關係如何，我都不感興趣，從來不感興趣。

但我愛你，也想要你。一部分的你。每個月占有你一兩天的時間。也許不久就會得到更多。很不幸，我沒有機會去阿姆斯特丹，請別把這當成我要跟你保持距離的表示。只是柏林的那趟行程我不得不去，你們男人怎麼就這麼敏感呢！

你寫說你準備好跟她離婚了，如果我提出要求的話。我不知道你這話說得有多眞誠，也許有一天我確實會這樣要求你。也許我對你的需求會與日俱增，就像我剛才說的。但不是現在，大衛，我們先偶爾享受彼此，就像過去這些年來。同一支酒喝了五杯，也不會比只喝兩杯的時候更美味。對吧？

還有，沒錯，我三月會去史特拉斯堡，我保證。但能不能眞的待滿四天，還得再看看，但我會儘量把課排開。

很高興你喜歡我的房子，不然就太可惜了。你在這裡眞是太好了，你知道，當你欲火難消的時候，這裡永遠歡迎你。只要提前幾個小時讓我知道，給我時間張羅一些吃的、挑一瓶好酒。

知道我能繼續住在這裡，也令我心滿意足；某個意外的機緣解決了我的財務困境，所以目前一切都相當樂觀。你總是說人永遠不該放棄希望，說得眞是沒錯。

雖然我得承認，我有點渴望你了。我喜歡和你酣暢淋漓做愛，讓你躺在我背後跟我一起入睡。

那麼，或許下週見了？

一天一夜，如果你可以的話？

愛你的

艾格妮絲敬上

＊

週五的慕尼黑意外晴空萬里。早上我長程散步，穿過英國公園發現自己想念起家裡的狗狗了。狗狗就是適合公園，或者反過來也說得通。

我還不知道我到底該如何——還有在何時——殺掉赫妮。我甚至不確定今天動手，但我是這麼想的。我有一個計畫——或者該說是好幾個計畫，幾個不同的行動備案，如果第一個計畫行不通，那麼第二個或第三個總能派上用場。我無法採取其他的策略，只能用這種開放式的方法——把握機會、隨機應變——讓我擔心的並不是這一點。正好相反，人生本身就有架構，是一場由機率和秩序共舞的方當戈舞，不會跳這支舞的人，就不能奢求活得圓滿。

但我會跳這支舞。一直都會。

回旅館的路上，我走進電話亭，打給蕾吉娜旅館，說有一束花要送給赫妮．德嘉朵，詢問她的房間號碼。

對方告訴我，德嘉朵女士還沒有入住。但她的房號是四一九。

我道了謝，掛斷電話。如此簡單，我心想，簡單得不可思議。

對於艾瑞克的死，沒有人懷疑我，也沒有人會懷疑我涉及赫妮的命案。就是這樣了。我步出電話亭，看了看時鐘。十一點二十分。除了等待，我沒有別的事要做了。我回到老掌櫃旅館，但覺得坐立難安，於是又出門了。

我在市區消磨了一兩個小時，沿著塔爾街和考芬格路漫步到卡爾門。我參觀了藝術之家，但不久就厭倦了。早就都看過了。然後在厄倫格吃了午餐。好天氣持續了整個下午，伴隨著微微的西南風；總是有這麼多人來來往往，但當我就著一杯咖啡坐在約翰尼斯咖啡館，我開始有了一種不同的感覺。一開始我搞不清楚，但漸漸明白了，那是他人的一股存在感。

是的，存在感。

也許是某種偷窺者，那印象非常強烈，同時又相當模糊；我謹慎地環顧喧囂嘈雜的四周，看看那股感覺是從何而來，是否有某個人正在以某種方式窺伺我。

爲什麼？我自問。爲什麼會有人要窺伺我？

跟蹤女人的男人？是的，當然可能，但當視線四處梭巡，卻找不到符合這種角色的人。

我付了帳，離開咖啡館。到了外面的麥斯米蘭路，我在一間菸草店買了菸，繼續走到鐵阿提那教堂和王宮花園，但還是無法完全甩開那股感覺。

是我太執迷了吧。幻想揮之不去。況且，稍早在英國公園的時候會有什麼事嗎？

我招了一輛計程車，回旅館。

六點鐘，我再度站在電話亭裡，打給蕾吉娜旅館，找四一九號房的德嘉朵女士。接總機的女孩請我稍等，接著當我聽到赫妮帶著驚訝和些許憂慮的「喂？」，我便掛斷電話。

她到場了。我回到老掌櫃旅館，幫手槍裝填子彈，放進肩背包裡。我換上我事先挑好的衣服：一件多年沒穿的薄外套，以及黑色長褲。我戴上金色鮑伯頭假髮和墨鏡。當然只是先試試，我看著浴室鏡子裡的自己，完全判若兩人。我把這些裝備也放進包包裡，然後出發。

瑪瑞安路和霍曲布克納路。酒吧裡沒人。停靠的車子裡也沒人。空中飄著細雨。我右轉到希德嘉路，到了目的地。我在一扇門邊戴上假髮和眼鏡，利用時間以櫥窗玻璃充當鏡子照一照，然後走進大門。旅館大廳寬敞而豪華。大理石、深色橡木和沉重的皮革扶手椅。接待櫃檯在斜左邊，電梯在右邊。更右方是酒吧和餐廳。我迅速考慮一下，溜進酒吧點了一杯琴湯尼。

時間還早，這裡也沒什麼人。只有一對紳士，和一個六十多歲的單身女性。那女人新化了妝，看起來相當可悲，顯然是坐在那裡等著某人。餐廳裡的一大群人之間傳來談話和笑聲。根據我判斷，是美國人。

我喝完酒，抽了根菸，一面翻閱《南德意志報》。我考慮要打電話，但還是順其自然吧。再拖延一下下會比較好。

我離開酒吧，直接走向電梯，外套掛在手臂上。我按了電梯，上去四樓。四〇一到四二〇號房。四〇一到四一〇號房在左。四一一到四二〇號在右。有一臺製冰機和一台擦鞋機。

我沿著走廊走到右側。在四一五號房之後，走廊向左拐彎。四一九是倒數第二間房，就在緊急逃生梯對面。我打開通往樓梯的門，往下走了半層樓，停在不管從樓上或樓下都看不見的位置。我可以透過一扇窄窗看見天空的一角。太完美了，我想。

我把假髮和眼鏡扶正，發現自己有點發抖。我確認手槍可以擊發，然後拿出手機。我提醒自己，等這一切結束，一定要拿走赫妮的手機，警方就不會在她的通訊錄裡找到我的號碼。

我想再從旅館總機打一次電話，但是不敢冒險。他們可能會儲存我的號碼。我點了新的一根菸，站在樓梯間，抽完之後才輸入赫妮的手機號碼。

如同我們先前談妥的，她沒有接聽。轉接到語音信箱。我等待提示音出現。

「你好呀，喬治，」我說，「我是碧翠絲姑姑，我只是要說，黑蜀葵花已經訂了，錢也付了，週二就會送到。你就別打電話給我了，沒必要花錢！」

我掛斷，將手機放進包包深處，然後拿出手槍。我回到空蕩安靜的走廊上，停在四一九號房外，讓自己鎮定下來。

我敲了兩次門。

「什麼事？」

她的聲音很近。她就站在門的另一邊。我不敢壓下門把，她剛接到丈夫的死訊，可能鎖上門。

「客房清潔，」我說，試著把聲音裝得比平常輕，「換新毛巾。」

過了兩秒，她打開了門。

我一下就進了房間。赫妮退入房內，一臉驚恐。我關上背後的門，拿著槍穩穩地瞄準她。

她癱倒在床上。

「你搞錯了。」她說。

「不。」

「你走錯房間了。」

「不，我沒有走錯房間。」

顯然她認不出我。

「你要錢嗎？我帶的不多，但你只要……」

我朝她走近兩步，現在瞄準她的頭。

「你是誰？這總不會……天啊！」

我發現自己在微笑。怎麼可能忍得住。我得很努力克制，才不至於放聲大笑，笑意在我體內湧起的感覺幾乎就像高潮。但我突然感覺到背後有動靜，我正要轉過去時，有人——

我的頭劇痛不已。

我在一張椅子上醒過來，呼吸困難；我的嘴上貼了一大塊繃帶。我努力想把它撕下來，但同時有一隻強壯的手抓住我的脖子，我明白那塊繃帶應該留在原位。

我改而抓住扶手。我的假髮躺在床上，墨鏡也是。赫妮坐在房間對面的另一張椅子上；她拿著一把手槍瞄準我。那不是我的槍，但槍管上裝著相似的滅音器。

我背後某處的牆邊站著一名男子。抓住我脖子的那個男人。我感覺到他也裝備了某種武器，但我沒費神察看。我自己只有赤手空拳，和這陣可怕的頭痛，就像我的前額葉裡發生了一場黑色的爆炸，不斷搏動重擊。

赫妮和我之間隔著一張矮桌。桌上有一個信封。信封上寫著我的名字，只有名字沒有姓氏，艾格妮絲，底下畫了兩條線。

我抬起頭看著赫妮。她的嘴唇彎成某種壓抑的微笑。她的眼睛微微閃耀著勝利的光芒。也許還有一點酒意。足足過了十秒鐘，她才開口。她開始說話的時候，一切水落石出。

時間會揭穿那隱藏褶疊的奸巧；

它遮掩過錯一時，終究會羞辱他們以訕笑。

片刻停頓。我認不得她的聲音。她的右邊嘴角微微一扭。

「我沒打算坐在這裡把事情解釋給你聽，艾格妮絲，」她說，「而且我也無法忍受再聽你多說一個字。一個……字……也……不行。你自己看吧！」

她用手槍朝那個信封示意。我拿起信封，取出幾張對摺的信紙。同樣的紙筆、同樣的字跡。我背後的男人清清喉嚨，雙腳移動了一下。

「快看！」赫妮又說了一次，「不看的話，我就立刻對你開槍了！」

我點頭，但就在我的視線要聚焦在信紙上時，我突然又察覺到那股存在感——像一陣冷雨淋遍我的全身——那股巨大的恐懼像前幾天沃姆斯村的預兆一樣湧現。就是我今天下午感覺到的存在。現在我明白了，那不只是我的想像。我明白我當時就應該認眞應對，找出它的核心。

但這無濟於事。我垂下眼，開始讀信。

親愛的艾格妮絲，

我是如此唾棄你，我甚至不知道自己能夠對他人懷抱如此之深的厭恨，但事實就是如此。

這也是我策劃出這齣通俗劇的理由——而非單純把你找出來、像狗一樣殺掉。我就是需要做到這個地步，才能夠跟你面對面，讓你認清你自己的眞面目，讓你知道你爲何必須一死。

就像我們現在這樣，艾格妮絲。

不，別讓你的目光離開信紙，繼續讀下去，等你讀到最後，等我看到你了解了，我就會開槍。

你眞的以爲我不知道嗎？你眞的以爲我有那麼天眞，都沒發現我丈夫的情婦是什麼人嗎？你眞的以爲，在這種狀況之下，我會怪罪於大衛嗎？

你看錯我了，艾格妮絲。你一直都低估了我。爲什麼好事從來都沒辦法讓你快樂，艾格妮絲？你一直都是如此，別人的挫敗比你自己的成功更令你滿意。你的守護神是奸計、是心機、是矯揉造作。爲什麼你無法忍受你的母親和馬汀斯牙醫師在一起？爲什麼你因爲我得到寇蒂莉亞的角色而怨恨到這種程度？還有崔斯坦．辛格，你還記得他嗎？

還有大衛？我不知道你到底用了什麼詭計來網羅他，但我相信你一定精心安排最奸巧的計謀。

一如往常，艾格妮絲。

但現在呢，問題是，我不會放手讓大衛走。我的女兒們需要媽媽，也需要爸爸。我不只立誓要忠於我的丈夫，也對自己和上帝發誓過，要守護我們的盟約。直到死亡將我們拆散，我背負著這項責任。我是個有著堅定價值觀的人，我想你一定記得，我從小就是這樣。

而我知道我能夠引誘你來到這裡，艾格妮絲，我從一開始就知道。我弟弟班傑明——你應該記得他吧，他現在就站在你背後——比較懷疑。他一直是我的心腹；我們姊弟之情深厚，他始終都支持著我。你從來不喜歡他，我跟他都記得你對他有多壞，儘管他當時還那麼小、那麼毫無防備。他在慕尼黑跟蹤你——稍早也有過幾次——今晚我射殺你之後，他會把你的屍體抬出後巷（沒錯，他現在長得又高又壯了），丟進伊薩爾河。你的身上會綁著重物，你的肉體就要消逝在泥濘的河床上。至於你的靈魂會去什麼地方，我們想都不用想。

永遠不會有人找到你，艾格妮絲。你會被通報失宗；我不知道你告訴巴斯一家人說你去了哪裡，但我相信你說的不是阿姆斯特丹，也不是慕尼黑。班傑明也會處理你的車，確保它一起消失不見。

你會屍骨無存，艾格妮絲。屍骨無存。

你一定明白，我很享受這一切。現在，看著你閱讀自己的死刑宣告，我感到一股溫暖而強烈的喜悅。這個計畫花了我不少錢，你知道的，艾格妮絲，但我手頭還算闊綽，而且每一塊錢花得都很值得。也許世界上再也沒有比這更徹底的滿足了——能夠靠你自己的智慧親手懲罰一個如此爲惡多端的人。殺掉一個你深深鄙夷、試圖毀掉自己人生的對象。

復仇。

你打算殺掉我；我知道你無法抗拒這個誘惑，所以你現在坐在這裡，跌進你自己的陷阱。全是一場空，我想你應該也同意，你完全是自作自受。

你快要讀到我最後一封信的尾聲了，親愛的艾格妮絲。剩沒多少了；你只要一行接著一行，逐字讀下去，當你讀到最後一個字的時候，你會抬頭，而我會對著你的頭開槍兩次或三次。

或者，也許我會對你的胸口開槍，讓你在死前受點苦。

是的，抬頭看一下，你會看到我的槍裝了滅音器，跟你的很像，艾格妮絲。爲什麼你要聲稱你的槍開火時聲音很大？難道你不可能有一把滅音手槍，或是另外弄到滅音器？我不知道，艾格妮絲，但我知道你的視線正在游移，不，現在還不要跟我對上眼神，還有一頁，你還不知道那頁寫了多少，但你很快就會看到了，當你看到那一頁的最後一個字時，你就要受死了。不，不要翻回去重看，我知道你全都明白，非常明白……

那麼，現在只剩下這麼少少幾行了，可眞奇怪呢，一個人能夠在這些字上面躊躇這麼久，彷彿是緊緊抓著每一個

小小的字母

只是爲了苟且
求生。
短短的一秒也能有如此
重大的意義，艾格妮絲，但現在我看見
你讀到這裡了。
你很快就要抬起頭，艾格妮絲。
你無法再繼續低頭看著
每一個字。
這就是最後一頁，
這就是
你生命的
最後一刻。
抬起頭，艾格妮絲，
看著我，
就是現在。

撒馬利亞之花（註）

一

這整件事不是我引起的。不是我重新把蛇之花挖出來的。我只想把這一點說清楚。那一點也不是我的目標或意圖；人生中已經充滿夠多駭人殘酷的事件，光是旁觀就夠糟了。

我知道自己在講什麼。人生在世這四十九年來，我做過的重大決定，不過也就四、五個，但每一次我的決定都帶來了無法預料的後果。於是，我學會放棄選擇權。長年下來，對於所有可能影響我與他人平衡穩定的事情，我漸漸懂得迴避。

別誤會我的意思。有些人就算做出不可思議的愚行，仍然可以安然度過。像我，舉例來說，我只是輕輕一眨眼，就得到了二十五年的婚姻和兩個女兒。

我住在郭特堡，我太太和女兒也是，雖然我們已經不再同住一個屋簷下。希爾蒂和碧翠絲差了兩歲半，但出嫁的時間只差了五個月。兩人的婚禮都是在去年冬天舉行，希爾蒂已經懷了身孕，她妹妹很可能也有喜了。我離五十歲生日還有一年，但眼看就要當外公了。

我太太名叫克拉拉，她已經不再愛我了。她不久前才對我宣布，就在暑假開始的四天前，那才是

註：曾改編爲電影《撒馬利亞》。

這一切眞正的開端。是的，某種程度上，一開始惹起事端的人是克拉拉。只要一有機會，我總是把手洗得乾乾淨淨。

是的，而且我這麼做並非沒有理由。

也許她從來沒有愛過我，而一九七二年愛琴海邊的那一晚，我對著她眨眼時，腦子裡充滿了各式各樣的念頭，但並不是充滿了愛。

純粹的愛火只在我心中燃燒過那麼一次。那已經是三十年前的往事了，但那一次我確確實實是因爲熱情而行動，我現在要講述的，就是我行動的後果。

我行動的後果，還有這段奇異的、遲來的插曲，也就是我的妻子在一九九七年六月一個格外溫暖怡人的夜晚，對我做出的宣告。宣告她不再愛我。

我放下報紙，靜靜坐了一會兒。克拉拉繼續忙著照料蕃茄盆栽，表現得彷彿她根本沒說過那句話。片刻之間，我覺得那只是幻覺，只是我聽錯了。

「你想離婚嗎？」但我還是問了。

「我想是的，」她頭也不抬地說，「總之，這個夏天我想自己過。」

「你遇見別的人了嗎？」我問。

「算是。」她說。

我心想，就算是由我太太說來，那仍是個份外可疑的答案。我想了想那個男人可能是誰，但不久就發現我並不眞的在乎，便繼續看報紙了。

這段對話後不到兩小時，厄本・克里沃就打了電話來。也許有點詭異，這通電話在我爲期四分之一個世紀的婚姻走向尾聲的同一天晚上打來，但就像我努力想說明的：我的人生就是這樣——一直是這樣。事件彼此吸引，就像超自然的磁力，我不知該如何理解或解釋。於是我就連試也不試了。

「亨利・馬汀斯在嗎？」
「我就是。」
「嗨。我是厄本・克里沃。你還記得我嗎？」
我想了想，然後說我記得。
「好久不見。」
「可不是嘛。」
「算起來有三十年了。」
他笑出聲。我認不得他的嗓音，但我認得他的笑聲。在我們的中學時期，他的笑聲洪亮驚人，隨著年齡和體重的增加，似乎變得比較含蓄了。
我當然還沒有見到厄本的人，但如果有什麼跡象會讓大量增加的體重無法隱藏，那就是笑聲了。
「你過得怎樣？」他問。
「還行，」我回答，「要離婚了，我覺得，但也沒什麼好抱怨。」
「喔，天啊，」他說，「所以你結婚了？」
「說得沒錯。你沒有嗎？」
「沒時間呢。」
「這樣啊。有什麼事呢？」
他假裝咳嗽一聲，然後切入重點。
「你在當語文科老師？」
「你怎麼知道的？」
「聽說的。」

「聽誰說？」

「麥克斯。他說，你們還有見面。」

我思考了一下，回想起我差不多一年前在一場書展上巧遇麥克斯．史登納。

「然後？」

「我需要你幫點小忙。你以前簡直是語言天才了，現在應該寶刀未老，對吧？」

我沒有回答。這感覺愈來愈像工作了。

「你又是在做哪一行呢？」我問。

「心理治療，」厄本說，「但這暫且不提。是這樣的，我寫了一本書。老實說，真是本佳作呢，但我需要有人幫我看一看。檢查文法什麼的。」

我毫不懷疑。

「你住在哪裡？」

「亞拉赫。但我在K鎮外還是有一間小木屋。在湖邊，完全與世隔絕。我想說跟你問問看，我們夏天的時候能不能在那邊待一兩週。你看書稿、做修改，我們一起敘敘舊，喝杯干邑白蘭地、抽根雪茄、釣釣魚。有興趣嗎？」

我考慮了兩秒鐘。

「什麼時候？」我說。

「越快越好。我十號就可以過去，只是得先把一些工作趕完。你呢？」

我看看行事曆。可以說是空空如也。

「從十一號開始算起兩週，」我說，「我只有那兩週放假。」

「完美，」厄本．克里沃說著又笑了，「就是七天後啦。嗯，太讚了，一定會很好玩的。畢業之後你就不常去K鎮了吧？」

「一次也沒有。」

「開什麼玩笑？你三十年來一步也沒有踏進那裡？爲什麼？」

「有些原因，」我解釋。

「你是說……那時候發生的那件事嗎？」

我沒有回答。

「噢，好吧，」過了一會兒，厄本繼續說，「事情就是這樣了。也許我們也可以聊聊這個。」

我們交換了地址和電話號碼，然後掛斷電話。我在書房裡坐著思考了好一會兒，感覺三十年的時間——超過我人生的一半——縮小到幾乎不存在。

人生到底是什麼？我心想。這些日子到底成就了什麼？

然後我去客房鋪好了床，沒有跟我太太道晚安。過了幾個小時，我才有辦法入睡，一路追隨我到夢境裡的，並不是我和克拉拉即將分道揚鑣的這個念頭，而是重新回到K鎮、回到我在少年時代後期——中學的歲月——漫遊的街道上，會代表著什麼意義。

整體來說，這令我不安，我知道我本來絕不會答應厄本·克里沃的提議，若不是我太太先在今晚做出驚人之舉，宣告她再也不想跟我在一起。

所以，挖出蛇之花的人不是我。也許這值得再強調一次。

二

週六——學校放暑假的隔天——一早，我出發的時候，我太太還沒有起床。

至少我的印象如此，但她當然也可能只是裝睡，爲了避免令人不快的道別場面。我們達成了協議，到八月前都不討論這件事。兩個教語言的老師結婚了二十五年，現在卻沒有任何言語派得上用場。我有告訴她我打算出遠門，可能夏至才會回來，但僅此而已。她說這樣正合她的意，因爲她自己二十四號預訂了一趟旅行。

就算我們中間有交集，也只是一兩天的時間。

我前一天就打包好行李。一個旅行袋，裝了幾套換洗衣物、半打書、一支舊釣竿，可能又老又沒用了。但我想這樣可以展現出一點誠意。

因爲我到週一才要跟厄本·克里沃碰面，而我等不及想要儘快離開郭特堡，所以我打給K鎮的大陸飯店，訂了兩晚房間。這是我在六十年代的記憶中唯一想得起來的旅館，我打去查號台的時候，發現它仍然以相同的名稱在相同地點營業。我記得大陸飯店是一間相當有氣勢的十九世紀末建築，位於火車站對面；我在那裡的餐廳吃過兩次晚餐，兩次都是和我父母還有弟弟一起，兩次都讓我感覺像是到了另一個世界。不見得比平凡的世界更好或更精緻，但就是不同。是個平行時空。

在那個美好的六月早晨，我前往K鎮的途中，時隔三十年的大陸飯店能否帶給我相同的感受，仍是未知數。我們這個地區春天來得晚，稠李和紫丁香還開著花，道路兩旁延伸出的空地還帶著幾許清純嬌纖的綠意。沒有茂密飽和的植被，沒有濃郁的甜蜜芬芳，只有可期的前景。

但我駕車南行的途中，並不特別專注於體驗自然。當然不。我想著K鎮。想著查爾斯教堂。想著梅菲斯托餐廳。想著那些橋梁所橫跨的河流。想著道格斯預校和我的高中歲月——應該是三年，但那個年代的放縱享樂——自由、革命、流行音樂、各種不成熟的行爲、還有煙霧瀰漫的存在主義咖啡館「髒麵包」——讓我的就學時間不幸延長了。

四年，而不是三年。我們搬到K鎮時，我十五歲，離開的時候已十九歲了。我父親在一九六三年八月一日接任代理郵政局長；我們不是第一次搬到新的地方，但那一次是打算要永久定居的。K鎮即將成爲我們的家鄉，我、我父母和我弟弟。我們搬去的時候，喬治六歲多，快要七歲了，但還是會尿床。我母親認爲這跟我們頻繁搬家有關。而搬家又跟我父親的工作有關，他在郵政體系的升遷。就算你做的是郵政工作，也不一定要像一捆普通平信一樣被拖著東奔西跑，我的亞恩特叔叔也如此評論道。

但K鎮足夠了，我們當初是那樣想的。郵政局長的職位夠有派頭了，我父親並不期望高升。本來，一切應該會如此發展——六十年代中期那幾年前景樂觀的歲月，所有的徵兆都指著同一個方向。但是，突然之間，原本的郵政局長史特倫克拚命戰勝了酗酒引發的肝病。到了一九六六年八月，我們又得打包上路。

那一次，我拒絕了。前一年，我重拾了讀書的興趣，現在離畢業也只剩下一年了。換到一個新的城市、轉入新學校的三年級，既沒道理又十分惱人。那是我活到十八歲以來所做的第一個重大決定。過程並不容易，但我的父母最後讓步了。先是我母親，再過了三個小時後，我父親也妥協了。

我租了一個房間。

女房東姓昆瑟，是個寡婦，丈夫生前是屠夫，死於血栓。潘巴斯區運動場後面的房子太貴了，於是她把閒置的房間出租。

我得到屋簷下的一間房，望出去有一顆蘋果樹、一片雲杉樹籬，和預校的磚紅色屋頂。如果我醒著、開著窗戶，就可以躺在床上聽見第一聲鐘響，然後在四分鐘內趕到學校。挺理想的。

另一個房間住的房客叫做凱勒曼，是個內向的驗光師助理，三十幾歲、九十幾公斤。他沒有社交生活可言，以集郵和通信西洋棋作爲消遣。我們共用廁所和浴室，僅此而已。

守寡的昆瑟太太本人養了兩隻兇巴巴的貓，戴著一副史靈寶牌助聽器，有個名叫芬寇史卓的相好。他通常騎著黑色摩托車，每個月挑一個週六過來，留宿半個晚上，總是在週日一早就神祕消失。

我和身邊的這些人事物沒有什麼互動，不管是昆瑟太太、芬寇史卓、凱勒曼或那兩隻貓。我已來到了青春期的末尾，在道格斯剩最後一年，當然有更高大上的興趣。

例如流行樂。例如政治、詩和哲學議題。我們從哪裡來、該往哪去？地獄的惡犬在路上追趕(註)。

還有女生。那是一九六六年，迷你裙正開始流行。當個滿臉痘子、故作成熟的年輕人可不容易。眞的不容易。不受束縛也無法滿足的欲望，搭配著徬徨尷尬的節奏。道格斯預校的語言課上，性別比例並不均衡：二十三個女生和十二個男生。平均是兩女對一男，但這又有什麼幫助？

肯定有一兩個早熟的學生已經開始偷嘗禁果，但對我們大部份人而言，那都還只是幻想。誠然，在我精挑細選的朋友圈子裡——尼爾斯．布特弗、厄本．克里沃和彼得．沃格——我們可以討論藝術的現狀、共產黨宣言、古巴的實況，還有義務倫理學，但是到底要怎麼跟女生搞上，我們就不知道了。一無所知。

也許這就是小鎮本質的一部分，這座小鎮就跟鎮上的中學生一樣保守落伍。最後一個學期開學時，我已經跟班上的六個女生戀愛過了，跟其中三個有牽手、一個有接吻。她名叫瑪芮克，她的右勾拳挺厲害的，讓我立刻清醒過來。

當時就是如此。撇開時代精神、流行樂、存在主義問題，女人還是個謎。我得不到滿足。

那是美不勝收的一天，今年夏天的第一個週六，我好整以暇地享受，中午在溫林根鎮外其中一座湖畔休息了兩個小時，到快要晚上七點，我才開進K鎮古色古香、保存良好的東城門。

我立刻感覺自己掉進了時間的深井。

三十年了嗎？我想著。離我上次看到舊商店街兩旁這些窄小的石膏色房子，眞的已經過了三十年嗎？我站在石板地廣場上、靜靜看著噴泉從熟悉的青銅雕像上奔流而下，不是就昨天——或最多上週——的事而已嗎？而且，說眞的，那些坐在市政廳前長椅上吃冰淇淋的年輕女孩，難道不就是我的同學嗎？

＊

我往後照鏡瞥了一眼，讓自己回到荒涼的現實。現在是一九九七年。我四十九歲了；沒錯，我已經不再長痘子，但是改長老人斑、皺紋和眼袋。脖子的皮膚變得粗糙。這就是人生啊，我心想，同時開車穿越隧道，到了鐵軌的右側。又或許是死亡。萬事萬物皆有所屬的時間與空間。年輕女孩屬於廣場，旅途疲憊的中年人屬於大陸飯店。

櫃臺的女接待員是紅髮，綁著馬尾，微笑時露出一口完美的貝齒。她給了我三十九號房的鑰匙，告訴我餐廳到十一點都有供應晚餐。

因為當天是週六。如果我想，可以先洗淨一身旅塵。

我知道我渾身都是汗臭。我迅速道了聲謝，避免對方聞到我的口氣，然後拿起行囊，匆匆跑去搭電梯。十分鐘後，我站在淋浴間裡，納悶著何必比必要時間提前兩天回到這個小洞窟。

之後還會有其他緣由讓我回頭思考這個問題。

第一晚，我在飯店吃了晚餐——精確地說，是吃了義式肉捲。我也有考慮要在入夜前去市區散步，但是兩杯烈酒加上累積的倦意，讓我直接倒在床上。透過敞開的窗戶，我聽見查爾斯教堂的鐘聲在十一點十五分響起，但是十一點半的鐘聲，我就沒有印象了。

顯然我還訂了送到客房的早餐，因為週日九點鐘，我就被那位紅髮女接待員喚醒，她推著一臺滿

註：Hellhound on my trail，為羅勃特・強森一九六一年的藍調名曲。

滿的餐車進房，還帶了一份報紙。她看似心照不宣地微笑一下，再度露出她那口皓齒，有那麼一刻，我感覺她好像有心事。

但我太累了，什麼話也搭不上，她祝我用餐愉快、事事順心之外，沒多說什麼就走了。

吃完早餐、沖完澡，我把K鎮走了一遍。我漫步在舊市中心，那裡和六十年代感覺異樣地相似。克朗茲書店還在原處；藥局、派出所、聚滿鴿子的葛羅特廣場……一切似乎都還在，和過去一模一樣，未來也保持不變。存在主義咖啡館「髒麵包」倒是空留回憶了；整個街區都改建了，現在盡是玻璃、混凝土和後現代風格，還有精品店和小商號。

還有道格斯預校，這座哥德式的知識巨城。尖頂和塔樓，緩斜的屋頂，寒鴉和黑色的龕式窗戶。我有點心悸。

潘巴斯住宅區——位於道格斯預校對面，河的另一岸——也保留得相當完整，老木屋和磚屋一排接一排，草坪上長著觀賞用苔蘚，還有果樹和紫丁香樹籬。我舊時窗前的蘋果樹開了滿滿的花，像是隨著陽光唱和。我站在人行道外、抬頭看著裝上紅格紋窗簾的閣樓窗戶時，喉嚨不禁哽咽。

她這三十年來都沒換過窗簾嗎？我想。老昆瑟太太，她還活著嗎？有可能嗎？

這些問題我一概沒再細想。這個和煦的暮春之日，各種意料外且神祕莫測的回憶重現。我下午頗晚才回到大陸飯店，腦裡塞滿記憶與追想，既昏沉又過度興奮。

在接待處等著我的人也沒有讓事態好轉。紅髮女接待員換成一個瘦得像竹竿的年輕人，蓄著鬍渣，穿了鼻環；我正要踏進電梯時，他攔住了我。

「抱歉，有人留言給您。」

「留言。」

他遞給我一個印有飯店圖徽的信封。我向他道謝，將信封放進口袋，上樓進房間。

是克里沃吧，我一面想，一面從信封裡取出一張對摺的紙。他肯定是趕不上時間了。這傢伙。但實非如此。留言是手寫的，相當簡短。我盯著它看了好久。

你也該回來了。我再跟你聯繫。

薇拉・考爾

我坐到床上，好抵擋那股迷眩感。我的舌頭上嘗到一絲微弱但清晰的金屬味，心裡懷疑著，為什麼一個三十年前就死掉的女人，會知道我回到了K鎮。

三

就讀道格斯預校的四年期間，我有兩年和薇拉・考爾同班——最後兩年。原因是我在高二時多「進修」了一年；留級當然不是什麼光采的「進修」，不過另一方面，我小學時期也因為早熟而跳了一個年級，所以在年齡方面，高中生涯結束時，我和同學們是平起平坐的。

我先前稍微談到過，純純的愛苗是如何在我和這群女生之間輪番萌芽。愛是永恆的，只是對象時常改變。也許眞是如此，但有那麼一個對象是固定不變的。薇拉・考爾。我對她眞的就是一見鍾情，而且我並不是她唯一的愛慕者。我想我們所有人都同等地渴望她。所有的男生。就連卡爾・馬利亞・伊拉斯謨斯・凡－突斯這種平常只喜歡文學作品人物的大書蟲也一樣。

我很清楚，我的換帖兄弟——厄本・克里沃、彼得・沃格和尼爾斯・布特弗——也把薇拉・考爾當成女神般崇拜；我們不只一次在髒麵包咖啡館聊到這件事。尼爾斯很明顯為她傾倒，每個人都看得出來，只要薇拉出現在他的視野之內，他就連話都說不清楚。輪到他課堂上朗讀或報告的時候，他得要刻意背對著她，才不至於口吃。人人都有弱點。

皮耶．包格曼和湯瑪斯．瑞辛向來比其他人更有行動力，他們都曾經——各自——試圖用更具男子氣概、帶有地中海風情的方式跟薇拉接觸。不過，他們得到的是友善但堅定的婉拒，讓大家都鬆了一口氣。

薇拉．考爾不跟男生一起混，尤其是那一類的男生。薇拉．考爾不是那種人。他們能夠接受嗎。

不，他們無法接受，但最後還是不得不接受了。

是的，也許我們全都愛著她。也許我們內心深處很感謝她沒有屈服於攻勢，選了我們其中一個人。我們寧可成為她的崇拜者、追隨群眾的一員，心中懷著憧憬、期待好運。

如果她選的不是我，寧可她誰也不選。我覺得我們都有同樣的想法。我當然知道自己這樣想。

還有厄本。彼得和尼爾斯。

因爲薇拉．考爾是個奇蹟，幻化爲人形的女神。筆墨無法形容，但是……她的頭髮又黑又濃密，就像夜晚，她半杏仁形的眼睛，她的微笑，她的門牙之間那僅僅半釐米、無比迷人的細縫。她苗條的身形，她靈活的動作，像是在人群之間滑行，高雅又舉重若輕，像隻母獵豹。她是交響曲，或是十四行詩。或者什麼都是。她的表現完全自然，對自己的完美渾然不覺。她甚至能讓烏林老教授的連續兩堂拉丁文課像白駒過隙般飛逝。這就是她。一朵蛇之花。

「只要讓薇拉．考爾出席聯合國大會，」尼爾斯．布特弗有一次說，「我們半個小時內就可以達成世界和平。或是引起世界大戰。」

也許他說得完全沒錯。

也許一九六七年四月的最後一個週五，烏林老教授在連續兩節課上目不轉睛地瞧著薇拉、思考課程中最後一個句子時，他說得也完全沒錯：Quem di diligunt adolescens moritur.

蒙受諸神垂愛的，都將早逝。

當然，她的高不可攀也是一項魅力。薇拉．考爾不是會出門跳舞的人。薇拉．考爾不會在髒麵包咖啡館的點唱機前鬼混、抽著發皺的好彩菸。薇拉．考爾不會站在石窟酒吧的舞台前，搖擺身體應和本地流行樂手唱著彆腳版的〈無法滿足〉、〈我的世代〉和〈嘟哇滴滴〉。他們演唱〈我看她站在那兒〉的時候，站在那兒的永遠不會是她……她只會站在我們想像世界的最深處。

她不會參加野餐，或是班上同學趁父母不在家舉辦的派對，我們在那種場合上拿著中間塞入乾燥香蕉皮的玉米芯，想要吸到亢奮，喝半發酵的醋栗酒，雖然那味道像經過幾組消化系統排出的穢物，我們還是喝得醉醺醺。天啊，眞是噁心。酒每次都是布特弗從他爸的酒窖裡偷來的。

不，薇拉．考爾會乖乖待在家。

她的父母會把她留在家。

後者的狀況似乎比較有可能，至少我們圈子裡的人是這樣想。我的圈子。她是獨生女，家住得很遠——都快要算是森林裡了——在凱朗和馬爾比附近。她父親，奧多弗斯．考爾，是亞郎弟兄會的牧師；這個教會以嚴謹的生活規範聞名，有時候甚至逼近《舊約》的標準。當時K鎭和附近區域就是有幾個這樣的教會；鄉下地方從十九世紀就以自由思想聞名，當時也是如此。

奧多弗斯．考爾的女兒跑去跳舞、聽流行演唱會、參加不三不四的高中生派對，完全是令人無法想像的事情。就是這樣。某種程度上，這似乎已是常態。

她的美麗逐漸綻放，愈發令人垂涎欲滴。「太氣人了，」彼得．沃格說，「就像放尼加拉瓜瀑布的影片給沙漠裡快要渴死的人看。就像在收音機裡聽日出。我都要去自宮了。」

我們很少說得出這麼有道理的隱喩。

不管是彼得．沃格或是其他人。或許還包括烏林老教授。

蒙受諸神垂愛……

一個月前的預言。

蛇之花。

其實就是彼得．沃格幫她想了這個名號，但這跟隱喻沒有半點關係，是從一本很久以前的偵探小說來的——我想是瑞契特—弗里的《抹大拉的蛇之花》，他沒讀過那本書，但是他在威莫特二手書店看到它跟另外十本同類型的書在特價出清。

那麼就是撒馬利亞的蛇之花了，因爲考爾家的農場叫做撒馬利亞。K鎭附近的鄉間有許多以《聖經》爲典故命名的農場。耶路撒冷。迦南。迦百農。這一區占地最大也最惡名昭彰的養豬場叫做伯利恆。如果我們的主想要無所不在，那麼他似乎特別喜歡現身於我們國內這特別污穢的一處地帶。

在這個污穢的時代。

彼得．沃格幫薇拉．考爾取的可不是普通的外號；我們只在自己人的圈子裡偶爾講起，但一定有人在某個記者面前提過，當報紙上開始寫到這起事件，他們就是這樣稱呼她。撒馬利亞的蛇之花。

當你在那些照片上看到她略帶神祕的美麗臉孔，你就會了解，這是個相當合適的稱號。

我扯得太遠了。

那年的畢業典禮辦在五月二十九日。兩天前的週四舉辦了傳統的畢業舞會。按照習俗，地點選在林柏格宴會廳，是一座以灰泥塗裝、屋頂有飛簷、裝飾著華麗吊燈的雄偉建築物——而且約莫從十三世紀開始就有舉辦類似活動的經驗。

原則上，活動分成三個部分。

第一，畢業生穿西裝或禮服進場。在氣派的前廳裡飲用氣泡飲料，那裡有黑色花崗岩柱圍繞，五道亮面石造樓梯通往豪華的餐廳。師生之間彼此交換風趣聰敏的談話；這個特別的夜晚，會是你第一次能跟你「毀」人不倦的老師平起平坐，但願是最後一次。

經過這有點焦慮的半個小時，漫長的晚餐就開始了。學生被安排坐在嚴師身旁，必須展現他們餐桌對話的技巧，食物不得灑到餐具外，飲酒不可過量，讓自己的父母和學校顏面有光，做出最合宜的行爲舉止。不能談及越南，或是加薩走廊的現況。老天在上，絕對不能。

三道菜，咖啡，白蘭地，和無窮無盡的珠璣妙語。〈今非昔比〉（註）伴隨著窗外果樹的花香。學生合唱的歌曲配著〈看我青春〉，大體來說是個美好的夜晚。

第三部份，是舞會和吧檯服務。道格斯校內樂隊負責伴奏，曲目融合爵士樂和無傷大雅的流行樂。像是赫里斯合唱團之類的。大約午夜一點開始收場，再一個小時候是結束期限。教職員在晚餐後就應該陸續退席，年年如此，今年也不例外。

今年的出席率也相當高。老傢伙和年輕人幾乎都是百分之百出席。老態龍鐘的克盧格老教授連在自己的課堂上都很難維持清醒，但也還是出席了。還有兼兩門課的畢瑟曼老師也來了，他據說是同志也是酒鬼。

連蛇之花也到場了。

四十二位男女教師，精確地說還有學院校長勞格曼，以及一百九十六名學生。

一百九十六位滿懷希望的男學生與青春正盛的女學生，正要邁向人生的康莊大道。但其中有一位，卻反而從人生中退場了。

那天下午，她一如往常騎腳特車提早進城。冬天的時候，從郊鄉地區過來是搭公車，但夏天大家都騎單車。禮服、鞋子和洋裝放在貨架上的紙箱裡。她跟她的朋友，克蕾兒．米登斯，在戴克斯特拉區洗過澡、準備更衣打扮，然後結伴前往林柏格宴會廳，參加盛宴，返家。對於薇拉有沒有在米登斯

註：O jerum，歐洲傳統學生活動常唱的一首古曲，有多種語言版本。

家過夜，眾人莫衷一是，儘管這是相當簡單尋常的安排。

對米登斯家而言尋常，對身爲父親的奧多弗斯則不然。薇拉．考爾要回家睡覺。要在林柏格宴會廳的活動結束之後騎單車回撒馬利亞。在夏夜裡騎超過十公里的路程穿過森林，但這沒有什麼好大驚小怪。一切都在上帝手中，祂看顧著祂的……

這一點特別被人大書特書。

關於亞郎弟兄會對於年輕人無理又過時的規定和道德教條。關於奧多弗斯牧師的固執性格。讓一個年輕貌美的女孩半夜在森林裡獨行。這樣明智嗎？是基督徒該做的事嗎？

對照後續的事件發展，這難道不是個徵兆嗎？

報紙上就是這麼寫的，雖然沒有人眞正知道發生了什麼事。或許只有我們的上主知曉，但即使如此，祂也沉默不語。

這件事引起了報導，引起了調查。因爲在那一夜之後，再也沒有人看到過薇拉．考爾。在一九六七年五月二十七日，她跟一百九十五位同學共享了燦爛的青春時光，喝著氣泡飲料，在階梯上談笑風生。坐在餐桌旁，吃了三道菜，聽了致詞，跟其他人同聲歌唱，在派對上光采四射，尤其讓跟她同桌的倫格老師眼睛一亮。但是在晚餐和舞會之間的空檔，她消失了。

在那段空檔中的某個時間點。根據警方的調查和估計，撒馬利亞的蛇之花十一點剛過就離開了學生派對。正是在最後一位證人——一個叫碧翠絲．莫特的——看到她從女廁出來之後；莫特是兩百五十一位（包含服務人員）證人之中最後一位接受訊問的，一九六七年六月的頭幾個星期，K鎮警方（派出了六名警探）都在訊問他們。

不斷地訊問再訊問。一次、兩次甚至三次地重複問。

所以，在十一點過後的幾分鐘內（應該過沒有多久，因爲薇拉．考爾是個很容易引起注意的女孩），她離開了林柏格的餐廳，從庭院裡栗子樹下的停車架牽走腳踏車，騎向夏夜之中，然後消失得無聲無息。

有一個人在隔天晚上知道了消息。有一個人在一個月後知道，又有一個人在三十年後才知道。

我說「一個人」，是有原因的。

四

週一早上，紅髮女接待員沒有帶著托盤上樓，於是我改去餐廳吃早餐。一反平日的習慣，我喝了兩杯黑咖啡。我前一晚睡得很不安寧；可能也作了點夢，但一點也想不起夢到了什麼。一般而言，我鮮少記得自己作的夢，但是在那天早上，並不難猜出我夢境的內容爲何。

自然是薇拉．考爾了。我坐在靠窗的餐桌旁，有點漫不經心地瀏覽著早報，同時試著把這件事想個清楚。

想想到底爲什麼一個死了三十年的女人，現在會想跟我聯絡。

還是說，或許她並沒有死？她這些年來都避人耳目、活得好好的嗎？

還是說，她失蹤的懸案已經在我不知道的時候破解了？也許是五年、十年、或十五年前破的案——而我並沒有發現？因爲我已經跟K鎭完全沒有聯繫，這當然不是完全不可能，但感覺就不像這麼回事。

我一直認爲薇拉．考爾是死了。她在三十年前那個溫暖的夜晚跟凶手狹路相逢。她要做出什麼反應才能夠逃脫躲避……這個嘛，我和很多人一樣都在這個問題掙扎許久，得不到半點可信的答案。

還有，爲什麼？爲什麼她選擇毫無預警地消失？當時離高中畢業典禮，就只剩兩天而已。

就像我說過的，這不合理。完全不合理。

至少，這是我在一九九七年六月那個週一早晨之前的想法。

我離開早餐餐桌，前往接待櫃檯。擦得發亮的檯面後方空無一人，但我一按下服務鈴，那個瘦巴巴的年輕人就從裡面的房間出現了。

「不好意思，」我說，「我對昨天收到的留言有點問題。」

「好的，」他打著呵欠回答。

「那留言是怎麼來的？」

「呃？您的意思是？」

「是打電話，還是有人把信封拿過來？」

他遲疑了一下，惺忪睡眼打量著我。

「不知道。」

「你怎麼會不知道？」

「因爲我當時沒有在這裡收信。」

「那當時是誰在這裡值班？」

「我怎麼知道呢？」

「也許你可以找個同事問問吧？」

他拉了拉鼻環，試圖做出皺眉的表情。「可能吧。我之後再看看。」

我想不到還能問他什麼。我向他道謝，順便付了帳。十分鐘後，我離開大陸飯店，感覺到咖啡引起的火燒心。

十二點整，我依約在道格斯預校的大樓梯上跟厄本·克里沃會合。選擇在這個懷舊的地點重新相會，當然是厄本的主意。

他遲到了兩分鐘，我猜是故意的。他只是想看著我站在那裡，想要信步走過蜷曲花紋的鍛鍊大門，假裝恰巧發現我，發出轟雷般的笑聲，張開雙臂給我一個兄弟情深的擁抱。

一切都照著他的計畫走。他那雙熊掌緊抱著我的時候，簡直要把我擠成了肉泥。

「老天啊，亨利，太扯了，」他哼著氣說。

「厄……」我掙脫開來，「放開啦。」

他還眞是一點也沒縮水。他有一百九十公分高，體重差不多也是同樣的數字……噢，好吧，也許還不到，但一定超過一百公斤。撇開他濃密而略微轉灰的頭髮，還有鬍子和眼鏡，還是很容易就認出他來。他在見面擁抱後放開我，隔著一隻手臂的距離看了看，他對我也有同感。

「一模一樣呢。太扯了，亨利，你一點都沒老。」

「你也是啊，厄本。還是人見人愛，花見花開。」

「太扯了。」

「可不是嘛。」

我們又來回說了幾句差不多程度的感嘆語。然後他從夾克口袋掏出一個裝著晶亮綠色液體的瓶子。瓶上沒有標籤。他轉開瓶蓋，隨手往後一丟，然後帶著嚴肅的表情將瓶子遞給我。

「六七年的納塔朵，」他解說道，「常溫萊姆伏特加。你還記得吧。乾杯，歡迎你回來。」

我喝了。「天啊，」我說著把瓶子遞出去。

厄本也喝了，「噢，老天，這東西眞恐怖，」他承認。他找回瓶蓋重新旋上。「但我車子裡有些好一點的貨色。只是想說我們可以回味一下。你什麼時候到的？」

我解釋說我週六就到K鎮了。厄本顯得有點訝異，然後在我背上搥了一下。

「那你應該已經看過這個鬼地方了吧？我們就不用再花時間觀光囉？」

我說我該看的都看過了，於是我們決定不再耽擱，直接前往小木屋。

雷姆恩湖是一座橢圓形的棕色湖泊，南端形成一條黑漆漆的無名河流，穿過K鎮，繼續流向平原。我不知道是否連顯著的地理景觀也常常沒有確切的名稱，但這道水流自從十五世紀起就有紀錄，多年來有各種不同的文獻提到它，但都只管它叫做「河」，又或者是「那條河」。對此有眾多解釋，但我所看到的說法中，並沒有哪一個特別合理。

至於另一個方向，也就是北邊，雷姆恩湖沿岸周圍密布著森林，只有零星幾塊開墾地破壞了林區的完整；都是些位置孤立的農場、若干間釣魚小屋，但沒有眞正的村莊或聚落。

厄本·克里沃的小窩是一間位於湖邊右側的簡樸釣魚小屋，離主要道路一百多公尺遠。屋子裡包括一個有開放式壁爐和一桌四椅的大房間、兩個小房間和一間廚房，有自來水但沒有電力。爐子和冰箱是用瓦斯作爲能源。角落有一間三溫暖室，往森林過去一小段路還有一間戶外廁所。靠近湖的那一側，樹已經砍乾淨了，是一片茂盛的草地，往水濱下斜。帆布和瀝青紙搭成的簡陋頂篷底下，有一艘塑膠平底船，和一些形狀不規則的木材。

「看哪，」厄本說著拍了一下我的背，「歡迎光臨厄本城。我復活節時來過，但可能有點悶。」

的確。我們打開門窗，清了一陣子的老鼠屎，再把行李和必需品搬進屋。今天目前爲止的天氣都陰陰的，但到了下午，陽光開始露臉。等我們處理好雜務——啓動冰箱、把啤酒放進桶子、搬運小船到湖裡、找到船槳——就從搖晃不穩的碼頭下水。厄本喜歡在碼頭附近仰漂，嘴裡銜著細雪茄，手拿啤酒，我則在陰暗的湖水中游了頗長一段距離。冰冷的湖水和深邃的寂靜，只穿插著零星幾隻鳥兒的鳴叫和遠方的伐木聲，著實令人精神一振。我很快就有產生了一種感覺，覺得時間——晃眼即逝的這些年歲——在這靜謐中有著不同的意義。彷彿是一個新的次元；除了這點之外，跟厄本·克里沃久別重逢，並不算是強烈的體驗。在我看來，我們幾乎就像才兩週不見，而我突然非常貼切地感覺到，變化多端、具有相對性的時間密度，所代表的意義究竟是什麼。

我度過的是幾秒、幾天、還是幾年？我在水裡緩緩繞圈、眺望四周的森林時，再度這麼想著。在人生的後照鏡裡，每樣事物沒有大小之分。也許在我們望向未來的望遠鏡中亦然。

然後我開始往回游，因為餓了。

一整天下來，厄本對他的書——也就是我們碰面的原因——隻字未提，但吃完晚餐後（一道豐盛的醃洋蔥黃瓜燉牛肉，從頭到尾都是他自己料理的，但我認眞想要幫忙），這個話題就出現了。他一臉嚴肅地從一個破舊的黑色公事包裡拿出厚厚一疊紙，說現在正是我派上用場的時機。

我微笑著接過稿子。稿件沒有編頁碼，但照我看，整份大概有兩百五十到三百頁。我看看書名，翻閱了一下，驚覺這是一本懸疑小說。我不知道我本來的預期是什麼，其實也沒有多想，但總之，厄本·克里沃會寫出一本犯罪小說，這件事本身就相當驚人。

小說題名為《蒼蠅與永恆》，而過沒多久，薇拉·考爾就再度回到我的腦海。整個下午，我都在一種半無意識的層次上跟她保持著距離，但現在她又回來了，力量不曾稍減。我兀自沉思了幾秒。

「薇拉·考爾，」然後，我一面朝著稿件比劃，一面用儘可能輕鬆隨興的語氣說，「我的意思是，說到懸疑事件……她的遭遇到底是怎麼樣，從來沒有人搞清楚，對吧？」

厄本·克里沃沒有立刻回答，只是坐著拿白蘭地杯在手中旋轉，隔著金屬框眼鏡的上緣打量我。突然間，我感覺自己手心冒汗。

「你知道嗎，」他說，「我一直有種感覺，就是你比我們對這件事知道得更多……不，從來沒有人搞清楚，沒有。」

我吞了一口干邑白蘭地，試著快速考量我可以信賴厄本到什麼程度。如果我眞的想要揭開埋藏了這麼久的往事。

但往事不是已經被揭開了嗎？裝著那則簡短留言的信封，就在我的夾克口袋裡，掛在門板內側的掛勾上。如果我讓招待我的主人看看留言，有關係嗎？我思索著。他會怎麼想。

厄本清清喉嚨。「如果真是這樣……你真的知道一些內情，你可以告訴我。追訴期五年前就過了。就算是你殺了她，你也可以逍遙法外。」

他放聲大笑，藤編椅被壓出哀鳴。事情就這麼決定了。

五

這套西裝就是一座監獄。

毫無疑問，它一定是嚴格遵照裁縫這門藝術的守則縫製而成；我母親在三月的某一週過來探望，拖著我去找裁縫師蘇爾納，他在我身上又是丈量、又是寸度，還戳了戳我的胯下。我在林柏格的學生宴會前一天收到訂製結果。我立在鏡前，這身新衣的精緻程度讓我大聲倒抽一口氣：白色襯衫配領帶，黑色尼龍縐紗短襪，邊緣漆亮無比的皮鞋。還有那套要命的西裝。是背心式的！

就像我說的，它是座監獄。從外面看來相當不錯，但在裡面的感覺就像棺材般死氣沉沉。虛偽沐猴而冠。可悲至極。

隔天晚上，尼爾斯、彼得和厄本在離林柏格兩個街區外的地方等我，他們看起來也沒比我開心，但這算不上什麼令人欣慰的事。「老天爺，」尼爾斯說，「我全身都在癢，你們也都穿了漿過的內衣褲嗎？」

「當然，」彼得陰沉地嘆了一口氣，用英國腔說，「全身都是。」

彼得那時候就已經是個英國控了。

＊

到了林柏格的前廳，又是新的試煉。將近二十分鐘，我的聊天對象是勞格曼校長夫人、化學老師宏德利、還有席沃茲雙胞胎姊妹，眾所皆知她們兩個都不善言詞，倒是很擅長發出引人注目的笑聲。我不慎在她們其中一人身上灑到一點飲料，但宏德利老師巧妙地爲我開脫，說飲料大概會自己蒸發掉，而且她們是兩人一組，叫大家看著身上乾淨的那一位就好了。

「哈哈哈哈，」艾妲．席沃茲笑道。

「嘻嘻嘻嘻，」貝妲也同聲附和。

「你覺得今年劇院的輕歌劇劇目怎麼樣呢？」校長夫人問。

上桌就座的時候，我又落到一個沒話聊的位置。我的左邊坐的是教數學的老葛洛克小姐。我沒有上過她的課，只知道她單身，而且在聖誕假期試圖自殺。我的右邊是一根古希臘多立克式立柱，葛洛克小姐的話就跟那柱子一樣少。我對面坐的則是一個害羞又緊張的男孩，曾和我上過同一門生物課。他叫做保羅，脖子上長了濕疹，這種皮膚病同時也是他的特殊研究興趣。

礙於年紀，葛洛克小姐開啓了第一段、也是唯一一段主動的對話。「那麼，你今年夏天有什麼計畫呢？」她猛盯著保羅問，也許她教過他的課，又或許是對他一見如故。

「呃？」保羅說。

「你今年夏天有什麼計畫呢？」

「我不知道。」保羅低頭看著桌面說。

再也沒有任何對話了。只要一直有餐點送上來，我的眼神就可以鎖定在食物上。保羅和葛洛克小姐都不喝酒，我只好對柱子舉杯。保羅旁邊坐的是瑪芮克・凡─德貝格——那個被我親了之後打了我一掌的女孩——但因爲中間擺了一大盆花，我無法跟她對上視線。這樣也好。

兩個半小時後，晚餐終於結束，我早就打定主意要回家了。的確，這個晚上也很難再更糟了，但簡單來說，我受夠了。精神上和身體上都是：我全身塞在一套達克綸（以及百分之二十純羊毛）材質的恐怖棺材裡，被有自殺傾向的老師和濕疹研究者困在一個令人抑鬱的角落……狂猖學子、正值青春……去吃屎吧，我心想。

我走進庭院的時候，夜晚的天氣溫暖怡人。爲了別太急著走，我決定抽根菸，繞街區散步一圈，我走到一半的時候，正好撞見了她。

先是腳踏車，再來是薇拉・考爾本人。

漆成黑色的淑女車有點隨意地停放在人行道上，靠著一個灰色變電箱。小箱子放在貨架上。薇拉一開始只是吉伯格大宅雜草叢生的院子裡的一個小白點。吉伯格大宅在戰後某個時期整棟燒燬了，此後這裡便成了荒地。同時也是絕佳的避難所，在你想要偷抽根菸、躲起來喝一口常溫的萊姆伏特加、或只是撒個尿的時候。

薇拉來這裡辦的事，應該是最後一項，但我沒有問。

「嗨，」我就只是這麼說。

「亨利？嗨，亨利，」她說著把洋裝撫平，「還好嗎？」

「你也好嗎？」我回問，同時我明白到她是怎麼了。

她醉了。

薇拉・考爾，撒馬利亞的蛇之花，我們在德文課上的精神慰藉，春夢中的女武神，喝得太多了點，現在踩著鞋跟搖搖晃晃。她穿的當然不是高跟鞋，但老天爺啊，我心想，這不可能是眞的。

「感覺好怪。」她吃吃笑道，靠在腳踏車撐住身子。她撥開濃密黑色秀髮，一雙綠眼看著我。

「你……你要去哪裡？」我問道，感覺西裝又變緊了。

她的態度嚴肅起來。「回家，」她說，「我得要回家。十一點了……但是……」

「但是什麼？」我說。

「我不太舒服……我沒事，但是感覺好怪。」

「你玩得開心嗎？」我往林柏格宴會廳的方向示意。

她整個人又亮了起來。「很開心。我們又笑又聊天，又唱了歌……我還不習慣……你沒有好好享受嗎？」

「差強人意，」我承認，「有點尷尬。」

她含混地點點頭，深深吸了幾口氣。

「我得走了。」

然而，她完全沒有要騎上腳踏車的意思，就只是繼續盯著我。我突然覺得血全湧到了臉上。

「呃……你不是要回去嗎？」

「不，」她用力搖頭，「不，我沒辦法……感覺太奇怪了。」

突然有聲音接近了。我迅速考慮了一下，然後做出了決定。「過來，」我說。我一隻手扶著單車手把，另一隻手搭著薇拉的肩膀。當我感覺到她光裸的肌膚，眼前瞬間一黑，但接著就恢復了自制。

「來吧，我陪你走一段落。」

她毫無異議地照著我的話做，也讓我的手繼續擺在原位。在歡樂的人群能夠瞧見我們之前，我就領著她走進了岡德斯巷，一條狹窄陰暗、飄著茉莉花香的巷弄。我心想，我得說些什麼。得想些什麼話來說。說話啊，說啊，說啊。

「你為什麼得要回家？」我終於擠出這句話。我當然知道答案，但在餐桌上當了幾個小時的啞吧之後，這是我唯一想得出來的問題。

「我爸爸。」她只說了這樣，聽起來如此哀傷，讓我覺得天使也要為之垂淚。

「原來是這樣，」我說。

然後蛇之花打了個嗝。

然後她哭了起來。我將她朝我攬近一點，我的眼前又是一黑。

「我是怎麼了？」她說著，稍微吸了一下鼻子，「我不知道我是怎麼了。」

我的腦中掠過二十萬個不同的念頭，卻沒有一個留下來。

「我知道你是怎麼了，」我說，「你酒喝得太多了點。我想你還是等一下再回家才好。」

她停下來看著我。

她水亮的綠眼含著淚光，我知道這就是世界上最美麗的一幅景象。此時此刻的那雙眼睛。謝天謝地，我心想，謝天謝地，讓我能體驗這一刻。

「你是說……」她說，「你是說我喝醉了嗎？」

「一點點，」我說，「只有一點點，但我覺得現在回家並不是個好主意。」

「我身上有酒味嗎？」

她踮起腳尖，張開嘴，小心翼翼地朝我的臉吐了一口氣。

我不知道她吐出的氣裡到底有沒有酒味。我只知道我吻了她。

我們上樓到我的房間時，是十一點四十五分。過去十分鐘以來，我們都沒怎麼說話。那一吻之後，我們就往這裡走了，在夏夜中依偎在彼此身邊。有幾次我不禁懷疑，走在路上的究竟是否眞的是我們。眞的是我和她。亨利・馬汀斯和薇拉・考爾。

我還懷疑著，是否所有的戀人心中都會浮現這樣的念頭。愛的感覺是否就是如此，是否爲眞。

地球明天還是會繼續轉動嗎？太陽還是會升起嗎？對我來說都一樣，對我們來說都一樣。我愛著她，她愛著我。

我脫下外套，扔在租屋處紅色的扶手椅上。

「我覺得我們該躺下來休息，薇拉，」我說，「休息一下下。」

我不知道我是否本來就如此預期，但她沒有抗議。

「好，」她就只這麼說，「就這樣吧。一下下。」

然後她脫下洋裝。轉過去背對我，解下胸罩，然後脫掉內褲，爬到床上。

我匆忙剝下自己的衣服。我的勃起強烈而無法壓抑，我極力掩飾，但薇拉只是微笑地看著我。我沒有看到，但我感覺到了。夏夜淡薄的黑暗中她的微笑。

「過來。」她說。

然後我突然了解到，做愛並不比吃一顆蘋果難。

一顆飽暖、熟透的格拉芬斯坦蘋果。

我醒來的時候，她已經走了。當時是四點二十分。她在書桌上留了一張字條。

我現在要走了。我不知道之後會怎樣，但是請你了解，我愛你。

薇拉

我把那些字句讀了一百次。黑鳥在外面的花園鳴唱。我再讀了一百次。我又再次入睡。

六

我說完停下來，厄本．克里沃動也不動地呆坐了許久。

「這眞是太要命了，」他說，「我眞不敢相信自己的耳朵。當然，這麼多年來我一直覺得有隱情，但是這……但是這……」

他接不完這個句子，索性塞了一根新的細雪茄到嘴裡，並在我們的杯子裡倒了更多啤酒。我什麼也沒說，感覺就像腸胃炎發作後那麼筋疲力盡，就像我說完這些話之後就再也擠不出任何一個字了……過了三十年，我終於解下了這份重擔。是的，我想這就像生產一樣，會讓人有點疲憊。厄本喝了一口酒，點燃雪茄。

「那則留言呢？」他說，「留在旅館的字條。現在在哪？」

我站起來，從夾克口袋取出信封，遞給他。他皺著眉頭，重複讀了那段短短的文字好幾次，往後靠在椅背上，看著我。

「眞是太要命了，」他又說了一次，「但是爲什麼……到底爲什麼你以前都沒說？爲什麼你不出面交代？」

我嘆了口氣。「我們明天再說吧，」我說，「現在我沒辦法繼續了。」

他看似有點失望，接著換上一副理解的表情，慈愛地點點頭。「好吧。但這留言是什麼意思呢？上面寫著薇拉．考爾。老天，你該不會覺得她……？不，我一點也搞不懂！」

我嚥下大口啤酒，苦味刺激得雙眼泛淚。我把眼淚眨掉，看向外面一片黑暗、宛如鏡面的湖泊。

「我也搞不懂，」我說，「你之前說要去撒網是吧？」

我負責划船，厄本坐在座板上，以熟練謹慎的手法將漁網撒出去。別期望太高，他說，但湖裡通常會有幾條鱸魚和魴魚。

我們緩緩在黑暗水面上滑行，沒怎麼交談。時間剛過午夜，四下靜默；我們宛如坐在一幅畫中，我又再度尋思起時間的眞正本質。我們對時間的測量，是如此難以反應我們眞正體驗時間的方式。我們的思想，又是如此與我們的感受脫節。

厄本尊重我的意願，將關於蛇之花的話題留到明天再談，但我可以看出這對他而言並不容易。他抽菸抽得很兇，網子被拖住時，他會咕噥幾聲；有幾次，我發現他坐在那裡，眉頭緊皺，瞇著眼睛打量我，彷彿他突然不知道該對我抱持何種觀感。

彷彿發生在我和薇拉．考爾之間的，是一件令人徹底無法理解的事，他根本想像不到。

或者他坐在那裡只是在想有沒有可能以此寫一本犯罪小說。我們撒完網，回到岸上，匆匆跑了趟廁所，然後互道晚安就上床睡覺了。我拿了《蒼蠅與永恆》當作睡前讀物，但才看了幾頁，睡意就讓我的眼皮愈來愈重。

不過，那幾頁寫得並不差。反而還挺不錯的：故事開始於一個海邊的小村莊，確切位置不明；兩個小女孩在挖沙子，挖出了一具屍體。文筆很簡練，我不知道我原先的預期是什麼，但是現在看來，這份校稿工作是不會太費力的。總之是件好事，我一面想，一面關掉檯燈。

「那麼，你打算做些什麼呢？」隔天早上，我們在靠著南面牆壁的早餐桌邊坐下，厄本問我。

「做什麼？」我說，「你指什麼？」

「拜託，」厄本說，「你不會想要整天坐在這裡，盯著這東西瞧吧？看在老天的份上，我們手上有一條讓警察頭痛三十年的懸案關鍵線索啊！」

我吃了一匙蜂蜜優格，思考了一下。

一部分是在想他不著痕跡地把主詞從「你」換成「我們」。另一部分在想，讓他得知我的祕密，究竟是不是明智之舉。他分裂靈魂中屬於懸疑作家的那部分，在這個溫暖晴朗的早晨，似乎是完全占上風。

「亨利，該死的，回答我啊！」他堅持進逼。「你說了一件事，其他件事也不能不說。爲什麼你這麼多年來都保持沉默？我答應你等到今天再問，現在就是今天了。你爲什麼沒有告訴警察，她那天去過你的住處？老天爺啊，你在蛇之花失蹤的當天晚上跟她上了床，這改變了所有的——」

「什麼也沒有改變。」我打斷他。

「你是什麼意思？」

「就是我說的意思。什麼也沒有改變。到一九七年五月二十七日的十一點爲止，大家都知道蛇之花的行蹤。她抵達派對的時間，她身邊坐的人，她談論的話題，她離場的時間。我只是碰巧知道她再三、四個小時後的動向。這又有什麼影響？」

厄本沉思了片刻。

「你認爲她離開你之後，就騎腳踏車回家了嗎？」

「不然她還會去幹麼？」

他聳聳肩，「那你爲什麼要保持沉默？」

「我爲什麼不該保持沉默？」

我用輕快的語調說。

事實上，我還是不知道自己爲什麼選擇這樣做，從來沒有想清楚過；其實這可能也不是什麼深思熟慮後的判斷。當薇拉失蹤的驚人消息一開始傳出，我對我們共度的那一夜隻字未提，某種程度上，時間過得越久，要再開口就越不可能了。

這樣。

我就這麼守著這個祕密。沒有人知道，沒有人看到我們在一起；當然只是巧合使然，但事情就是這樣。

一直是這樣。

如今回想，自然看出我是企圖合理化自己的行爲；這並不特別困難。因爲不論薇拉離開我之後遭遇了什麼事，我都沒有牽涉其中。這就是核心重點。我是無罪的。當我意識到她再也不會回來時，我自己的挫敗和絕望，就已是足夠的懲罰。我沒有理由再讓自己變成嫌犯。完全沒有理由。

有那麼幾個小時，我無望的幻夢像童話般成眞了——後來卻變了調，成爲我餘生中的絕望噩夢。這件事看起來就是如此，感覺起來就是如此。

起飛，然後降落。

還有，她的父母呢？有什麼理由要讓他們知道，薇拉最後一件事是喝醉酒、跟男生上床，這樣加深他們的創痛？儘管我對亞郎弟兄會和他們的教條素無好感，但這樣做有什麼益處？

「好吧，」厄本坐著反芻了一下他的想法，咬了一口臘腸，然後說，「我想你有個人的理由。但即使如此……這肯定還是讓整件事的面貌截然不同了。」

「算不上，」我說，「有個瘋子在那天晚上殺了薇拉。我唯一造成的改變，就只是讓命案實際發生的時間比大家以爲的晚了幾個小時。我們談談別的吧。」

「你忘了一件事。」厄本說。

「什麼事？」

「飯店的留言。你是給太陽曬昏頭了嗎？」

我嘆了口氣。

「是惡作劇。」我說。

「惡作劇？」厄本嗤之以鼻，「我沒聽過這麼蠢的話。你有把你跟薇拉的那夜告訴過任何人嗎？」

我不情願地搖頭。

「你看，」厄本說，「誰會寫這種留言給你？」

我沒有回話。我們又靜靜用餐了幾分鐘。

「如果你心裡其實不希望我們討論這件事，你一開始就不應該告訴我，」厄本以一種心理治療式的譏笑語氣發表他的觀察。

「幹你這廢物心理學家，」我說，「去看你自個兒的肚臍眼吧，我來收碗盤。」

晴朗的天氣依舊持續。洗了碗以後，我花了幾個小時坐在躺椅上，就著陽光閱讀厄本的書。書的水準也有持續，我心想。他緩慢精心地揭露了一則古老駭人的故事，其中有亂倫情節的暗示。他相當成功地利用了時間的兩種進行方向——往前和往後——這堪稱是優秀犯罪小說的標幟，而且故事也相當刺激。在一些我認爲需要文句修正的地方，我用鉛筆做了註解，但整體來說，我沒有什麼意見。不管是對於情節，或是對於他的呈現方式。

厄本則坐在另一張躺椅上，處理他帶來的幾份檔案；啤酒和咖啡就放在我們觸手可及的地方，但是到了一點鐘，坐在太陽下就嫌太熱。我的東道主移身到一棵馬栗樹的樹蔭下，我則泡進湖裡，又游了一下。

我回來的時候，厄本坐在碼頭上，一手拿啤酒、一手拿雪茄，腳泡在水裡。

「我在想，」他說，「假如她還活著，眞的是那麼奇怪的一件事嗎？如果她那天晚上只是乘機跑了……也許就像有些時候，人生中突然開了一扇門。她得到機會，穿過那扇門離開，過著新生活……而且她也確實做到了。在那邊跟那些宗教狂熱分子一起，過得可不是什麼好日子吧……」

「我不知道，」我說，「我想這件事想了三十年……或者該說盼望了三十年，但老實說，我並不相信。」

「為什麼呢？」厄本一邊問，一邊呼出一口煙。

我爬到碼頭上。「她會去哪裡？」我說，「如果是在倫敦、巴黎或紐約，那還有可能，但是K鎮外面的撒馬利亞的農村女孩……不，騎著腳踏車迎向新人生才沒有那麼簡單。」

「腳踏車？」厄本說，「她的車一直沒有找到，對吧？」

「對，」我說，「就我所知。」

厄本抽著菸，喝點酒，想了一想。

「那麼，凶手就是把她跟單車一起埋了囉？」

我沒有回應。我從他手中拿過啤酒瓶。「噢，反正，」他說，「這件事的結局恐怕還沒到。我們等著看吧。總之，做點準備也好。」

「你這到底是什麼意思？」我問。

我從厄本身上沒有得到答案，但是幾個小時候的下午，他倒是給了我一些好處。不少好處。我往南繞著湖岸散步，懸疑作家先生則專心料理他早上從漁網裡抓出來的六條鱸魚，要給我們當晚餐。我回去的時候，他站在屋外的草地上迎接我，大大的微笑讓他的鬍子分成兩邊。

「這下疑雲密布了。」他說。

「你這胖子話中有話。」我說。

「她週六要過來。薇拉．考爾。」

「什麼鬼……？」

我的腦中一片白，整個人跌進躺椅。為什麼是一片白？我困惑地想。為什麼沒和平常一樣是一片黑？厄本饒富興味地觀察我，然後揮了揮手機；顯然是某一款最新的機型，體積不比一包菸大多少。

「她打了電話來，」他解釋道，「用這個。薇拉．考爾。她週六要過來，而且想跟你說話。」

「那是不可能的。」我啐道。

「沒有不可能的事，」厄本．克里沃說著，又抽起一根新的雪茄，「你要來一罐啤酒嗎？」

七

第二天的那個晚上，我們坐在屋外，進行了一番漫長的討論。天氣很暖，自然有蚊子嗡嗡飛舞，但兩盞煤油燈就足以避免牠們靠近。還有厄本的雪茄。他抽的是比較甜的普費澤牌；他說他十五年前從盧格斯換成這一款，從來沒有後悔過。

我們兩人都談了些高中時代關於薇拉．考爾的回憶。自從聽到她要來見我的消息，我的防衛就不知怎麼地解除了；我再也不可能抵禦厄本的攻勢。

也許我也沒有特別強烈的防衛欲望。從某些層面看來，我們兩個一起在這裡的感覺幾乎可以說是不錯，雖然我稍早還批評了他的心理學專業。如果蛇之花眞的還活著，而且想要跟我談談，我想我需要的支持是越多越好。就算支持我的人是厄本．克里沃也無妨。

我難以判斷，他開始發揮心理醫師的專業習性，到底是好是壞。總之，我們時不時會坐在那兒爭論不休，那種時候我覺得我在他眼中與其說是年少時的老友，毋寧更像是病人。

不過，也許這只是我的想像，其實我也不在乎。我挺慶幸，能把週六前所有必要事務的決定權都交給厄本。至少，那天晚上我的感覺是如此，而且我很快就發現，你一旦放任小麻煩發生，大麻煩也就跟著來。不論他的職業爲何，厄本．克里沃都不是個精於謹愼行事和撤退策略的人。

不管如何，我們還是提出了問題。我針對那通電話問得特別多：她的聲音聽起來怎麼樣？她說了什麼？你認得出她的聲音？她到底怎麼會知道我在這裡？

厄本有條有理地解釋。

是的，她在電話裡聽起來很平靜、很鎮定。她自稱是薇拉．考爾，就只有這麼說，然後說要找我。厄本跟她說好久不見，但不巧我當下剛好在湖邊散步……

然後她很明顯地遲疑了一下。她回答說沒關係，又說她打算下週六過來拜訪，跟我談談。

午餐時間過來，如果方便的話。

當然方便，厄本向她保證。她向他道了謝，便掛斷電話。

不，他認不得她的聲音，也沒有機會問她怎麼活了下來，又怎麼知道該上哪找我。就是這樣了。

「你沒有試著問清楚其它的事嗎？」我有點氣惱地問。

「當然有，」厄本說著把煙朝我臉上吹，「我問了幾個挺機智的問題，但那時她已經不在線上了。跟我剛剛說的一樣。」

「她爲什麼想跟我說話？」

「她沒有說。」

「你覺得眞的是她嗎？」

「我天殺的怎麼知道？」

「比如說，靠直覺吧。」

「我的直覺忘記打開了。」

「你這該死的蠢貨。」

「我在度假嘛。乾杯。」

於是，我們漸漸決定晚間不再去湖裡撒網，開始聚焦在重點上：也就是她——薇拉．考爾，或是代替她出面的人——是怎麼追蹤到我的。她怎麼知道我的所在地，知道如何聯絡我。不管是在大陸飯店或是厄本城。厄本覺得，至少在這個部分，我們可以擅加揣測一下。

不管薇拉．考爾是眞的還活著（厄本堅持這一點），或只是有人假冒她的身份，一切必然跟我重新現身於K鎮有關，這一點昭然若揭。這不可能只是時間上的巧合，不可能是某人——薇拉或是X小姐——等了三十年後才剛好決定在此時行動。不可能。絕無機會。是我來到這裡的旅程引起了開端，點亮了信號燈。這就像……在教堂裡說「阿們」時一樣肯定。

他怒視著我，說服我相信我不得不同意。我有點含混地點點頭。

「有誰知道你要來這裡？」

我想了一下。「我太太……不，其實沒有，」我突然想道，「我沒有跟她說過我的行程計畫。嗯，沒人……換句話說，根本沒有人知道。除了你和我以外。」

「哈！」厄本得意地說，「我也是！我沒有跟任何人提到過你……我可能有說過要去住小屋，但是亨利．馬汀斯這個名字從沒有從我嘴巴裡講出來過。」

「謝謝，」我說，因爲不知道還能說什麼。

「那麼……」厄本．克里沃繼續說，手往鬍子裡面抓，「那麼就是有人碰巧看到你。蛇之花，或是其他人。」

「蛇之花，或是其他人……」我重複他的話，「該死，厄本，她不可能還活著，你別想了。」

他哼了一口氣。「聽好了，你想你的，我想我的！現在，你的結論是什麼？」

我沉思了片刻。「什麼結論也沒有，」我說。

「太弱了，」厄本說，「但也不意外。你幾歲了？」

「四十九。這跟我的年紀有什麼關係？」

「你搬離K鎮的時候是幾歲?」

「十九歲。快講重點。」

「如果傷了你的自尊心,我很抱歉,但你覺得過了三十年,別人有多少機會看著你的學生照認出現在的你?嗯?」

他深深吸了一口雪茄,往後一靠。看起來他爲他下一本書寫好了檢方關鍵證人的重要對白。

「好吧,」我說,「我懂了。是飯店。」

「完全沒錯,」厄本說,「你只有在這麼一個地方留過名字。大陸飯店。那裡是事件核心。」

那她又是怎麼知道我們跑進森林、坐在這裡?我心中如此想,但什麼也沒說。

突然之間,我感到腦海中閃過了些什麼,但它飛逝得太快,我根本無法辨清。也許二十年前的我還能夠捕捉到這種一閃而逝的潛意識片段,但現在它們只會消失在我昏倦的中年腦袋裡。

在隱喻的層次上是這樣說。

「你在想什麼?」厄本說,「想得兩眼都發直了。」

「沒什麼,」我說,「你不懂的。」

那天夜裡,我夢見自己醒來。

夢見自己當天早晨醒來,感覺到我的床上有著薇拉的體香。

我的嘴裡有她舌頭的味道。我感覺到她溫暖的肌膚、雙手、乳房、子宮。時間是四點二十分,黑鳥在鳴唱,而她已經走了。她的缺席重擊著我寒酸的租屋房間裡每一立方公釐。我的愛巢。我們的愛巢。我起床,讀了她的留言,又鑽回床上,躺在那裡擁抱著我神秘、脆弱又溫暖的幸福,回想著我們在那神秘難解的幾個鐘頭裡的一切。我們說的一切、碰觸的一切。回想著她對我的愛。

然後我夢見自己在上午又醒了一次。我走進夏日,一天就在朦朧陽光下度過。傍晚,我在火車站和我父母與弟弟碰面；他們是爲了我隔天的畢業典禮而來，借住在雷姆斯家，我們也在那裡吃了晚餐。我大約八點鐘跟他們分開，這時候夢境開始崩解，萬物都被慢慢捲進一個不停轉動的螺旋，一個大漩渦；天色中猶有暮光，風變涼了；我途經髒麵包咖啡館，就是在那裡聽到消息的。第一則謠言；文森．鮑爾和克雷門斯．德—布魯特坐在外面的階梯上呑雲吐霧，我停下腳步跟他們一起抽了幾口，並且聽說薇拉．考爾失蹤了。

就這麼人間蒸發了。不是別人，正是薇拉．考爾。

她不見了；沒有人知道她在哪裡。得知消息的是愛倫．卡爾曼，她父親是警察。

一開始，我有點短路了。文森．鮑爾和克雷門斯．德—布魯特越縮越小，消失在一條不斷旋轉的狹窄隧道裡。又是同一個漩渦，同一股暗流，既出現在夢裡，也出現在我夢境所根植的原形裡。他們的聲音扭曲成無法辨識的雜訊。我抽了一口又一口菸，緊抓著欄杆以免跌倒。整個世界都在搖晃，我也一樣。反胃感一波波地湧來；我沒有抵抗，它一點一點地消退。「你是怎麼回事？」克雷門斯說。

我進到咖啡館，得知了事件的始末。是的，薇拉在十一點左右離開了林柏格宴會廳，費茲．奈勒和伊莉莎白．穆肯司在那幾分鐘前才和她說過話；費茲現在在玩彈珠檯。她有點微醺的跡象，但誰沒有？嘻嘻。總之她一定是往回家的方向走了，昨晚後來再也沒有人看到她。她的腳踏車不在停車架上。她爸爸奧多弗斯在上午十一點三十分報了警。在那之前，所有同學都接到電話詢問她的去向。

所有女同學。

沒有人知道半點頭緒。這是個神祕的謎團。我們該相信什麼？到底發生了什麼事？她怎麼了？不是別人，竟然是薇拉．考爾。

我有什麼想法？

我什麼想法也沒有。我迅速地連續抽完兩根菸，瞪著彈珠檯，努力讓自己不要尖叫出來。

厄本把我叫醒的時候，我還坐在夢裡的髒麵包咖啡館。

「你尖叫了。」他說。

「才怪。」我說。

他帶著職業性的皺眉表情打量我。

「那就是我聽錯囉。早餐好了。然後我們有幾件事要完成。」

我做了兩次深呼吸，眞正起床，看到時間是早上十點。我通常不會睡這麼久。我清清喉嚨，試著再把窗簾拉起來。

「完成？你說完成是什麼意思？」

「我有個計畫，」厄本．克里沃說，「我們不能束手坐在原地。對吧？你剛剛眞的有尖叫。」

我坐直起來，將窗簾拉開，注意到今天同樣豔陽高照。夏天的腳步仍在行進；經過的三十年光陰，彷彿沒有任何重量。

「你想知道嗎？」厄本說。

我搖頭。但沒差，他還是跟我解釋了起來。

「首先來頓好吃營養的早餐。然後跟大陸飯店吵一架。態度越直接，事情越簡單。你覺得呢？」

「我要去游泳，考慮一下，」我承諾道。

八

厄本去大陸飯店拜訪時，我待在車裡——厄本那臺坑坑疤疤的綠色舊奧迪。當我將手肘半靠在搖下的車窗外，我瞥自己臉孔反映在角度歪斜的側邊鏡上。我發現自己狼狽極了，簡直是頹敗不堪。眼睛底下有黑眼圈，鬍渣已經兩天沒刮，眼睛腫腫的。太陽穴也在隱隱鼓動，早上醒來往往都是如此；我下了車，在旅館對面的販賣機買了一瓶礦泉水。至少要確保水分攝取充足，我心想。

幾分鐘後，厄本就回來了。

「啥也沒有，」他說著陷進了駕駛座的座椅，「毫無進展。」

「你是怎麼進行的？」

他聳肩。「當然是跟櫃檯問了。」

「值班的是誰？」

「一個戴鼻環的年輕小伙子。我說我要找一位薇拉·考爾。他沒有反應。我解釋說我以爲她是飯店的員工，他說不是。他堅持說每個在那裡工作的人他都認識……每一個部門，搞不好還包括一兩個應召女郎呢。但總之那裡沒有叫做薇拉·考爾的人。」

「他不知道那件事嗎？」

厄本搖搖頭，點了一根普費澤雪茄。「顯然不知道。我沒問。」

「你沒有跟其他人說到話？」

「沒看到其他人。」

我把那瓶礦泉水喝完。「了解，」我說，「那我們現在要做什麼？」

他吐出一點菸草屑，發動車子。「B計畫。我們來追蹤她的足跡——或說是腳踏車胎痕。把置物櫃裡的地圖拿出來吧。」

往撒馬利亞方向的路並不特別難找。首先是一條尚稱寬敞的混凝土道路，穿過一片開闊的地景，行車距離接近十公里。然後從柯朗村裡的路口，沿著蜿蜒的碎石路再開兩公里穿過森林。過了一陣子，我們遇上一個斑駁的黃色標誌，上面寫著撒馬利亞，然後停下車子做了一番簡短討論。

新鋪的小路中央有一道草地，看起來幾乎不容汽車通過；舉目所見沒有房屋，只有散發溫和松柏香氣的森林和路邊大量的羽扇豆、野胡蘿蔔和洋甘菊。有兩個信箱懸掛在一根柱子上，其中一個以嶄新的黃色字體印著「克勞森」這個名字。我們判斷，撒馬利亞還是有人居住。

厄本下了車，跨過水溝，在一棵松樹樹幹旁撒尿。

「我們回頭吧，」我在他尿完之後說，「這麼做有什麼好處？」

「重建事發經過。」厄本說。

「你在妄想，」我說，「我們沿著薇拉三十年前騎腳踏車的路線開，你就管這叫做重建事發經過？我們還是回去釣魚吧。C計畫。」

「記者？」

「遲早會回去的，」厄本說，「只是我們都已經來了，就走走看看吧。我們來當一回記者。」

「沒錯。我在寫一系列關於未解懸案的報導。來找點有氣氛的場景。你就當我的攝影師。」

「我沒有相機。」

「後座的袋子裡有一臺。」

我越過椅背探向後座，在破舊的肩背包裡挖掘，找出一臺紅色的小型自動相機。

「這個？你覺得職業攝影師會帶著這種玩具相機到處跑嗎？」

厄本兩手一攤。「那你就當我的司機，如果你想的話。我們走吧。」

撒馬利亞是由一間新修繕過的黃色農舍、加上兩座破敗的灰色加蓋屋所組成的。很明顯地，這是一座古老的農莊；四方之中有兩面半都是好幾畝開闢來耕種的農地。北方和西北方的森林則還是完整綿延。同樣明顯的是，農地已經休耕一段時間了，白楊樹和樺樹長得與人等高，農舍庭院停著兩臺頗新的車，證明了如今農莊的居民已經不靠周圍的田地維持生計。厄本開到院子，停在比較大的那輛車，閃亮的紅色Volvo旁邊。我們下了車。有兩個小孩，一男一女，大約是八歲和十歲，帶著鬼鬼祟祟的表情過來找我們。

「平安喜樂，」厄本向他們招呼道，「爸爸還是媽媽在不在家啊？」

結果爸爸媽媽都在。一對三十多歲的男女很快就來到草地上一處遮蔭下的白色庭院家具旁。厄本一一讚美了他們的房子、草坪、花床、茉莉花叢、小孩、Volvo車、僻靜的地點，還有克勞森太太穿的紮染T恤。我靜靜坐著，試圖把鬍渣拔一拔。

厄本切入重點時，女方進屋泡咖啡去了。

「我們當然知道那件事，」那男人說著點了根菸，「我們不是本地人，但我們買下房子的時候，房屋仲介跟我們講了整個故事。我們搬來已經三年了。」

「你們跟考爾家買了房子。」

「跟考爾太太，」克勞森糾正他，「她快要八十歲了，自從她先生過世後就獨居在這裡。住了十年，如果我沒記錯的話。她體力已經不行了，直接就搬到某間安養院去……今年四月才去世的，我們在報紙上看到訃聞。」

「你們當時有跟考爾太太說到話嗎？」

「一點點，」克勞森說，「我們第一次過來看的時候，她還住在這裡。她行動很不方便，老人家那樣生活眞的不容易。」

「她都沒有提到她女兒嗎？」

他搖頭。「不，爲什麼要提呢？我剛說過，是房仲告訴我們的。眞是可怕的故事，就發生在她畢業之前……我聽說，不知道眞相的感覺更糟。說是懸而未決的感覺比悲傷更難受。雖然已經滿確定她是被謀殺了，至少傑斯瑪那個房仲是這樣說的……」

厄本點點頭，在桌子下踢了踢我的小腿。我知道我該去拍點照了。

我盡忠職守，從不同角度拍了幾張房子的照片。我隱約好奇了一下，哪一間是薇拉的房間，不久就覺得喉頭一哽。然後我沿著路往後走一點點，試圖捕捉此地整體給人的印象。小男孩和小女孩隔著一段安全距離跟在我後面，最後我也不得不對著他們按了幾下快門。

然後我們一面喝咖啡，一面談論住在森林裡的好處。克勞森夫婦兩好像都很需要有人提醒他們這些好處，不管是由彼此說，或是由外人來說。

半個小時後，厄本吃光餅乾，我們便起身告辭。他保證會把文章和照片寄來，寫下了姓名和地址，並摸了摸孩子們的頭。

「行動成功，」我們走遠之後，我說，「眞是令人刮目相看，福爾摩斯。」

「嘛，」厄本說，「我深藏不露。總之，這就是她騎過的路，」他頗富深意地往兩旁的森林示意，「如果……我是說如果……她眞的已經被謀殺了，那麼她很可能就躺在附近某處的地底。跟她的單車一起被埋在某個土坑裡……嗯，當然，到現在可能也沒剩多少東西了。」

「閉嘴，」我說。

「抱歉，」厄本說，「我的思緒不受控制。」

「你的思緒可眞多話。」

「哼，」厄本鬱鬱地說，「你是想把事情查清楚，還是想怎樣？」

「越清楚越好，」我說，「我存疑的主要是方法。比方說，爲什麼我們不去查查電話簿？看K開頭的名單下有沒有一位薇拉．考爾……她可能不聲不響地回來了。」

「胡說，」厄本說，「如果她那麼巧妙地逃離了這裡，爲什麼還要回來。電話簿裡不會有薇拉．考爾。戶籍登記資料裡也不會有。不管是在K開頭的名單裡、或是全國的任何一個地方。」

「你怎麼知道？」

「因爲我查過了。你知道，如果你早點起來，能做的事可不少。不，也許這次行動成果不多，但無論如何，我們知道她的父母已經死了。」

我思考了片刻。

「如果我們還想知道其他的事，就等到週六吧。」

厄本若有所思地點了幾下頭。「我可不確定，」他說，「畢竟，我們根本不知道跟我們應對的是什麼人，是吧？」

我安靜了一下。「沒關係。」我說，「不管是一無所獲或是眞的有事，對我來說都一樣。」

厄本慢下車速，看著我。「你這不是眞心話，」他說，「你昨晚在睡夢裡尖叫，我可不笨。總之，我們得跟某個知道內情的人談一談。」

「談什麼？」

「當然是蛇之花，」他哼了一口氣，「薇拉·考爾的案件。他明天就要來見我們，我向他承諾會提供一些新情報，他聽起來十分感興趣。雖然案子已經超過法律時效了。」

「你到底在說什麼？」我問，雖然我已經開始猜到了。

「凱勒警探，」厄本說，將車子加速了，「一九六七年調查的負責人。他七十歲了，但是在電話中聽起來還是跟四十九歲的人一樣靈光呢。」

我深深嘆了一口氣，閉上眼睛。

九

週三晚上，厄本準備晚餐時，我駕著船在湖上划了一個小時。我坐在廣袤的寂靜之中，試圖整理自己的思緒。我對這一切到底有何想法？只有兩種可能的行動路線，但當我開始分析行動的結果——照順序一一分析——我很快就覺得自己像是在滑溜的冰層上越滑越遠。

如果薇拉．考爾眞的還活著，那麼她一定是在我們三十年前那美妙的深情之夜後就決定消失。我的第一次，她的第一次。就在畢業前兩天。

爲什麼？

我知道我們共度那幾個小時，她的體驗就跟我一樣強烈；不說別的，她寫下的留言就是證明。

而且，她又去了哪裡？眞的有可能在十九歲那個年紀，就弄出一樁這麼大的計畫嗎？在那個時代，在這個小鎭上？

或者，她是被綁架了嗎？綁匪是誰？她被綁架、但活下來了嗎？

還有，她爲什麼又在K鎭現身？像我說過的，在此時此刻現身。

問題多不勝數，每一個都讓我想不出合理的答案。

那麼，她就是死了，我決定這樣想。就像大家假設和認爲的狀況。她在當晚就死了。

那麼這個想跟我談話的、新的薇拉．考爾又是誰？是某個知情的人嗎？

但不可能有人知情。我沉思著。除非這個人偷偷窺伺過我們，或是在薇拉死前見過她，否則不可能有人知道我跟薇拉之間的事。

我排除了窺伺者的這個可能性。只剩下一個可能。只有一個。薇拉在半夜離開之後，遇到某人。

這個人難道不就是……？

我呆坐在船上，靜止不動了幾分鐘，思考著這個結論；我給了它充分的機會，在我混亂的意識中站穩腳步。

也許行得通，也許不行。回想起來當時的狀況很難判斷。我看看表，拿起船槳，開始往回划。

我們吃了燉鹿肉配米飯，還有義式肉腸，以一瓶醇厚的勃艮地紅酒佐餐。點心吃了檸檬百匯。然後是咖啡、白蘭地、巧克力馬卡龍、和一根雪茄。我也抽了一根，我十五年沒抽了，但蚊子怎麼也趕不走，厄本又堅持勸我。抽起來的味道眞是不錯。

我洗了晚，讀了三章的《蒼蠅與永恆》。這部作品眞的是獨樹一格，我向厄本表示讚賞；他難爲情地輕笑，搔了搔鬍子。

然後我們坐下來聊了聊以前的老師——布魯姆老師、教語文的林根史卓姆，當然還有烏林老教授——但我們擱下了蛇之花的話題。彷彿我們對此達成了協議。過了一會兒，我們啓動三溫暖室，消磨了幾個小時，伴著熱騰騰的蒸氣、帶葉的枝條，然後在暗夜中的湖水迅速泡一泡。

還講了爲數不少的垃圾話。

我想我們上床睡覺時，已經超過兩點了。

凱勒警探在週四的十一點鐘開著一輛舊別克抵達。我認不出他，但是我對他的印象本來就不深。我在調查期間沒有跟他說過話，只在報上看過他的照片。我跟其他人一樣接受了訊問——總共兩輪，兩次都是由一位臉色通紅、平凡不起眼的警員帶著一臺錄音機執行。

在那個溫暖的早晨，我對這位警探的第一印象，是他正處於逐漸縮小、生命流失的過程中。每樣東西對他而言都太大了：西裝、眼鏡、車子，還有他吃力地拿到我們搖晃的戶外桌上的公事包。我很好奇他的體重有沒有厄本的三分之一，但同時也覺得不該以貌取人。Homo Bananicus non est，烏林老教授每個學期都說這句話開玩笑。

「我帶了關於案子的一些舊文件來，」凱勒說，「你是亨利．馬汀斯嗎？」

我們寒暄一番，然後就定位。厄本從桶子裡拿出三罐啤酒打開。凱勒將外套掛在椅背上，捲起襯衫袖子；顯而易見，他內心死滅的警察魂重生了。他用手肘撐著身體往前傾，視線在我和厄本之間梭巡。他的相貌之中有一種形似鳥類的神態，特別是頭部，還有他大了四號的衣領中間，那昆蟲般纖細的頸子轉動的模樣。他撫了撫稀疏的鬍鬚，還有更稀疏的灰白頭髮，然後開始發言。

「關於薇拉．考爾一案的事實。你們兩個到底有什麼話想說？」

一個小時之後，他心滿意足，靠著椅背，喝乾了一杯啤酒。他尖銳的喉結一起一伏好幾次，像過熱的紀錄儀。

「太扯了，」他如此總結，「所以你把這項關鍵的資訊隱瞞了三十年。當然，案子已經超過法律時效，要不是我這麼老了，我眞想揍你下巴一拳。」

「我不想醜化她的形象。」我說。

「鬼扯，」凱勒說，「都是事後諸葛。死人才不在乎醜化不醜化。」

「我是爲活下來的人想得比較多，」我嘗試解釋，「她的父母。」

「你是在爲自己想。」凱勒說。

「嗯哼，是的，」厄本插嘴，「總之，他當年沒出聲。現在我們對這一點也沒什麼辦法。問題是，如果亨利當時出面了，對案件調查的影響會是什麼？」

凱勒看著他空空如也的啤酒杯，然後把鬍子擦乾淨。「這要看你指的是什麼意思，」他喃喃說道，眼睛瞪著我，「你會變成嫌犯。你應該很清楚。」

我沒有回答。厄本點了一根雪茄，吐出一團引人注目的煙霧。「你們有找到過嫌犯嗎？」

「沒有的事，」凱勒惱怒地斥喝，「我們投入了上千個小時的心血，但如果你連屍體都沒有，嫌犯就更難找了。我們搜出了兩個合理的人選；一個是六個月前被放出獄的強暴犯，一個是住在她移動路線上的詐欺犯。這兩個人都有不在場證明。」

「那麼，證人呢？」厄本問，「那天晚上在某個地方看到她的人。」

凱勒打開公事包，開始在檔案中翻找。「沒有可靠的證人，」他說著拿出一疊紙張，「都是些神經病和蠢蛋。例如這一個。」

他安靜了一下，讀著手中的資料，「一位派辛恩小姐，」他說，「聲稱她在凌晨四點十五分看到一臺腳踏車上有個天使般的身影。在潘巴斯區外圍的巴倫街……這位女士是隔了一個月、看了報上關於這個案子成篇累牘的報導之後才出面……但她當然有可能說對了。我們基本上是基於時間的因素而不採信她。如果薇拉．考爾在十一點就離開派對，一定會在五個小時之內移動得更遠，我們以為……如果她那段時間沒有去做別的事。哼。」

「我了解了。」我說。

厄本又多倒了些啤酒，凱勒則繼續在公事包裡挖掘。我喝了很大一口酒，想著如果我當時若是眞的立刻出面說明，會發生什麼事。我的父母會怎麼說？薇拉的父母呢？道格斯預校的老師呢？我還能戴上白色的畢業帽嗎？在這個假設中，很難找出任何光明面，我暗暗感謝命運，讓我當時有點腦子，知道要守口如瓶。

但若要老實說，也許這跟腦子並沒有那麼大的關係。

「推測理論呢？」厄本說，「你們有什麼推測？一定有一些沒對大眾公開的事吧。」

凱勒嘆道，「我當然做過推測。但推測很多，事實很少。你們應該知道，我好幾年都抓著蛇之花這個案子不放手。但是我沒有任何進展……從一開始就是個死胡同，後來也是。」

「我完全相信，」厄本說，「總之，你認定她是被殺害了？」

凱勒思考了片刻。

「有件事我可以確定，」他說，「如果她真的只是逃跑了，那麼她事前一定有計畫。絕不可能是一時衝動……雖然唯一能夠支持這個說法的就是那天殺的亞郎弟兄會。我跟她那個動不動搬出聖經的爸爸談了幾個小時，我敢說，如果我是被那個蠢貨養大的，我拿到第一臺三輪車就要騎著逃走。」

厄本和我點點頭。「那個教會還在嗎？」厄本問。

凱勒搖著頭說，「幾年後就解散了。本來的成員也就不過三、四十個。女兒出事之後，大牧師的神經有點衰弱，嗯，總之，他們後來就解體了。凡事都能因禍得福。」

我們又安靜了好一會兒。

「至於這個……新進展呢？」厄本說，「警探，你怎麼想？這個在三十年後想要跟亨利聯絡的薇拉·考爾，究竟是什麼人？」

凱勒解開綠色尼龍襯衫的第一顆鈕釦，來回打量我們，先看看厄本，再看看我。

「我還是相信我所相信的，」他說，「我只知道一件事，就是有人在說謊。要嘛是她，要嘛是你們兩個。」

「或者你們三個都是，」他停下來思考了一下之後又加上這句。他喝完啤酒，站了起來。「週六的拜訪結束之後，我們保持聯絡，」他說，「不管情況如何。如果你們不從，我就跟警方報告。」

然後他轉身爬進那臺倍顯巨大的車子，開走了。

我看著厄本·克里沃。他下顎的開合功能似乎突然出了毛病。

我們足足兩天都沒有踏出厄本城。厄本妥善地屯積了補給品；我們吃吃喝喝、認真討論、隨便亂聊、釣魚、洗三溫暖。這幾天的天氣稍微差了點，但還算是不錯。我讀完了《蒼蠅與永恆》，恭賀我的朋友寫出一個如此出人意表——但又完全可信——的結局。我們決定我要在下週重新把整本書再看一次，帶著銳利的眼光和削尖的鉛筆。

週五和週六之間的那一夜，我幾乎完全沒睡。我躺在床上輾轉反側，聽著上空來來回回的雷雨聲。週六，我們第一次在屋內吃早餐，但接近中午時，空中就露出了一小塊、一小塊的天藍。我希望這是個好預兆。

*

幾乎就在凱勒警探駕著他的別克離開我們的整整兩天，另一輛車爬上了這條顛簸的道路。是一輛有幾年車齡的雷諾，停在木材堆旁邊。從引擎熄火到車門打開之間的短短一秒內，我的整個人生在心裡重播了一萬次。

十

從車上下來伸展手腳的那名男子年約三十五歲。他的身高至少有一百九十公分，看起來身強體健，穿著牛仔褲、慢跑鞋、T恤和一件薄風衣，袖子捲了起來。

他的臉被太陽曬成古銅色，金髮剪得短短的。幾乎就像個贏得世界冠軍、衣錦還鄉的手球選手。我朝厄本瞄了一眼。他站離我五公尺遠，手上拿著一根沒有點燃的普費澤雪茄，臉上掛著問號。

那名男子打量了我們一下，表情毫無改變。然後他繞過車身，打開乘客座的車門。

一個年約四十九歲的女人下了車。

她膚色黝黑，又黑又美，身材苗條，五官清秀，穿著一件簡單的暗綠色棉料洋裝，肩上披著同色的羊毛衫。

可能是她，也可能是別人。

我不知道我們花了多久才脫離那凍結的一秒鐘，但我心中做出了好多次判斷，她是薇拉．考爾；她不是薇拉．考爾。我也心想，上帝一定是打算把這一刻拍下來，收錄在祂的大相簿裡，但是對焦有問題，所以才拍了這麼久。

我的腦子裡會冒出這種念頭，實在是太奇怪了。

最後，厄本打破沉默。「歡迎，」他說，「我是厄本．克里沃。這位是亨利．馬汀斯。我想我們沒見過。」

「亞當．薩尼克，」那名男子說，跟我們握了手。

「敝姓彼德斯，」那女人說，「依娃．彼德斯。」我的胸口有些什麼東西鬆開了。突然之間，呼吸比較順暢了，但同時感覺也比較無聊。

無聊太多了。

「就是你打的電話嗎？」厄本問。她點頭。

「是的。我報了薇拉．凱爾這個名字。」

「是什麼理由讓你這樣做？」

「我有很好的理由。」

從頭到尾，她的樣子都堅決且認眞。那個男的也是。厄本示意我們圍著桌子坐下。「看來我們有好些事得談談，」他說，「要啤酒還是咖啡？」

那女人搖了搖頭。

「都不用。」那名男子說。

我們沉默了幾秒鐘，我感覺到一種運籌帷幄的意味。就像打橋牌。開啓對話就是把第一步先機讓給對方。不難理解這是爲什麼。

「容我提議，您兩位先解釋清楚，你們的意圖到底是什麼，」厄本說，他再也等不下去了，「你們造成了我們——特別是我在座的這位好友——過去幾天以來一點小小的不愉快。」

「你的好友，亨利．馬汀斯？」那女人說。

「沒錯，」我說，「這位女士，你到底是誰，又爲什麼要自稱爲薇拉．考爾？」

她的臉上掠過一抹不自覺的微笑，我開始懷疑，她試圖維持這副態度，可能不是她自然的反應。她以手肘內側掩口，咳嗽了兩聲。

「請先容我解釋，亞當和這一切毫無關係，」她一面說，一面示意著那位手球巨人，「他只是到場確保我的安全。我也向其他幾個人交代了我的去向。先告訴你們一聲。」

「什麼鬼？」厄本說

「你是什麼意思？」我說。

她從手提包裡拿了一根菸出來點燃。我看著薩尼克先生。是保鑣，我心想。老天爺啊。

「我是她的表姊，」依娃．彼德斯說，「薇拉．考爾的表姊。你們了解嗎？」

厄本搖搖頭。我也搖頭。

「我發現了一些事。」

「一些事？」

「對。警方從來沒有查清的事。」

我感覺自己開始動怒。又或者是恐懼。

「你可以說清楚你知道的是什麼事嗎，」我提出要求，「比如說，薇拉的遭遇是什麼？你知道的是這個嗎？」

她遲疑了，「你爲什麼會這樣想？」

「要不然你何必這樣裝神弄鬼？」厄本插嘴道，看起來愈來愈煩躁。

她等了兩秒才說出答案。「因爲我知道你的朋友跟我表妹的死有關連。」她說。

「你在胡說八道什麼？」厄本怒吼。亞當．薩尼克調整了一下眼鏡的位置，向前傾身。

「抱歉，」我出面緩頰，「但我可以跟你保證，這純屬幻想。我們一點也不知道薇拉的遭遇，厄本和我都是。我想你現在最好還是解釋一下。」

她安靜了片刻，抽著菸，看起來同時在內心跟自己爭辯不休。她跟亞當．薩尼克毫無眼神交流；顯然他對這整件事並不清楚。他只是一種安全措施，就像她說的。我看看他的上臂，了解到這項安全措施想必是相當有效。尤其是如果你考慮到反擊這一點。厄本去桶子裡拿了四罐啤酒出來。

「好吧，」依娃．彼德斯終於說，「我會把我知道的事告訴你們，我希望你們能提供一個令人滿意的解釋。我可以要個杯子嗎？我不習慣直接拿著罐子喝。」

厄本再度起身。「只要你講清楚我該解釋的是什麼，我就會給你解釋。」我保證。

她終於開始說明。

「我很喜歡薇拉，」她開口，語氣明顯放軟。比較適合她，適合得多了。「雖然我們只是表姊妹，但關係就像親生手足……雖然我們住得很遠。我們當時都還小，年紀只差了不到兩個月。我覺得這件事影響我的程度，幾乎就跟她父母一樣多……」

「你住在哪裡？」我問。

「林登。離這裡有六、七十公里。但我們每年暑假還有週末都會見面。我們的母親是姊妹……我們的父親就沒有那麼多共通點。嗯，當時就是這樣。」

我點頭。厄本幫她斟了啤酒。

「她的失蹤令人震驚。我跟其他人一樣百思不得其解，到底發生了什麼事……三十年來都是如此。然後我漸漸明白，我們永遠不會得到答案。我猜我的想法跟大多數人一樣，覺得她那一晚一定是遇上了強暴犯。有個瘋子攻擊她、殺了她，事後把屍體藏了起來。但後來，在今年春天……」

她停頓一下，喝了一口啤酒，又點了一根菸。

「今年春天，露絲阿姨臥病臨終。她是薇拉媽媽。她爸爸奧多弗斯已經去世超過十年了。」

「我們知道，」我脫口而出。

她訝異地打量了我片刻，才繼續說。

「露絲她病痛不少，但是心靈很堅強，讓她最後三年即使臥病在床——差不多算是下不了床了——也還是保持著生命力。四月份的時候有一天，距今不過幾個月前，我收到她住的安養院的訊息，說她想要跟我談談。我就過去了……烏蒙索，在海邊，我不知道你們熟不熟那個地方……我先見了醫師，他說她也許只能再活幾個鐘頭了。如果我理解沒錯，她單純是決定不再掙扎求生，但是她想在臨去之前跟我說幾句話。我是她唯一在世的親人，我的父母幾年前都過世了，然後，她有些話想說——」

「這很意外嗎？」厄本打斷她，「我是指，她想跟你說話這件事……你常去探望她嗎？」

「不太常去，」依娃．彼德斯坦承，「去烏蒙索的路程眞的很遠，而且跟她說話也不容易。兩年前她中風之後，講話就有困難……」

「她想怎麼樣？」我問道，對於厄本的插嘴有點氣惱，「爲什麼她要跟你說話？」

依娃．彼德斯突然顯得不安。她伸手撫平了膝蓋上的洋裝一兩次，並且看著桌面。

「其實我不知道，」她說，「我並不知道她想怎麼樣。如果我知道的話，當然就會去找警察了……也許我終究會這麼做，如果你沒有在鎮上出現的話。」

「你到底想說什麼——」厄本開口，但我舉起一隻手請他安靜。

「告訴我們吧。」我說。

依娃點頭。「我進房間的時候，她非常虛弱，」她說，「她身上唯一還有生氣的地方就是眼睛，充滿了……該怎麼說？渴望？渴望和感激，我想是這樣……感激我來找她，渴望及時說出她想說的話。我但願沒讓她等那麼久，但願她還有一點點力氣，但她已經力竭。我坐在床緣，一如往常握著她的手。她用灼人的目光看著我，嘴唇開始動著……但是沒有聲音。我靠近去聽，靠到了她的嘴邊，但只聽到一陣微弱的嘶嘶聲。我叫了一位護士來，問她有沒有可能做些什麼，但她只是聳聳肩，一臉歉疚。又只剩我們兩人時，露絲阿姨最後努力了一次。我再度靠過去聽，這次我聽到了。」

「你聽到了？」我說。我看著厄本的下巴掉了下來，薩尼克也豎起耳朵。

「是的，」依娃．彼德斯說，「我聽到了。相當清楚，她重複說了兩次那個名字：『薇拉……』她說……『寫了……亨利．馬汀斯，亨利．馬汀斯的錯。』就這樣了。然後她就閉上眼睛，十五分鐘後，她就死了。」

沉默籠罩了整桌的人。陽光穿出雲層，在依娃．彼德斯的洋裝上投下突然一陣游移的光線和樹葉的陰影。我吞吞口水。亞當．薩尼克的雙臂在胸前交抱。

「你可以再說一次那段話嗎，」厄本問。

「『薇拉……寫了……亨利．馬汀斯，亨利．馬汀斯的錯，』名字重複兩次。我保證沒聽錯。」

我往後靠著椅子。太陽改變了心意，躲到雲層後頭。

十一

半分鐘內，我就做出了決定，但是講完我的版本的故事，卻花了半個小時。

或是我們的版本。當然，現在已經沒有理由要隱瞞我和厄本去過撒馬利亞，或是我們跟凱勒警探的對話。依娃．彼德斯邊聽邊抽菸，問了幾個問題，很明顯相信她聽到的話。她爲什麼要不相信？她似乎也不怎麼討厭我。描述我跟薇拉的一夜激情有點尷尬，但這是出於必要，而且我覺得依娃有點樂見她的表妹在死前嘗過愛之禁果的滋味。

又或者，她根本沒有死？薇拉．考爾眞的死了？荒謬的是，我們仍然不知道。我們和依娃．彼德斯雙方都揭露關於案件的新事證，但當我們坐在厄本的庭院裡討論，距離釐清關鍵點卻仍非常遙遠。

一九六七年五月二十八日晚上，究竟發生了什麼事？或者該說是早上；那近在咫尺又遠在天邊的清晨時分？

依娃在我抵達K鎮之後的行爲，已經沒有疑點。自從考爾太太在四月份過世，依娃就試圖以業餘人士的手法查清她阿姨遺言中的謎團。於是她知道，有一位亨利．馬汀斯在薇拉讀高中的末兩年跟她同班。她也審愼地詢問了一兩位其他同學，我和薇拉之間有沒有私情，但得到的都是搖頭和否定的答案。她不知道我現在的住處，也不知道要如何查明……是的，一週前我在大陸飯店現身時，狀況差不多就是如此。依娃．彼德斯過去四年都在飯店當會計。厄本至少猜對了這點，我心想。她在訂房名單上看到我的名字，不過就是如此。

因爲無從得知考爾太太臨終前透露的是什麼意思，她經過幾個晚上的思索，權衡不同的策略，決定冒險用薇拉．考爾的名號行動。就算不爲別的，也可以藉此觀察我的反應。她把計畫告訴一位好友，亞當．薩尼克，她前夫的弟弟。至少告訴了他一半。週一，他們從K鎮跟著我到厄本城，然後只要透過車輛登計資料，就查出了厄本的手機號碼。不費吹灰之力。

她等到週六才來訪，只是因爲亞當在此之前都沒有空。她不敢單獨出擊，這點很明顯。

所以，就是這樣了。我們一下子把牌全攤了出來，就發現我們是坐在同一條船上。一開始這讓我鬆了口氣，至少我個人這麼覺得，但後來反而是挫敗感逐漸占了上風。

對於我們還走不到終點的挫敗感。還找不到關於薇拉遭遇的答案。在跟依娃見面之前，我的情緒無比緊繃，但現在知道了她的身分、彼此放下敵意之後，最基本的問題又浮上檯面。

三十年前的那一夜，薇拉到底出了什麼事。總是同一個老問題。

「去你的，」厄本說，「我跟自己打賭說我們今天就會解決這件事。我要賭輸了。牌都已經攤出來了，但還是摸不清……」

「我們還有一張牌，」我提醒他，「她說的到底是什麼意思？」

「誰？」

「當然是露絲．考爾。如果我們了解她遺言背後的意思，就會找到答案了。」

「你是假定她知情？」厄本說。

「你不覺得嗎？」

厄本沒有回答，用憂心忡忡的表情盯著雪茄。

「繼續說。」依娃．彼德斯說。

「嗯，」我說，「你自己有什麼結論嗎？我是說，你一開始在思考那些話的時候。」

「沒有任何確定的結論，」依娃．彼德斯短暫停頓一下，然後說，「一開始我覺得一定是你殺了薇拉，而她媽媽知道這件事。但接下來我問自己，那麼她到底爲什麼在案件中對此保持沉默，而我想不出答案。」

「因爲沒有答案，」我說，「我沒有殺死你的表妹。我愛著她。」

「還眞有差別。」厄本咕噥著說。

這個時候，亞當．薩尼克摘下眼鏡，開始加入了爭論。「請原諒我這麼說，你們看起來都有點困惑，」他說，露出刷得乾乾淨淨的牙齒，「你們覺得薇拉的母親知不知道那一晚發生的事？」

我思考著，厄本搔了搔頭。

「她知道，」依娃．彼德斯說，「我們先假定她眞的知道。」

「怎麼知道的？」薩尼克說，「她怎麼有辦法知道？」

一陣沉默掠過桌面。

「因爲凶手寫了信向她自白，」厄本猜測，「所以她才說『寫了』。」

「而且用了亨利．馬汀斯這個名字來署名。」我加上一句。

「還有其他的可能，」薩尼克說，「依娃，再重複一次那段話。」

「薇拉……寫了……亨利．馬汀斯，亨利．馬汀斯的錯。」依娃已經說了第四還是第五遍。

「寫了……」薩尼克重複道，「中間缺了些什麼。如果缺的是『我』這個字呢？如果是這樣，代表了什麼意思？」

「代表她把她知道的某件事寫了下來，」依娃回答，「我有想過這一點，但還沒有任何發現……當然，她的話裡面少了些字，我只是不知道少了什麼。」

「你找過嗎？」亞當．薩尼克問，「我是說，找她可能寫過的東西。你負責處理遺物，對吧？」

「只找了一下下，」依娃承認，「我還沒有時間，東西總共有半個地下室倉庫那麼多，但如果你有興趣……」

厄本一臉懷疑，「如果她眞的寫過跟依娃有關的事，又希望這件事被公開，她難道不會放在更容易找到的地方嗎？」

「也許她是很久以前寫的，」依娃．彼德斯指出，「她臨終前的意識並不是完全清楚，我們沒辦法拿邏輯要求她……」

他們繼續討論了一下，但我發現我的心思已經漂到另一個方向；我的心靈之眼再度看見了薇拉，回憶起她那一晚的身影……她在微暗夏夜之中美麗迷人的軀體……我們愛撫彼此、做愛、她的雙腿環在我背後接受我的進入……她稍後悄悄溜下我們的床，避免吵醒我，穿好衣服，寫了最後一封留言給我，說她不知道未來會如何，但她愛我……她踮腳下了樓梯，走向六月的清晨，披著白衣黑髮騎上腳踏車……在純淨的曙色中騎過美麗的風景；一九六七年的初夏，稍後會演變成「愛之夏」的那個夏天，她沒有機會經歷的自由夏日，我再也無法相信她會……我懂，不，我不懂……我意識到，開始意識到，她經過的路上沒有人出手襲擊，她不是遇到了哪個瘋子……因爲終於揭露的事實加起來就說得通了，這只代表一件事……上帝啊，我心想，不可能的。

＊

我們花了三個小時，在依娃．彼德斯位於朗維的地下室倉庫裡翻遍露絲．考爾的遺物。其實是她遺物剩下的部分；所有的衣物和紡織品都送給各個慈善機構義賣了，還有不少是在考爾太太還在世時處理掉的。就像許多獨居老人一樣，她預先計畫好自己身後事，丟棄物品，不希望留下太多東西。

但剩下的還是不少。大部分的收納家具和箱子裡都塞滿書籍、舊雜誌和紙張，例如奧多弗斯牧師的手寫布道詞和神學探討。薇拉從一年級開始的作業本和算術練習冊；站在那裡、把那些東西拿在手上的感覺很奇怪，令人敬畏。亞郎弟兄會的教友登記資料和聚會出席表，等等。蹲在那裡翻箱倒櫃並不是輕鬆差事，亞當．薩尼克半途離開，以臨時的體育協會會議爲理由，不太能夠取信於我。
不論如何，我們差不多把整個垃圾堆搜完，厄本看到一線曙光，提出了他的高見。
「有遺囑嗎？」他問。
依娃．彼德斯站了起來。「遺囑？不，我是唯一有繼承權的人，所以全都給我了，就是這些東西，還有銀行帳戶裡的幾百元。不過的確有個律師……」
「律師？」我說，「爲什麼？」
依娃用手背擦掉額頭上的汗水和灰塵，看起來若有所思。「我不知道，」她說，「我想他在奧多弗斯的時候就在了。海格爾律師。總之，他有跟我聯絡，跟我說沒有立遺囑。」
「沒有立遺囑？」我說，「他聯絡你，告訴你這件事？」
「對。」
「他就只有要說這個嗎？」厄本問。
「對，」依娃說，「就只有這樣。」
厄本把他剛翻完的抽屜櫃推開。「你是說海格爾吧？」他問，「我們打電話找他，我受夠了。」
海格爾律師的辦公室在葛羅特廣場南側，置身於二十世紀初風格的富裕布爾喬亞式房屋之間。雖然當天是週六，又已經六點了，他還是同意在那裡跟我們見面。
就算我還沒有終點來臨的預感，他花時間見我們，這也是個夠好的預兆了。我們站在裝飾華麗的新藝術風格大樓前面等待，我突然感覺到自己再也沒有欲望參與這件事。
毫無欲望。

十二

「不尋常的條款？」厄本．克里沃說著，眉毛挑了起來，「你這是什麼意思？」

我們在海格爾律師寬敞的辦公室裡，隱沒在皮革家具中。厄本和我坐在沙發，依娃．彼德斯和海格爾本人坐在扶手椅上。海格爾剛接過了厄本的一根普費澤雪茄，吸了第一口，靠在椅背上。我偷偷看著他：他看起來就像美國法庭劇裡的好人，這肯定是他的意圖。他年紀大約六十出頭，但是身形健實，太陽穴周圍還長著引人注目的灰髮，穿深色西裝、淺藍襯衫，打一條低調的領帶。在依娃的地下倉庫忙了一陣之後，我感覺全身又髒又黏，希望雪茄的菸味足以掩蓋汗臭。

「那條款，」海格爾重複道，「不太尋常，我說過了。我一時想不起任何類似的事例，但客戶的心意自然要設法滿足。這是遊戲規則。」

他摸摸那個棕色信封，一一打量我們，彷彿忍不住要多吊我們幾秒中的胃口。

「看在老天的份上，」厄本喊道，「是什麼心意？」

「嗯，」律師清清喉嚨，「這東西已經給我保管了將近三十年；要精確點說，就是二十八年。考爾太太在她的女兒失蹤後兩年把它交給我……給了我這封信，還有關於處理方式的指示。」

他又停頓一下，但這次沒有人打破沉默。

「指示如下，」海格爾繼續說，「在考爾先生或考爾太太在世期間，這封信絕不能打開，或是轉交他人。兩人身故之後，我必須將信妥善保存，直到有人——不管是什麼人——前來詢問。但是，至多十年之後，這封信就必須在沒有人讀過的狀況下銷毀。」

「呃？」依娃．彼德斯說，「『有人，不管是什麼人』？你沒有接到指示，要在她死後把信轉交出去？」

海格爾搖頭。「條件就是這樣。客戶的心意就是法律。很不尋常，對吧？我認爲她在某種程度上想把這件事交到上帝手中，不過其他人也許會有不同的看法……」

「但是……」依娃說，「但是我們現在來詢問了？」

「沒錯，」海格爾表示同意，吸了一口雪茄，「現在，你們來了，我就會履行我的責任。請便吧。你們可以讀信的內容了。」

他將信封遞給依娃。她接過來，拿在手中掂量檢視。

「沒有收件人？」她說。

「沒有收件人，」海格爾確認道，「只有日期和她自己的署名。」

沉默延續了幾秒鐘。

「拆開來看吧！」厄本說。

海格爾律師提供了一把拆信刀。依娃割開信封，取出內容物——兩張對摺的信紙，滿滿的都是手寫字。她將信紙擺在面前的桌上撫平，看著第一頁。

「念出來啊，」厄本說，「看在老天的份上，念出來吧，不然我要爆炸了。」

依娃．彼德斯做了個深呼吸，然後開始念：

「天上的父啊，everything 迴是萬物的主。我不知道該怎麼辦，這是我的自白……」

直到週一早晨，我們才出發離開。厄本和我整個禮拜天都待在小木屋裡，但我們透過厄本的手機跟進準備工作的狀況。

那個週日，整天靜得出奇；沒有風，天空一片蒼白，溫度讓你的皮膚感覺不到空氣的存在。我們去湖上吊了兩個小時的魚，沒有什麼收穫。我們吃了週六晚上在K鎮買的即食餐點，夜間坐在三溫暖室裡討論厄本的懸疑小說情節。我們很少聊到蛇之花。

我們獲准加入週一的警方行動，這當然不符標準程序；我想凱勒警探取得了某種許可。比起平常的警務程序，這跟他們的行事習慣與風格關係較大：此外，他也已經退休了好幾年，不用再管那些規則。依娃．彼德斯、我們全都搭上他的別克車，前後各有一臺警車，我可以從凱勒的臉上看出，他正要開始這輩子的最後一場重要行動。他坐在方向盤後，嘴裡咬著一根火柴，看起來比先前更乾癟，更堅決也更專注。這也難怪，我心想，並且再一次後悔我沒有要求留在家裡。

依娃．彼德斯跟我一起坐在後座，備感自責。「我應該早點發現的，」她埋怨道，「我應該早點弄明白她的意思。」

「沒關係的，」我安慰她，「要弄明白並不簡單。」

「很簡單，」依娃說，「如果露絲知情——不管她知道什麼——那代表薇拉那晚有回家。」

「是的，她總是會回家，」厄本在前座喃喃說道，「但有人擅用私刑，還這樣噤聲守密，眞是太可怕了。」

「有些人相信的法律不只一套，」凱勒酸溜溜地評論道，「有時候他們就是流行搞一點私人的規則。特別是那些《聖經》狂熱分子，相信我。」

依娃不安地扭動身子，「無論如何，我不認爲露絲阿姨的行爲是不可饒恕的。他們可能也得到了懲罰，而且就算她出面交代，也不會帶來什麼好處，對吧？」

凱勒惱怒地咕噥著。「這個故事裡始終不願出面交代的人也太多了，」他說，在後視鏡中對上我的目光，「比如說，你對納稅人花在調查工作上的錢有什麼想法？」

當然，這是一種看法。我沒有回應，其他人也一言不發。

我們在剛過十一點鐘時抵達撒馬利亞。我們下車時，克勞森先生站在雜草叢生的空地上，帶著防衛的態度迎接我們。我注意到那台紅色Volvo不在，知道是克勞森太太把孩子們帶去別的地方了，不需要讓他們在這田園詩般的鄉野承受如此創傷的經驗。完全不需要，這起事件本身就已經夠糟了。

六名穿著連身工作服的員警從後車箱拿出鏟子，在指揮官的領導下開始分頭行動，凱勒警探負責指引地點。我們其他人跟他們保持距離，挖掘行動一開始，克勞森先生就進屋泡咖啡了。我們坐在跟上次一樣的塑膠桌椅上，過了一會兒，我發現依娃哭了起來。我有點尷尬地輕撫她的手臂，她拿出一條手帕來擤鼻涕。

「我受不了。」她說。

「是的，」我說，「這太沉重了。」

「而且是這麼不眞實，」她繼續說，「我無法相信這是眞的……但也知道事實就是這樣。他的脾氣就是那麼壞。」

厄本清清喉嚨。「我在想一件事，」他說，「如果她不是這樣徹徹底底地誠實，也許這一切就不會發生了。」

「你的意思是？」我說。

「我只是想她應該說謊，」厄本嘆道，「她在清晨五點回到家，承認她喝醉了酒，還跟一個男孩子上床，她以爲會發生什麼好事？」

「他不需要打她的，」依娃說，「如果她知道他會這麼做，也許她就不會出聲了。雖然薇拉總是很誠實……而且別忘了，那是個意外。要不是她那麼不幸地跌倒了……」

她沉默了。厄本點點頭，然後我們似乎再也沒有什麼話好說了。唯一能做的就只有等待。我閉上眼，開始在腦海裡搬演那一幕。從週六晚上以來，我不知道我已經這樣做了多少次。

父母兩人坐在廚房桌邊等著。既擔心又因睡眠不足而疲累。

薇拉進了屋來，停在廚房中間。她對我的愛讓她鼓起勇氣——至少我是這樣想像的——開始跟他們交代。講了她遇到的每一件事，直接而坦誠。

她父親，那個嚴厲苛刻的牧師，站起身來，不發一語地施行懲罰。

薇拉跌向爐子的尖銳邊角。

薇拉在一分鐘內就死了。她母親是這樣寫的。一分鐘之內。

一個男人和他的妻子，站在原地，那個男人，服事上帝的男人，在盛怒之下殺死了自己的女兒……那是個美麗的夏日早晨，麻雀在開花的紫丁香叢裡撲撲飛起，她鮮紅的血在冰冷的廚房地板上漸漸變黑，他們站在那裡……他們急切地想救活她，但她的心臟已經停了，他們現在站在那裡……

蒙受諸神垂愛的，都將早逝。

他們想必有祈禱。他們想必在那天早晨對著神秘難解的上帝道出了好幾百句的禱詞，慈愛的上帝卻讓他們的獨生女死去。死在父親的手裡。

而或許、或許亞郎弟兄會所敬拜的高深莫測的上帝回應了他們的祈禱，說祂原諒了他們，說他們應該把證據埋進地底，抹滅行跡。

蒙受諸神垂愛的……

而那份罪惡感，龐大的罪惡感，從他們的肩上放下，加到了……亨利．馬汀斯的身上。這是亨利．馬汀斯的錯……

依娃將手放在我肩膀上時，我吃了一驚，突然發覺到自己坐在夏季的高溫中發著抖。

「他們找到了，」依娃說，聲音幾乎像是耳語，「他們挖到了腐爛的木頭，應該是棺材。」

是的，他們給了她一具棺材，她在信中也寫到這一點。

現在她要被挖出來了。不是我把蛇之花挖出來的，但我過去旁觀。

依娃·彼德斯也在。我哭泣著，握著她的手。我們的雙手感覺彷彿彼此相屬。